W0314398

RIPOSTE

Le cycle officiel de Star Wars

An – 32 : Épisode I : *La Menace fantôme*
Terry Brooks

An – 22 : Épisode II : *L'Attaque des Clones*
R.A. Salvatore

An – 19 : Épisode III : *La Revanche des Sith*
Matthew Stover

An 1 : Épisode IV : *Un nouvel espoir*
George Lucas

An 3 : Épisode V : *L'Empire contre-attaque*
Donald F. Glut

An 4 : Épisode VI : *Le Retour du Jedi*
James Kahn

À paraître en avril 2016
chez Fleuve Éditions – collection « Outre Fleuve » :

Épisode VII : *Le Réveil de la Force*
Alan Dean Foster

STAR WARS™

CHUCK WENDIG

RIPOSTE

POCKET

Titre original :
Aftermath
Published by Ballantine Books

Traduit de l'anglais (États-Unis)
par Axelle Demoulin et Nicolas Ancion

FSC
www.fsc.org
MIXTE
Papier issu de
sources responsables
FSC® C003309

Pocket, une marque d'Univers Poche, est un éditeur qui s'engage pour la préservation de son environnement et qui utilise du papier fabriqué à partir de bois provenant de forêts gérées de manière responsable.

Le Code de la propriété intellectuelle n'autorisant, aux termes de l'article L.122-5 (2 et 3 a), d'une part, que « les copies ou reproductions strictement réservées à l'usage privé du copiste et non destinées à une utilisation collective » et, d'autre part, que les analyses et les courtes citations dans un but d'exemple ou d'illustration, « toute représentation ou reproduction intégrale ou partielle, faite sans le consentement de l'auteur ou de ses ayants droit ou ayants cause, est illicite » (art. L.122-4).
Cette représentation ou reproduction, par quelque procédé que ce soit, constituerait donc une contrefaçon sanctionnée par les articles L.335-2 et suivants du Code de la propriété intellectuelle.

© 2015 by Lucasfilm Ltd ® & TM where indicated.
All rights reserved.
Excerpt from *Star Wars : Battlefront : Twilight Company*
by Alexander Freed copyright © 2015 by Lucasfilm Ltd ® & TM
where indicated.
Used under authorization.
Édition originale : Del Rey, an imprint of Random House,
a division of Penguin Random House LLC, New York.
Ce livre contient un extrait de *Star Wars : Battlefront : Twilight Company* d'Alexander Freed. Cet extrait a été repris pour cette édition uniquement et ne reflète pas le contenu final de l'édition à venir.
© 2015 Pocket, département d'Univers Poche,
pour la traduction en langue française.
ISBN : 978-2-266-25601-8

Pour Tracy, qui m'a emmené voir mon premier film
de *Star Wars* au cinéma.
(C'était *L'Empire contre-attaque*,
dans un cinéma en plein air !)

Pour ma mère, qui m'a offert les figurines Kenner.

Pour Michelle et Ben, qui m'ont accompagné
dans cette course folle en speeder
et l'ont rendue dix fois plus géniale
qu'elle ne l'aurait été sans eux.

Il y a bien longtemps, dans une galaxie lointaine,
très lointaine…

L'Étoile de la Mort est détruite. On raconte que l'Empereur et son puissant bras droit, Dark Vador, sont morts. L'Empire Galactique est en proie au chaos.

Certains systèmes célèbrent la victoire alors que, dans d'autres, les factions impériales serrent la vis. L'optimisme et la terreur se côtoient à travers la galaxie.

Alors que l'Alliance Rebelle poursuit ses attaques contre les poches de résistance loyales à l'Empire, un éclaireur rebelle tombe par hasard sur une réunion impériale ultra secrète…

PROLOGUE

Cette journée est un jour de fête ! Nous sommes venus à bout de l'infamie et de l'oppression, nous avons donné à notre Alliance – et à la galaxie tout entière – l'opportunité de respirer et de reprendre son avenir en main, de regagner la liberté que l'Empire nous avait volée. Le commandant Skywalker vient de nous apprendre que l'Empereur Palpatine était décédé, ainsi que son bras droit, Dark Vador.

Nous avons des raisons de nous réjouir, mais nous ne devons pas espérer que l'heure est venue de nous reposer. Nous avons porté un coup sévère à l'Empire et le moment est venu de nous engouffrer dans la brèche que nous avons ouverte. Même si l'arme la plus redoutable de l'Empire est anéantie, l'Empire lui-même a survécu. Sa main tyrannique se resserre autour de la gorge de ceux qui défendent le bien et la liberté dans toute la galaxie, depuis le Noyau de Coruscant jusqu'aux systèmes les plus éloignés de la Bordure Extérieure. Nous ne devons pas oublier que notre combat continue. Notre Rébellion est terminée, mais la guerre… la guerre ne fait que commencer.

Amiral Ackbar

CORUSCANT

À l'époque.

Place des Monuments.

Des chaînes sont jetées autour du cou de l'Empereur Palpatine avec un cliquetis terrible. Des cordes les rejoignent, de multiples lassos qui lui ceinturent la taille. Des cris enthousiastes s'élèvent de la foule qui tire, tire, tire. Les hourras cèdent bientôt la place à des grognements déçus quand la statue de pierre refuse de céder d'un pouce. Puis on accroche les chaînes à l'arrière de quelques véhicules puissants. Les moteurs grondent, vrombissent, les speeders bondissent, tandis que la foule se remet à tirer…

Le bruit ressemble à celui d'un os géant qui se brise. Une fracture apparaît à la base du monument.

Des acclamations fusent. Des cris. Et…

Des applaudissements quand le tyran s'effondre.

La tête de Palpatine se détache, roule et va s'écraser à la surface d'une fontaine avec des éclaboussures d'eau sombre. La foule éclate de rire.

La scène est suivie de hurlements et de klaxons, accompagnés de gyrophares rouges. Trois airspeeders descendent en piqué des voies de circulation. C'est la police impériale. La lumière des véhicules se reflète sur les casques noir et rouge des pilotes.

Il n'y a pas la moindre sommation. Pas d'ordre de reculer.

Les canons laser à l'avant des trois vaisseaux ouvrent le feu. Des éclairs rouges strient l'air. La foule est divisée, des corps tombent, criblés de décharges de laser.

Il en faudrait plus pour intimider l'assemblée. Ce n'est plus une simple foule, c'est une foule en colère. Les manifestants ramassent les débris de la statue de Palpatine et les jettent sur les airspeeders. L'un des véhicules fait une embardée pour éviter un projectile et entre en collision avec un autre speeder, interrompant les tirs. Des citoyens de Coruscant escaladent à la hâte le monument en pierre qui borde l'esplanade et sur lequel sont inscrites les valeurs de l'Empire : ordre, obéissance et respect des lois. Arrivés en haut, ils sautent sur les véhicules d'intervention. Un policier casqué est balancé d'un speeder. Son collègue rampe sur le capot en tirant avec ses deux blasters, un fragment de statue s'abat sur son casque et le projette au sol.

Les deux autres véhicules d'intervention s'élèvent plus haut dans le ciel et canardent la foule en continu. La place est emplie de hurlements, de tirs et de fumée.

Deux des individus présents – un père et son fils, Rorak et Jak – courent se mettre à l'abri derrière le monument effondré. Le vacarme de la bataille qui fait rage sur la place est assourdissant. Les bruits d'autres combats leur parviennent au loin. Des incendies, des tirs de blaster. Un panneau lumineux dans le ciel, au milieu des voies de circulation, n'affiche tout à coup plus qu'un écran vide.

Le garçon est jeune, il n'a que douze ans, il n'est pas

assez grand pour se battre. Pas encore. Il lève des yeux suppliants vers son père. Par-dessus le vacarme, il crie :

— La station de combat a été détruite, papa ! La bataille est terminée !

Ils ont assisté à la destruction de l'Étoile de la Mort, une heure plus tôt seulement. La fin supposée de l'Empire. Le début d'une ère meilleure.

La confusion se lit dans les yeux brillants du garçon : il ne comprend pas ce qui se passe.

Rorak, lui, le devine aisément. Il a entendu des récits de la Guerre des Clones, de la bouche de son père. Il sait comment une guerre se déroule. Ce n'est pas une série de conflits successifs, c'est une lutte perpétuelle, découpée en tranches pour qu'elle semble plus gérable.

Pendant longtemps, au lieu de raconter à son fils la vérité, il lui a donné une version idéalisée, optimiste : un jour, l'Empire tombera et le monde sera bien différent quand tu auras des enfants. Ce n'est pas impossible que ce jour advienne. Mais pour le moment, la vérité est plus rude :

— Jak, la lutte n'est pas terminée. Elle ne fait que commencer.

Il serre son fils contre lui.

Puis il place un débris de statue dans la main du garçon. Et il en prend un autre pour lui.

PREMIÈRE PARTIE

1

Aujourd'hui.

Des étoiles s'étirent et strient l'étendue noire.

Un vaisseau sort de l'hyperespace. C'est un petit Starhopper, un chasseur monoplace populaire auprès des factions peu recommandables de la Bordure Extérieure : les pirates, les bookmakers, les chasseurs de primes et ceux dont la tête est mise à prix. Ce vaisseau a pris part à l'attaque rebelle, comme en témoignent les cicatrices laissées par le plasma sur les ailes et sur les ailerons de sa queue. Une bosse à l'arrière de la coque prouve que le vaisseau a subi des tirs de bipode impérial. Tant mieux, cela lui donne un air encore plus authentique.

Droit devant : la planète Akiva. Elle est petite. D'ici, on n'aperçoit que des stries marron et vertes. D'épais nuages blancs tournoient au-dessus de la surface.

Le pilote est à son poste et marque une pause. Il s'appelle Wedge Antilles. Autrefois, il était leader d'escadron et, à présent, eh bien… il doit être autre chose, mais son rôle est encore sans titre officiel, car tout est si nouveau, si différent, si incertain.

La vue est jolie là-haut. Tout est si calme.

Pas de chasseurs TIE. Pas d'explosions qui criblent la proue de son Aile-X. Pas d'Aile-X d'ailleurs et, même s'il adore en piloter, il n'est pas fâché d'en être sorti. Pas d'Étoile de la Mort – et là, Wedge ne peut réprimer un frisson, car il a collaboré à la destruction des deux stations de combat. Certains jours, cet exploit le remplit de fierté. D'autres, Wedge ressent autre chose, de moins agréable, comme s'il était aspiré à l'intérieur de la station et que les combats faisaient rage autour de lui. Mais ce n'est pas le cas en cet instant.

Aujourd'hui, tout est calme.

Wedge aime le calme.

Il sort son datapad, fait défiler une liste sur son écran en appuyant sur un bouton latéral. Il doit s'y reprendre plusieurs fois juste pour lancer le défilé : s'il y a une chose dont il a hâte quand tout sera terminé, c'est de recevoir du nouveau matériel. Du sable s'est infiltré à l'intérieur de son datapad, c'est pour cette raison que les boutons coincent. La liste des planètes s'affiche.

Il en a visité, voyons, cinq jusqu'à présent. Florrum. Ryloth. Hinari. Abafar. Raydonia. Celle-ci, Akiva, est la sixième sur la longue liste. *Trop* longue.

Cette mission est son idée. Les factions de l'Empire qui tiennent encore debout poursuivent l'effort de guerre, des mois après la destruction de leur seconde station de combat. Wedge est persuadé qu'elles doivent s'être installées dans la Bordure Extérieure ; en se penchant un peu sur l'histoire de l'Empire, il est facile de se rendre compte que ses graines se sont d'abord développées ici, loin des systèmes du Noyau, à l'abri du regard de la République.

Wedge a dit à Ackbar et Mon Mothma :

— Il est possible qu'ils soient à nouveau tapis dans ces zones à l'écart. Cachés.

Ackbar a reconnu que cela paraissait logique. Mustafar

ne revêt-elle pas une importance particulière pour les dirigeants impériaux ? D'après la rumeur, c'est là que Vador a emmené certains Jedi il y a bien longtemps pour les torturer et leur soutirer des informations, avant de les exécuter froidement.

À présent, Vador a disparu. Palpatine aussi.

Nous y sommes presque, se dit Wedge. Dès qu'ils auront trouvé les chaînes d'approvisionnement qui permettent aux Impériaux de tenir, il se sentira beaucoup mieux.

Il active le système comm. Essaie d'ouvrir un canal de communication avec le commandement et…

Rien.

Peut-être que le système est cassé. C'est un vieux vaisseau.

Wedge attrape le comlink qui pend à sa ceinture, le tapote, essaie d'obtenir un signal.

À nouveau : rien.

Son cœur se serre. Il a l'impression de tomber dans un gouffre, parce que c'est à cela que se résume sa situation : le signal est bloqué. Certains syndicats du crime qui opèrent encore dans les parages disposent de la technologie nécessaire pour brouiller le signal localement… mais ici, dans l'espace au-dessus de la planète, non, ce n'est pas possible. Une seule organisation dispose de cette technologie.

Sa mâchoire se crispe. Son mauvais pressentiment se confirme quand un Destroyer Stellaire troue l'espace comme la pointe d'un couteau, en sortant de l'hyperespace. Wedge allume les moteurs. *Il faut que je parte d'ici*.

Un deuxième Destroyer rejoint le premier.

Le tableau de bord du Starhopper se met à clignoter en rouge.

Ils l'ont repéré. Comment doit-il réagir ?

Que dit toujours Han ? *Pilote de façon détendue.* Ce n'est pas pour rien que le vaisseau est camouflé : il a l'air d'appartenir à un contrebandier minable. Akiva en regorge. La planète est un repaire de despotes corrompus, plusieurs syndicats du crime se disputent les ressources locales et les opportunités d'affaires louches, le marché noir de la planète est réputé : il y a des dizaines d'années, la Fédération du Commerce avait installé ici une usine de fabrication de droïdes. Si on cherche un droïde non enregistré, c'est le meilleur endroit de la galaxie. Même l'Alliance se fournit ici.

Nouveau dilemme : que faire ?

Descendre vers la planète pour effectuer une reconnaissance aérienne, comme le prévoyait la mission initialement, ou retourner sur Chandrila ? Il se passe quelque chose. Deux Destroyers Stellaires sortis de nulle part ? Un système comm bloqué ? Ce n'est pas rien. *Cela signifie que j'ai trouvé ce que je cherchais.*

Et peut-être mieux encore.

Cela veut dire qu'il est temps d'encoder les coordonnées pour filer loin d'ici.

Cela prendra quelques minutes – quitter la Bordure Extérieure pour se diriger vers l'intérieur n'est pas aussi facile que d'aller d'un point A à un point B. C'est un saut dangereux. Toute une série de variables doit être prise en compte : des nuages de nébuleuses, des champs d'astéroïdes, des amas de déchets spatiaux à la dérive, traces de quelques affrontements et batailles.

Wedge ne voudrait pas prendre le risque de frôler un trou noir ou de passer au centre d'une étoile qui se transforme en supernova.

Le système comm crépite.

Ils entrent en contact avec lui.

Une voix impériale cassante lui parvient sur le canal.

— Ici le Destroyer Stellaire *Vigilance*. Vous avez pénétré dans l'Espace Impérial.

Ce n'est pas l'Espace Impérial, se dit Wedge. *Que se passe-t-il ?*

— Identifiez-vous.

La peur le foudroie comme un choc électrique. Parler n'est pas son fort, mentir encore moins. Un vaurien comme Solo serait capable de convaincre un Jawa de lui acheter un sac de sable. Wedge, lui, est pilote avant tout. Heureusement, il a anticipé la situation. Calrissian lui avait préparé une biographie. Wedge s'éclaircit la gorge, appuie sur le bouton.

— Ici Gev Hessan. Je pilote un Starhopper HH-87 : le *Vagabond*.

Il transmet sa datacarte.

— Je vous envoie mes références.

Une pause.

— Identifiez la nature de votre visite.

— Cargaison légère.

— De quel type ?

La réponse prévue est : des composants de droïdes, mais ça risque de ne pas passer ici. Il réfléchit à toute allure. Akiva est une planète chaude, humide, principalement composée de jungle.

— Des pièces de déshumidificateur.

Nouvelle pause. Une véritable torture.

Le navordinateur effectue ses calculs.

Ça y est presque.

Une autre voix s'élève dans le petit haut-parleur. Une voix de femme, glacée, moins coupante, pas du tout mélodieuse. On devine qu'il s'agit de quelqu'un qui a de l'autorité – ou du moins qui estime en avoir.

— Gev Hessan. Pilote numéro 45236. Dévaronien. C'est exact ?

Les infos collent. Calrissian connaît Hessan. Le

contrebandier – pardon, le pilote et homme d'affaires – a procuré du matériel de contrebande pour aider Lando à construire sa Cité des Nuages. Et c'est effectivement un Dévaronien.

— Exact, confirme Wedge.

Encore une pause.

L'ordinateur a presque terminé ses calculs. Encore dix secondes tout au plus. Des chiffres défilent à l'écran…

— C'est étrange, nos dossiers indiquent que Gev Hessan est décédé, alors qu'il était détenu par l'Empire. Nous ferions bien de corriger nos informations.

L'ordinateur a achevé ses calculs pour le saut en hyperespace.

Sans attendre, Wedge pousse le manche de la paume de la main, mais le vaisseau se contente de frissonner. Puis le Starhopper tremble à nouveau et avance en direction des deux Destroyers Stellaires. Ils ont engagé des rayons tracteurs.

Wedge se tourne vers les commandes des armes.

S'il veut s'en sortir, c'est maintenant ou jamais.

L'amiral Rae Sloane pose les yeux sur le tableau de bord, puis les lève vers la baie vitrée. L'immensité noire, les étoiles blanches et, au fond, comme un jouet d'enfant qui traînerait sur une couverture, un petit chasseur longue portée.

— Scannez-le, ordonne-t-elle.

Le lieutenant Nils Tothwin lève les yeux vers elle et lui adresse un sourire obséquieux.

— Cela va de soi.

Son visage jaunâtre est tendu par ce sourire. Tothwin est révélateur de ce qui ne tourne pas rond dans les forces impériales en ce moment : les meilleurs éléments ne sont plus là. Il ne reste pratiquement que la lie. Les feuilles et les brindilles qu'on trouve au fond d'une tasse de thé aux épices. Il obéit tout de même aux ordres, c'est déjà ça. Sloane se demande quand l'Empire va vraiment se fracturer pour de bon. Les forces font ce qu'elles veulent, quand elles veulent. Le chaos et l'anarchie règnent de tous côtés. Dès qu'une personnalité un peu significative décidera de se séparer de la masse pour suivre sa propre route, ils seront vraiment fichus.

Tothwin scanne le Starhopper tandis que le rayon tracteur l'attire inexorablement vers eux. L'écran émet une faible lueur et une image holographique du vaisseau se dresse, comme si elle était tracée par des mains invisibles. Le bas de l'image clignote en rouge. Nils annonce d'une voix paniquée :

— Hessan charge son système d'armement.

Sloane lui jette un regard noir.

— Calmez-vous, lieutenant. Les armes d'un Starhopper ne suffisent pas à…

Une seconde. Elle plisse les yeux.

— Est-ce que c'est ce que je crois ?

Elle approche le doigt de l'holographe et souligne d'un cercle le large nez incurvé du chasseur.

— Ici. Un lanceur militaire. Des torpilles à protons.

— Le Starhopper ne peut pas être équipé de… oh. Oh.

— Il était prêt au combat, décrète Sloane.

Elle se penche et active à nouveau le système comm.

— Ici l'amiral Rae Sloane. Je vous vois, petit pilote. Vous préparez deux torpilles. Laissez-moi deviner : vous vous imaginez qu'une torpille à protons peut perturber notre rayon tracteur suffisamment longtemps pour vous permettre de nous échapper. C'est peut-être vrai, mais laissez-moi aussi vous rappeler que nous avons assez d'armement militaire à bord du *Vigilance* pour vous transformer non seulement en tas de ferraille, mais aussi en fines particules, comme de la poussière projetée dans l'obscurité. Vous avez mal calculé votre coup. Vous allez lancer votre torpille, nous les nôtres. Et quand bien même notre rayon cesserait de fonctionner quand vos armes nous frapperont…

Elle fait claquer sa langue.

— Eh bien, si vous avez envie de tenter votre chance, faites-le.

Elle ordonne à Nils de cibler le Starhopper. Juste au cas où.

Elle espère tout de même que le pilote est malin. Pas un imbécile. Sans doute quelqu'un envoyé en reconnaissance par les Rebelles, un espion, ce qui n'est déjà pas futé en soi – même si c'est moins dangereux, maintenant que la deuxième Étoile de la Mort a été anéantie comme la précédente.

Raison de plus pour rester vigilante, comme le suggère le nom du vaisseau. La réunion sur Akiva ne peut pas échouer. Elle doit avoir lieu. Elle doit déboucher sur un résultat. Rae Sloane a l'impression que tout l'Empire est au bord du précipice et que les abords s'effritent sous leurs pieds.

La pression monte. Elle est presque réelle, comme un poing qui appuierait dans son dos et chasserait l'air de ses poumons.

C'est une opportunité de briller.

De changer le sort de l'Empire.

D'oublier les anciennes méthodes.

Pour de bon.

Wedge fait la grimace. Son cœur bat dans sa poitrine comme un canon à ions. Il sait qu'elle a raison. Le timing ne joue pas en sa faveur. Il est un pilote chevronné, peut-être l'un des meilleurs, mais la Force n'est pas de son côté. Si Wedge lance ces deux torpilles, ils riposteront avec tout l'arsenal dont ils disposent. Cela n'aura alors plus d'importance qu'il se libère ou non du rayon tracteur. Il n'aura pas une seconde pour échapper à leur force de frappe.

Il se passe quelque chose. Ici, dans l'espace au-dessus d'Akiva. Ou là en bas, sur la surface de la planète.

S'il meurt ici, personne ne saura jamais rien de ce qui se trame.

Il n'a pas le choix, il doit jouer ses cartes au mieux.

Il coupe les torpilles.

Il vient d'avoir une autre idée.

Baie d'amarrage 42

Rae Sloane se tient sur le balcon vitré, qui donne sur un bataillon de stormtroopers alignés. Comme Nils, ils sont loin d'être parfaits.

Ceux qui ont reçu les meilleures notes à l'Académie ont été affectés à bord de l'Étoile de la Mort ou du vaisseau de commandement de Vador, l'*Exécuteur*. La moitié des stormtroopers présents ici n'ont même pas terminé l'Académie. On est allé les chercher avant la fin de leur formation.

Ils feront tout de même l'affaire, pour le moment. Devant elle, le Starhopper dérive dans le vide de l'espace, pris dans la poigne invisible du rayon tracteur. Derrière l'alignement de chasseurs TIE (la moitié de ce qu'il leur faudrait, le tiers de ce qu'elle aurait voulu), il dérive lentement vers les stormtroopers rassemblés.

Les chiffres jouent en leur faveur. Le Starhopper n'aura sûrement qu'un seul pilote. Peut-être un deuxième ou un troisième membre d'équipage.

Il se rapproche de plus en plus.

Elle se demande à qui elle va avoir affaire. Qui est à l'intérieur de cette petite boîte de conserve ?

Puis, un éclair entoure le vaisseau, accompagné d'un frémissement : le Starhopper devient tout à coup bleu du nez à la queue.

Il explose dans une pluie de feu et de débris.

— Nous ne saurons jamais qui c'était, déclare le lieutenant Tothwin, j'imagine qu'il ne voulait pas être démasqué et a préféré une fin rapide.

Sloane s'approche de l'épave brûlante du chasseur longue portée. La ferraille calcinée empeste l'ozone et le feu. Deux astromechs noirs étincelants s'approchent en bourdonnant et lancent de la mousse pour éteindre les dernières flammes. Ils doivent se frayer un chemin entre la demi-douzaine de corps de stormtroopers qui gisent tout autour, immobiles, leurs casques fendus, leur armure carbonisée. Des fusils blasters ont été projetés sur le sol, réduits en pièces.

Sloane toise Tothwin.

— Ne soyez pas naïf. Le pilote ne voulait évidemment pas être démasqué, mais il est toujours ici. S'il ne voulait pas qu'on l'abatte dans le ciel, vous pensez vraiment qu'il souhaitait mourir ici ?

— Ça pourrait être une attaque-suicide. Pour causer un maximum de dégâts.

— Non, il est ici. Et il ne peut être loin. Trouvez-le.

Nils lui adresse un hochement de tête rapide et nerveux.

— Bien, amiral. Tout de suite.

2

— Nous devons faire demi-tour, lance Norra. Encodez une autre trajectoire…

— Holà, non ! rétorque Owerto, avec un rire forcé.

Il lève les yeux vers elle. La moitié de son visage est un entrelacs de cicatrices, dont l'origine change à chaque fois qu'il la raconte : lave, wampa, tirs de blaster, chute sur un réchaud de camping lors d'une soûlerie au rhum corellien.

— Mademoiselle Susser…

— Maintenant que je suis rentrée, je me fais à nouveau appeler par mon nom d'épouse. Wexley.

— Norra, vous m'avez payé pour que je vous amène sur cette planète.

Owerto pointe le doigt vers la baie vitrée. Là, de l'autre côté : c'est chez elle. La planète qui a été son domicile, un jour. Akiva. Des nuages tourbillonnent en spirales paresseuses au-dessus de la jungle et des montagnes. Deux Destroyers Stellaires sont suspendus comme des épées dans les airs.

— Et, plus important encore, vous n'êtes pas la seule marchandise que je conduis ici. Je dois terminer ce boulot.

— Ils nous ont ordonné de faire demi-tour. C'est un blocus…

— Et les contrebandiers dans mon genre sont particulièrement doués pour les contourner.

— Il faut que nous retournions auprès de l'Alliance…

Elle se corrige. C'est du passé, désormais.

— Auprès de la Nouvelle République. Il faut les informer.

Un troisième Destroyer Stellaire fend tout à coup l'espace et apparaît aux côtés des deux autres.

— Vous avez de la famille là, en bas ?

Elle répond d'un signe de tête un peu raide.

— C'est pour cette raison que je suis ici.

— Ce risque a toujours existé. L'Empire est présent sur Akiva depuis des années. Pas de cette manière, mais… ils sont bien là aujourd'hui et il va falloir faire avec.

Il se penche vers elle et ajoute :

— Vous savez pourquoi j'appelle ce vaisseau le *Papillon de nuit* ?

— Non.

— Vous avez déjà essayé d'attraper une de ces bestioles ? De former une coupe avec vos mains et d'en saisir une ? Qu'il soit blanc ou ocre, peu importe. Quelle que soit l'espèce de papillon de nuit, le résultat est le même : c'est impossible. Ils s'échappent toujours. Ils montent, filent à gauche, à droite. Comme une marionnette qui danse au bout de ses fils. C'est moi. C'est ce vaisseau.

— N'empêche, cela ne me plaît pas du tout.

— Moi non plus. La vie regorge de choses déplaisantes. Vous voulez revoir votre famille ? Alors suivez mon plan. C'est le moment. On dirait que les Impériaux commencent juste à se mettre en place. Il pourrait y en avoir d'autres en route.

Son œil indemne brille soudain d'une lueur un peu

folle. L'autre est une lentille rouge implacable, insérée dans un cercle métallique mal ajusté, au cœur de la peau striée de cicatrices. Il sourit en montrant ses dents mal alignées. La situation l'enchante.

Typique des contrebandiers, se dit-elle.

Mais après tout, elle a payé le ticket jusqu'à destination.

La longue table noire scintille sous la lumière projetée par l'hologramme en suspension au-dessus. C'est un schéma de la baie d'amarrage du *Vigilance* et de ses environs immédiats, réalisé à parti d'un scan récent. On y voit les dégâts occasionnés à deux chasseurs TIE et les nombreux corps des stormtroopers : il ne reste pourtant que ceux qui ont été laissés sur place pour rappeler aux soldats ce qui peut arriver quand on affronte un Rebelle.

Le pilote du Starhopper ? Très certainement un Rebelle. La question est à présent de déterminer s'il s'agit d'une attaque. Savait-il qu'ils étaient là ? Ou est-ce une simple convergence d'événements, une coïncidence en somme, qui a mené à cette rencontre fortuite ?

Ce problème sera réglé plus tard. L'urgence immédiate est de savoir où se cache le pilote. Car, comme elle l'a deviné, le vaisseau ne contient aucun cadavre. L'hypothèse la plus probable est qu'il a trafiqué les torpilles pour provoquer l'explosion. Mais qu'a-t-il fait juste avant ? Elle appuie sur un bouton, revient au plan du Starhopper qu'elle a extrait des bases de données impériales. *Là*. Une porte à la poupe. Petite, mais suffisante pour permettre de charger et décharger des caisses de marchandises.

Son nouvel ami le pilote est-il sorti par-derrière ? Cela représenterait un fameux saut. Un Jedi ? Non, pas possible. Il n'y en a qu'un et les Rebelles n'enverraient jamais leur enfant chéri, Skywalker.

Elle se replonge dans le plan de la baie d'amarrage. Le fait tourner, fait apparaître les conduits d'accès.

C'est ça. Elle saisit son comlink.

— Tothwin, notre pilote est dans les conduits. Je parie tous mes crédits que vous trouverez un passage ouvert…

— Nous avons un problème.

Le problème, c'est que vous m'avez interrompue, pense-t-elle sans le dire.

— Que se passe-t-il ?

— Un briseur de blocus.

— Un autre terroriste ?

— Possible. On dirait un contrebandier ordinaire en tout cas. Il pilote un petit cargo corellien… un, euh, voyons… un MK-4.

— Envoyez les TIE, laissez-les s'en occuper.

— Bien sûr, amiral.

Norra a l'impression que tout se déroule au ralenti. Elle est assise, immobile, dans le siège du navigateur, à côté d'Owerto Naiucho, le contrebandier au visage couvert de cicatrices. Sa figure est striée par les éclairs de lumière verte en provenance des lasers, puis par un éclat orange lorsqu'un chasseur TIE se transforme en boule de feu. Dehors, devant eux, les TIE ressemblent à une nuée d'insectes. Ils passent en émettant un hurlement affreux, qui fait vibrer le siège de Norra et le tableau de bord, qu'elle serre si fort que ses doigts blanchissent. Quand elle cligne des yeux, elle ne voit pas d'obscurité, mais un autre combat…

— *C'est un piège ! annonce la voix d'Ackbar dans le système comm. L'angoisse la saisit quand les TIE impériaux fondent sur eux comme un essaim de guêpes rouges frappé par une pierre. L'espace obscur s'illumine d'un faisceau de lumière vive en provenance de l'Étoile de la Mort encore en construction. Lorsque l'un des vaisseaux capitaux est anéanti, effacé dans une explosion de lumière et de feu, c'est une poignée de terre de plus jetée sur le cercueil de l'Alliance.*

Le cargo plonge en vrille vers la surface de la planète, comme une vis qui s'enfonce. Le vaisseau frissonne sous les tirs de laser qui bombardent son flanc. Les boucliers ne tiendront pas éternellement. Owerto lui crie :

— Occupez-vous de l'armement ! Norra, les armes !

Elle est incapable de quitter son siège. Ses mains exsangues refusent de lâcher le tableau de bord. Elle a la bouche sèche, les aisselles humides. Son cœur bat comme une étoile à neutrons juste avant l'implosion.

— Nous voulons que tu voles avec nous, lance le capitaine Wedge Antilles.

Norra n'émet pas d'objection, bien sûr – elle travaille avec les Rebelles depuis des années maintenant, avant la destruction de la première Étoile Noire, mais comme pilote de cargo. Elle transporte des droïdes messagers, des armes de contrebande ou conduit simplement des personnes d'une planète à l'autre.

— Tu es un pilote hors pair. Tu es plus rapide qu'un Destroyer Stellaire. Tu as contraint deux Intercepteurs TIE à s'écraser l'un contre l'autre. Tu as toujours été un pilote d'élite et nous aurons besoin de toi au moment où le général Solo désactivera les générateurs de boucliers.

Il insiste. En sera-t-elle ? Volera-t-elle avec l'Escadron Red et l'Escadron Gold ?

Elle accepte. Évidemment. Comment pourrait-elle refuser ?

Autour de Norra, tout tourne. L'éclairage de la cabine clignote. Une pluie d'étincelles jaillit derrière les sièges. Le *Papillon de nuit* semble vaciller. Par la baie vitrée, on devine la planète. Les nuages se rapprochent. Les chasseurs TIE les canardent et de la vapeur s'élève dans leur sillage. Elle se lève, les mains tremblantes.

Dans les entrailles du monstre, un enchevêtrement de tuyaux où siffle de la vapeur, de poutres squelettiques, de câbles et de conduits. Ce sont les tripes de l'Étoile Noire ressuscitée de ses cendres. Les boucliers sont désactivés. C'est leur unique chance de réussir. Mais les chasseurs TIE sont partout. Ils les poursuivent, comme des aigles cherchant à les agripper par la queue. Elle sait comment cela va se terminer : elle va mourir. C'est comme cela qu'on obtient des résultats. La voix du leader de l'Escadron Gold – celle de Lando – retentit dans ses oreilles et celle de son copilote sullustéen derrière elle. Elle entend les instructions. Et à nouveau elle pense : c'est ainsi que je vais mourir. Elle accélère. La signature thermique du noyau va vers la gauche. Elle fait virer son Aile-Y vers la droite. Une poignée de TIE quittent la formation pour la suivre dans les profondeurs de l'Étoile de la Mort, abandonnant le Faucon Millenium *et les Ailes-X. Des tirs de laser atteignent ses moteurs, décapitent le dôme de son astromech. De la fumée et une odeur d'ozone envahissent la cabine.*

— Je ne suis pas un artilleur, objecte-t-elle, je suis un pilote.

Elle tire Owerto de son siège. Il proteste, mais elle lui adresse un regard répété maintes fois – son visage se durcit comme de l'acier qui refroidit, on ressemble à un rapace sur le point d'arracher les yeux de sa proie. Le contrebandier réagit d'un hochement de tête presque imperceptible. C'est une bonne chose, car dès qu'elle regagne sa place et qu'elle saisit le manche, elle voit deux TIE foncer sur eux. Elle serre si fort les dents qu'elle a l'impression que sa mâchoire va se briser. Des lasers strient le ciel, comme le feu de l'enfer : le cargo est en plein dans leur ligne de mire.

Elle tire sur le manche, le *Papillon de nuit* cesse son plongeon vers la surface de la planète et les tirs de laser ratent leur cible. Ils passent juste sous l'arrière du cargo et continuent leur course...

Boum.

Deux des TIE qui les talonnaient explosent derrière eux. Et tandis qu'elle continue à tirer sur le manche, alors que son estomac et son cœur échangent leurs places et que le sang rugit dans ses oreilles, elle effectue un looping juste à temps pour voir les deux TIE restants entrer en collision. Leurs panneaux verticaux se fracassent l'un contre l'autre, se détachent, et les deux chasseurs courte portée impériaux tourbillonnent à toute vitesse à travers l'espace. On dirait le feu d'artifice tiré à la Fête de la République.

— Il y en a d'autres qui arrivent ! vocifère Owerto quelque part derrière elle.

Puis elle entend les deux canons du *Papillon de nuit* grincer, tandis que la tourelle pivote pour se mettre en place et ouvrir le feu. Des nuages filent à toute allure.

Le vaisseau est ébranlé quand les canons percent un trou dans l'atmosphère.

C'est chez moi, pense-t-elle. *Ou c'était chez moi.* Elle a grandi sur Akiva. Norra, à cette époque, était comme aujourd'hui, elle n'aimait pas trop les gens. Elle passait beaucoup de temps seule, à explorer la nature en dehors de la capitale, Myrra : les vieux temples, les grottes, les rivières, les canyons.

Elle connaît par cœur ces endroits. Tous les lacets, tous les virages, les moindres recoins. Elle pense à nouveau : *C'est chez moi, ici.* Elle se répète cette phrase comme un mantra et, les mains toujours tremblantes, elle vire à tribord et effectue une vrille pour éviter de nouveaux tirs de laser.

La surface de la planète se rapproche à toute allure. Trop vite. Mais Norra se rassure en se disant qu'elle sait ce qu'elle fait. Les collines verdoyantes et les falaises aux parois glissantes cèdent la place au canyon d'Akar – une vallée qui serpente. C'est là qu'elle entraîne le *Papillon de nuit*. Un canal dans la forêt tropicale. Une pluie fine lui brouille la vue, les ailes du cargo cassent des branches, arrachent des feuilles, tandis qu'elle se déplace en zigzag pour que le *Papillon* soit une cible impossible à atteindre.

Des tirs de laser noircissent la canopée.

Puis elle se retrouve dans un banc de brouillard.

Elle pousse le manche et fait plonger le cargo encore plus bas. Ici, le canyon devient plus étroit. Sur le terrain rocailleux, des arbres étendent leurs branches comme des mains. Norra fait exprès de les arracher… à gauche, puis à droite. Les tourelles du *Papillon de nuit* crachent des tirs de laser et tout à coup un TIE roule sur lui-même, comme un gros rocher que quelqu'un aurait lancé de toutes ses forces. Norra est obligée de virer de bord pour l'éviter. Le TIE s'écrase contre un arbre et explose dans une boule de feu.

Le cargo frissonne.

De nouvelles étincelles jaillissent, puis la cabine est plongée dans le noir.

— Nous avons perdu les tourelles ! annonce Owerto.

Nous n'en avons pas besoin, se dit Norra. Parce qu'elle sait ce qui l'attend plus loin devant : l'un des plus vieux complexes de temples, vestige abandonné d'une architecture d'une époque révolue, quand les Ahia-Kos habitaient encore ici. Mais avant cela : une chute d'eau argentée qui tombe d'une falaise appelée le Doigt de la Sorcière parce qu'on dirait un doigt croche et accusateur. Sous le pont de pierre, il y a un espace, un passage étroit. Elle se dit qu'il n'est pas assez large. Mais peut-être que... Surtout maintenant qu'ils ont perdu la tourelle. De toute façon, il est trop tard pour envisager une autre option...

Elle fait pivoter le cargo sur le flanc.

Le trou sous la roche est droit devant elle. La chute d'eau d'un côté, la falaise escarpée de l'autre. Norra calme sa respiration, ouvre grand les yeux. Elle répète son mantra une dernière fois, à voix haute cette fois.

— C'est chez moi, ici.

Le cargo parvient à passer.

Il tremble comme un vieil alcoolique, ce qui reste de la tourelle se détache et tombe avec un cliquetis de métal avant de rejoindre la chute d'eau et d'être emporté par les flots. Mais ils sont passés. Tout va bien. Ils sont vivants.

Sur le tableau de bord, deux petits points clignotent.

Des chasseurs TIE. Derrière eux.

Un peu de patience.

Un... peu... de... patience.

Deux explosions retentissent.

Les deux points disparaissent.

Owerto pousse un cri de joie et applaudit.

— On est tirés d'affaire !

Ah ça, oui.

Elle fait demi-tour et encode une trajectoire qui les mènera à la périphérie de Myrra.

Nils Tothwin avale péniblement sa salive et enjambe le verre brisé et la flaque d'alcool pétillant. Le liquide provient d'une bouteille de vin de cassis lothalien, un vin de cérémonie d'un violet presque noir. On pourrait presque confondre la flaque avec un trou dans le sol.

Tothwin se frotte nerveusement les mains.

— Vous ne l'avez pas trouvé, devine Rae Sloane.

— Non.

— Et j'ai vu que le vaisseau du contrebandier n'est plus là.

— Vous voulez dire qu'il s'est enfui.

Elle plisse les yeux.

— Je sais ce que je veux dire.

— Bien sûr, amiral.

La flaque pétille sur le sol. On lui a offert cette bouteille pour fêter sa promotion au poste d'amiral. Un vin de cérémonie, quel bon choix, vu que son poste et son autorité ne sont plus que de cérémonie, eux aussi.

Pendant des années, elle a été sur une voie de garage. C'est vrai qu'on lui a confié le commandement du *Vigilance*, mais ce vaisseau n'a pas du tout joué un rôle majeur dans la lutte contre la Rébellion. Les missions étaient minables, principalement des patrouilles dans la Bordure Extérieure. La défense et l'escorte de bureaucrates, de Moffs, de dignitaires ou d'ambassadeurs.

Elle n'a eu droit à rien d'autre. Elle s'est fait trop d'ennemis au début de sa carrière. Sloane a toujours été du genre à dire ce qu'elle pense, à oublier quelle est sa place. Cela lui a coûté cher.

Une seconde chance est enfin à sa portée.

Sloane brise le silence.

— Le moment est mal choisi pour une pagaille pareille, lieutenant. Deux de nos invités de marque sont déjà arrivés.

Le Moff Valco Pandion à bord du Destroyer Stellaire *Vaincre* et, à bord de l'*Ascension*, un des plus anciens stratèges et tacticiens de l'Empire Galactique : le général Jylia Shale.

— Les autres arriveront bientôt. Ce n'est pas le moment de faire preuve de faiblesse. Nous ne pouvons pas laisser entendre que nous ne maîtrisons pas l'environnement.

Sinon, nous prouverions – particulièrement aux yeux de Pandion – que nous ne sommes même pas capables de piloter cette réunion. Et nous *devons* garder le contrôle de cette réunion.

— Absolument, amiral. Nous allons trouver l'intrus…

— Non. Je mènerai la manœuvre pour retrouver notre passager clandestin. Vous, occupez-vous de constituer une équipe et descendez à la surface avant la réunion. Cherchez le contrebandier et le cargo qui nous ont échappé, juste pour nous assurer que cette affaire ne fait pas partie d'un complot de plus vaste ampleur. Tout doit se dérouler sans anicroche, quel qu'en soit le prix. Si ce n'est pas le cas, je vous tiendrai personnellement responsable de l'échec.

Le peu de couleur que Tothwin a dans le visage disparaît d'un coup.

— Comme vous le souhaitez, amiral.

De la vapeur s'élève de la surface du *Papillon de nuit*, pareille à des spectres que l'on aurait réveillés. La pluie a cessé et le soleil est de retour, brûlant et scintillant. L'air est humide et pesant. Norra sent déjà ses cheveux – d'habitude raides et argentés comme la chute d'eau, sous laquelle ils se sont faufilés une heure plus tôt – boucler aux pointes et s'emmêler. Une étrange pensée lui traverse l'esprit : *Ai-je emporté une brosse ?* A-t-elle au moins emporté les vêtements adéquats ? Qu'est-ce que Temmin va penser d'elle ?

Elle n'a plus vu son fils depuis… trop longtemps. Trois ans ?

Elle grimace en réalisant le temps qui a filé.

— Vous êtes casse-cou comme pilote, déclare Owerto en la rejoignant.

Il frappe le vaisseau : *bang, bang, bang*.

— Mais je dois reconnaître que vous avez sauvé la peau du *Papillon de nuit*, ajoute-t-il.

Elle lui adresse un léger sourire.

— Eh bien, disons que j'ai eu un coup de chance.

— Piloter comme ça n'a rien à voir avec la chance. C'est de la compétence. Vous êtes pilote pour les Rebelles, non ?

— C'est exact.

— Vous êtes dans l'équipe gagnante, alors !

Pas encore, pense-t-elle, mais elle se contente de répondre :

— C'est ce que nous espérons.

— Ils ne sont vraiment plus là ? L'Empereur ? Cet homme-machine, Vador ? L'Étoile de la Mort a été réduite en petits morceaux, une fois de plus ?

— Oui, elle a été anéantie. J'étais là. J'étais… à l'intérieur, en fait.

Il pousse un sifflement admiratif.

— Ça explique le pilotage sophistiqué.

— Peut-être.

— Félicitations. Vous êtes une héroïne. Ça a dû être quelque chose.

— Ce n'était pas rien, en effet.

Même en y repensant maintenant, un frisson glacé lui traverse l'échine, malgré la chaleur oppressante. D'autres ont peut-être ressenti de l'excitation pendant cette bataille. Pour sa part, la scène hante ses cauchemars. Voir d'excellents pilotes tomber en vrille vers la surface de cette énorme base. Entendre leurs cris dans le système comm.

— Votre argent, déclare-t-elle tout à coup.

Elle sort une petite poche de son sac en toile et la lui lance.

— Dix mille à l'arrivée, comme promis. Merci. Et désolée pour votre vaisseau.

— Je le ferai réparer. Bonne chance avec votre famille.

— C'est mon fils surtout. Je suis venue pour le chercher et repartir avec lui.

Il hausse un sourcil au-dessus de son œil indemne.

— Ça va pas être évident, avec ce blocus. Vous avez déjà un moyen de quitter la planète ?

— Non. Vous avez une proposition ?

— Si vous me réglez le même montant et que vous me promettez de piloter à nouveau si nécessaire, alors c'est d'accord.

Elle lui tend la main. Il la serre pour conclure le marché.

— Oh, ajoute-t-il en s'éloignant. Bienvenue chez vous, Norra Wexley.

3

Les Impériaux ont toujours été présents sur Akiva, mais pas comme force d'occupation. Les Impériaux se sont servis d'Akiva, comme de nombreuses autres planètes de la Bordure Extérieure – en orbite aux confins de l'espace connu –, sans jamais se l'approprier officiellement, ni même en manifester l'intention. Ils semblaient considérer ces exoplanètes comme des bêtes sauvages, trop rudes et trop étranges pour être ramenées sous le joug de l'Empire Galactique. Les Impériaux se contentaient de venir ici pour des raisons personnelles : l'alcool, les épices, les bâtons de la mort, les jeux ou les produits du marché noir. Voire pour l'exotisme des visages différents et des espèces inconnues que l'on côtoie dans cet avant-poste où les mécréants et les pervers pullulent.

C'est cela, c'est tout cela qui l'a attiré ici.

Sinjir Rath Velus. Officier de probité au service de l'Empire.

Enfin, ex-officier de probité.

La vague galactique l'a poussé jusqu'ici et il a échoué sur cette planète où les jungles sauvages le disputent aux montagnes en dents de scie, les volcans noirs aux plages dont le sable ressemble à du verre pilé. Il est assis ici, à sa place habituelle, dans le même bar, dans la même ruelle de Myrra, face au même barman mon calamarien qui fait glisser les consommations sur le bar en bois d'oka.

Sinjir sirote un vin de feuilles de sashin doré, doux. Le goût évoque un mélange de fruit jybbuk et d'oi-ois, ces petites baies rouges que sa mère ramassait. C'est son troisième de la journée et le soleil n'est levé que depuis quelques heures. Sa tête lui fait déjà l'effet d'une mouche prise dans la toile collante d'une araignée, qui tente en vain de se libérer et s'abandonne à une torpeur fatale. Sa tête est gélatineuse, marécageuse, vaseuse.

Sinjir lève son verre et l'observe comme s'il admirait sa maîtresse. Avec passion et ferveur, il lui déclare :

— Tu peux compter sur moi. Je suis avec toi sans réserve.

Puis il cesse de siroter et avale le liquide d'un coup. Ça descend tout seul.

Sinjir frissonne de plaisir, puis tape le verre contre le bois.

— Barman ! Gardien des consommations ! Marchand d'étranges alcools, un autre, s'il vous plaît !

Le Mon Calamarien, qui s'appelle Pok, se traîne lentement vers lui. Il est vieux. Les « tentacules » de son menton – ou peu importe le terme exact – sont devenus longs et épais. Ils forment une sorte de barbe rouge, comme des ventouses qui frétillent ou des bernaches luisantes. Son unique bras a été remplacé par le membre scintillant d'un droïde de protocole. Le boulot a été bâclé : les câbles plongent sans cérémonie dans la chair rouge couverte de cloques de son épaule. C'est peu appétissant à voir, mais Sinjir s'en moque à ce stade.

Il ne mérite pas mieux que cela.

Pok émet des gargouillis et des grognements dans la

langue que parlent les Mon Cal et dont Sinjir ignore le nom. Ils ont la même conversation à chaque fois :

Pok produit ses « bruits ».

Sinjir demande, puis exige, que le barman s'exprime en basic. Pok répond, en basic :

— Je ne parle pas basic.

Puis il retourne aux jacassements de son espèce.

Enfin, Sinjir passe sa commande et Pok remplit son verre.

À la fin de cet échange, Sinjir change d'avis :

— Je vais prendre… par toutes les étoiles du ciel, il fait chaud, non ? Je vais prendre quelque chose de rafraîchissant. Qu'est-ce qui est rafraîchissant, cher ami à tête de poulpe ? Donnez-moi ça.

Le barman hausse les épaules, ses yeux gélatineux de batracien frémissent, puis il saisit un gobelet en bois avec quelques glaçons qui s'agitent dans le fond, attrape une bouteille crasseuse sur l'étagère. L'inscription est rédigée dans un alphabet qui n'est pas celui du basic. Tout comme il est incapable de comprendre ce que dit le Mon Cal, Sinjir est incapable de déchiffrer la langue sur la bouteille. L'Empire ne s'intéressait guère à l'apprentissage des langues et des usages d'autres cultures. Les Impériaux ne voulaient même pas que leurs soldats les apprennent pendant leur temps libre.

Cela rappelle à Sinjir le jour où il a surpris un jeune officier en train d'étudier l'ithorien. Ce jeune type au teint frais, assis jambes croisées sur son lit, déchiffrait les lignes étranges en s'aidant de son long index. Sinjir s'était chargé de lui casser ce doigt. Il lui avait dit que cela valait mieux que n'importe quelle punition administrative… et que c'était plus rapide aussi. Sinjir se dit aussi : *Je suis un monstre.* La culpabilité et la honte bataillent en lui comme deux loth-cats qui sifflent entre leurs dents.

Pok verse le contenu de la bouteille.

Sinjir fait tourner le gobelet. L'odeur qui se dégage suffirait à décaper la peinture noire du casque d'un pilote de TIE. Il goûte l'alcool et s'attend à avoir la langue en feu. L'effet est plutôt inverse. Ce n'est pas sucré. Il décèle un arôme floral. Le goût ne ressemble pas à l'odeur. Fascinant.

Il soupire.

— Hé, murmure quelqu'un à côté de lui.

Sinjir l'ignore. Il avale bruyamment une longue gorgée de son étrange breuvage.

— Hé.

C'est à moi qu'on s'adresse, non ? Pff. Il tourne la tête en haussant les sourcils et voit un Twi'lek, assis. La peau rose pâle comme celle d'un nouveau-né. Une de ses queues – une queue cervicale – part du sommet de son front trop haut et s'enroule autour de son épaule jusqu'à glisser sous son aisselle. On dirait un ouvrier qui transporte un rouleau de corde ou un tuyau d'arrosage sous le bras.

— Mon vieux, reprend le Twi'lek. Hé.

— Non, répond Sinjir sèchement. Pas question. Je ne parle pas aux gens. Je ne suis pas ici pour discuter. Je suis ici pour ça, précise-t-il en brandissant la chope en bois et en la faisant tourner pour que les glaçons cliquettent. Pas pour ça, ajoute-t-il en agitant les doigts dans la direction générale du Twi'lek.

— Vous avez vu l'holovid ?

Le Twi'lek est visiblement le genre d'individu impertinent et agressif qui ne respecte les conventions sociales que quand on les lui explique avec les poings ou le canon d'un fusil blaster.

Mais cette histoire d'holovid pique la curiosité de Sinjir.

— Non. De quoi s'agit-il ?

Le Twi'lek jette un œil à gauche puis à droite, avant de sortir un petit disque plus grand que sa paume et moins large qu'une assiette. Un cercle métallique, un centre en verre bleu. Le Twi'lek passe la langue sur ses petites dents pointues et appuie sur un bouton.

Une image apparaît sur le disque.

Une femme au port royal, le menton dressé bien haut. Même si l'hologramme est flou, Sinjir voit bien que ses yeux sont brillants et intelligents.

Évidemment, c'est peut-être parce qu'il l'a reconnue : c'est la Princesse Leia Organa, autrefois Princesse d'Alderaan. Aujourd'hui, elle fait partie des héros et des leaders de l'Alliance Rebelle. L'image enregistrée de la Princesse prend la parole :

— Ici la Princesse Leia Organa, ancienne Princesse d'Alderaan, ancien membre du Sénat Galactique et une des leaders de l'Alliance pour restaurer la République. J'ai un message pour la galaxie. Le joug de l'Empire Galactique sur notre galaxie et ses citoyens est terminé. L'Étoile de la Mort au-dessus de la lune forestière d'Endor a été détruite et, avec elle, la tyrannie impériale.

À ce moment, l'hologramme change pour montrer une vue que Sinjir ne connaît que trop bien : l'Étoile de la Mort qui explose dans le ciel d'Endor.

Il la connaît parce qu'il y était. Il a vu l'énorme éclair, le feu, les nuages qui se sont échappés, comme un cerveau jaillirait du crâne fracassé d'un imbécile. Les morceaux projetés dans l'atmosphère, qui y flottent encore comme de vulgaires détritus. Puis l'image vacille, avant de revenir à Leia.

— Le tyran Palpatine est mort, mais le combat n'est pas terminé. La guerre continue, même si le pouvoir de l'Empire faiblit. Nous sommes ici avec vous. Sachez qu'où

que vous soyez, même si vous vivez aux confins de la Bordure Extérieure, la Nouvelle République arrive pour vous venir en aide. Nous avons déjà capturé des dizaines de vaisseaux capitaux et de destroyers impériaux…

L'image passe en trois dimensions et on voit des Impériaux conduits au bas d'une rampe, menottés.

— *Et dans les mois qui ont suivi la destruction de la station de combat tant redoutée de l'Empire, nous avons déjà libéré un nombre incalculable de planètes, au nom de l'Alliance.*

Nouvelle image : des Rebelles acclamés en sauveurs et en libérateurs par une foule en liesse de… Où est-ce ? Naboo ? Ça pourrait être Naboo. On revient à Leia :

— *Soyez patients. Soyez forts. Contre-attaquez là où vous le pouvez. La machine impériale s'effondre – un rouage, une arme, un stormtrooper à la fois, mais l'un après l'autre. La Nouvelle République arrive. Et nous avons besoin de votre aide pour achever le combat.*

Une dernière image vacillante : des combattants de l'Alliance sur fond de feu d'artifice.

Cette image lui est familière, elle aussi : il a vu les Rebelles victorieux tirer des fusées par-dessus les cimes des immenses arbres d'Endor. Ces étranges créatures mi-rats, mi-ours ovationnaient les Rebelles, les acclamaient au loin tandis que Sinjir restait tapi comme un lâche dans le froid des buissons.

— Une page se tourne, conclut le Twi'lek.

Son large sourire expose des rangées de petites dents pointues et mal alignées, qui évoquent la lame d'une scie.

— Un conquérant en remplace un autre, décrète Sinjir avec une grimace de mépris.

Son attitude ne correspond pas du tout à ce qu'il ressent, exactement comme le goût de l'alcool devant lui ne correspond pas à son odeur. Au fond de lui-même, Sinjir ressent une bouffée de… d'espoir ?

Vraiment ? De l'espoir, du bonheur, un avenir prometteur ? C'est dégoûtant. Il passe la langue sur ses lèvres et il propose :

— M'enfin, repassons-nous les images, non ?

Le Twi'lek approuve d'un hochement de tête et s'apprête à appuyer sur le bouton.

Des bruits de bottes se font entendre dans leur dos. Pok, le barman, pousse un grondement alarmé.

Un gant noir s'abat sur l'épaule de Sinjir. Un autre atterrit sur celle du Twi'lek et la serre solidement.

Sinjir décèle une odeur de cuir ciré, de linge fraîchement lavé avec le détergent officiel.

L'odeur de la propreté impériale.

— Que se passe-t-il ici ? gronde une voix gutturale et brutale.

Sinjir tourne la tête et se retrouve face à un officier qu'il trouve plutôt négligé. Son gros bide tire tellement son uniforme gris qu'un des boutons s'est détaché. Son visage n'est pas rasé, ses cheveux sont un peu ébouriffés.

Son collègue, à côté de lui, est nettement plus soigné – mâchoire ferme, regard clair, uniforme lavé et repassé, sourire suffisant –, le sentiment de supériorité qu'il affiche n'est pas une pose, mais semble émaner de lui naturellement.

Derrière eux se tiennent deux stormtroopers.

Ça, c'est quelque chose. Des stormtroopers. Ici, sur Akiva ?

Il y a toujours eu des Impériaux sur Akiva, mais jamais de stormtroopers. Ces soldats en armure blanche ne servent qu'à la guerre et à l'occupation. Ils ne viennent pas ici pour boire, danser et s'égarer.

Quelque chose a changé. Sinjir ne sait pas encore de

quoi il retourne, mais la curiosité lui ronge la cervelle, comme une taupe qui cherche à manger.

— Mon ami à queue et moi-même regardons juste un peu de propagande, explique Sinjir. Pas de quoi alarmer qui que ce soit.

Le Twi'lek pointe le menton. La peur brille dans ses yeux, accompagnée d'autre chose… quelque chose que Sinjir a déjà observé chez ceux qu'il a tourmentés et torturés, ceux qui pensent qu'ils ne craqueront pas : du courage.

Le courage. Quelle idiotie.

— Votre temps est *révolu*, gronde le Twi'lek d'une voix tremblante. L'Empire, c'est terminé. La Nouvelle République arrive et…

L'officier lourdaud lance un violent coup de poing dans la gorge du Twi'lek. La créature à tentacules gargouille en se tenant la trachée. L'autre Impérial, celui qui est pétri d'orgueil, pose une main ferme sur l'épaule de Sinjir. C'est un avertissement. Même s'il n'est pas exprimé, il est très clair : *Si tu bouges, tu subis le même sort que ton copain.*

Quelqu'un aboie derrière le bar, Pok grommelle et agite sa bouche molle pour lancer un avertissement en pointant du doigt un panneau au-dessus de sa tête. On y lit, en basic : *Interdit aux Impériaux.*

En réalité, c'est à cause de cet écriteau que Sinjir est ici nuit et jour depuis une semaine. D'abord parce que cela signifie que personne de l'Empire ne mettra les pieds ici… et donc que personne ne le reconnaîtra. Ensuite, parce que le paradoxe de la situation l'amuse.

Le balourd décoche un grand sourire au barman mon calamarien.

— Les temps changent, barbe de poulpe. Tu ferais bien de penser à retirer cet écriteau.

Il adresse un rapide signe de tête aux deux stormtroopers, qui s'avancent, les blasters pointés vers Pok.

— On n'a pas l'intention de déguerpir.

Sur ces belles paroles, le gros recommence à frapper la tête de tentacules.

Le Twi'lek gémit de douleur.

Ce n'est pas ainsi que c'est censé se passer. Pas du tout. Sinjir prend une décision : il va tout simplement se lever, sortir et oublier cette histoire. Inutile de faire du grabuge. Inutile d'apparaître sur leurs radars. S'en aller. Trouver un autre bar.

C'est ce qu'il décide de faire.

Mais, bizarrement, ce n'est pas ça qu'il fait.

Non, au lieu de cela, il se redresse rapidement. Et quand celui qui ne se prend pas pour du poodoo tente de le rasseoir de force, Sinjir lui attrape la main et écarte deux doigts d'un mouvement sec.

Il ne s'arrête pas, il les écarte si fort qu'ils se cassent.

Le type hurle. C'est normal, Sinjir est passé maître dans l'art d'infliger la souffrance.

Ce retournement de situation provoque évidemment l'inquiétude des autres Impériaux.

Le balourd balance la tête de tentacules sur le sol et fait mine de dégainer son pistolet. Les deux stormtroopers pivotent pour pointer leurs armes sur lui. Sinjir est saoul. Ou éméché. Cela devrait être un problème, mais, étonnamment, cela ne l'est pas du tout. C'est comme si la chaleur de l'étrange liqueur qu'il vient d'ingérer avait chassé toute hésitation, toute analyse critique embarrassante qui pourrait entraver sa décision. Il agit avec rapidité et sans la moindre crainte, même si ses gestes manquent un peu d'élégance.

Il pivote sur lui-même derrière l'officier suffisant qui braille, lui lève un bras comme s'il s'agissait du levier d'une machine à sous corellienne et de sa main libre s'empare du pistolet de l'officier dans son holster.

Le balourd est déjà en train de tirer. Le blaster piqué échappe de la main de Sinjir et tombe sur le sol. *Blast!*

Sinjir se redresse et tourne l'Impérial pour qu'il se prenne les tirs : les décharges percent des trous dans sa poitrine et il s'affaisse en criant. Sinjir plante fermement le pied sur le carrelage et propulse avec force le corps mou vers les deux stormtroopers, qui ne sont absolument pas préparés à cette attaque.

Ils tombent à la renverse sur les tables derrière eux.

Le lourdaud pousse un cri, brandit à nouveau son pistolet…

Sinjir le met hors d'état de nuire. Il place la main sous le poignet de l'Impérial, le pistolet se dresse et tire vers le plafond. De la poussière tombe en pluie sur leurs têtes. Sinjir balance une botte, attrape l'homme dans le tibia, le genou et le haut de la cuisse.

Le corps épais de l'officier s'effondre comme une table dont on aurait coupé les pieds, mais Sinjir n'a pas l'intention de le laisser s'effondrer. Il le retient par le poignet et, de sa main libre, frappe à des endroits vulnérables. Le nez, l'œil, la trachée, le sternum.

Puis il revient au nez. Il glisse deux doigts cruels dans les narines du lourdaud, le forçant à se mettre à terre. L'homme gémit, pleurniche et saigne.

Les stormtroopers ne sont pas K.-O.

Ils essaient de se relever, redressent encore leurs blasters…

Quelqu'un se dresse à côté du trooper de droite et balance une chaise qui décrit un arc redoutable. Elle s'abat avec violence juste en dessous du casque blanc du soldat et le fait tourner. Le stormtrooper agite les bras, juste au moment où une bouteille d'alcool vole et vient frapper le casque du second. Le projectile a été lancé par le bras droïde du Mon Calamarien derrière le bar.

Pour faire bonne mesure, Sinjir tord le poignet du balourd pour qu'il lâche son arme et qu'elle tombe dans sa main. Puis il fait tourner le pistolet et décoche deux coups, chacun au centre d'un des casques.

Les stormtroopers s'effondrent. Cette fois, ils ne se redresseront pas.

Sinjir se plante au-dessus du gros. Il attrape à nouveau le nez de l'Impérial et le tord.

— Ce qui est merveilleux avec le nez, c'est qu'il est relié à toutes sortes de terminaisons nerveuses derrière le visage. C'est à cause de cette protubérance de chair – honnêtement, la vôtre ressemble plutôt au groin d'un cochon – que votre tête est en train de se remplir de mucus et que vos yeux débordent de larmes.

— Ordure de Rebelle, gargouille le lourdaud.

— C'est drôle. Vraiment très drôle.

Espèce d'imbécile. Tu crois que je suis un des leurs alors que je suis un des vôtres.

— Je veux savoir ce qui se passe, exige Sinjir.

— Ce qui se passe, c'est que l'Empire est ici et que vous…

Sinjir tord le nez de l'homme, qui pousse un hurlement.

— Épargne-moi ton baratin. Je veux des détails. Qu'est-ce que vous fichez ici ? Avec des stormtroopers en plus.

— Je ne sais pas.

Nouvelle torsion. Nouveau hurlement.

— Je vous jure que je ne sais pas ! Il se passe quelque chose, c'est vrai. Ça a démarré très vite. Je… nous sommes descendus du *Vigilance*, puis il y a eu un black-out des communications et le blocus…

Sinjir se tourne vers Pok.

— Vous êtes au courant d'un black-out des communications ? Ou d'un blocus ?

Le barman hausse les épaules.

Sinjir soupire puis envoie son poing dans la figure du gros.

La tête de l'officier part en arrière et il perd connaissance.

Sinjir le laisse tomber. Puis il s'adresse à Pok :

— Il va falloir nettoyer ça. Bon, ben, bonne chance.

Puis il sort du bar en sifflotant.

INTERLUDE

CHANDRILA

Une image brouillée.

Un bruit : *clac, clac, clac*.

L'image est secouée. Elle est encore plus floue pendant une seconde, puis la mise au point se fait et l'image devient rapidement plus nette. La transition est abrupte.

L'image est claire à présent. On voit deux femmes. Une humaine, grande, mince, professionnelle, des cheveux noirs relevés comme une vague prête à se fracasser. Elle porte un collier qui ressemble à un vol d'oiseaux figés en plein ciel. Le bijou accroche les rayons du soleil. Son large sourire est bien rodé.

L'autre femme est plus petite. C'est une Pantorienne à la peau bleue. Ses cheveux dorés sont noués en une simple tresse fonctionnelle. Elle porte une robe dans le même esprit. Certains diraient que le vêtement est pratique et sans prétention ; d'autres pourraient le qualifier de terne, d'insipide et de peu sophistiqué. Elle porte pour seul bijou une paire de bracelets en argent. Son sourire est professionnel lui aussi, mais un peu nerveux.

Derrière elle, on aperçoit les humbles contours de la capitale, Hanna City.

La première, Tracene Kane, demande au Trandoshan derrière la caméra :

— C'est comment, Lug ?

Un grognement s'élève derrière la caméra.

— C'était moche. J'ai fait des réglages et, maintenant, c'est bon.

Tracene adresse à l'autre femme, Olia Choko, un haussement d'épaules pour s'excuser.

— C'est de la vieille technologie. Ça ne fonctionne pas toujours.

— C'est votre première diffusion, répond Olia, c'est compréhensible.

— Aujourd'hui, c'est une première pour nous deux, je crois.

Tracene éclate de rire, trop fort pour que cela semble naturel. Elle est peut-être ainsi. Ou alors, comme son sourire, son rire est le résultat d'un travail minutieux.

— Bon, alors, voici comment on va faire. Je vais commencer l'interview, je ferai une brève introduction, bla-bla-bla, premier jour du nouveau Sénat Galactique, une aube nouvelle pour la galaxie, puis on passe directement à vous, Olia Choko, relations publiques de Mon Mothma et du nouveau Sénat. Nous irons droit au cœur du sujet.

— Super, approuve Olia avant de prendre une profonde inspiration. Vraiment super.

— Vous semblez nerveuse.

— Je le suis… un peu.

— Tout va bien se passer. Vous êtes jolie, vous êtes d'une espèce non humaine. Ils vont vous adorer, vous êtes super tendance.

Olia pointe un doigt derrière elle.

— Oh ! Vous mettrez dans le champ ce qu'on voit

derrière nous, j'espère ? Hanna City est une image parfaite pour illustrer le redémarrage humble du Sénat : nous sommes ici pour le peuple de la galaxie, pour tous les individus qui travaillent dur. Et Mon Mothma est originaire d'ici, donc…

Tracene pose la main sur l'épaule d'Olia.

— Nous nous chargeons de tout.

— Oh, mais, euh… n'oubliez pas non plus d'insérer un plan de l'installation artistique dans la ville – c'est un amas de casques de stormtroopers peints de différentes couleurs, avec des symboles comme des fleurs, des étoiles et des symboles de l'Alliance. C'est l'œuvre d'un artiste qui…

Tracene serre légèrement le bras d'Olia.

— Je vous assure que nous nous chargeons de tout. Nous avons les images. Vous êtes le dernier maillon de la chaîne. Nous allons parler avec vous, puis ce sera au tour du Sénat. Rien ne peut dérailler. Ça ira ?

Olia hésite. Son sourire est tendu. On dirait une chauve-souris squark paniquée, coincée dans le faisceau de la lampe frontale d'un mineur.

Elle hoche la tête.

— Oui, ça va aller. Je vais bien. Je peux y arriver.

Tracene tend un doigt vers la caméra.

— On tourne dans trois secondes, Lug. Trois. Deux…

Elle articule en silence le mot *un*.

— Ici Tracene Kane. À l'occasion du premier jour du Réseau Reine du Noyau, je suis en compagnie d'Olia Choko, relations publiques de la Chancelière Mon Mothma et du nouveau Sénat Galactique ici, sur Chandrila…

4

Le droïde d'interrogation flotte dans les airs. Un petit panneau dans le bas coulisse avec un bourdonnement suivi d'un cliquetis. Un bras télescopique se déplie. Il se termine par une paire de pinces redoutables, si précises et si pointues qu'elles semblent capables d'énucléer un humain d'un geste précis. (Une performance que le droïde a sans doute déjà dû exécuter un jour.) Le bras descend vers sa cible.

Il attrape le dé à dix faces, le soulève et le lâche.

Le dé roule et s'arrête sur le 7.

Le droïde s'exclame d'une voix digitale monocorde et tonitruante :

— AH ! JE PEUX ME PROCURER UNE NOUVELLE RESSOURCE. JE VAIS ACHETER UNE VOIE DES ÉPICES. ELLE EST RELIÉE À MES QUATRE AUTRES VOIES DES ÉPICES, ÇA ME FAIT UN TOTAL DE CINQ, CE QUI ME VAUT UN POINT DE VICTOIRE. JE SUIS EN TRAIN DE GAGNER… LE SCORE EST DE SIX À CINQ.

Les lèvres de Temmin se plissent en une moue frustrée. Le plateau posé entre eux représente une carte d'innombrables territoires hexagonaux, dont certains contiennent des planètes, d'autres des étoiles, des ceintures d'astéroïdes ou des nébuleuses. Temmin n'a jamais remporté une partie d'*Expansion Galactique* contre le droïde d'interrogatoire réaffecté. Il y est presque cette fois. Il n'a jamais été si proche de la victoire.

— Mollo, stupide boule. T'es trop sûr de toi. Un point ne fait pas de toi un conquérant.

Temmin fait rouler le dé. Un 5. Ce n'est pas assez pour obtenir une nouvelle ressource, mais il peut placer une nouvelle voie de transport ou de contrebande. Il faut qu'il réfléchisse. Il se cale contre le dossier de son siège et laisse son regard errer sur l'atelier et le marché. Les étagères et les tables sont couvertes d'objets qui semblent bons pour la casse. C'est le cas de la plupart. Des pièces de droïdes, des restes de vaisseaux, des blasters démontés. Dans un coin, traîne un droïde de réparation WED qui a rendu l'âme depuis longtemps. Il a été remonté avec des lumières qui clignotent. Une moto speeder avec des traces de laser est suspendue depuis le plafond par des câbles tressés. Contre le mur du fond, un vieux droïde de combat de la Fédération du Commerce est replié sur lui-même et enveloppé dans une couverture miteuse.

Ce n'est pas un B2, ces droïdes de guerre dotés de canons sur les avant-bras et d'un blindage sur la poitrine.

Ce n'est pas non plus un droïdeka, ces machines de mort circulaires qui ressemblent au rejeton d'un scorpion de la jungle avec un détonateur thermique roulant.

Ce n'est qu'un vieux B1. De la ferraille et rien d'autre.

Tout ici est ou ressemble à de la ferraille.

Temmin pioche une tuile de voie de contrebandier, identifiée par une ligne rouge en pointillés, et il est sur le point de la placer, quand le droïde d'interrogatoire pivote subitement.

Comme pour faire face à quelqu'un.

— VOICI DES CLIENTS.

Temmin fait craquer ses doigts et se lève en placardant sur son visage son meilleur sourire de vendeur. Le jeune ado repousse sa chaise à roulettes et se tourne vers… un trio de malfrats. Son sourire faiblit juste un instant.

— Un Koorivar, un Ithorien et un Abednedo entrent dans un bric-à-brac.

Ça n'a pas l'air de les amuser.

— On dirait le début d'une blague, précise Temmin. Mais s'il faut l'expliquer, ce n'est plus drôle.

Il tape dans ses mains.

— Que puis-je faire pour vous, messieurs ?

— Je suis une femelle, le corrige sèchement la Koorivar en s'approchant.

Elle ajuste sa cape cramoisie et redresse le menton. La corne qui s'élève en spirale sur sa tête est tordue et penchée. La Koorivar agite sa langue pâle avant de la passer sur ses lèvres écailleuses et burinées.

Un long couteau en dents de scie est suspendu à sa hanche.

Temmin sait de qui il s'agit. À vrai dire, il les connaît tous les trois.

L'Abednedo aux fentes nasales charnues, dont la bouche en cul de poule est entourée de filaments de peau, c'est Toomata Wree. Généralement appelée Tooms.

L'Ithorien avec les yeux endormis, le manteau usé et le fusil à l'épaule qui ressemble à une branche d'arbre, c'est Herf.

Et la Koorivar, c'est Makarial Gravin (même si Temmin l'avait vraiment prise pour un individu de sexe masculin ; pas facile de distinguer à quel sexe appartient un Koorivar).

Ils travaillent tous les trois pour Surat Nuat. Ou plutôt ils lui appartiennent. Ils sont la propriété du Sullustéen.

— Madame, corrige Temmin en écartant largement les bras, que puis-je faire pour vous aujourd'hui ? Quelle merveilleuse ferraille puis-je vous offrir ?

— Laisse tomber ce crachat de rancor, espèce de tautaun, déclare l'Abednedo.

L'Ithorien ajoute dans la langue de l'Abednedo :

— Tu as volé le bienfaiteur de Myrra, Surat Nuat.

— Non, pas du tout, se défend Temmin en levant les mains. Nous sommes tous amis ici. Je ne volerais jamais Surat. Nous sommes copains. Tout va bien.

— Tu as volé Surat, siffle la Koorivar entre ses dents. Pire, tu l'as insulté gravement en prenant ce qui lui revenait de droit.

Temmin savait que ce jour viendrait. En revanche, il ne s'attendait pas à ce qu'il arrive aussi vite.

Il sent sa nervosité monter.

— Je n'insulterais jamais Surat – nous rêverions tous d'être aussi malins et habiles que lui. Je ne sais pas ce que vous croyez que je lui ai volé, mais…

Makarial, la Koorivar, fait un nouveau pas en avant, d'un air assuré.

— Réfléchis bien à ce qui s'est passé sur la route de Trabzon. Est-ce que ça titille les cellules de ton cerveau ?

Temmin claque des doigts, un tic nerveux emprunté à son père.

— Ah, vous voulez parler du transport qui s'est écrasé là-bas ? Non, non… enfin, je veux dire, oui, j'ai pillé ce qui restait. J'assume complètement, mais je ne savais pas que le vaisseau appartenait à Surat…

— Le symbole de sa guilde était partout dessus, gronde Tooms, l'Abednedo.

Les filaments de peau qui pendent de son visage frémissent quand il parle.

— Je ne l'ai pas vu. Le transport a été attaqué par les

Uugteens. Ils sont tellement primitifs qu'ils ont calciné toute la carcasse. Elle était brûlée comme un florakeet avant qu'on ne le plume.

— Et pourtant, l'intérieur n'attendait que toi pour être pillé, souligne Makarial.

— Les Uugteens n'ont pas réussi à ouvrir la coquille. Leurs couteaux primitifs n'ont pas pu forcer l'écoutille. Moi j'avais un chalumeau et…

Il éclate d'un faux rire.

— Je vous promets, mes amis, je ne savais pas à qui tout ça appartenait.

Il le savait, évidemment. Comme il savait qu'un jour cela se retournerait contre lui. Mais les bénéfices potentiels étaient tels…

S'il espère un jour détrôner Surat, il doit jouer gros. Pas question d'être faible, de se contenter des restes, d'y aller mollo, d'hésiter. Non, il doit faire preuve d'audace, d'intelligence, être rapide comme l'éclair et fort comme un bœuf.

— Tu as toujours l'arme ? demande Tooms.

— Ahh, hum-hum, ahh.

Temmin s'éclaircit la gorge puis décide de mentir comme un arracheur de dents.

— Pas trop, non.

La Koorivar écarquille les yeux. Temmin devine que c'est de rage et d'indignation. Makarial est rapide. En un instant, le couteau est détaché de sa ceinture et collé sur la gorge de Temmin.

Dehors, le temps a décidé d'en rajouter une couche : le tonnerre gronde et une pluie violente s'abat sur le toit de la boutique, accentuant encore le silence qui pèse à l'intérieur. Derrière Temmin, le droïde d'interrogatoire vole en surplace près de la table où est posé le plateau d'*Expansion Galactique*.

Le garçon avale sa salive.

— Je vous revaudrai ça. J'ai plein de choses à offrir ici. Eh, regardez. Une moto speeder. Je peux dénicher quelques droïdes…

— C'est que de la ferraille, décrète Makarial. Surat connaît tes trucs. Nous aussi. Tout ça…

De sa main libre, la Koorivar fait un geste qui imite (et s'en moque peut-être) celui que Temmin a fait à leur arrivée.

— Tout ça n'est qu'une façade. Tu n'es pas un ferrailleur.

— Les déchets des uns sont le trésor des autres.

Le couteau appuie plus fort sur la gorge de Temmin.

— On s'en fiche de tes déchets. On veut tes trésors.

— Parlons trésors alors.

— Surat a un prix.

Une goutte de liquide coule le long de sa gorge. Sang ou transpiration ? Il n'en a pas la moindre idée.

— Bien sûr, tout le monde a un prix. J'écoute.

Makarial sourit. C'est un affreux spectacle car, pour Temmin, la Koorivar est plus laide qu'un happabore vu de dos. Toutes ces bosses et ces écailles ! Un nez qui ressemble à une grosse larve couverte de plaies béantes. Des os saillants comme des éperons au-dessus des yeux. Son haleine n'arrange rien : elle empeste la viande avariée.

— Ton magasin, annonce la Koorivar avec un claquement de langue.

— Le magasin, c'est-à-dire le bâtiment ?

— Et tout ce qu'il contient. Et tout ce qu'il y a en dessous.

Maintenant, Temmin panique vraiment. Son sang se glace. Ils sont au courant. Ils savent où il cache ses marchandises de valeur.

Ce n'est pas bon du tout.

— J'ai quelque chose à offrir à Surat, lâche-t-il. Quelque chose de gros. Quelque chose… que Surat veut. D'accord ? D'accord ? Est-ce que je peux juste vous montrer ? Je vous en prie ? Je vous en prie !

Les trois malfrats échangent des regards. Herf réagit par un haussement d'épaules qui n'engage à rien et déclare en ithorien :

— On peut jeter un œil.

Makarial écarte la lame de la gorge de Temmin. Il pousse un petit soupir, se masse le cou. Sa paume est humide de sueur, pas de sang. Il tape dans ses mains.

— C'est par ici. Vous voyez cette vieille couverture ? C'est… heu… là-dessous.

Makarial adresse un signe de tête à Herf. L'Ithorien enlève le fusil de son épaule. C'est un modèle customisé à partir d'un châssis de DLT pour lui donner plus de puissance de feu. Le canon est si long qu'il doit avoir la même taille que Temmin.

L'Ithorien au cou incliné et à la tête en forme de marteau cligne des yeux, puis soulève la couverture à l'aide du canon de son arme. Il découvre le droïde de combat première génération, le B1.

Le droïde se redresse dans un craquement d'os… de véritables os ayant appartenu à des bêtes, des oiseaux, des poissons. Ils sont arrimés à son corps métallique avec des ficelles et des câbles. Ce ne sont pas les seules modifications qui ont été apportées à la machine. Il lui manque la moitié de la tête, qui a été remplacée par un œil rouge télescopique. L'avant de son nez a été aiguisé et incurvé. On dirait un peu le bec d'un gibier d'eau, mais surtout celui d'un oiseau de proie. D'autant plus qu'il est peint en rouge et noir.

Pour lui donner une apparence menaçante.

Les trois malfrats éclatent de rire. L'Abednedo est plié

en deux et se frappe le genou. Ses petites oreilles vertes en forme de champignons frétillent de plaisir.

— Un droïde de combat ? demande Makarial.

Les rires fusent à nouveau.

— Tu voulais nous montrer… un droïde de combat ? Le droïde soldat le plus incompétent de l'histoire de la République et de l'Empire ? Un hit-parade d'erreurs mécaniques ?

La Koorivar détache chacun de ses mots.

— Et tu t'imagines que Surat Nuat *veut* un droïde B1 sans intérêt ?

— Je l'appelle *Monsieur Os*, précise Temmin.

Quand il prononce son nom, les yeux du droïde brillent d'un rouge sinistre.

— MONSIEUR OS EST ACTIVÉ, annonce le droïde.

Sa voix grinçante est déformée et entrecoupée par des grésillements. Les mots se bousculent puis ralentissent, mélangés par un vocodeur qui semble défectueux.

— BONJOUR TOUT LE MONDE.

L'Abednedo secoue la tête.

— Un nom ridicule pour un droïde ridicule.

— Je crois que vous l'avez insulté, prévient Temmin.

Les rires cessent, juste un instant, le temps que les trois compères cherchent à comprendre ce que cela veut dire ou quel jeu joue Temmin.

Leur hésitation n'est pas la meilleure idée qui soit.

Monsieur Os glousse – son rire déformé et rauque s'élève à travers les haut-parleurs. Une de ses mains se balance au bout d'une charnière, pour dégager un trou d'où sort une lame qui vibre. L'Ithorien ne réagit pas vite. Le temps que Herf dresse son fusil DLT, Os a déjà porté trois coups. Le fusil est coupé en trois morceaux fumants qui s'abattent sur le sol dans un cliquetis de métal.

L'Abednedo dégaine un blaster…

Monsieur Os saisit Herf et le projette sur Tooms. L'Abednedo tombe en agitant les bras et l'Ithorien atterrit sur lui. Le garde du corps B1 de Temmin se jette dans la mêlée. Il se met à rouer les deux intrus de coups de poing. Il cogne la tête à forme étrange de l'Ithorien si fort que chaque coup frappe aussi le visage sans nez de Tooms. *Bang ! Bang ! Bang !*

Monsieur Os jacasse et rigole.

Makarial est bouche bée et émet une sorte de sifflement gazeux de détresse et de rage. La Koorivar passe le bras derrière elle, sous sa cape, et en sort un blaster qu'elle braque vers la tête de Temmin. Le garçon, qui s'apprêtait à saisir son propre blaster, dans un holster en cuir attaché sous une table toute proche, s'immobilise.

— N'essaie pas de le prendre, murmure Makarial.

Temmin calcule ses chances de réussite. Elles ne sont pas bonnes. Il retire sa main, sourit, hoche la tête.

— Bien sûr, bien sûr.

— Ordonne à ton droïde de s'écarter.

— Une seconde…

— Ordonne-*lui*.

Temmin sourit de toutes ses dents.

— De quel droïde parlez-vous exactement ?

Les yeux pâles, fantomatiques, de Makarial effectuent une mise au point puis se plissent sous la consternation… Au même instant, le droïde d'interrogatoire arrive derrière elle, une seringue au bout de son deuxième bras télescopique. Temmin ricane.

Le droïde flottant plante l'aiguille remplie d'un narcotique toxique maison, à base de produits locaux. Il est assez puissant pour endormir un Gamorréen pendant toute une semaine.

L'aiguille se casse et tombe par terre avec un cliquetis, avant d'avoir pu injecter son contenu nocif.

Bien, bien. Très déçu, Temmin ajoute mentalement : *Les Koorivars ont vraiment la peau dure.*

Il court, bondit par-dessus une table, puis une autre, puis par-dessus trois tabourets métalliques. Il est suivi par des tirs de blaster qui grésillent dans son dos. Dans sa course, il renverse de la ferraille des étagères. Un bidon d'huile tombe d'un coin de table. Temmin fonce vers la porte en hurlant.

Là. Juste devant lui. La porte est ouverte. Quelqu'un se tient dans l'embrasure.

Quelqu'un qu'il ne connaît pas. Vêtu d'une longue cape noire.

Et qui tient un blaster.

La silhouette lève son arme. Temmin se jette au sol en faisant glisser ses jambes sous lui. Des tirs de laser sont échangés au-dessus de sa tête et Makarial pousse un hurlement de douleur. Puis il entend un craquement.

Temmin se remet debout d'un bond et s'aplatit contre le mur de la boutique. Makarial est à terre, elle se tortille en gémissant. Monsieur Os a la tête relevée, comme un chien de chasse curieux et surpris. Le nouveau venu évalue la situation du regard puis abaisse son capuchon.

Ce n'est pas un homme, c'est une femme.

Temmin la regarde les yeux écarquillés.

— Maman ?

5

— Amiral Sloane, la navette est prête.

Sloane se lève, place les mains derrière le dos et jette un œil dans le long couloir.

Tout au bout, un conduit a été ouvert à l'aide d'un micro-chalumeau. Devant elle, des stormtroopers vont et viennent, ils sortent des cabines, des chambres. Aucune trace de l'intrus. Sloane serre la mâchoire pour réprimer sa colère.

Le lieutenant Tothwin répète :

— Amiral, j'ai dit…

— J'ai entendu ce que vous avez dit, le coupe-t-elle.

— Les autres se dirigent déjà vers la surface de la planète.

— Tout le monde est arrivé, alors.

— Oui. Pandion. Shale. Le yacht d'Arsin Crassus est apparu à l'écran il n'y a pas longtemps et effectue en ce moment sa descente vers Akiva.

— Et Yupe Tashu ?

— La navette du conseiller Tashu est aussi apparue à l'écran. Nous lui avons donné pour instruction de continuer sa route jusqu'au lieu de la réunion. Ils s'attendent à ce que vous y soyez avant eux.

— Ils n'auront qu'à m'attendre.

— Bien sûr. C'est juste que… Moff Pandion est déjà…

— Dites-moi, sur ce pont, il n'y a rien d'important ici, si ?

— Amiral ? l'interroge-t-il sans comprendre.

Elle se tourne vers lui, impatiente.

— Je veux dire, il n'y a ici que des chambres pour invités, vides et, de l'autre côté, cuisine, salle de bains et salle de jeu.

Sloane réfléchit. Le passager clandestin pourrait-il se cacher dans la salle de bains ? Les stormtroopers ont déjà fouillé les lieux et n'ont rien trouvé.

— Il voulait peut-être voler un peu de nourriture…

— Non, le contredit-elle, car elle vient de comprendre. C'est une ruse. Les Rebelles agissent toujours en douce, non ? Ils ont toujours un tour dans leur manche, une roublardise en réserve. Il ne s'est pas arrêté ici, il veut juste que nous le croyions pour nous faire perdre du temps. Où mène ce conduit de ventilation ? Montrez-moi les plans.

Tothwin tripote l'holodisque, l'active. Les plans du *Vigilance* apparaissent. Sloane les passe en revue, déplace l'image, souligne le conduit et le suit jusqu'à sa conclusion logique…

Oh, non.

— Je sais où il va, gronde-t-elle.

À moins qu'il n'y soit déjà.

Blast !

Sa jambe n'est pas cassée, il ne le pense pas, du moins, mais elle est bien coincée.

Un jour, son Aile-X s'est écrasée au bord d'un volcan – c'était l'une de ses premières missions de pilote au service de l'Alliance Rebelle, alors en pleine expansion. Un ami l'avait convaincu de rejoindre les Rebelles, un agent connu seulement sous le nom de Fulcrum. Suite à cet accident, Wedge avait boité pendant des mois. Sa jambe avait été fracturée à trois endroits. Cela avait failli mettre fin à la carrière de pilote qu'il espérait tant, mais il avait réussi à convaincre les Rebelles de le laisser travailler comme artilleur à bord d'un cargo et, de temps en temps, comme navigateur.

Peu importe, il est persuadé que sa jambe n'est pas cassée.

Mais elle lui fait mal depuis qu'il a sauté de l'arrière du Starhopper, quelques instants avant de faire exploser les torpilles.

Se hisser dans les conduits de ventilation n'a évidemment pas apaisé la douleur, mais il fallait à tout prix échapper au regard des Impériaux. Depuis lors, il se cache, rebrousse chemin, fait disparaître les traces de son passage. Au début, il errait au hasard, sans stratégie, mais il ne lui a pas fallu longtemps pour réaliser ce qu'il doit faire. Mieux encore, il s'est rendu compte qu'être à bord de ce Destroyer Stellaire lui offre une réelle opportunité.

Les communications sont bloquées pour tout trafic dans l'espace au-dessus d'Akiva et il parie que la situation au sol est identique. Mais si quelqu'un garde tous les canaux ouverts, c'est bien l'Empire.

C'est pour cette raison qu'il se trouve dans la salle des communications. Les corps de trois responsables comm gisent près de lui. L'un d'entre eux s'est écroulé sur son poste, deux se sont effondrés sur le sol. Ils sont assommés, pas morts. Wedge n'est pas un tueur. C'est un pilote : abattre d'autres pilotes signifie mettre fin à la vie de combattants.

Les responsables comm, en revanche, ne sont ni des soldats ni des pilotes. Ce sont de simples gens.

C'est une leçon que l'on pourrait apprendre, se dit-il. Les Impériaux sont comme nous. Certains d'entre eux, du moins. C'est facile de considérer ceux qui servent l'Empire comme le mal incarné, l'ennemi juré. La réalité, c'est que bon nombre d'entre eux ont entendu beaucoup de mensonges ou ont été contraints de servir l'Empire sous la menace de torture ou de mort. La Nouvelle République a déjà rencontré des déserteurs. Des hommes et des femmes qui ont saisi une chance de s'enfuir, de mener une vie nouvelle…

Cela signifie qu'il faut faire passer le message, qu'il faut activer le système comm et rassembler les troupes.

Deux holo-écrans se dressent. Sur le premier, il essaie de trouver une fréquence sous-spatiale en direction de l'espace de la Nouvelle République. Malheureusement, toutes les fréquences restent bloquées. C'est un problème à court terme et à long terme. Dans l'instant présent, ça l'empêche de faire passer son message, mais à plus long terme, cela signifie que l'Empire connaît les fréquences qu'ils utilisent.

Ce qui laisse supposer qu'il y a une taupe dans les couloirs de la Nouvelle République, ce qui n'est pas vraiment étonnant. C'est une raison de plus d'émettre son message.

Il passe aux fréquences de communication locale. Aucun des canaux connus de la République n'est bloqué de ce côté. Il peut donc envoyer un message à des individus loyaux, à condition qu'ils se trouvent dans sa proximité directe. Quelles sont les probabilités qu'ici, aux confins de l'espace colonisé, il tombe sur quelqu'un qui écoute cette fréquence et soit loyal envers la Nouvelle République ?

C'est pourtant sa seule chance.

Wedge se connecte, sélectionne le canal d'urgence et saisit le micro de la console. Le métal est froid dans ses mains. Il se penche.

— Ici le capitaine Wedge Antilles de la Nouvelle République. Je répète : ici Wedge Antilles de la Nouvelle République. Je suis coincé à bord du Destroyer Stellaire *Vigilance* dans l'espace aérien au-dessus d'Akiva et je suis…

Une lumière vive. Un tir de blaster.

Il pousse un cri de douleur quand un éclair lui transperce l'épaule. Sa main s'ouvre par réflexe et le micro chute avec un bruit métallique. Wedge tâtonne sa hanche à la recherche de son blaster, mais un second tir rend sa propre arme inutilisable et la décroche de sa ceinture.

Il respire à fond en serrant les dents pour réprimer la douleur et se retourne vers son assaillant. Il s'attend à faire face à un stormtrooper ou à un responsable comm revenu de sa pause.

Non.

La femme qui se tient devant lui porte un uniforme impeccable d'amiral. Elle a la peau sombre et des yeux bruns glacés. Elle tient un pistolet à canon long, un blaster modifié et élégant, en métal chromé qui reflète la lumière comme un miroir.

— Je vous en prie, l'implore-t-il en serrant son épaule et en prenant appui sur sa bonne jambe.

Elle fait trois pas dans la salle.

— Je ne peux pas vous laisser perturber ce qui est sur le point de se passer. L'avenir de l'Empire – de toute la galaxie – est en jeu.

Tout à coup, son visage reflète une empathie surprenante.

— Je suis désolée.

— Attendez, nous pouvons en discuter.

Il déglutit et grimace de douleur :

— La guerre est terminée, vous le savez. Nous pouvons négocier une reddition, ici, maintenant. Vous et moi, nous…

Dans le dos de l'amiral, une escouade de stormtroopers fait son apparition. Les bottes résonnent dans le couloir. Les soldats lèvent leurs blasters et elle baisse le sien.

— Je suis désolée, capitaine.

Puis elle s'adresse aux renforts.

— Arrêtez-le. Emmenez-le au niveau détention. Non, attendez.

Elle claque des doigts.

— Passez-lui des chaînes et emmenez-le à bord de ma navette. Et faites venir un droïde médical.

Avec un sourire tendu, elle précise (comme si elle espérait obtenir l'approbation de Wedge) :

— Nous ne sommes pas des animaux.

6

Pendant des années, Norra n'a pas pleuré : elle en était incapable. Elle a rejoint l'Alliance Rebelle comme pilote et quand elle a pris sa décision – en écoutant davantage son cœur que sa raison – elle a tenu bon coûte que coûte. Elle s'est endurcie. Toutes ses craintes, ses inquiétudes et ses émotions sont devenues secondaires : comme des fils qui la reliaient à une ancienne vie, à une ancienne façon de penser. Si elle voulait s'en sortir, elle devait couper ces liens avec une lame froide et impitoyable. Les laisser derrière elle.

L'Alliance mérite bien cela de sa part. La lutte ne leur accorde aucun répit pour pleurer. Ils ne peuvent se permettre le luxe de regarder en arrière.

Depuis qu'elle a rejoint le combat, elle a pourtant pleuré à deux reprises. La première quelques mois plus tôt, à la fin de la Bataille d'Endor. Quand son Aile-Y et elle (et son astromech criblé de tirs de laser) se sont extirpés de l'Étoile de la Mort, ce labyrinthe de passages encore en chantier. Quand elle s'est échappée de justesse, dans un panache de flammes, au moment où la station s'est mise à imploser puis à exploser derrière elle. Les ondes de choc ont fait tournoyer son petit chasseur sur lui-même, manquant de lui faire perdre connaissance. Ce soir-là, alors qu'elle était seule dans un vestiaire du croiseur stellaire *Home One*, la combinaison à moitié retirée, elle a pleuré comme un bébé qui a perdu sa mère. De gros sanglots l'ont secouée par vagues successives et elle s'est roulée en boule sur le sol. Elle se sentait complètement vidée. Le lendemain, elle a reçu une médaille. Elle a souri, s'est tournée pour accueillir les applaudissements de la foule. Elle ne leur a pas révélé à quel point elle se sentait écorchée et réduite en miettes.

La deuxième fois, c'est ici, en ce moment même. Elle colle son fils contre elle et elle sent ses bras qui la serrent en retour. Les larmes qui coulent n'ont rien à voir avec les affreux sanglots de la fin de la bataille. Ce sont des larmes de joie (et, même si elle hésite à l'admettre, de honte). Elle a l'impression d'avoir bouclé la boucle : ce qu'elle a perdu ce soir-là dans la bataille, elle vient de le retrouver ici, maintenant. Ce jour-là, elle se sentait vidée. À présent, elle se sent comblée.

Puis tout se précipite. Le temps reprend son cours après ce moment parfait où il semblait avoir ralenti sa course (elle n'avait plus vu son fils depuis tant d'années !). Tout à coup, elle réalise que Temmin n'est plus vraiment un enfant, qu'il est presque un homme déjà. Il est jeune, mais commence à grandir. Sa silhouette est élancée, surmontée par une masse de cheveux foncés. L'adolescent lance un ordre à l'étrange droïde de combat qui gît sur le sol et frappe dans ses mains :

— Os, range le speeder derrière. Nous devons y mettre ces fils de Hutts et il faut que tu les emmènes le plus loin possible sur la route de Trabzon. Au moins jusqu'à Kora Biedies…

Il se tourne vers sa mère.

— Les remous entre les rochers, là où la rivière rencontre la route. Les rapides.

Il s'adresse à nouveau au droïde.

— Tu m'as entendu, Os ?

Le droïde de combat B1 se lève. Tous les os suspendus à son châssis s'entrechoquent au cours de la manœuvre. La machine adresse un salut mécanique et de sa voix déformée et brouillée :

— REÇU, REÇU. LES CORPS VONT DISPARAÎTRE, MAÎTRE.

Puis le robot se met à fredonner de manière discordante, en traînant les malfrats vers un portail à l'arrière.

— Couvre-les avant de partir, lui crie Temmin. Sers-toi de la couverture !

De l'extérieur, la voix mécanique répond :

— REÇU, REÇU, MAÎTRE !

— Temmin, je ne sais pas ce qui se passe…, commence Norra.

— Maman, pas maintenant, coupe-t-il sèchement. Allez, viens.

Il traverse la pièce d'un pas rapide, saute par-dessus un amas de ferraille renversé, se penche pour saisir le crâne défoncé d'un vieux droïde de traduction. Il forme une fourche avec ses doigts et appuie sur les yeux, qui s'enfoncent avec deux *clics* sonores.

À quelques mètres de là, une étagère s'écarte et, derrière elle, une section du mur effectue le même mouvement, révélant des marches. Temmin adresse un signe à Norra.

— Viens, viens !

Puis il s'engage dans le passage en baissant la tête.

Tout cela donne un peu le tournis à Norra, mais a-t-elle le choix ? Elle longe les murs de la boutique et suit son fils dans l'escalier. Ses bottines résonnent sur les marches métalliques. Il fait de plus en plus noir et elle ne voit bientôt plus rien du tout. Puis…

Clic. Des lumières s'allument. Blafardes et vives, une ampoule après l'autre.

La pièce ressemble à celle du haut, sauf que les étagères sont propres, étincelantes même, et n'abritent ni ferraille ni déchet, mais de véritables trésors. Des pièces de technologie de pointe et d'autres objets bien plus étranges.

— Bienvenue dans la *véritable* boutique de Temmin.

Norra repère les pièces détachées de certains droïdes qui n'existaient déjà plus quand elle était enfant. Une des étagères est chargée de vieux livres et de vases mystérieux à la patine sombre, qui dépeignent des hommes en robes sombres au visage empourpré.

— Je ne comprends pas.

— En haut, je vends des vieux trucs sans valeur. Ici ? C'est autre chose.

— Non, je veux dire, on habitait ici. C'était… c'était notre maison. Que s'est-il passé ?

Il s'arrête et l'observe, presque comme si elle était une étrangère.

— Ce qui s'est passé… c'est que tu es partie.

Le silence se dresse soudain entre eux comme un mur. Puis se casse aussi vite qu'il s'est construit : Temmin s'affaire à nouveau dans la pièce, en bavardant.

— Maintenant, je sais que Surat est au courant de ce qu'il y a ici. C'est pas bon. Et il sait aussi que j'ai volé *ça*…

Temmin indique une caisse noire matte fermée par des serrures en fibre de carbone.

— J'ai volé ça à Surat. C'est une sorte… d'arme, je crois. Je n'ai aucune idée de ce que ça peut faire. Il sait qu'elle est ici, mais ce qu'il ne sait pas, ce qu'il ne *peut pas savoir*, c'est…

Temmin court vers l'autre coin de la pièce et soulève une bâche bleue qui recouvrait un objet : un vieux valacorde.

Leur vieux valacorde. L'instrument n'est pas une antiquité appartenant à l'histoire ancienne, il est plutôt lié à l'histoire de Temmin. (Et là, un souvenir gifle Norra comme un vent violent : Temmin et son père, Brentin, assis ensemble pour jouer en riant sur le valacorde – ce même valacorde – les accords d'une vieille chanson de mineurs.)

— Regarde, lui demande Temmin. Ou plutôt *écoute*.

Il tape cinq notes sur les touches…

Les cinq premières notes d'une de ces vieilles rengaines remontées de la mine : *La Cabane de Chariot et Pavé*. Cela a pour effet de déclencher l'ouverture d'une nouvelle porte, qui s'ouvre avec un *pop* et un sifflement. Une faible brise parvient à travers les vieux murs de pierre, accompagnée d'une odeur de moisi, de décomposition et de quelque chose de métallique.

— Surat ne peut pas être au courant de ça, répète Temmin.

C'est alors que Norra réalise que la lueur dans ses yeux, le sourire sur son visage, qu'elle avait d'abord pris pour une ressemblance avec son père, ne lui rappellent, peut-être, qu'elle-même.

— Temmin…

— Donc, si on emprunte les vieux passages sous la ville et que…

— Temmin !

Elle utilise son autorité de mère, cette voix à laquelle elle a recours pour capter l'attention de ses interlocuteurs. Puis elle se radoucit :

— Mon fils, est-ce qu'on peut… prendre un moment ?

— Le temps est compté. Ces malfrats qui étaient ici, ils finiront par se réveiller et se traîner jusqu'à chez leur patron de l'autre côté de la ville. Surat ne laissera pas passer ce que j'ai fait. Il enverra quelqu'un de plus costaud, de plus méchant ou tu sais ce qui est le plus probable ? Il viendra ici en personne.

Elle s'approche de lui.

— Temmin, je ne sais pas ce qui se passe ici. Tout ceci m'est… étranger…

— Parce que tu es partie. Depuis trois ans.

— Je sais.

— Ça fait trois ans que tu n'es pas rentrée.

— La Rébellion avait besoin de bras…

Temmin est de plus en plus agité et en colère. Il hausse le ton :

— Non. J'aurais voulu retrouver mon père et, toi, tu as cru que rejoindre la Rébellion pourrait t'aider à le retrouver. Est-ce que ça a marché ?

Il regarde autour d'elle, comme si elle dissimulait quelque chose derrière son dos.

— Je ne le vois nulle part. Est-ce que papa est là ? Est-ce que tu le caches ? C'est une surprise ? Un cadeau d'anniversaire pour compenser les trois années que tu as ratées ? Non ? Il me semblait bien.

— Il y avait un combat plus important à mener. Pas juste pour ton père, mais pour… tous les pères, tous les fils, toutes les mères et toutes les familles perdues ou piégées par l'Empire. Nous nous sommes battus. J'ai pris part à la Bataille d'Endor…

— On s'en fiche. Épargne-moi tes récits héroïques. Si j'ai besoin d'une héroïne, je te ferai signe.

— Je te prie de respecter ta mère, aboie-t-elle.

— Oh ?

Il éclate d'un rire sinistre.

— Ah oui ? Alors, j'ai une holo-info pour vous, chère

dame : je ne suis pas obligé de te respecter. Je ne suis plus un gamin, je suis adulte.

— Tu es encore un enfant. Quatorze ans…

— Quinze.

Elle fait la grimace.

Il poursuit :

— Je me débrouille tout seul. Les autres enfants avaient des parents, moi pas. Ma mère a déserté le nid. Des mois ont passé sans nouvelles de toi. Je devais me débrouiller et c'est ce que j'ai fait. Et maintenant ? Je suis un homme d'affaires et je dois protéger mon business. Tu as fait tes choix. Entre la galaxie et moi, tu as choisi la galaxie, alors ne fais pas semblant que je compte à tes yeux désormais.

— Tu comptes pour moi, Temmin. Je jure sur toutes les étoiles que tu es tout pour moi. Je suis venue pour t'emmener avec moi. Un contrebandier est prêt à nous emmener loin de cette planète…

Le comlink à sa ceinture s'allume en grésillant, tout en vibrant, pour signaler un appel d'urgence. Un signal de la Nouvelle République.

Une voix qui lui est familière emplit l'air :

— *Ici le capitaine Wedge Antilles de la Nouvelle République. Je répète : ici Wedge Antilles de la Nouvelle République. Je suis coincé à bord du Destroyer Stellaire* Vigilance *dans l'espace aérien au-dessus d'Akiva et je suis…*

Puis le son d'un blaster. Wedge pousse un cri de douleur et…

L'appel se termine.

Le sang de Norra se glace.

Son esprit vagabonde ; elle tente de comprendre ce que cela signifie.

Le capitaine Antilles est ici ? À bord d'un de ces

Destroyers Stellaires ? Il se passe vraiment quelque chose. D'un coup, elle replonge dans le bain.

— Je connais cette expression, déclare Temmin.

— Quoi ? demande-t-elle, soudain tirée de ses pensées.

— C'est l'expression que tu as quand tu t'apprêtes à me décevoir à nouveau.

— Temmin, je t'en prie, c'est important.

— Oh, ne t'inquiète pas, je le sais. Je vois tout de suite quand quelque chose est important, parce que tu lui cours aussitôt aux fesses, en nous abandonnant, nous les losers sans importance.

Puis il baisse la tête pour emprunter le passage latéral. Elle court derrière lui, mais il actionne un levier de l'autre côté…

La porte claque entre eux.

INTERLUDE

SALEUCAMI

Dîner de famille chez les Taffral : le patriarche, Glen, préside à table. Webb, l'aîné des deux frères, est assis à sa gauche. Dav, le cadet, est à sa droite. Webb a les épaules larges, des pectoraux développés et un ventre plus rond. Ses cheveux sont coupés très court, comme ceux de son père. Dav est plus mince, plus petit et aussi un peu plus négligé.

Aucun d'eux ne parle, mais le calme est loin de régner. Les couteaux crissent sur les assiettes, la cuillère de service cogne contre le saladier en bois, les pieds des chaises grincent sur le parquet de la vieille ferme. Dehors, le vent souffle à travers les tiges des popper-stalks et porte jusqu'à eux les bruits de la nature, dont les pépiements des starkles qui migrent en formation en direction de l'est.

Dav prend la parole.

— Passe-moi les haricots.

Webb lui décoche un regard réprobateur.

— S'il te plaît.

Webb prend le plat, mais s'arrête avant de le tendre à

Dav. Il se fige, puis repose le plat. Il serre la mâchoire pour tenter de broyer une graine coincée entre deux dents.

— J'arrive pas à croire que tu sois revenu ici, observe Webb.

Il le dit presque à regret, comme s'il souhaitait ravaler ces mots, mais ils sortent quand même.

— Espèce de fils de Hutt.

Dav renifle.

— Eh bien, Webb, pourquoi ne dis-tu pas le fond de ta pensée ?

Glen garde les yeux rivés sur sa nourriture, aussi silencieux qu'un juge.

— Oh, je vais te le dire. Tu vas l'entendre. Tu as trahi cette famille dès le moment où tu es parti soutenir les Rebelles. Quand tu as rejoint ces saletés de terroristes, comme si c'étaient des combattants de la liberté et pas… les criminels qu'ils sont en réalité !

Dav laisse retomber son couteau et sa fourchette contre son assiette.

— Ce ne sont pas des terroristes. Ils ont commencé comme un mouvement de résistance et aujourd'hui ils ont formé un gouvernement légitime, Webb. Ils sont réglo.

Dav s'essuie la bouche avec une serviette.

— Les jours de l'Empire sont comptés.

Webb se lève d'un coup en renversant sa chaise.

— Fais gaffe à tes paroles. C'est de la traîtrise, ce que tu viens de dire.

— Le mot exact est trahison, le corrige Dav. Et puis pourquoi tu raffoles tellement de l'Empire, hein ? Tu as échoué à l'Académie et ils t'ont traité comme du poodoo.

Webb gonfle la poitrine.

— Ça a fait de moi un homme meilleur.

— Ça a fait de toi un sale type belliqueux.

— Espèce de minable puant…

Webb se lance vers son frère, mais il est trop éméché suite aux multiples koja-rum qu'il a ingérés, tandis que Dav est complètement sobre. Ce dernier esquive dès lors sans difficulté et Webb s'écrase contre la chaise vide, avant de se cogner contre le mur.

Même dans cet état, Webb est dangereux, il frappe Dav et les deux frères roulent à terre en se filant des coups de pied et des coups de poing, accompagnés d'un torrent d'insultes. Jusqu'à ce que Glen s'éclaircisse la gorge, empoigne un saladier rempli et le projette contre le mur de toutes ses forces. Le plat rebondit et des feuilles de salade volent dans toutes les directions.

Les deux frères relèvent la tête d'un coup, comme des Jawas repérant un droïde.

— Asseyez-vous tous les deux, ordonne Glen en s'adossant à sa chaise. Assis.

Ils obéissent tous les deux à leur père.

— Papa, c'est lui qui a commencé, se justifie Dav.

— Papa, n'écoute pas ce traître de bantha…

— Fermez-la. Tous les deux ! Vous avez besoin d'une bonne leçon. Je suis vieux, je vous ai eus plus tard que j'aurais voulu. Je pensais que je resterais célibataire, un simple fermier, jusqu'à ce que votre mère débarque, que toutes les étoiles de la galaxie accueillent son âme.

Il pose une main sur son cœur et ferme les yeux.

— J'ai eu l'occasion de voir deux, trois trucs.

Webb marmonne dans sa barbe, en imitant son père :

— J'ai dû ramper dans la boue et les ronces pour arriver jusqu'à l'Académie et des ours féroces ont dévoré mes deux jambes.

Glen agite son couteau.

— Mon fils, tu ferais mieux de la fermer si tu ne veux pas que je tanne ta peau avec une branche de popperstalk.

— Désolé, papa, s'excuse Webb d'un air contrit.

— Maintenant, écoutez-moi. Tout ce qui est passé reviendra un jour. La République, c'était avant et elle reviendra. Pendant un moment, tout le monde les acclamera, tout sera rose, puis à un moment, les choses iront mal et quelqu'un suggérera que le temps est venu de proposer de meilleures manières de diriger. Et la Nouvelle République ou la Nouvelle Nouvelle République lancera des vagues de répressions pour mater ces individus, qui deviendront la courageuse Alliance Rebelle. La République deviendra l'ennemi. Et la roue tournera à nouveau.

Il se frotte les yeux.

— Je suis assez vieux pour me souvenir de l'époque où la République s'est tiré une balle dans le pied. L'Empire ne s'est pas approprié la République. C'est la République qui s'est transformée lentement mais sûrement en Empire. Ça ne s'est pas fait du jour au lendemain, mais au cours des années. Ça a pris des décennies. Un fruit est délicieux quand il est mûr, mais il ne le reste pas éternellement. Même les meilleurs fruits finissent par pourrir sur la branche, s'ils y restent trop longtemps. N'oubliez jamais ça.

— Papa, ce ne sera pas comme ça cette fois-ci, lui assure Dav.

— Il a choisi son camp, intervient Webb, et moi le mien.

— Et c'est ça le problème, nom d'un bantha ! tonne Glenn en frappant du poing sur la table. Que vous choisissiez un camp tous les deux ! Le seul camp que vous devriez choisir, c'est celui de votre famille, quoi qu'il arrive. Par-dessus tout le reste. Mais vous êtes là à vous chamailler comme deux starkles se disputent un ver de terre. Vous connaissez les Lawquane ? Le père, Cut, a combattu dans la Guerre des Clones. Il a vu comment ça se passait vraiment. Aucun camp dans cette guerre n'était le bon. Il a pris la bonne décision. Il s'est installé, il a fondé une famille et ne s'est plus jamais mêlé de ces histoires. Mais vous deux, vous n'êtes pas capables de…

Il est interrompu par le hurlement de chasseurs TIE.

L'Empire ne vient jamais près de chez eux. Ils le savent tous les trois.

— Tu m'as trahi, s'exclame Dav, horrifié.

Webb a l'air honteux.

— L'Empire paie pour qu'on leur livre les saletés de Rebelles.

Mais il n'a plus l'air très sûr de ce qu'il dit. Ses regrets et sa culpabilité sont perceptibles.

D'un coup : un tir incapacitant. L'air est strié d'éclairs bleu et blanc. En poussant un cri, Webb s'effondre la tête la première dans un bol de purée de chokeroot. Dav regarde son père, les yeux ronds.

— Papa…

— Tu crois à ce que tu fais, Dav ?

— Je… oui.

— Très bien, ça me suffit. J'espère que tu as raison.

Il soupire.

— Il vaut mieux que tu files maintenant. Passe par la fenêtre de derrière et prends la moto speeder qui est dans la grange.

— Papa… merci.

— File.

— Qu'est-ce que tu vas faire ?

Le vieil homme hausse les épaules.

— La vérité, que tu as été plus fort que moi, que tu m'as tiré dessus et que tu t'es enfui.

Il tourne l'arme incapacitante vers lui et tire. Le coup le projette contre le dossier de sa chaise et il pousse un grognement.

Dav refoule ses larmes, puis se précipite pour reprendre le pistolet et sort par la fenêtre de derrière, au moment où la porte d'entrée est enfoncée.

7

Une brume étonnante enveloppe la ville de Myrra. Même le soleil, pourtant d'une chaleur implacable, semble forcer pour traverser l'air épais et cotonneux. De la vapeur s'élève du sol et déforme tout. L'humidité qui règne dans la capitale est aussi visible que perceptible.

Il faut donc un moment à Jas Emari pour comprendre ce qu'elle voit descendre du ciel comme un chariot divin : un vaisseau qui brille sous le soleil. C'est un yacht, en réalité. Il est opulent et richement décoré, ses tuyauteries dans les tons cuivrés et carmin sont rutilantes. Il semble construit autant pour son apparence que pour sa fonction.

C'est celui d'Arsin Crassus.

L'Empire est un colosse d'une puissance gigantesque – un poing serré, dont le gant en fibre de carbone écrase les systèmes qui osent mettre en doute son autorité. Une telle force de frappe et une telle autorité ne peuvent sortir de nulle part. Même les Sith ne sont pas capables de produire pareil prodige. Ce qui fait réellement la différence, ce sont les crédits.

Crassus est le principal bailleur de fonds de l'Empire. Il l'est depuis des décennies. On raconte que lorsqu'il n'était encore qu'un jeune homme, au sein de la Fédération du Commerce, il a épaulé l'Empire alors naissant pour qu'il massacre les chefs de la Fédération sur Mustafar, tandis qu'il pillait leurs comptes pour financer le nouveau gouvernement. Et c'est ce qu'il fait depuis lors : il gère les entreprises impériales.

C'est aussi un esclavagiste.

Et aujourd'hui, il est la cible de Jas.

Jas se cramponne à la vieille tour rouillée qui s'élève encore au-dessus du bâtiment du défunt capitole. Des sangles ceinturent sa taille et sa cuisse droite pour l'arrimer à la structure, lui permettant de se pencher et d'avoir une certaine liberté de mouvement. Et, surtout, d'avoir les mains libres. Tout cela sans risquer de tomber.

La chasseuse de primes est ici depuis un moment. Elle attend. Elle a à peine dormi, elle fatigue. Ses muscles sont douloureux. Mais c'est son métier. (Être chasseur de primes implique de longues heures de planque et d'attente. De longues périodes d'inactivité qui s'accompagnent de moments intenses et courts d'action.)

Elle détache l'arme suspendue dans son dos : un fusil longue portée que la Zabrak a construit de ses propres mains. Il est basé sur un vieux modèle de fusil lance-lim Czerka. Elle l'a modifié pour qu'il propulse différentes salves, en fonction des besoins du moment, et du canon et de la chambre qu'elle a insérés dans l'arme. Jas a entendu dire un jour que les Jedi construisaient eux-mêmes leurs sabres laser et elle s'est dit : *Pourquoi ne pas faire pareil avec mon fusil* ? C'est ce qu'elle a fait.

Parce qu'elle fait ce qu'elle veut.

Jas pose le fusil sur son épaule et, de la main gauche, déplie l'unipode télescopique qui vient s'attacher à l'anneau en forme de D qu'elle porte à la taille. Cela offre une stabilité accrue à l'arme, surtout dans une position de déséquilibre comme celle qu'elle occupe en ce moment, suspendue à une centaine de mètres du sol, la ville étendue à ses pieds. Elle colle un œil contre la lunette.

Voilà le yacht. La lunette lui donne des informations essentielles – la chaleur que le vaisseau émet à l'arrière, sa vitesse, sa trajectoire, l'ensemble des signatures biologiques (il n'y en a aucune en ce moment, à cause des boucliers du yacht).

Jas pointe son arme vers la plate-forme d'atterrissage, au sommet du palais du satrape – c'est la demeure du satrape Isstra, un gouverneur vénal qui a la réputation de se soucier très peu des habitants de sa ville, préférant remplir ses poches avec leurs crédits.

Dans une galaxie parfaite, le satrape serait une cible aussi.

Mais Jas Emari est une professionnelle. Pas de dommages collatéraux, qu'ils soient justifiés ou non.

À travers la lunette, elle voit le yacht se préparer à l'atterrissage. De la vapeur s'élève en volutes fantomatiques. Le vaisseau se pose en tanguant légèrement. Une passerelle est déployée. Le satrape sort de chez lui. C'est un homme élancé, qui a dû être beau. Même à travers la lunette, elle distingue les rides profondes qui creusent son visage de pierre, comme l'eau ravine les flancs d'une montagne. Il accueille son hôte, tout sourires. Il fait des courbettes parce qu'il sait de quel côté sa tartine de muftari est beurrée ; Jas a examiné son dossier, elle a découvert comment les flots de crédits coulent depuis plusieurs entreprises impériales pour aboutir dans ses coffres apparemment sans fond. Les planètes de la Bordure Extérieure sont l'endroit idéal pour placer de l'argent en cachette et se procurer des marchandises illicites (y compris des esclaves), et Akiva n'est pas la dernière des planètes dans ce domaine. Derrière le satrape se tiennent deux de ses gardes. Ils portent de hauts casques ornés de plumes rouges. Ils sont chacun armés d'une vibro-pique plus haute que leurs casques, dont la pointe semble viser le ciel.

Crassus met pied à terre, flanqué de ses propres gardes : des femmes au visage dissimulé derrière un masque d'animal en matériau laqué. Probablement des esclaves.

Crassus n'est pas une petite cible : il est grand, corpulent, avec une barbe teinte de la couleur des profondeurs de l'espace. Il est vêtu d'une robe scintillante qui traîne dans son sillage, comme la queue d'un paon sur la terre battue. Crassus joint les mains puis serre les deux poignets du satrape.

Ils rient.

Ha, ha, ha.

Il est temps d'effacer ce sourire suffisant de ton visage, Arsin Crassus.

Mais, tout à coup, un voyant sur sa lunette clignote.

Des vaisseaux approchent.

Jas fait pivoter le fusil pour suivre les flèches sur l'écran… et aperçoit une navette impériale de classe Lambda descendre et franchir l'épaisse couche de nuages. Une seconde et une troisième flèche clignotent.

Deux autres navettes.

Accompagnées de chasseurs TIE.

Jas ramène le fusil en direction de la plate-forme. Crassus est toujours là ; elle pousse un soupir de soulagement, contente que la distraction ne lui ait pas fait rater une opportunité. Il est maintenant au coude à coude avec le satrape. Ses gardes sont alignées et attendent les ordres. Crassus a retiré sa toge et une de ses gardes agite un éventail pour le rafraîchir.

Soudain, trois stormtroopers font irruption par la porte du toit.

Étrange.

Tire, se dit-elle. *Tu auras gagné tes crédits.*

Mais…

Mais.

Il se passe quelque chose. Les informations qu'elle a reçues ne mentionnaient pas cela et, à présent, elle se maudit d'être tombée dans un piège classique. Elle opère trop souvent avec des œillères. Dès qu'elle repère sa cible, elle fonce – parfois, en agissant ainsi, des choses lui échappent. La vue d'ensemble. Des ennemis cachés. Des complications. Elle est persuadée qu'elle n'a besoin que de ce qui apparaît dans la lunette, jusqu'à ce que la réalité lui prouve qu'elle se trompe. Cela fait un mois qu'elle traque Arsin Crassus, qu'elle suit la prétentieuse traînée de vapeur qu'il promène dans la galaxie comme un chaume-moineau effrayé. Quand elle a appris qu'il devait rencontrer le satrape Isstra Dirus, elle n'a pas cherché plus loin.

Elle aurait pourtant dû.

Son doigt hésite. Une par une, les navettes commencent à se poser. Elles s'alignent en demi-cercle et s'ouvrent.

Les passagers en sortent.

Soudain, Jas a le souffle coupé. On dirait que quelqu'un vient de creuser un trou dans son jardin et a déterré un coffre rempli de vieilleries de l'Ancienne République, un coffre débordant de trésors inattendus.

Arsin Crassus est bien là, d'accord.

Mais il y a aussi quelqu'un qu'elle ne connaît pas, qui porte une coiffe ridicule. Si Jas devait décrire ce chapeau : on dirait la dépouille d'un volatile, genre kofta-grouse couleur émeraude, posée directement sur la tête. Sa toge violette luxueuse et somptueuse est celle d'un ancien conseiller impérial.

De la navette suivante, émerge quelqu'un qu'elle reconnaît instantanément : Jylia Shale. C'est une vieille femme ratatinée comme un calcul biliaire et aussi dure qu'une coque de noix de koja. Les épaules penchées vers l'avant, les mains jointes derrière le dos, Shale est vêtue d'un impeccable uniforme gris impérial. Ses cheveux sont noués en un chignon sévère au sommet de sa tête. Elle avance, flanquée de deux Gardes Impériaux à casques et capes rouges, qui font partie de la protection royale de Palpatine.

Enfin, la dernière navette se vide.

Le Moff Valco Pandion en sort.

Il est raide, avec un menton en forme de hache et une cicatrice qui lui barre le front, du genre qui semble raconter une terrible histoire.

Et, sur sa poitrine, un insigne curieux. Rectangulaire, présentant six carrés bleus dans la rangée supérieure, puis trois rouges et trois jaunes dans celle du dessous.

Ce n'est pas l'insigne d'un Moff, mais celui d'un Grand Moff.

Ce titre lui a-t-il été décerné ou se l'est-il arrogé ?

Là, sur cette plate-forme d'atterrissage, se trouvent trois cibles importantes. Crassus est la cible prévue, mais Shale ? Pandion ? Ils rapporteraient plus. Pandion, surtout, est le numéro le plus élevé dans la série de cartes de Pazaak que lui a fournies son contact au sein de la Nouvelle République : plus la carte porte une référence élevée, plus la cible a de la valeur. Et trois des cartes sont là, devant elle.

L'indécision noue son estomac.

Tue Pandion.

La Nouvelle République les voudrait vivants, mais sera tout de même prête à payer une jolie somme pour leurs cadavres. Pour autant qu'ils ne soient pas désintégrés, évidemment. Livrer un pot de cendres n'est pas une bonne idée, si on veut être rémunéré. Jas a toujours eu l'intention de se payer Crassus. Ce genre de personnage est plus à sa place six pieds sous terre qu'au fond d'une cellule. Ce serait un juste châtiment pour ses crimes.

Pandion rejoint les autres sur la baie d'atterrissage, tout en restant en retrait d'un pas ou deux. Il se maintient exprès à l'écart. Les autres sont en pleine conversation. Les présentations peut-être ou les retrouvailles.

Jas envisage les différentes possibilités. Elle enlève ses œillères, cherche à réfléchir plus loin que l'instant présent, plus loin que la simple pression sur la gâchette.

Tuer Pandion ou n'importe lequel d'entre eux est une option.

Un simple tir et l'un d'eux s'écroule. Et les honoraires conséquents sont assurés.

Les autres se disperseront, ils remonteront dans les navettes ou pousseront la porte du palais. S'ils se réfugient à l'intérieur, elle aura peut-être la chance d'en abattre ou d'en capturer d'autres. En revanche, s'ils décollent, cette opportunité est perdue.

Le vent souffle. Même tout en haut de la tour, il est chaud comme une haleine d'animal. On dirait qu'il siffle entre les cornes au sommet de sa tête.

Cette stratégie pourrait fonctionner.

Les laisser partir. Se contenter d'une cible.

Mais elle ne peut ignorer le plan d'ensemble. Les tuer tous au même moment. Ce serait un coup de maître. Jas s'était fait un nom au sein de l'Empire. Sa réputation était établie aussi parmi les syndicats du crime de la Bordure Extérieure – les Hutts, le Soleil Noir, le Crymorah, le Cartel Perlemien. Avec la destruction de l'Étoile de la Mort (et de l'Étoile Noire quelque temps avant) et le changement d'allégeance, son nom et sa réputation sont en pleine mutation, comme la majeure partie de la galaxie. Si elle veut continuer à gagner sa vie, elle doit prendre davantage de risques. Opter pour une solution frileuse, agir avec lenteur, n'est plus envisageable. Sa décision est prise, elle range son fusil.

Une seule cible ne suffit pas.

Il faut qu'elle les abatte tous.

Et je dois le faire sans attendre.

Quand la navette entre dans l'atmosphère d'Akiva, les turbulences se font sentir. Sloane est installée dans le siège du navigateur – c'est un rôle accessoire, étant donné le court trajet qu'ils ont à effectuer. Elle serait bien entendu parfaitement capable de le remplir, en cas de nécessité. Elle voit l'obscurité de l'espace céder la place aux lumières fades de la planète au-dessous. Des nuages frôlent la baie vitrée et le HUD indique la ligne d'horizon, leur trajectoire, l'itinéraire qu'ils ont encodé.

Le pilote, Morna Kee, est assis à ses côtés. Elle est au service de Sloane depuis un moment, elle est douée et loyale à l'Empire. Sloane apprécie d'être entourée d'individus dont elle connaît le nom. Mais cette défaite au-dessus d'Endor, plus le fait que la Nouvelle République conclut des accords avec des gouverneurs ou des chefs de secteur à droite et à gauche pour récupérer des vaisseaux impériaux ? Sans compter la menace de schisme interne… Elle a du mal avec tout cela. Elle voudrait encore obtenir des informations qui lui semblaient capitales avant, des détails qui ont perdu leur importance désormais.

Derrière elle se trouve l'archiviste, le petit homme qui prendra des notes lors de la réunion, qui retranscrira les résultats du sommet pour que l'histoire de la résurgence impériale soit correctement rédigée et enregistrée officiellement. Il est assis à côté de l'assistante de Sloane pour cette mission, une jeune Corellienne au regard pétillant qui s'appelle Adea Rite. Ils sont accompagnés d'un demi-escadron de stormtroopers. Les plus brillants, choisis parmi les soldats du *Vigilance*.

Ce sont eux qui veillent sur le prisonnier de Sloane, le capitaine Wedge Antilles. Le Rebelle est étendu sur une table d'examen en suspension. Il est inconscient à cause des substances qu'on lui a injectées dans le bras. Le droïde médical s'affaire auprès de lui, vérifie ses signes vitaux, son tube d'alimentation.

Cet homme est une ombre au tableau.

Et une menace. Les Rebelles viendront à sa recherche.

Que se passera-t-il alors ?

La pression lui crispe la mâchoire. Il faut que cela marche. Toute sa stratégie. La réunion doit apporter des résultats. L'avenir de l'Empire et la stabilité de la galaxie en dépendent.

La réunion n'était pas son idée à elle seule, même si ceux qui y sont conviés le croient. Raison de plus pour que cela fonctionne comme prévu et sans nouveau contretemps. *Si ça rate, ils m'en tiendront responsable.*

La ville de Myrra apparaît. Elle s'étend, chaotique et congestionnée. Des bâtiments aux angles étranges poussent dans la jungle, qui ne semble pas se laisser faire : des plantes grimpantes pareilles à des doigts noueux s'accrochent aux façades et aux toits d'argile, comme si elles essayaient de mettre la ville en pièces doucement.

Les passages entre les bâtiments sont trop étroits pour qu'on les qualifie de routes. Ce sont des ruelles, en réalité, et c'est un des éléments qui rendent l'occupation impériale si difficile à concrétiser. Ces « rues » sont trop étroites pour les transports, à l'exception des motos speeders. Et encore, les carrefours sont trop serrés pour que les motos puissent tourner facilement.

Cela n'a pas d'importance, se dit-elle. *C'est temporaire.*

La réunion ne peut durer éternellement (même si elle en aura certainement l'impression par moments).

La navette pivote de façon abrupte et survole la ville à basse altitude. Le palais de leur allié, le satrape Isstra Dirus, est juste devant eux. Ce dignitaire est un exécrable flagorneur, mais elle se rappelle que les individus de son espèce sont parfois nécessaires. La machine ne fonctionne que quand toutes les parties tombent d'accord. Le palais est pompeux. C'est un ancien temple rénové pour manifester l'opulence de la satrapie. Des murs en quartzine striés de vermillon brillant, surmontés de tours dorées inutiles et de vitres cristallines tellement travaillées qu'elles passent à côté de leur fonction première : la transparence. Sloane préfère de loin l'architecture sévère du…

Elle décèle un mouvement droit devant.

Quelqu'un se fait glisser le long d'un câble tendu entre une tour de communication – qui a l'air désaffectée de longue date et faisait partie du bâtiment abritant le capitole, où plus aucun véritable gouvernement n'a siégé depuis que le satrape a pris ses fonctions ici (et ce n'est pas une coïncidence si cet événement a correspondu avec le moment où l'Empire s'emparait du Sénat Galactique). Rae Sloane appuie sur un bouton, fait tourner un cadran…

Une portion du HUD capture l'image de la silhouette en mouvement au bout du câble et zoome. C'est un Zabrak, à en juger par les cornes sur sa tête. *Une* Zabrak.

Elle porte un fusil dans le dos, à canon long, comme ceux qu'utilisent les snipers.

Une chasseuse de primes.

Rae bondit de son siège en poussant un grognement et fonce vers le tableau de bord et le siège derrière le sien : le poste d'artilleur. Elle ne sait pas qui est cette Zabrak, mais Rae n'a ni le temps ni la patience d'en savoir plus.

Et peu importe si un amiral n'est pas censé se charger des armes.

Elle appuie sur les commandes et ouvre le feu.

Jas prie pour que le câble qu'elle a tendu entre cette tour et le toit de l'autre côté tienne le coup. Il est interminable et la tour à laquelle il est accroché est fragile. Jas l'entend gémir sous son poids en ce moment même.

En fin de compte, cela n'a guère d'importance.

La navette apparaît à sa gauche, sortie de nulle part. C'est encore un transport impérial de classe Lambda. Des baies vitrées noires surplombent le nez en forme de cône. Le vaisseau semble implacable et insensible.

Les canons se mettent à tirer. Jas retient son souffle et tend tout son corps pour se hisser au plus près du câble. Ses muscles brûlent. Elle colle ses jambes à son corps en repliant les genoux contre son estomac. Tout cela pour essayer de se faire la plus petite possible tandis que les canons blasters crachent leurs lasers… qui brûlent l'air devant elle. Derrière. En dessous. Au-dessus. Elle sait qu'elle produit un son – un long cri de rage et de peur –, mais elle ne l'entend pas. Elle ne perçoit que le bruit du vent et des canons.

La bonne nouvelle, c'est que les blasters sous chaque aile de cette navette ne sont pas conçus pour frapper des cibles aussi petites qu'elle. À moins que la personne qui pilote ce truc ne soit sensible à la Force – un Jedi ou une Sœur de la Nuit dathomirienne, par exemple –, l'atteindre serait un acte de pure providence cosmique.

La mauvaise nouvelle, c'est que celui qui manie ces armes vient de s'en rendre compte.

La navette pivote légèrement…

Et arrose copieusement la tour derrière Jas.

Des flammes s'élèvent dans son dos. Dans un grincement

de métal, la structure s'effondre. Jas le comprend parce que, soudain, le câble auquel elle est suspendue se détend dans ses mains. La ligne rigide devient aussi molle qu'une nouille trop cuite. *Accroche-toi, accroche-toi de toutes tes forces, tu seras balancée jusqu'au sol…*

Hélas, le choc est trop violent. Le câble lui échappe.

Le vent fouette son corps. La ville vient à sa rencontre à toute allure.

Jas Emari chute dans le vide.

8

Norra redescend dans la cave. La porte secrète est toujours fermée, le valacorde n'a pas bougé. Elle pousse un grognement de frustration. Elle va devoir faire quelque chose pour laquelle elle n'a jamais été douée.

Elle va devoir se rappeler comment jouer du valacorde.

Ou plutôt, il faut qu'elle se souvienne comment jouer quelques notes. Elle n'a jamais eu ne serait-ce qu'un pour cent du talent musical de son mari et de son fils. Elle s'assied, appuie sur quelques touches. Chaque note est un son mélodieux teinté d'une légère susurration mécanique en arrière-plan.

Tap, tap, tap. Ce n'est pas de la musique qu'elle joue, c'est n'importe quoi.

Puis… ahh. Là, c'est la bonne note. C'est le début de *La Cabane de Chariot et Pavé*, non ? La vieille chanson des mineurs. Norra ferme les yeux. Elle revoit les mains de son mari sur les touches, la façon dont ses doigts s'écartent. La progression des notes : un, deux, trois, quatre, cinq…

Elle prend une profonde inspiration et les joue.

La porte s'ouvre et de l'air frais s'engouffre dans la pièce.

Envahie par un énorme sentiment de soulagement, Norra franchit le passage. La même odeur lui frappe les narines : de la poussière, des vieux objets, des moisissures. L'odeur d'une motte de terre qui s'effrite dans la main ou de mousse sèche qui tombe en miettes.

Les murs sont bâtis en vieille pierre. Norra a habité suffisamment longtemps à Myrra pour savoir que sous la ville se trouvent les anciennes catacombes : une ville sous la ville, un labyrinthe d'une époque lointaine. Les rumeurs abondent à son sujet : on raconte aussi bien que c'était un temple pour la formation des Jedi qu'un piège tendu par les Sith, le premier endroit habité par les Uugteens primitifs ou un vivier de Hutts louches. On dit que des gens s'y sont perdus et n'ont jamais été retrouvés, qu'ils auraient été dévorés par des rancors. Qu'ils seraient tombés pour toujours dans des puits sans fond, qu'ils auraient été enlevés par des Uugteens pour se les approprier, même si personne ne sait clairement ce que cela signifie devenir un Uugteen. Il y a même des histoires de fantômes, comme si cet endroit était hanté.

Elle a entendu tous ces racontars.

En revanche, jusqu'alors, Norra ignorait que les anciennes catacombes étaient reliées à sa maison. C'est quelque chose.

Elle fait un pas et retient un cri.

Temmin est assis là, dans une alcôve, le visage éclairé par la lueur bleuâtre d'un petit ordinateur holotab. Une carte est affichée à l'écran. Il retourne l'appareil et l'écran devient noir. Il renifle, s'essuie les yeux avec le dos de la main et redresse le menton, comme pour cacher qu'il a pleuré.

— Je suis désolée, déclare Norra.

— Ouais, moi aussi.

Elle lui tend la main et il la prend. Norra la serre un peu.

— Je ne savais pas qu'il y avait ce passage, ici.

Il regarde autour de lui.

— Les catacombes ? Oui, je me suis procuré une carte il y a quelques années. Le sous-terrain est relié à de nombreuses maisons, surtout ici sur Chenza Hill.

— J'ai parlé à tes tantes.

— Et ?

— Elles m'ont dit que tu n'habitais plus avec elles.

Il s'éclaircit la gorge.

— Non, j'habite ici, maintenant. Je suis indépendant.

Il soupire.

— Tu vas aller les voir pendant ton séjour ici ?

— Non.

— Ça ne m'étonne pas.

Elle sent une pointe de colère monter en elle. Pas contre Temmin, mais contre les deux tantes. Sa sœur, Esmelle, et la femme d'Esmelle, Shirene. Norra sait que ce n'est pas leur faute, mais elle ne peut s'empêcher d'être fâchée contre elles. Elles ont été incapables de s'occuper de Temmin et à présent il vit ici. Il s'occupe de sa boutique. Il mène une vie dangereuse. Il a failli se faire tuer par… qui ? Des criminels locaux. Des malfrats. Des brutes.

— Je leur ai parlé, elles ne veulent pas quitter Akiva. Elles ont fait leur trou ici, je ne leur en veux pas.

Temmin se lève. Il affiche un sourire incrédule et sarcastique.

— Partir ? Comment ça, partir ?

Norra serre sa main plus fort.

— Temmin, c'est pour ça que je suis venue. Pour venir te chercher. Nous devons partir.

— Pas question. Ma vie est ici. C'est ma boutique.

C'est chez moi. Tu es folle si tu crois que je vais me casser.

— Écoute-moi. Il se trame quelque chose ici. L'Empire est tombé, mais ses forces sont encore là. La ville grouille de stormtroopers. L'Empire est ici. Ils ont instauré un blocus et ont coupé toutes les communications.

Temmin plisse les yeux. Il n'était visiblement pas au courant. Comme la plupart des habitants de Myrra, même s'ils s'en rendront compte tôt ou tard.

— Peu importe. J'ai des contacts avec des Impériaux. Je leur vends des trucs. Je ne suis pas inquiet. Tu devrais y aller et sauver… ton ami. Wedgie ou je ne sais quoi.

— Wedge.

— C'est ça.

— Je ne le ferai pas. J'ai entendu ce que tu as dit, Temmin. J'ai fait un choix et c'est toi que j'ai choisi. Tu es ma priorité. Je t'emmène.

— Non. Je reste ici. Tu peux partir si tu veux. Je continuerai ce que j'ai fait jusqu'ici : je continuerai à me débrouiller sans toi.

Norra se mord la lèvre, elle retient les mots qui menacent de sortir. Il a toujours été têtu et déterminé, mais là, c'est pire encore. Temmin la contourne pour se diriger vers le sous-sol de la boutique en repassant par la porte secrète.

— Temmin, attends…

— Il faut que je commence à ramener les marchandises dans les catacombes. Que je les cache pour que Surat ne mette pas la main dessus. Ça m'a fait plaisir de te revoir, maman. Tu peux y aller.

Elle l'attrape par le bras au moment où il franchit la porte. Quand il se retourne, il voit ce qu'elle tient en main et sa bouche forme un O de protestation…

Norra enfonce dans le cou de son fils l'aiguille à moitié cassée qu'elle a volée au droïde d'interrogatoire. Elle n'a besoin d'enfoncer le piston qu'à moitié : les paupières de Temmin battent comme des papillons pris dans un bocal.

Il perd connaissance et elle le rattrape.

— Je suis désolée.

Puis elle le remonte jusqu'au rez-de-chaussée.

9

Dès que l'amiral Rae Sloane entre dans la pièce, tous les occupants fondent sur elle. Sous un haut plafond voûté, la salle est vaste. En son centre se dresse une énorme table fabriquée à partir d'un vieil arbre ; le bois est serti d'éclats de verre qui reflètent la lumière. La façon dont les convives l'entourent rend Sloane claustrophobe, comme si cette immense salle était une illusion et qu'elle était en réalité minuscule. Rae les laisse approcher. Elle ne cille pas, ne laisse rien paraître de la pression qu'elle ressent.

Ils veulent tous savoir ce qui s'est passé. C'est le Moff Pandion qui exprime le plus clairement ses exigences. Et quand il prend la parole, les autres se taisent. Elle en prend bonne note, même si ce n'est guère surprenant.

— Dites-nous, je vous prie, ce qu'était ce bruit ?

Il avance vers elle jusqu'à pénétrer dans son espace personnel et ils se retrouvent presque nez à nez.

— Vous voulez parler des canons blasters ?

Il lève les yeux au ciel.

— Non, je parlais du pépiement des oiseaux, des aboiements de chiens et de la mélodie que vous fredonniez en arrivant.

Il parvient à sourire tout en la foudroyant du regard.

— Évidemment que je parle des canons blasters. Qu'est-ce que c'était que ça ?

— Un insurgé.

— Un Rebelle ? intervient l'ancien conseiller de Palpatine, Yupe Tashu, d'un air horrifié. Ici ?

— Non.

Ce ne sera certainement pas le dernier mensonge qu'elle prononcera au cours de ce sommet.

— Pas du tout. Un local. Comme vous le savez…

Elle s'interrompt et propose :

— Si nous évoquions tout cela plus tard ? Asseyons-nous et profitons de la nourriture que le satrape Sirius a fait préparer à notre intention.

Cette suggestion est accueillie avec un peu de réticence, par des hochements de tête et des grommellements. Rae avance avec la foule, en adressant des signes de tête aux autres : Jylia Shale, Arsin Crassus et le satrape, ainsi que toute sa cour de conseillers obséquieux.

Des serveurs se déplacent à travers la salle, portant de petits bols en bois qu'ils offrent aux convives afin qu'ils puissent se servir des mets proposés : de la nourriture que Rae ne reconnaît pas. De minuscules créatures aux tentacules noirs, des raviolis qui dégagent un parfum de fruit trop mûr, de petites boules recouvertes de graines dont l'odeur lui rappelle l'intérieur de ses bottes quand elle les retire après une longue journée. Yupe Tashu picore, Crassus mange avec avidité et Jylia a posé son assiette devant elle, mais semble hésiter à toucher à la nourriture. Sans surprise, Pandion a repoussé d'un geste tous les aliments.

— Comme vous le savez, reprend Sloane en se positionnant en bout de table sans s'y asseoir, les Rebelles ont commencé à faire circuler de la propagande sous forme d'holovids. Dans certains cas, ils ont carrément volé et trafiqué nos droïdes-sondes pour répandre leurs mensonges.

— S'agit-il vraiment de mensonges ? intervient Shale, juste assez fort pour être entendue. Ou nous mentons-nous à nous-mêmes ?

Un silence glacé accueille cette question. Pandion fusille la vieille dame du regard. Rae décide de l'ignorer et de poursuivre.

— Nous avons été trahis par divers chefs de secteur et gouverneurs, un peu partout dans la galaxie. La Nouvelle République autoproclamée a mené des attaques sur certains de nos cargos et de nos transports. Avec succès, ajouterais-je. Cela a clairsemé nos rangs. Pour être honnête, nous sommes sur la défensive. Ce n'est pas le moment d'agir dispersés et sans direction claire. L'objectif de cette réunion est de remédier à cette situation. J'aimerais tous vous remercier pour…

Pandion l'interrompt.

— Donc, nous venons d'être attaqués par un insurgé local ? Pas par un… véritable Rebelle ?

Cette interruption irrite Rae, même si elle s'y attendait de la part de Pandion.

— Comme je l'ai dit, c'est un simple local, sans doute inspiré par la propagande que j'ai évoquée. Bien. Le sommet commence ce soir…

— D'abord, vous arrivez en retard, ensuite vous ouvrez le feu devant le palais du satrape. Et vous avez fait prisonnier un Rebelle. Qu'en est-il du vaisseau du contrebandier qui a forcé le blocus et s'est échappé ?

L'estomac de Rae se noue et elle sent l'acidité monter. Si Pandion est au courant, cela signifie qu'il y a des fuites. Un espion. Trahison. Elle a déjà l'impression d'avoir perdu le contrôle, alors que la réunion n'a même pas commencé depuis une heure.

Yupe Tashu semble ravi.

— Nous avons un prisonnier ?

— Et vous ne nous avez rien dit ? ajoute Crassus.

— C'est inquiétant, renchérit Shale. Vraiment inquiétant.

Rae se tourne vers son escadron de stormtroopers, qui montent la garde à la porte. Elle leur adresse un signe de tête discret, ainsi qu'au pilote.

Ils disparaissent.

— Le Rebelle ne faisait pas partie d'une attaque concertée. C'est un Rebelle isolé, qui faisait sans doute du repérage pour débusquer la présence impériale.

— Eh bien, il l'a trouvée, signale Pandion avec un sourire suffisant.

La porte s'ouvre à nouveau et les stormtroopers font entrer la civière sur répulseurs. Le droïde médical accompagne le prisonnier. Le capitaine Antilles est toujours sous sédatifs. Pour le moment.

— C'est un danger pour nous, déclare Sloane, mais aussi une chance. Car ce n'est pas un Rebelle insignifiant que nous avons capturé. C'est le capitaine Wedge Antilles, un des héros de cette maudite Rébellion. Il était présent lors des deux attaques des Étoiles et a joué un rôle capital. Nous pourrons non seulement lui soutirer de l'information, mais nous pourrons aussi l'utiliser comme monnaie d'échange, si les Rebelles ont vent de cette réunion.

Tashu lève la main.

— Est-ce que je peux participer à… l'interrogatoire ?

Elle l'ignore.

— Est-ce cela que nous sommes devenus ? s'emporte Pandion. Sommes-nous réduits à jouer les preneurs d'otages ? Peut-être que l'Empire Galactique perd de sa force, comme une étoile qui brille avant d'être réduite en poussière. C'est en tout cas ce qui se produit lorsque des individus de votre genre prennent la barre.

Cette dernière phrase est une attaque directe envers Sloane.

— Le sommet débute ce soir, rappelle cette dernière. Alors, reposez-vous d'ici là si nécessaire, mais le temps presse. Nous déciderons de l'avenir de l'Empire.

Elle se tourne vers l'archiviste Februs Temmt, un petit homme sec.

— Notez dans les documents officiels que l'histoire se souviendra de nous sous le nom du Conseil de l'Avenir Impérial, ou CAI.

Elle adresse un signe de tête aux personnes assemblées à la table.

— Merci. Nous nous reverrons tous ce soir.

Sloane se dirige d'un pas rapide vers la porte et intercepte Adea, sa nouvelle assistante. Elle la saisit par le bras et la tire vers elle en sifflant entre ses dents :

— A-t-on retrouvé la chasseuse de primes ?

Paniquée, Adea nie de la tête.

— Non, amiral.

Pandion fait tout à coup irruption aux côtés de Sloane, un sourire de reptile affiché sur son visage trop pâle.

— Un problème ?

— Non, lui assure Sloane.

— Amiral, j'admire ce que vous faites, vraiment. Vous avez raison, c'est le moment d'agir. L'Empire que j'aime ne se redressera pas facilement du coup qui lui a été porté – non seulement la perte de l'Étoile de la Mort, mais aussi celle de notre Empereur. Mais il faut que vous compreniez que l'avenir de l'Empire n'a jamais été décidé par quelque chose d'aussi *mou* et *sans âme* qu'un conseil. L'Empire a besoin d'un dirigeant. D'un Empereur.

— Alors le conseil aboutira peut-être à la même conclusion.

Le regard de Sloane se pose sur les bandes qui ornent la poitrine de Pandion.

— Je vois que vous avez été élevé au rang de Grand Moff. Je suppose qu'il s'agit d'un titre autoproclamé.

Encore ce sourire mauvais.

— Quand on veut le pouvoir, il faut le prendre.

— C'est peut-être vrai.

— Pas *peut-être*. Et vous le savez au plus profond de votre âme. Je sais que vous vous êtes battue pour prendre le contrôle non seulement du *Vigilance*, mais aussi du *Ravageur*. Et très certainement de la flotte qui l'accompagne. Imaginez la petite Rae Sloane diriger à elle seule un Super Destroyer Stellaire. C'est notre dernier, non ?

Elle ne répond pas. Elle le regarde, le visage de marbre.

Il poursuit.

— C'était le vaisseau amiral de la flotte, non ?

— Effectivement.

— Alors, il est vraiment mort ?

— Vraiment. Et c'est triste. C'était l'un des meilleurs d'entre nous.

— C'est vrai.

L'œil de Pandion tressaute. Il cache des secrets. Ils en ont tous, elle ne s'en est simplement pas encore rendu compte.

— Je vous verrai au conseil, amiral. Je suis impatient de commencer.

INTERLUDE

NAALOL

Une petite ville dans les montagnes, réduite en cendres. Le vent se lève et des feuilles mortes tourbillonnent entre les cadavres qui jonchent le paysage.

Deux stormtroopers gisent de l'autre côté de la route. Deux soldats de la Nouvelle République sont affalés contre les ruines d'une maison incendiée, le toit encore fumant.

Il y en a d'autres plus loin dans la rue et d'autres derrière eux.

Mon Mothma avance dans ce spectacle de désolation, flanquée de Hostis Ij à sa gauche et d'Auxi Kray Korbin à sa droite. Les deux jouent les rôles d'ange et de démon penchés par-dessus son épaule, même si les rôles ne sont jamais figés et varient en fonction de la situation.

Quatre soldats de la Nouvelle République ferment la marche, fusils blasters en main.

C'est la réalité de la guerre, se dit Mon Mothma. Il *faut* que cela se termine bientôt. Il le faut. Mettre fin à ce conflit est la priorité numéro un. Naalol n'avait aucune importance stratégique. Une série de petites villes de montagne avec de minuscules maisons accrochées aux flancs et des habitants qui étaient gardiens de valdeers, artisans ou mineurs. Hélas, une garnison impériale s'était installée non loin de là et quand l'Empire a commencé à perdre du terrain ailleurs, ils ont tenté d'en regagner sur des planètes comme Naalol – en ultime recours. La petite garnison a grossi et les habitants de Naalol ont été attaqués.

Et maintenant les habitants de Naalol sont morts ou ont vu leurs vies saccagées.

On dirait que Hostis lit dans ses pensées. Tout en lui emboîtant le pas, il caresse sa longue barbe en marmonnant des *hum* et des *ah*. Il finit par prendre la parole, sans que personne ne lui ait rien demandé (comme souvent) :

— C'est le prix de la guerre. Ce n'est pas la faute de la Nouvelle République, Chancelière.

— J'ai vu la guerre, réplique Mon Mothma. Je sais la forme qu'elle revêt, je connais les dégâts qu'elle implique. Mais je ne serai jamais à l'aise en sa présence.

Contrairement à certains, se dit-elle. Elle se faufile entre des villageois rassemblés le long d'un petit mur de pierre. Deux soldats de la République leur servent du bouillon chaud dans des tasses. En passant, Mon Mothma serre des mains, glisse quelques crédits dans des paumes, prononce des paroles d'excuse et de gratitude. Une fois qu'ils les ont dépassés, elle réagit à ce qu'a dit Hostis.

— C'est notre faute et nous devons assumer nos responsabilités. C'est pour cela que la guerre doit se terminer au plus vite. Nous ne pouvons continuer à nous battre. Nous ne sommes pas *armés* pour ça.

Hostis fulmine.

— Ce n'est pas vrai. Nous sommes mieux armés que jamais, Chancelière. L'Empire faiblit et toute la galaxie le sent. Nous arrivons à peine à contenir le flot de recrues prêtes à se battre à nos côtés, maintenant que le conflit est apparu au grand jour. Nous avons plus de vaisseaux, plus de matériel, plus d'armes. Le vent a tourné et…

— Je ne voulais pas dire *armés* au sens littéral du terme, Hostis. Je veux dire que notre cœur n'y est pas. La guerre n'est pas un état permanent. Elle est censée n'être qu'un chaos provisoire entre deux périodes de paix. Certains voudraient que ce soit le cours normal des choses, une donnée par défaut de notre existence. Mais je ne laisserai pas les choses se passer ainsi.

Auxi se penche et la Togruta murmure :

— Chancelière, je dois vous rappeler que nous devons partir bientôt, si nous voulons être de retour sur Chandrila à temps pour la première session du Sénat.

— Oui, bien entendu.

Mon Mothma s'arrête au cœur du carnage. Les débris, les cadavres. Au loin, un TB-TT impérial accidenté, affalé comme un animal à la nuque brisée. Non loin de là, les ailerons cassés d'une Aile-X continuent à brûler au pied d'une falaise. Plus près, dans la rue, une rangée d'Impériaux sont menottés et reliés entre eux par des fils électrifiés qui bourdonnent, les troupes de la Nouvelle République les escortent vers un transport.

Le chaos a atteint son comble et la tension est en train de retomber. La garnison impériale est décimée. Les dernières troupes ont fui dans les montagnes et sont poursuivies par les soldats de la Nouvelle République. Mon Mothma se dit que Naalol ne passera pas trop de temps dans le chaudron bouillonnant de la guerre. Et c'est tant mieux, même si les combats laissent des cicatrices, quelle que soit leur durée. Naalol n'oubliera jamais cette journée.

Auxi s'adresse à Hostis :

— La renonciation est plus que jamais à l'ordre du jour, j'espère que vous en avez bien conscience.

— Quoi ? Ce n'est pas possible.

Hostis se tourne vers Mon Mothma :

— Chancelière, je vous en conjure, le moment n'est pas venu.

— C'est le moment et ça doit être le moment, insiste-t-elle d'une voix douce, mais ferme. En ce moment même, je peux placer mon doigt n'importe où sur la carte des étoiles et nos troupes iront là où j'ai indiqué. Elles se battront. Certains mourront. C'est ma responsabilité. Pourtant, ce n'est pas ma volonté. Je ne l'ai jamais souhaité. La charte du Chancelier maintient les pouvoirs d'urgence accordés à Palpatine et cela ne peut plus durer. Ces pouvoirs sont un poison pour la démocratie. Ils amoindrissent mon rôle.

Hostis se met à bégayer sans parvenir à articuler une réplique. Mon Mothma prend sa main dans la sienne et reprend :

— Je ne suis pas un chef militaire, Hostis. Je suis le Chef du Sénat et si nous voulons vraiment attirer d'autres planètes et les convaincre de revenir au processus démocratique, la démocratie ne doit pas avoir l'air d'être menacée.

— Mais l'armée et la marine de la République…

— … continueront leurs missions pendant un temps, mais pas sous ma direction. Elles existeront dans les mêmes conditions en pratique, mais pas dans les textes de loi : je ferai partie d'un conseil de sages qui déterminera les meilleures décisions à prendre concernant les forces militaires dans cette guerre civile.

Elle marque une pause pour peser les mots qu'elle va prononcer.

— Il est vital de démilitariser notre gouvernement pour qu'une guerre galactique ne puisse se produire à nouveau.

Le vent souffle et soulève les cheveux fins et clairsemés de Hostis, découvrant son visage couvert de taches de vieillesse.

— Ce jour n'est pas encore arrivé. Nous devons faire preuve de force militaire. Si nous projetons la faiblesse, l'Empire en tirera profit. Confier la guerre aux caprices de la politique va allonger notre temps de réaction, affaiblir notre résolution et nous fera paraître vulnérables… en partie parce que nous *serons* vulnérables.

Auxi affiche un sourire entendu et narquois – cette discussion l'amuse, dirait-on.

— Oh… et ça ne s'arrête pas là, Hostis. Expliquez-lui, Chancelière.

Mon Mothma soupire.

— Aujourd'hui, je vais soumettre un vote proposant de réduire notre présence militaire de quatre-vingt-dix pour cent, dès que nous pourrons officiellement confirmer la fin de cette guerre.

Le visage de Hostis s'effondre. Il a les yeux écarquillés et la bouche ouverte, comme s'il espérait attraper une des mouches aux yeux orange qui bourdonnent près d'eux.

— Vous n'êtes pas sérieuse ?

— Si, parfaitement. Regardez autour de vous. Les morts dans notre camp ne sont pas de véritables soldats, même si nous prétendons le contraire. Ce sont des fermiers, des mineurs, des pilotes, des contrebandiers, tous happés par ce conflit contre l'Empire. Une fois la guerre terminée, que devons-nous leur dire ? Continuez à vous battre pour nous ? Contre quoi ? Dans quel but ? Pour quel idéal ?

— Pour la démocratie, bien sûr.

— La démocratie n'a pas besoin d'être défendue. Les gens, si. Et c'est pour cela que nous garderons ces dix pour cent. Une force de maintien de la paix. Le reste de nos efforts sera consacré à la formation des militaires d'autres planètes. Nous serons une véritable Alliance Galactique, pas une fausse alliance avec un soleil autoritaire en son centre.

Hostis se renfrogne et dit gravement :

— Alors, nous assisterons à des guerres incessantes, Chancelière. Des armées plus petites signifient juste de plus petites guerres civiles à travers la galaxie. Cela veut dire que l'oppression poussera comme des mauvaises herbes de tous côtés et que nous n'aurons pas les yeux pour la contrôler ou l'arrêter. En cette période de soulèvement, la galaxie a besoin de loi et d'ordre. Or vous ne lui apporterez que le chaos. C'est cette vulnérabilité qui a permis l'ascension de l'Empire. Les habitants de la galaxie appellent à l'aide, ils cherchent une autorité centrale, ils veulent à tout prix une protection…

C'est Auxi qui prend la parole après Hostis. Elle est toujours audacieuse, ironique, parfois même un peu piquante.

— On dirait que vous êtes dans l'autre camp, Hostis. Je suis sûre que l'Empire serait ravi de vous recruter.

— Que… comment osez-vous…

Mon Mothma lève les mains.

— Arrêtez, je vous en prie. Pas de prise de bec, pas maintenant. Nous devons respecter le désaccord. Ceci étant dit, Auxi a raison sur un point : nous ne combattons pas l'Empire pour devenir l'Empire. Ce n'est pas une lutte pour le pouvoir et c'est ce que je veux faire comprendre à la galaxie. Je veux que tous sachent que nous avons confiance en eux, comme la République l'a toujours fait. Si nous demandons à des individus de se battre pour nous, il faut qu'ils sachent dans quel objectif nous combattons. Ils lutteront pour une galaxie démocratique et unifiée. Pas pour une galaxie qui prétend simplement l'être, alors qu'elle se laisse peu à peu écraser par un joug rigide et implacable. Nous devons être flexibles. Quant à votre commentaire au sujet de l'histoire récente… nous mettrons en place des garde-fous. Nous avancerons en nous montrant plus malins cette fois. En faisant davantage attention.

— Chancelière…

La supplication de Hostis meurt sur ses lèvres.

— Ma décision est prise. C'est pour ça que je vous ai amenés tous les deux ici. Je voulais que vous voyiez les cadavres. Le gâchis. La tragédie de la guerre. Pour que vous compreniez qu'il faut y mettre fin. Je ne peux pas demander aux nôtres de se battre indéfiniment. Pas maintenant que l'Empire est vraiment à genoux.

Auxi acquiesce d'un signe de tête.

— Il est temps d'y aller, Chancelière. L'histoire nous attend.

Hostis n'ajoute rien de plus. Il plisse son visage pour afficher un sourire mal à l'aise et hoche à son tour la tête d'un air sinistre.

— Bien entendu.

— Merci à tous les deux, conclut Mon Mothma.

Ils repassent ensemble parmi les ruines fumantes. Il est temps de rentrer à la maison. Il est temps de rétablir la démocratie dans la galaxie.

10

— Il faut que je trouve un moyen de quitter ce caillou, marmonne Sinjir en se frayant un chemin dans les rues étroites de Myrra.

Il passe devant un vendeur de nourriture, un Bith à grosse tête. Les restaurateurs de rue sont obligés de coller leurs tables et leurs boutiques dans les recoins ou les alcôves des bâtiments de la ville. Au passage, Sinjir s'empare d'un truc croustillant suspendu à un râtelier. Il s'empresse de faire passer son larcin dans l'autre main pour que personne ne le repère, puis baisse les yeux : un petit volatile trempé dans de la pâte et frit. Il mord dedans. C'est chaud et juteux. Trop chaud et trop juteux. Cela fait tout de même l'affaire parce que, tout à coup, il se rend compte qu'il est affamé.

Le Twi'lek de chez Pok court derrière lui.

— Pourquoi voulez-vous partir ?

Pour t'échapper. Le Twi'lek le suit depuis une heure. Sinjir a quitté le bar pour s'éclaircir les idées et, surtout, pour s'éloigner de cette bagarre sans queue ni tête – qu'il aurait mieux fait d'éviter. Et ce blurgg débile le suit à la trace comme un nek perdu.

Sinjir se contente de répondre :

— Je ne veux pas être ici quand ça tournera au vinaigre. Les hurlements, les gens qui courent partout et…

Il gesticule pour mimer la pagaille.

— Je déteste le chaos.

Comme pour souligner ses propos, deux chasseurs TIE passent au-dessus de leurs têtes en hurlant, frôlant presque les immeubles.

Ce n'est peut-être pas une occupation, mais quelque chose est en train de se passer.

— Mais… vous êtes un Rebelle. Vous êtes ici pour combattre l'Empire.

Sinjir s'arrête. *Vous êtes un Rebelle.* Il a presque envie de rire. L'idée est tellement absurde qu'il reste planté là, le souffle coupé. Autant embarquer dans le mensonge… un mensonge qui a débuté sur la lune forestière d'Endor, il y a plusieurs mois.

Il fait volte-face et affirme d'une voix ferme :

— Oui, je suis un Rebelle. Je suis un agent de la Nouvelle République. C'est vrai. Et je dois rapporter à mes loyaux alliés de l'Alliance ce que j'ai appris ici.

Par-dessus l'épaule du Twi'lek, il repère un trio de stormtroopers qui avancent épaule contre épaule dans la ruelle tortueuse, blasters au poing. Ils cherchent quelqu'un, quelque chose. Peut-être lui.

Sinjir attrape le Twi'lek, le pousse dans une alcôve en collant un doigt sur ses lèvres. Les stormtroopers passent.

— Vous voyez ? Nous sommes en danger.

Le Twi'lek hoche la tête.

— Je m'appelle Orgadomo Dokura, annonce-t-il avec fierté.

Ses lekkus s'agitent comme des serpents quand il prononce son nom.

— Je vous en prie, laissez-moi vous aider. Faites de moi un agent de la Rébellion !

— De la Nouvelle République, vous voulez dire.

— Oui ! Oui !

— Je m'appelle Markoos… Cozen.

Il vient d'inventer ce nom. Cozen, c'est le nom d'un membre éloigné de sa famille, du côté de sa mère. Markoos, c'est… heu, celui-là, il l'a vraiment inventé.

— Vous voulez m'aider ? Aidez-moi à trouver un transport pour quitter cette planète. S'il y a un blocus là-haut…

Il pointe le ciel. Les nuages s'écartent et il distingue au loin quelques triangles en suspension. Des Destroyers Stellaires impériaux.

— Alors il me faut un moyen de fuir en douce. Qui peut m'assurer ce service ? À qui dois-je m'adresser, Ogadoki Domura…

— Orgadomo Dokura.

— Oui, c'est ça. Bref, répondez à ma question.

— Il faut vous adresser à Surat Nuat.

Le gangster.

— Lui ? Vraiment ? Il n'y a pas de syndicat concurrent ? Pas de guilde des contrebandiers ici ? Pas de type-qui-connaît-un-type-qui-connaît-une-super-pilote-sympa ? Rien de tout ça ?

Le Twi'lek lui répond avec un sourire triste qui exhibe ses dents pointues.

— Désolé.

— Bon, allons-y. Vous pouvez me montrer le chemin.

Ils sortent de l'alcôve…

Deux stormtroopers sont à quelques centimètres d'eux. Si près qu'ils manquent de les percuter.

— Dégagez, aboie un des deux troopers avant de tendre le bras pour les repousser.

Le deuxième tourne sa tête casquée une fraction de seconde, pour les examiner.

— Hé ! Hé ! Attrapez-les !

Bon, ben, c'est raté.

Sinjir se baisse pour éviter le bras qui tente de l'agripper, puis balance un coup de genou dans le blaster pour dévier le canon vers le ciel, quand la décharge part. Il arrache l'arme du stormtrooper et s'en sert pour le frapper à hauteur du casque. Le trooper tombe à la renverse.

Sinjir articule en silence *Filez* au Twi'lek.

Il y a tellement d'arbres qu'elle ne distingue littéralement pas la forêt.

Dans son champ de vision : la Princesse Leia Organa. Elle n'est ni en tenue de Princesse, ni en dignitaire, ni en diplomate, ni en émissaire d'une planète éloignée, mais en uniforme de soldat. Ce n'est pas un déguisement. Jas a lu les dossiers.

Même sans les dossiers, l'histoire est connue : Leia est une femme puissante. Avec un blaster, elle vaut dix stormtroopers. Vingt, même.

Et en ce moment, elle est blessée.

Un oiseau dont l'aile est brisée. Une proie facile.

Jas est assise en haut d'un arbre d'Endor, un de ces végétaux au tronc massif. D'une taille incroyable. Elle se sent toute petite. Il lui a fallu du temps pour arriver à cet endroit – se frayer un chemin dans la bataille, éviter les tirs de laser et les petites créatures aux yeux noirs, mi-oursons, mi-rats, qui peuplent cette planète.

À présent, elle est en place. Tout autour d'elle, les combats se sont tus. Les boules de poils sont partout. Ils arrachent les casques des stormtroopers et les assomment avant de les traîner dans la jungle.

Puis un TR-TT de reconnaissance impérial traverse

les bois d'un pas lourd en écrasant la brousse, ses armes pointées vers le bunker. Han Solo en sort, tandis que Leia reste tapie contre la porte. Les mains en l'air. Le droïde doré s'agite, un astromech est mis K.-O.

Si le bipode les explose, que se passera-t-il ? Pourra-t-elle récupérer les corps ? Les échanger contre des crédits ? Affirmer qu'elle a réussi ?

Ce serait tricher. Jas Emari est une professionnelle, elle n'aime pas trahir la vérité. Et même si elle déteste l'Empire Galactique, ce sont ses clients et s'ils découvrent la supercherie… Tout à coup, elle se demande si cela a la moindre importance.

Ce n'est pas à elle de s'en tracasser.

Elle ne doit se soucier que de l'instant présent.

L'occasion de terminer le boulot est trop belle.

Elle reporte sa lunette sur Leia. Le doigt de Jas s'enroule autour de la détente comme un serpent-plante affamé et…

Des bruits de bottes. Jas ouvre les yeux, se redresse. Se déplacer rapidement lui rappelle qu'elle est tombée du câble qui la maintenait en suspension. Elle a tiré son second grappin trop tard et son ancre s'est accrochée à un balcon trois étages au-dessus de la route. Le câble a failli lui arracher le bras, puis elle est tombée en se balançant et a atterri contre le mur du palais. Un mur en stuc rugueux et dentelé. Son bras est tout éraflé, sa peau déchiquetée.

Les croûtes se forment déjà.

Cela n'a pas d'importance maintenant. La seule chose qui compte, c'est…

— Et qui êtes-vous ?

Un Sullustéen se tient devant elle. Un de ses yeux est mort, il est recouvert d'une cataracte opalescente et cerclé de cicatrices. Son nez minuscule est percé de deux trous d'épingle, ses lèvres sont serrées sous ses bajoues. Le sommet de sa tête est dissimulé sous une calotte noire, on dirait qu'une araignée est posée sur son crâne.

— Surat, dit-elle.

Il n'est évidemment pas seul. Six individus montent la garde derrière lui. Des malfrats de diverses races : deux Narquois qui ont dégainé leurs blasters, un Ithorien armé d'un long fusil dont l'œil est poché, deux Duros au visage gris et, à l'arrière, un Herglic soufflant et sifflant. L'ouverture au sommet de son corps à l'épiderme noir et lisse expulse par à-coups son souffle mêlé à de la salive. Il est armé d'une hache. Une très grosse hache.

Jas Emari se maudit.

Elle s'est endormie. Ici, dans la boutique de ferraille du gamin. Elle est entrée, n'a trouvé Temmin Wexley nulle part, puis s'est roulée en boule sur un banc à côté d'une table sur laquelle était étalé le plateau d'un… jeu de stratégie pour enfants.

— Je vous connais, déclare le Sullustéen.

Son visage est humide et couvert de replis flasques, on s'attendrait à ce que sa voix ressemble à un gargouillis – ou, comme c'est le cas de certains Sullustéens, à un cafouillage inintelligible. Mais le débit de sa voix grave est clair, presque velouté.

— Vous êtes la chasseuse de primes Jas Emari.

— Heureuse que mon nom circule dans les bons cercles.

Elle lui adresse un sourire figé et complètement artificiel.

— Je ne sais pas ce qui se passe, mais je ne pense pas que ça me concerne. Excusez-moi.

Elle tente de le contourner.

Mais il fait un pas de côté pour lui barrer la route. Il brandit un doigt puis l'agite d'un côté à l'autre pour signifier *non non*.

— Ah, ah, ah. On peut se parler ?

— Je suis en mission. Alors à moins que vous n'ayez des crédits à gaspiller…

— Je vous en prie. Si vous avez assez de temps pour vous accorder une sieste, vous pouvez bien discuter quelques instants avec un ami.

Une pique parce qu'elle dormait. Elle ne l'a pas volée.

— Un ami. Sommes-nous amis ?

— Nous pourrions l'être. Si vous êtes honnête.

Elle se tait, soupire, puis recule d'un pas.

— D'accord, discutons.

— Qu'est-ce que vous faites ici ? C'est un drôle d'endroit pour une chasseuse de votre calibre. Ce gamin… sa boutique…

Le Sullustéen prend une expression dégoûtée, comme s'il venait de lécher l'arrière-train d'un bantha.

— C'est n'est pas digne de vous.

Jas hausse les épaules.

— J'ai besoin d'une pièce de rechange pour mon pistolet. Il en vend.

— J'ai des pièces moi aussi.

Un des Narquois pouffe de rire.

— Ce n'est pas un affront. C'est une pièce sans importance et elle ne mérite pas qu'on vous dérange. C'est pour ça que je suis venue ici.

Surat frappe dans ses mains. Le son est humide. *Clap, clap, clap.*

— Très bon, très bon.

Mais le petit sourire disparaît de ses lèvres pincées. Il avance.

— Puis-je proposer une autre explication ?

Jas est douée pour décoder le langage corporel. C'est un talent qu'elle a eu l'occasion de pratiquer – c'est l'un des sens qu'elle s'efforce de garder aiguisé comme un couteau. Tout le corps du gangster vient de se raidir. Ses yeux se plissent puis s'écarquillent. Il émane de lui un sentiment de paranoïa.

Ce n'est pas rare chez les individus qui occupent sa position : être à la tête d'un syndicat du crime signifie vivre en permanence sous la menace. La vie de Jas est similaire, mais elle sait qu'elle ne peut à aucun prix céder à la paranoïa. C'est un sentiment qui agit comme un poison.

Mortel pour celui qui le ressent, mais aussi pour ceux qui l'entourent.

— Je ne sais pas ce que vous pensez, mais…

— Je suis en train de me rendre compte que cette larve insolente, Temmin Wexley, a décidé de me piéger. Il a orchestré le vol… de quelque chose auquel je tiens beaucoup. Et maintenant, il a l'intention de se débarrasser de moi.

Nouveau pas en avant.

— C'est un petit trilobite ingénieux, celui-là. Malin, même s'il ne l'est pas assez. Il attaque en biais, il le fait avec moi depuis un an. Il grignote mes affaires comme le ver-wyrm siffleur de Sullust, qui dévore les jardins souterrains en rongeant les racines de nos arbres.

Les bajoues humides du gangster tremblent.

— Vous. Il vous a engagée. Pour me tuer.

Et voilà.

— Vous faites de la paranoïa.

— La paranoïa m'a maintenu en vie. Même quand elle s'est révélée infondée. Je suis heureux de rester sur mes gardes et je ne regrette rien. Mieux vaut prévenir que guérir.

— Je ne suis pas ici pour vous tuer.

— C'est ce que vous prétendez. Si je vous laisse partir, vous allez me tirer dans la nuque. Avant que je ne pose la tête sur un oreiller ce soir.

Si je voulais mettre fin à ton existence, je le ferais ici et maintenant, songe Jas.

Dans son dos, elle garde un petit couteau à lame rétractable. Il suffit qu'elle appuie sur le bouton pour la faire sortir. Elle est rapide. Plus rapide que lui. Malheureusement sûrement pas plus rapide que ses gardes du corps armés jusqu'aux dents. Autre possibilité : fuir – se baisser pour éviter les tirs, esquiver, feinter, courir. Les attaquer eux et pas lui. Créer une diversion. Leur lancer de la ferraille. Mais ils bloquent la porte. Et elle est fatiguée et blessée. La situation n'est pas idéale.

Elle fait des calculs.

Une seule issue se présente à elle. Une solution impossible, mais elle n'a pas d'autre choix raisonnable.

— Je ne suis pas ici pour vous, je suis ici pour quelqu'un d'autre. C'est bien payé. Je peux vous donner votre part. Soixante-quinze pour moi, vingt-cinq pour vous.

— Oh là là, ironise-t-il en s'éventant. Vingt-cinq pour cent ?

Il esquisse une moue amère.

— Vous pensez que c'est ça que vous valez ?

Tue-le.

Non.

— Soixante/quarante, propose-t-elle. Et vous me facilitez la tâche. Vous m'aidez à m'approcher de la cible. Avec une telle commission, j'attends de mes partenaires qu'ils méritent leur part du gâteau.

Ça, au moins, c'est la stricte vérité. Ou ça le serait s'il lui arrivait de travailler avec des partenaires.

— Laissez-moi deviner. La cible est impériale ? Je vois ce qui se passe dans la ville. Des stormtroopers dans les rues, des officiers qui gloussent comme des oiseaux, des chasseurs TIE. La navette.

Il affiche un sourire suffisant.

— D'après les rumeurs, une de ces navettes – de classe Lambda – a tiré sur l'ancien bâtiment du capitole.

— Donc vous allez m'aider.

— Au nom des étoiles, non. L'Empire est un allié. Vous croyez que je ne suis pas au courant ? Vous ne leur offrez plus vos services. Et vous ne travaillez plus non plus pour des gens comme moi. Vous êtes un brave toutou. Tenu en laisse par l'Alliance. C'est triste.

Les muscles de Jas se raidissent. Sa stratégie n'a pas fonctionné. Elle fait une ultime tentative.

— Vous devriez observer les étoiles, Surat. La galaxie pivote sur son axe. Elle se retourne contre l'Empire. Ne scellez pas votre sort à ce navire parce qu'il va couler. La Nouvelle République…

— … est un ramassis d'imbéciles ! hurle-t-il tout à coup en projetant de la salive nauséabonde sur ses bajoues.

Elle pivote sur ses talons…

Un des Narquois tire et l'atteint sur le côté. Son pied glisse et elle s'étale sur une table remplie de pièces détachées. Du métal chute sur le sol dans un cliquetis qui résonne, tandis qu'elle continue de glisser. Ses membres ont perdu toute rigidité. Son esprit est déconnecté de ses muscles. C'était un tir incapacitant.

Surat se penche sur elle, les mains jointes devant lui, bouillonnant de colère :

— La Nouvelle République ne laissera pas de place aux gens comme moi. Je refuse de disparaître à cause d'une bande de bienfaiteurs et de leurs sermons permanents. L'Empire me laisse travailler, l'Empire reste mon ami. Et à présent, j'ai un joli cadeau pour mon ami.

Il frappe dans ses mains et ses compères soulèvent Jas. Le Herglic la jette par-dessus son épaule lisse et cartilagineuse. Elle tente de faire bouger ses mains. Ses jambes. Sa mâchoire. N'importe quoi. Ses efforts sont vains.

Tandis qu'ils la portent vers l'extérieur, elle se dit : *Tu aurais dû me tuer.*

Sinjir quitte la lumière du jour qui décline et s'enfonce dans le sous-terrain froid et humide. Comment le qualifier ? C'est probablement une cantina, du moins en partie. Le nom suspendu au-dessus de la porte annonce : L'ALCAZAR. Mais c'est plus qu'une simple cantina. À en juger par son apparence, c'est aussi un tripot. Un lieu mal famé. Sans doute aussi un marché aux esclaves, un marché noir et… en réalité, c'est un véritable complexe. Dans cette salle, un groupe de soi-disant musiciens s'égosille sur une scène. Le mur du fond est occupé par un long bar noir taillé dans une pièce de bois brut laqué. Tout le reste de l'espace est occupé par des tables où sont installés des joueurs qui prient pour un peu de chance, au pazaak, au lancer d'osselets de sheg ou en tirant sur le levier du Contrebandier manchot.

Les jeux de crédits.

Sinjir n'a jamais compris leur intérêt. Il devait prendre des mesures punitives contre les soldats ou officiers impériaux qui misaient des crédits dans les dortoirs ou à la cantine, pendant les longues heures de travail où ils se sentaient seuls. Sinjir est persuadé que ces jeux ne sont pas une question de crédits, mais une question de risque.

Le risque et l'excitation qu'il provoque.

Sinjir n'aime pas cette excitation.

Il a envie de quitter cette planète le plus tôt possible.

Il fait signe à son nouvel ami.

— Viens, Ogly.

— Orgadomo.

— Hum. Allons boire un verre.

Il commence à dessaouler et il est temps de retrouver cette sensation agréable. Et, bien sûr, de glaner un peu d'infos. Il attrape un morceau de lekku du Twi'lek et le tire vers le bar. Sinjir donne une bonne claque mouillée sur le comptoir.

Le barman – un humain aussi négligé qu'un Wookiee et aussi visqueux qu'un worrt – se retourne en enfournant une sorte de fine feuille verte dans sa bouche. Il la mastique et du fluide verdâtre coule sur son menton. Il sort sa langue pour lécher la seule bonne dent qui lui reste.

— Quequ's'et ?

— Deux verres. Je prendrai un…

Sinjir se tourne vers le Twi'lek.

— Toi d'abord, mon ami. Qu'est-ce que tu veux ?

— Une… bière ?

Le Twi'lek a l'air nerveux.

Sinjir fait la moue.

— Il va prendre une bière. Moi il me faut un truc plus fort. Vous avez… heu, voyons, de l'eau-de-vie de Jogan ?

— Vous vous croyez dans une cantina de luxe ? grommelle le barman. J'ai de la bière. Encore de la bière. D'autres bières. Des bières différentes. Du grog. Et du 'skee du feu des étoiles.

— Je prendrai cette dernière décoction. Un jorum de 'skee pour moi.

Le barman bougonne puis sert un verre d'un liquide marron et boueux avant de faire glisser une bouteille de bière mousseuse vers le Twi'lek.

— Ça fera dix crédits.

Sinjir attrape l'homme par le poignet, délicatement. La peau du barman, comme le suggère son apparence, est visqueuse et luisante de sueur. L'homme jette un regard menaçant à la main de Sinjir, tandis qu'une nouvelle traînée de fluide vert s'écoule le long de son menton. Sinjir retire sa main en riant.

— Encore une chose.

— J'vous écoute.

— Je voudrais voir le responsable de cet établissement. Surat Nuat.

— Ah oui ?

— Oui. Et je suis prêt à payer.

Le barman jette de rapides coups d'œil à droite et à gauche.

— Alors disons cent.

Sinjir grimace. Cette somme paierait beaucoup de consommations. Puis il se rappelle que sa fuite est en jeu. Il sort les crédits de sa poche et pousse le petit monticule de pièces sales sur le comptoir.

— Bon, où est-ce que je peux le trouver ?

Le barman affiche un grand sourire mauvais, qui s'étend sur son visage comme une traînée de boue sur un mur.

— Il franchit la porte à l'instant.

Sinjir soupire et se retourne.

Un Sullustéen fait son entrée. L'œil vitreux, l'air fier de lui. Il est suivi par une bande de voyous et de malfrats. À la façon dont tous les regards se tournent dans sa direction – un mélange de réelle admiration et de peur –, Sinjir comprend que ce Sullustéen n'est pas du toc. Il s'agit bien de Surat Nuat.

Il s'apprête à se retourner pour exiger que le barman lui rende ses crédits quand il aperçoit quelqu'un d'autre.

Une femme. Une Zabrak – ou est-ce que c'est une Dathomirienne ? Ou une Iridonienne ? Il n'est pas sûr de la distinction et ne sait même pas s'il en existe. Ces yeux pâles. Ces tatouages qui forment des spirales et des nœuds sur ses joues, son front et son menton.

Sinjir en a le souffle coupé.

Sinjir est enfoncé dans les fougères jusqu'aux hanches. Un arbre s'est abattu sur la mousse spongieuse d'Endor.

En dessous du tronc, un Rebelle. Mort. Les vêtements de l'homme – son gilet, son poncho, son pantalon de camouflage – recouvrent à présent le corps de Sinjir. Il enfile aussi le casque. Cligne des yeux. Avale sa salive. Essaie de se concentrer.

Une goutte de sang du cadavre ruisselle sur sa tête. Elle glisse jusqu'au bout de son nez. Elle reste en suspension avant qu'il ne la chasse d'un éternuement.

Il a encore les oreilles qui bourdonnent à cause du vacarme des générateurs de boucliers.

Ses mains sont couvertes de terre et de sang. Son propre sang. Il se dit que ce sont juste des blessures superficielles. Rien de profond. Il n'est pas en train de mourir.

Pas aujourd'hui, en tout cas.

Puis, une branche se casse.

Il se retourne et se retrouve face à elle. Une humanoïde. Des cornes pointues forment une couronne sur sa peau bleuâtre. Elle se retourne et le voit. Les tatouages sur son visage – des volutes et des spirales à l'encre noire – semblent presque tourner et dériver, comme un nœud de serpents qui grouillent. Mais quand il cligne des yeux, l'illusion s'arrête. Il est encore sous le choc. Elle n'est peut-être pas réelle.

Elle lui adresse un signe de tête.

Il lui répond.

Puis elle tire sur quelque chose qui ressemble à une plante grimpante, et un filet tissé couvert de brindilles et de branchages pour servir de camouflage s'écarte. En dessous, il y a une moto speeder.

Elle sangle un fusil dans son dos.

Elle jette un dernier regard à Sinjir. Puis le moteur de la moto speeder gronde et elle file à travers les taillis, en slalomant entre les arbres.

Il la connaît.

— Je la connais.

Il a prononcé ces mots assez bas pour que seul son nouvel ami l'entende.

Le Twi'lek émet un grognement confus.

— Elle, clarifie Sinjir. Celle qui est avec les malfrats de Surat. Je l'ai croisée sur la lune d'Endor. Je ne la connais pas vraiment. Enfin, peu importe. Viens.

Il saute de son tabouret…

Puis revient à toute allure vers le bar et vide d'un trait son 'skee. Il a l'impression d'avoir ingurgité du feu de laser pur. Le liquide a creusé un canal brûlant qui descend jusqu'à ses entrailles. Sinjir secoue sa tête pour chasser cette impression fugace avant de suivre Surat et sa cour.

11

Par la fenêtre, sur fond d'obscurité infinie, un droïde de réparation passe en vacillant, balançant son chalumeau au bout d'un long tube noir.

Même après autant de mois, *Home One* a encore besoin d'ultimes réparations, suite à la Bataille d'Endor. *Heureusement que nous avons remporté ce combat*, se dit Ackbar. C'était leur dernière vraie chance. Ils ont tout misé dessus.

Et ont failli tout perdre. Par la grâce des étoiles, des mers, de tous les dieux et de tous les héros, ils y sont parvenus, sans trop savoir comment.

Il s'éclaircit la gorge. Il est temps pour lui. D'une main palmée, il attrape le flacon en plastique et le presse pour faire couler de la crème hydratante dans sa paume. Il fait pénétrer le fluide dans sa nuque, ses épaules nues, tout le long de ses bras rouges.

Une profonde inspiration.

Puis il est à nouveau attaqué. Il réagit rapidement, ramasse le kar-shak – la perche-filet, une arme traditionnelle mon calamarienne – et le fait tournoyer dans la pièce capitonnée. Un stormtrooper fonce sur lui, le fusil blaster dressé.

Ackbar pousse un grognement de rage en faisant tourner le kar-shak, qui brise le casque du stormtrooper. L'extrémité du bâton est pointue comme un hameçon. Il fend l'air et transperce le casque impérial blanc. En le traversant, le bâton interrompt l'hologramme pendant un instant…

Puis l'image du stormtrooper se reforme et s'écroule sur le sol. Un second adversaire apparaît, puis un troisième. Ackbar emprisonne une tête dans le filet et jette cet adversaire contre l'autre. L'hologramme s'interrompt à nouveau puis revient en clignotant avant de disparaître.

Un, deux, trois stormtroopers entrent par les projecteurs du coin et…

Quelqu'un s'éclaircit la gorge.

Ackbar s'arrête.

— Pause, aboie-t-il.

Le trio de stormtroopers s'immobilise. Scintille.

Un jeune homme est à la porte. Un cadet.

— Amiral.

Une pointe de peur brille dans ses yeux, mais il se tient droit malgré tout. Le menton dressé. Un écran est serré contre sa poitrine.

— Si le moment est mal choisi…

— Deltura, c'est ça ?

— Sous-officier Deltura, oui, amiral.

— Non, maintenant, c'est bien.

Ackbar pousse un grognement et repose le bâton.

— J'imagine que c'est important ?

— Vous avez vu juste.

— Et pourquoi n'est-ce pas le commandant Agate qui m'apporte ceci ?

— Elle est occupée avec les réparations, amiral.

Ackbar s'avance avec un air indigné. Ses doigts palmés s'entrechoquent.

— Très bien, voyons de quoi il retourne.

Deltura lui tend l'écran.

L'amiral le consulte. Puis il pose ses yeux jaunes globuleux sur le sous-officier Deltura.

— Vous en êtes certain ?

— Oui, amiral. Le capitaine Antilles n'est pas revenu et son comlink ne répond pas. Nous n'arrivons même pas à entrer en contact avec lui.

— Dernier emplacement connu ?

— Raydonia.

— Et il n'a rien trouvé là ?

— Non, amiral.

— Mon hypothèse est que nous ne sommes pas sûrs à cent pour cent de son saut suivant…

Le sous-officier secoue la tête. *Ce n'est pas ainsi que Wedge voulait procéder*, se dit-il. Le capitaine Antilles n'avait rien contre quelques petites missions de reconnaissance. Il disait que cela lui ferait « des vacances » – seul en tête à tête avec le Starhopper. Seul avec ses pensées.

Je l'avais prévenu, se dit Ackbar.

Je suis sûr de ne rien trouver, a décrété Wedge avant de partir.

Vous n'en savez rien. Personne n'a envie de tomber par hasard sur un trou grouillant d'anguilles, l'a mis en garde Ackbar, mais ça peut arriver quand même.

Je ferai preuve de diligence. Ce sera super.

— Super.

Grognement mécontent.

— Les cinq planètes les plus proches de Raydonia sont sans doute celles où le capitaine Antilles a pu se rendre après.

L'écran affiche une liste de cinq mondes : Mustafar. Geonosis. Dermos. Akiva. Tatooine.

Tous sont des destinations possibles : ils savent que l'Empire est au sol.

— Mustafar est logique. Geonosis aussi…

Deltura l'observe. Il a envie de dire quelque chose.

Ackbar s'interrompt.

— Qu'est-ce qu'il y a ?

— Il y a autre chose.

— Oui ?

— Autre chose que ce qui est sur l'écran.

— Crachez le morceau, sous-officier. Vos parlotes m'agacent.

— Nous avons des renseignements. De l'Opérateur.

Ackbar se rapproche de Deltura.

— Comment êtes-vous au courant de son existence ? Cette information est top secret, sous-officier.

— Le commandant Agate m'en a informé.

— Le commandant Agate semble vous faire confiance.

Un léger hochement de tête.

— Je l'espère.

— Alors, je vous fais confiance, moi aussi. Quels sont ces renseignements ?

Quand Deltura lui explique, Ackbar sent toute hydratation quitter son corps. Le vaisseau est gardé le plus humide possible – c'est un vaisseau mon calamarien après tout –, mais il se sent tout desséché. Complètement à sec. Il a à nouveau l'impression d'être au bord d'un dangereux précipice. Comme si une ombre était tapie quelque part.

— Vous en êtes certain ?

— Non. Nous n'avons pas d'espions dans la région, du moins pas à notre connaissance.

— Je deviens vieux, déclare soudain Ackbar, le regard perdu dans le vide. La raison pour laquelle je fais ceci

– pour laquelle je suis ici et que je continue à pratiquer mes kotas avec mon kar-shak –, c'est parce que je veux garder les idées claires. Et rester souple. Et maintenir une longueur d'avance sur mes ennemis. Je sais qu'un jour je n'y arriverai plus et nous avons failli échouer au-dessus d'Endor. Nous avons agi dans la précipitation. Avec imprudence. Nous avons failli tout perdre.

Un silence s'installe entre eux. Ses narines se dilatent.

— Amiral…

— Oui, oui, envoyez des éclaireurs sur chacune de ses planètes. Dépêchez-en deux sur Akiva. Nous devons être sûrs avant de nous engager.

Deltura effectue un salut militaire.

— Bien, amiral.

Le sous-officier s'éloigne et Ackbar se retrouve seul. Il se sent vraiment seul pendant un moment, comme s'il portait le poids de la galaxie sur ses épaules. C'est une illusion, évidemment. Il n'est pas le porte-étendard de la Nouvelle République et rien ne dépend de lui. La pression est pourtant bien réelle.

Elle s'accompagne d'une pensée inquiétante et persistante : en tant qu'informateur au sein de l'Empire, l'Opérateur – comme il s'appelle lui-même – ne les a jamais mal aiguillés jusqu'ici.

Les routes et convois impériaux vulnérables qu'il leur a indiqués, la liste des gouverneurs et autres leaders galactiques susceptibles d'être ravis de trahir l'Empire, tout cela leur a été d'une aide incommensurable.

Alors pourquoi Ackbar n'arrive-t-il pas à se défaire de l'impression qu'ils sont à nouveau sur le point de tomber dans un piège ?

DEUXIÈME PARTIE

12

— Il y a un problème.

Quelqu'un secoue Temmin pour le réveiller. Ce dernier pousse un cri étouffé et s'assied sur son lit, dans l'alcôve à l'étage de leur maison. Dehors, le tonnerre gronde aussi fort que des tirs de canon, comme si des vaisseaux se déchiraient dans le ciel. Les éclairs ressemblent à des explosions. C'est un mausim – un vieux mot akivan qui qualifie les orages qui grondent annuellement pour signaler le début de la saison des pluies. Les nuages virent au noir et se resserrent au-dessus de la ville comme un nœud coulant. Un mausim peut durer des jours, des semaines même. Inondant la ville de grosses pluies. De vents violents qui interrompent la circulation.

Temmin renifle, se frotte les yeux. C'est son père. Il se penche et embrasse Temmin sur le front.

— Papa. Qu… qu'est-ce qui se passe ?

Une voix leur parvient depuis le seuil. Maman.

— Brentin, qu'est-ce que c'est ?

Le père répond :

— Je suis désolé. Je suis vraiment…

En bas, quelqu'un tambourine à la porte.

Puis un nouveau coup de tonnerre.

Brentin s'abaisse, serre son fils très fort.

— Temmin, il faut que tu sois gentil avec ta mère. Promets-le-moi.

Temmin cligne des yeux, il est encore un peu endormi.

— Papa, de quoi est-ce que tu parles ?

Maman est là maintenant, debout à côté du lit. Chaque éclair illumine son visage inquiet. En bas, les martèlements reprennent, puis l'impatience doit gagner le visiteur, qui force la porte. La mère pousse un cri.

Brentin demande à son fils :

— Promets-le-moi.

— Je te le promets.

Son père le serre une dernière fois.

— Norra, aide-moi…

Il court à la fenêtre, protégée par un volet à claire-voie en métal censé garder la tempête dehors. Si le vent venait à briser la vitre, le volet réagirait, les fentes se refermeraient d'un coup et tout serait scellé.

Ils se positionnent chacun d'un côté et tirent sur les leviers qui permettent de solidariser le volet et l'encadrement.

— Brentin, qu'est-ce qui se passe ?

— C'est moi qu'ils viennent chercher. Pas toi.

Des voix. Un comlink qui grésille. Des pas. Tout à coup, d'autres gens font irruption dans la chambre. L'armure blanche des stormtrooper. Ils sont deux. L'uniforme noir d'un officier impérial. Tout le monde crie. Des blasters sont levés. Le père dit qu'il se laissera emmener dans le calme. Temmin crie. La mère se poste entre les troopers et le père, les mains en l'air – l'un d'entre eux lui donne un coup de crosse de fusil sur la tête.

Elle s'écroule en poussant un cri. Le père bondit en

les traitant de monstres, il frappe des poings sur un casque…

Un blaster tire. Papa hurle et s'effondre. Ils le traînent vers l'extérieur. La mère commence à ramper derrière eux. L'officier en noir reste dans la chambre, il s'accroupit et lui colle un datapad sous le nez.

— Le mandat d'arrestation pour Brentin Lore Wexley. Saleté de Rebelle.

La mère tend les mains, toutes griffes dehors, vers ses bottes, mais il se dégage.

Temmin s'approche de sa mère pour voir comment elle va. Elle s'est écroulée en tas et pleure. La tristesse et la peur de Temmin sont étouffées sous un accès soudain de colère. Il se relève et court à l'étage en dessous. Ils ont déjà emmené son père dehors. Ils le traînent dans la rue, sous la pluie. L'eau ruisselle sur leurs bottes tandis qu'ils avancent. Temmin fonce sous les énormes gouttes d'eau. Toute la scène ressemble à un cauchemar, cela ne peut pas être réel. C'est comme si le ciel s'était ouvert et que tous les êtres malfaisants en étaient descendus. C'est pourtant la réalité.

Il leur hurle de s'arrêter. L'officier se retourne et éclate de rire tandis que les deux stormtroopers jettent son père à l'arrière d'un bala-bala – un modèle de speeder utilisé pour se frayer un chemin dans les ruelles étroites de Myrra.

L'officier dégaine son pistolet.

— Arrêtez, l'implore Temmin, d'une voix qui ressemble à celle d'un animal blessé. Je vous en prie.

L'officier pointe son blaster.

— Ne t'en mêle pas, mon garçon. Ton père est un criminel. Laisse la justice suivre son cours.

— Ce n'est pas de la justice.

— Fais un pas vers moi et tu vas savoir ce que c'est la justice.

Temmin lève un pied pour faire un pas…

Mais deux mains le saisissent à la taille et le soulèvent. Temmin se débat en donnant des coups de pied. En criant. Sa mère lui chuchote à l'oreille :

— Temmin, non. Calme-toi. Pas comme ça. Rentre. Rentre !

— Je vais te tuer ! hurle-t-il sans savoir lui-même à qui il s'adresse. Je jure que je vais te tuer pour ça !

— Il y a un problème.

La voix de sa mère dans son oreille. Qui chuchote.

— Quesque c'est, bafouille-t-il, la bouche sèche et pâteuse.

— Chut. Nous sommes en danger.

Il prend une profonde inspiration. Essaie de comprendre où il est. Une cale. Celle d'un petit vaisseau. Un cargo, peut-être. De conception corellienne. Ils sont tapis derrière une pile de caisses en fibre de carbone, sur une palette. Une palette à répulsion, à en juger par son apparence, même si en ce moment, elle est éteinte et posée sur le sol métallique.

Puis il le repère : un corps.

Un homme mort. Tourné sur le côté. La moitié de son visage est un entrelacs de cicatrices et de cratères formés par de vieilles brûlures. Son regard est vide, il a perdu tout son éclat.

À sa gauche, la porte de la cale. Assez large pour laisser passer trois de ces caisses, côte à côte. À sa droite, une porte scellée, qui doit mener au reste du vaisseau.

La couchette, le poste d'artillerie, le cockpit.

Derrière cette porte, on entend le bruit de conversations

à travers le système comm. Et des voix qui sortent des haut-parleurs de casques.

— Des stormtroopers, observe-t-il à voix basse.

Il essaie de se souvenir de ce qui s'est passé, comment il est arrivé là. C'est comme tenter d'attraper des nuages entre ses doigts. Puis la mémoire commence à lui revenir. Il venait de se disputer avec sa mère. Il tournait les talons pour partir quand…

Elle avait planté quelque chose dans son cou.

Sa mère commence à dire quelque chose, mais il murmure :

— Tu m'as emmené ici !

L'inquiétude se lit dans son regard.

— J'étais obligée.

— Oh, tu étais *obligée* ?

— Il faut que nous quittions cette planète, Tem.

— Où est Monsieur Os ? Et où sommes-nous ?

— Ton droïde ? demande-t-elle d'un ton presque irrité. Je ne sais pas. Nous sommes à bord d'un vaisseau. À la sortie de la ville, près de la route d'Akar.

Dieux, comme elle l'a emmené loin ! Jusqu'ici, près des canyons et des vieux complexes de temples ? Il est saisi de panique. *Ma boutique. Mes marchandises. Mes droïdes.*

Norra indique le cadavre.

— C'est le pilote. Il allait nous emmener hors d'ici. Ça grouillait de stormtroopers, alors je suis montée à bord en cachette et je l'ai trouvé là, déjà mort. Les stormtroopers sont revenus, je ne sais pas pourquoi. Une seconde fouille, sans doute. Ils cherchent peut-être de la contrebande.

C'est nous qu'ils cherchent, se dit Temmin.

— Il faut que nous prenions ce vaisseau pour nous enfuir, déclare sa mère. On peut y arriver. Ensemble. Il va falloir que tu sois mon navigateur : nous n'avons pas d'astromech.

Elle doit voir son regard effrayé parce qu'elle ajoute :

— Je t'expliquerai comment faire.

Elle lui serre la main.

— Je ne peux pas partir d'ici, siffle-t-il avec rage. C'est ici chez moi.

— Nous avons une nouvelle maison, maintenant.

— Tu n'as pas le droit de me kidnapper et…

— Si, parce que je suis ta mère.

Un millier de répliques furieuses se bousculent dans sa tête, comme des chiens qui courent après leur queue. Mais ce n'est pas le moment.

— Je… j'ai un plan, annonce-t-il.

Ce n'est pas un mensonge. Pas vraiment.

— Je t'écoute.

— Reste ici et suis mon signal.

Elle veut protester, mais il sort de leur cachette d'un bond et court jusqu'à la porte de la cabine. À côté, sur la porte, il y a un panneau de contrôle. Il jette un œil à sa mère, qui l'observe d'un air intrigué.

— Je suis désolé, articule-t-il en silence.

Sa mère écarquille les yeux quand elle comprend.

J'ai un plan, c'est juste qu'il ne va pas te plaire.

Il enfonce rapidement quelques boutons du panneau. Il neutralise les charnières pneumatiques de la cale – celles qui ouvriraient la porte et abaisseraient lentement la rampe pour la poser délicatement contre le sol, comme une mère couche son bébé dans son berceau. Temmin n'a pas le temps pour cela. Il active les pistons avec un sifflement strident et la rampe tombe bruyamment.

Dehors, une plate-forme d'atterrissage craquelée, brisée. Des racines et des plantes poussent sur le plastobéton. La jungle et la ville s'étendent au loin.

Et des stormtroopers.

Tout un escadron de stormtroopers.

Ils semblent pris par surprise. Ils ne sont pas alignés, prêts au combat.

Ils font les cent pas, attendent, fouillent les taillis, ouvrent des caisses.

Temmin doit saisir cette chance.

Il court en hurlant et cogne de son épaule une palette chargée de caisses. D'un rapide coup de genou, il appuie sur la poignée de la palette et l'engin se soulève du sol. Il flotte à quelques centimètres du sol de la cale. Sa mère bondit vers lui.

Mais elle n'est pas assez rapide.

Temmin avance au pas de charge en poussant de l'épaule la pile de caisses qui plane vers la porte de la cale. Il se cache derrière l'entassement, pour se protéger du soudain déluge des blasters. Sa mère l'appelle mais il arrive juste à penser : *C'était une idée idiote, complètement idiote.*

— Il y a un problème ? demande Surat Nuat.

Sinjir traverse la salle de jeu en repoussant les lanceurs de dés et les joueurs de cartes, pour se retrouver face au gangster sullustéen. Le malfrat le toise de son œil indemne. Sinjir se sent tout à coup disséqué, comme un insecte ailé taillé en pièces par un enfant cruel. Cette sensation est décuplée par le cliquetis des blasters pointés dans sa direction et prêts à tirer.

Des cris étouffés fusent de toutes parts. La musique s'arrête. Les regards convergent vers lui.

Il sent son nouvel « ami » twi'lek trembler dans son dos.

Sinjir s'éclaircit la gorge et sourit.

— Pas du tout. Aucun problème. Juste un entretien poli, si vous le voulez bien. Puis-je faire appel à votre…

Quel mot satisferait cet escroc suffisant ? Qu'est-ce qui titillerait l'ego du Sullustéen, un ego surdimensionné, gonflé comme une carcasse de shaak chauffée par le soleil ?

— … à votre grâce sans limite, à votre sagesse à multiples facettes, à votre puissance éternelle ?

Surat serre les lèvres.

— Vous ne manquez pas d'éloquence. Vous avez de bonnes manières. Ça me plaît. Même si votre nez crochu d'humain est noirci d'excréments. Allez-y, faites votre demande. Mais faites vite.

Une pensée tourne en boucle dans l'esprit de Sinjir : *Va-t'en. Ça ne te concerne pas. Elle n'est personne. Elle n'a aucune importance. Vous ne vous connaissez même pas. Vous avez partagé un moment, un instant étrange. Ces parenthèses dans le cours de la vie ne correspondent à rien d'important. Fuis, comme tu sais si bien le faire.*

Mais cette femme ? La Zabrak l'observe. C'est peut-être son imagination, mais l'éclair qui est passé dans ses yeux n'indique-t-il pas qu'elle l'a reconnu ? Un regard insistant ?

Comme pour confirmer son impression, elle lui adresse un signe de tête discret.

— Cette femme, est-ce que vous la vendez ?

— Effectivement, confirme Surat en souriant d'un air amusé.

— Alors, j'aimerais l'acheter. Je payerais bien pour une occasion…

— Le protocole, pour une candidate de choix comme celle-ci, l'interrompt Surat, est une mise aux enchères. Pour maximiser l'effort et assurer une chance à tous les acheteurs.

— Je vous propose un généreux supplément pour être le meilleur enchérisseur.

Surat lève la main.

— Ça n'a pas d'importance car il n'y aura pas d'enchère pour celle-ci. Nous avons déjà un acheteur. À moins que vous ne pensiez entrer en compétition avec les ressources infinies de l'Empire Galactique ?

Le cœur de Sinjir devient lourd, on dirait une pierre

qui s'enfonce dans un marécage boueux. Mais il refuse de laisser transparaître sa peur et sa déception. Il placarde un grand sourire sur son visage et frappe dans ses mains.

— Il doit y avoir eu une confusion, un problème de communication. Voyez-vous, je suis de l'Empire Galactique. Je suis un émissaire. Je suis Sinjir Rath Velus, stationné en dernier lieu sur la base impériale d'Endor et maintenant sur Akiva, dans le cadre d'une… mission diplomatique. On ne vous a pas prévenus que je venais ? Tout fonctionnait si bien avant que ces saletés de Rebelles ne fassent exploser notre jouet préféré. Je vous présente mes excuses. Mais je suis là, tout va rentrer dans l'ordre.

— Je n'ai pas encore informé l'Empire de ce trophée, proteste Surat.

— Comment ? Je ne vous suis pas.

— Ils ne savent pas que je l'ai, rétorque le gangster en indiquant la femme d'un geste. Peut-être un Jedi quelque part a-t-il prédit ce coup de filet ? Ou alors, officier du Renseignement Sinjir Rath Velus, peut-être êtes-vous une sorte de magicien doué pour la prémonition ?

— Eh bien, je suis assez doué, je l'avoue.

— Ou alors vous êtes un Rebelle. Ou juste un escroc. Quelle importance, au fond ?

Sinjir déglutit péniblement. Il se force à sourire.

— Je vous assure…

Surat le fusille du regard.

— Tuez-le ! aboie le gangster.

Les hommes de Surat ouvrent le feu.

— Il y a un problème, amiral, annonce Adea Rite.

Sloane traverse le couloir du palais, dont les murs sont couverts de portraits de satrapes précédents, encadrés sous les dorures. Le visage apathique aux joues flasques du satrape Mongo Hingo ; le teint jaunâtre et maladif du satrape Tin Withrafisp ; le portrait du séduisant, jeune et beau satrape Kade Hingo, un gouverneur mort trop tôt (les archives historiques disent qu'il a été assassiné, mais la rumeur affirme qu'il est décédé des suites d'une maladie vénérienne). Sloane s'arrête d'un coup.

— Quel genre de problème ? Je vous rappelle que je me rends à une réunion qui fera ou défera l'avenir de l'Empire. Et celui de la galaxie qu'il entend diriger.

Oh, l'air effrayé de la pauvre fille, on dirait un soleil obscurci par des nuages. Sloane ressent une pointe de honte – quel que soit le problème qu'elle ait à lui annoncer, il y a peu de chances pour que ce soit sa faute. La jeune femme a du mérite car elle rassemble son courage après avoir pris une profonde inspiration.

— Deux vaisseaux de reconnaissance rebelles.

Nouveau mérite, elle prononce cette phrase à voix basse. Qui sait si quelqu'un les écoute ?

— Où ? Ici ? Au-dessus de cette planète ?

Léger hochement de tête.

— Oui. D'après Tothwin, ce sont deux Ailes-A rebelles.

Ça va trop vite.

— Et que sont-ils devenus ?

Après tout, ça n'a pas beaucoup d'importance.

— Ils ont été détruits avant de pouvoir retourner dans l'hyperespace.

Rae fait la moue.

— Est-ce que les autres Destroyers Stellaires les ont vus ?

— Je ne crois pas. Ils ne l'ont en tout cas pas indiqué. Les vaisseaux sont arrivés à tribord, loin des deux autres Destroyers. La distance entre les Destroyers est telle qu'ils n'ont probablement pas pu les voir.

Cela leur permet de gagner un peu de temps. Si les Ailes-A avaient réussi à s'éloigner et à faire signaler la présence impériale, une attaque rebelle rapide contre leur blocus naissant aurait pu avoir un impact profond. Comme les Ailes-A n'ont pas pu retourner à la base, les Rebelles n'auront probablement aucun renseignement utile. Ils vont se poser des questions. Les Ailes-A peuvent avoir été abattues par une attaque rebelle, oui. Ou par un nuage d'Oort instable. Ou un champ de débris inattendu. La Flotte Rebelle fera preuve de prudence.

Cela implique tout de même un nouveau problème.

Est-ce qu'elle le dit aux autres ? Elle pourrait essayer de supplanter leur autorité. Ni Shale ni Pandion n'ont le grade d'amiral. Aucun des deux n'a techniquement le droit d'ordonner des mouvements de flotte comme Sloane. Ils sont à la tête d'un Destroyer Stellaire et les règles ne sont plus très claires désormais pour déterminer qui a l'autorité suffisante pour faire quoi que ce soit.

Si elle tente de jouer un coup fourré…

Ils essaieront de lui en faire un en retour. Un soulèvement peut-être.

Et dans ce cas, la réunion changera de nature.

Elle réprime un juron.

— Très bien, conclut-elle avant de remercier l'assistante.

Sloane se dirige vers la première réunion capitale du sommet.

— Quel est le problème dans… Hé !

Norra se tourne en direction de la voix – qui est celle d'un des stormtroopers, un des trois qui montent la garde à la porte entre la cale et le reste du vaisseau. Ils pénètrent tous les trois dans la pièce, leurs fusils blasters levés et prêts à tirer.

Temmin, pourquoi a-t-il fallu que tu t'enfuies ?

Une petite voix en elle lui répond : *Parce que tu ne lui as pas laissé le choix.*

À l'extérieur du cargo, au-delà de la porte de la cale, là

où son regard ne porte pas, Norra entend les bruits d'une bataille : des fusils blasters. Des hommes qui poussent des cris terrifiés.

— Là ! annonce un des stormtroopers en la repérant.

Ils se tournent tous les trois vers elle en agitant leurs armes.

— Ne bougez plus.

Le troisième ordonne :

— Debout.

Norra se relève doucement. Le blaster à sa hanche semble peser une tonne, comme pour lui rappeler les risques et la détermination qu'il implique. Sa main a envie de se baisser, de le dégainer et de saisir sa chance. Son sang bourdonne dans ses oreilles, comme une rivière qui charrie la peur et la colère. Ses souvenirs remontent, les stormtroopers qui défoncent la porte de sa maison, les Impériaux qui traînent son mari hors de la chambre de son fils, le coup de crosse sur la tête.

Tu es rapide, se dit-elle. *Ces boîtes de conserve sont lentes. Tente ta chance.*

Un des troopers retourne vers la cale. Il sursaute, visiblement surpris et, pendant un moment, elle se demande pourquoi.

— Attention ! a-t-il juste le temps d'articuler, avant que des tirs de blaster ne le collent au mur.

Ses deux collègues pivotent en ouvrant le feu, mais c'est déjà trop tard pour eux, aussi.

Une moto speeder fait irruption dans la cale en trombe et freine dans un dérapage contrôlé. L'arrière de l'engin glisse et fauche les deux stormtroopers à hauteur des genoux. Ils sont projetés au sol et s'écroulent en hurlant de douleur.

Temmin soulève la visière de son nouveau casque.

— En route ! Allez, allez, vite.

Norra prend une profonde inspiration et enfourche l'arrière du speeder, tandis que Temmin tourne la poignée sans ménagement. Le véhicule décolle comme une torpille à protons.

— Il y a un…, commence Rae.

Pandion complète sa phrase à sa place.

— … un problème, oui. C'est le moins qu'on puisse dire. On m'a dit que le capitaine Antilles ne régissait pas encore à nos… efforts.

Tashu est arrivé en retard, vêtu d'un étrange masque en métal rouge qui lui donne un air démoniaque. À présent, il est assis et fait tourner de la main le masque posé à l'envers sur la table.

— Ne vous inquiétez pas, Moff Pandion. Ma technique nécessite du temps, mais j'ai été formé par les meilleurs. L'art Sith ancien n'a…

— Grand Moff, le corrige Pandion, et je tiens à vous rappeler que les Sith sont tous morts et que vous ne possédez pas leur magie.

— Le problème, intervient Rae d'un ton déterminé, c'est que le *Vigilance* a découvert deux Ailes-A envoyées en éclaireurs par les Rebelles. Nous les avons abattues toutes les deux…

Arsin Crassus se lève. L'homme, d'ordinaire aussi blanc que de la poudre d'os, est à présent quasiment translucide. La panique lui étrangle la voix et il bégaie :

— Les Re… Rebelles vont venir nous attaquer. Nous devons interrompre cette réunion immédiatement : je ne suis pas un guerrier, je suis un simple commerçant…

— Asseyez-vous, lui ordonne Rae.

Crassus hésite en frottant ses pouces contre ses autres doigts. Un tic nerveux.

— Ne vous comportez pas comme un lâche, Crassus, insiste Pandion, asseyez-vous.

Crassus finit par s'asseoir. Sloane remarque qu'il n'obéit que quand Pandion lui en donne l'ordre.

— J'ai une stratégie, annonce-t-elle, mais elle va peut-être vous paraître peu conventionnelle.

Jylia Shale se penche en avant.

— Nous vous écoutons.

— Je voudrais emmener les Destroyers Stellaires dans l'hyperespace. Pas loin, juste hors de la vue et en dehors du champ d'action des senseurs longue portée.

— Nous serions totalement vulnérables ! proteste Crassus.

— Si les Rebelles ne détectent rien ici, ils passeront leur chemin. Ils n'ont ni le temps ni les ressources nécessaires pour sonder en détail un territoire perdu comme celui-ci. En revanche, s'ils voient trois Destroyers Stellaires impériaux…

Pandion s'appuie contre le dossier de sa chaise et affiche un rictus de mépris.

— Si je comprends bien, je suis attablé avec une bande de lâches. Laissez-moi proposer une autre solution, amiral. Vous contrôlez la flotte du *Ravageur*, notre dernier Super Destroyer Stellaire. Vous disposez de ce vaisseau et de combien d'autres ? Nous ne le savons même pas. Disons donc une quantité inconnue de vaisseaux que vous maintenez cachés, comme un enfant égoïste planque ses jouets préférés.

Il se penche en avant et pointe un doigt accusateur vers elle.

— Il est peut-être temps de partager, amiral. Déployez votre flotte. Ne fuyons pas la queue entre les jambes. Adoptons la stratégie inverse. Renforçons notre présence. Si les Rebelles viennent fouiner, ils se rendront compte qu'ils ont mis le pied sur un nid de vipères.

Le général Shale frappe la table de son petit poing fripé et secoue la tête avec fermeté.

— Non. Aucun d'entre nous n'est prêt pour ça. C'est une partie de chatta-ragul. Tous les pions sont sur le plateau, que ça nous plaise ou non. Les Sbires, les Éclaireurs, les Chevaliers, tous jusqu'aux Pontifes, l'Alcazar, l'Impératrice. On ne déplace son Impératrice que quand il n'y a plus aucune autre solution. C'est l'erreur que nous avons commise avec la station de combat de Palpatine. L'Étoile de la Mort était notre Impératrice. Nous l'avons avancée trop vite : c'était une tactique de chatta-ragul qui a échoué lamentablement.

— Exprimez-vous clairement, lui demande Pandion. Ce n'est pas un jeu.

— C'est un jeu, insiste Jylia en raidissant la mâchoire. L'enjeu est très élevé et nous sommes contraints de tenter de deviner ce que va faire notre adversaire. Le chef de la Flotte de la Nouvelle République est le grand amiral Ackbar. C'est un tacticien de génie. Un guerrier de l'esprit. Mais il ne réagira pas au quart de tour. Un Rebelle disparaît, puis deux. Il craindra que quelque chose se prépare, il redoutera un nouveau piège dans lequel il pourrait se laisser prendre. S'il n'a aucune information, il hésitera avant d'envoyer un Rebelle de plus au casse-pipe. Son prochain coup sera plus probablement l'envoi d'un vaisseau-drone.

— Ou d'un droïde, suggère Rae.

— Oui. Une sonde longue portée. C'est très probable. Envoyée depuis un vaisseau qui gardera ses distances – juste assez près pour que les scanners soient opérationnels. Ce qui signifie que si nos vaisseaux sont stationnés ici, le droïde ne sera même pas nécessaire. Ce vaisseau rebelle nous détectera alors qu'il est encore hors de portée de nos armes. Il effectuera un saut en hyperespace et Ackbar mobilisera sa flotte. Ce sera à nouveau une guerre ouverte, une bataille que nous ne pouvons pas nous permettre de perdre car, comme j'aimerais vous le rappeler, nous épuisons nos ressources plus vite que nous en produisons de nouvelles. Nous avons perdu des vaisseaux, des usines d'armements, des fabriques de droïdes, des mines d'épices, des dépôts de carburant. Vous voulez risquer encore plus ? Nous n'avons pas les moyens de payer la facture.

Pandion semble fou de rage. Il se lève si vite qu'il manque renverser sa chaise.

— Maudits froussards. Le *Ravageur* est une arme puissante et Rae le préserve comme une grosse femelle nuna qui couverait des œufs déjà éclos.

Il pointe le doigt vers Crassus et Tashu.

— Dans cette réunion, toutes les voix comptent, non ? Alors laissez-moi vous poser une question à tous les deux : comment votez-vous ? Sommes-nous un Empire de chiens galeux et de poules qui caquettent et gémissent dans le noir ? Qu'avez-vous à dire ?

Crassus hoche la tête.

— Je dis qu'on prépare ce Super Destroyer Stellaire et qu'on attaque.

D'un geste maladroit, il frappe du poing droit sa paume gauche.

Rae prend la parole.

— Crassus a admis ne pas être un guerrier, mais un commerçant, n'est-ce pas Arsin ? Allez-vous suivre son conseil ?

Tashu devance Pandion, qui semble prêt à exploser à nouveau.

— Voici mon avis : les Sith étaient maîtres dans l'art de la tromperie. Ce n'est pas de la lâcheté de se tapir dans l'ombre et de frapper quand l'ennemi passe à portée. Je suis d'accord avec l'amiral.

Sloane hoche la tête.

— Ça fait trois contre deux. Nous déplaçons les Destroyers.

— Non, réplique Pandion. Un de ces vaisseaux est sous mon commandement. Je refuse de le déplacer. Il reste où il est.

Ses yeux jettent des éclairs de défi.

Cette scène se produit plus tôt qu'elle ne s'y attendait. Elle imaginait que l'un d'entre eux, probablement Valco Pandion, la mettrait à l'épreuve. Parfait. Elle fait le tour de la table d'un pas décidé et s'arrête quand elle est nez à nez avec Pandion.

— Je suis l'amiral de cette flotte navale. Vous n'avez pas l'autorité, autoproclamée ou non, pour commander un vaisseau à l'encontre du reste de la flotte. Vous n'avez pas l'autorité pour rejeter cette décision.

Pandion sourit de toutes ses dents.

— Et si je le fais quand même ?

— Alors le *Vigilance* abattra votre vaisseau. Ses débris retomberont sur nous et c'est ainsi que l'Empire finira. Nous nous détruirons les uns les autres comme des rats poussés à la folie par la faim. Des rats qui se mangent entre eux au lieu de chasser pour trouver un vrai repas.

— Je pourrais emporter mon vaisseau, fuir vers un système lointain…

— Fuir ? Vous voulez prendre la fuite, c'est donc vous le lâche.

Pandion étouffe un petit cri de surprise.

Je l'ai eu.

Pour le moment.

Pandion incline la tête et lui adresse même un demi-sourire. Quand il prend la parole, son ton a changé.

— Amiral, je me fais simplement l'avocat de l'Empire. Pour comprendre un animal, il faut le disséquer complètement et je vous remercie de m'avoir laissé vous défier de cette manière. Faites comme bon vous semble.

Elle acquiesce d'un signe de tête. Elle sait que cette victoire n'est que temporaire, mais Pandion accepte sa manœuvre au-dessus d'Akiva. Ils vont battre en retraite temporairement, dans l'espoir de combattre au moment opportun. Qu'a dit Tashu ? *Se tapir dans l'ombre et frapper quand l'ennemi passe à portée.*

On dirait qu'il y a un problème, en fin de compte, rumine Sinjir en se baissant pour éviter les tirs de blaster, juste avant de se relever d'un bond pour courir entre les tables de jeu. Des jetons sont projetés en l'air. Le joueur, un gardien de nerfs dégénéré au visage ruisselant de sueur, court après ses mises et se prend un tir de blaster en plein dos. Sinjir fait tomber des dés d'une autre table et fait vaciller une roulette avant de courir…

Il se prend le comptoir du bar dans le ventre. L'air quitte ses poumons. Des tirs de blaster criblent le bois et envoient des bouteilles et des verres sur le sol, qui se brisent en tombant. Sinjir parvient tout de même à escalader l'obstacle en se couvrant la tête d'une main pour se protéger des objets qui continuent à chuter du bar.

Puis soudain, tout est calme.

Est-ce que c'est terminé ?

Une ombre le recouvre soudain.

Le barman le dévisage avec un sourire narquois. Son menton est toujours vert et luisant de crachat.

— Vous avez un problème, annonce-t-il avant de balancer son poing, qui s'abat sur Sinjir comme un météore.

Il a l'impression de s'être pris une porte à pistons déréglée en pleine face. Ses yeux deviennent blancs et il perd connaissance.

INTERLUDE

UYTER

— Merde, il y a un problème, annonce le chauffeur.

Le jeune Pade aperçoit la fumée par-dessus les collines, bien avant de voir ce qui la provoque. Même si le garçon le devine.

Il se tourne vers les autres recrues – ou recrues potentielles. Ils parlent à voix basse. Ils chuchotent et ouvrent les fenêtres du transport pour examiner le panorama plus attentivement.

Le chauffeur de l'aérobus – un Nimbanel à moustaches et au museau rond – se retourne. Ses yeux semblent minuscules sous son immense front. Il lance à Pade et aux autres garçons :

— Vous… vous devez leur dire. Vous devez leur dire que je ne travaille pas pour l'Empire. Je ne suis qu'un chauffeur ! Vous le savez tous, hein ?

— Ne vous inquiétez pas, monsieur, répond Pade, regardez la route et conduisez-nous à notre destination.

Le Nimbanel marmonne entre ses dents.

Un des autres garçons, un gamin bedonnant avec des

cheveux noirs épais et des grains de beauté sur le visage, se retourne et fixe Pade par-dessus le siège.

— Tu crois que nous sommes fichus ?

— J'sais pas, répond Pade en haussant les épaules. On verra, on n'a pas vraiment le choix.

Il prend un air de dur à cuire. C'est du bluff. En réalité, il a la trouille, comme tous les autres.

Le trajet se poursuit sur les routes détruites d'Uyter. Des collines s'élèvent de chaque côté. L'herbe n'est plus verte à présent, elle est complètement décolorée.

Et bientôt, nichée entre ces collines, apparaît l'Académie Impériale des stormtroopers.

Elle est en feu. Ou plutôt, elle a été incendiée. La moitié du bâtiment a été dévorée par les flammes et une fumée noire s'échappe encore de ses entrailles.

Une dizaine de stormtroopers gisent au sol, morts.

Parmi eux, d'autres hommes et femmes. Ce ne sont pas des Impériaux. Ils portent de simples gilets et des ceintures d'armement. Ils sont équipés de fusils et de blasters. Les garçons se penchent par les fenêtres du bus pour contempler le sinistre tableau. Comme Pade, ils n'ont jamais vu d'armes de près. Juste des fourches, des outils, quelques instruments contondants ici ou là. Ce sont principalement des garçons de ferme. Des locaux venus de la campagne. Certains ont été recrutés par des officiers.

D'autres, comme Pade, ont simplement été envoyés ici.

Vers cette destination qui n'en est plus une.

Le bus s'arrête quand un homme – Pade pense qu'il s'agit d'un Rebelle – se plante devant le véhicule. La porte s'ouvre et le Nimbanel descend. Les garçons restent assis, ne sachant trop ce qu'ils sont censés faire.

Pade se dit que c'est le moment de se montrer impitoyable. Il descend du bus. Le Nimbanel et le Rebelle, un homme à la barbe négligée et au cou balafré sur le côté, se disputent. Le chauffeur agite les mains en disant :

— Non, non, ces gamins ne sont pas sous ma responsabilité. Non ! Je ne les ramènerai pas chez eux, je ne suis pas payé pour ça.

— Monsieur, comme vous le voyez, l'Académie est définitivement fermée. Ce n'est plus un endroit pour eux.

Puis le Rebelle aperçoit Pade. Il se détourne du chauffeur et le regarde.

— Monsieur, le salue Pade.

— Mon garçon, tu vas remonter dans le bus et rentrer chez toi, avant qu'un nerf ait le temps d'agiter deux fois la queue.

— Je ne veux pas rentrer à la maison.

— Mais il n'y a pas de place pour toi ici.

— Je n'ai de place nulle part, alors. Mes parents m'ont mis à la porte et sont partis pendant que je tournais le dos. Ils vivent en nomades quelque part. Pour moi, c'est l'Académie Impériale ou c'est nulle part.

Le Rebelle digère cette information. Il observe les collines, avant de reposer les yeux sur le Nimbanel, puis sur Pade.

— Qu'est-ce que tu vas faire si tu ne peux pas entrer à l'Académie ?

— Je vous l'ai dit, je n'ai nulle part où aller.

Pade se penche vers lui et baisse la voix.

— Vous avez tué tous les gamins de cette Académie ? Les futurs bébés stormtroopers ?

— Quoi ? Au nom des étoiles, non.

— Qu'avez-vous fait d'eux ?

— Tu aimes bien fourrer ton nez dans les affaires qui ne te regardent pas, hein, gamin ?

— C'est peut-être pour ça que mes parents ont voulu se débarrasser de moi.

L'homme soupire. Il s'agenouille.

— Certains de ces gamins rentreront chez eux. D'autres intégreront la Nouvelle Académie sur Chandrila. S'ils ont l'âge, nous les accepterons et nous leur apprendrons à devenir soldats, s'ils veulent rejoindre la cause. Sinon, oui, ils retourneront chez leurs parents. Ou iront à l'orphelinat.

Pade dresse le menton.

— Alors c'est là que je veux aller aussi. À la Nouvelle Académie.

L'homme plisse les yeux.

— Ah bon ?

Il plonge la main dans sa poche, en sort une poignée de crédits qu'il place dans la paume du Nimbanel, avant de s'adresser à Pade.

— Central City est toujours sous le contrôle de l'Empire, alors assure-toi qu'il t'amène bien jusqu'à Riverbreaker. La navette part de là demain matin pour Hanna City. Arrange-toi pour être à bord.

Pade acquiesce d'un signe de tête.

— Merci, monsieur.

— Les autres garçons peuvent se joindre à toi, passe-leur le message.

— Promis.

Pade tourne les talons puis lance par-dessus son épaule.

— Merci. Que la Force soit avec vous, monsieur.

— Avec toi aussi, gamin, avec toi aussi.

13

Être parent est une aventure étrange. Une mère élève son enfant dans l'idée que c'est son rôle de lui apprendre à… eh bien, à tout faire en somme. Manger, vivre, respirer, travailler, jouer, exister. Une mère enseigne à son enfant comment faire face au harcèlement à l'Académie, lui explique quelles rues sont dangereuses ou pas, comment conduire une charrette bala-bala sans s'encastrer dans un mur. Les parents apprennent tout ça à leur progéniture parce qu'il faut que les enfants sachent. Parce qu'ils sont incapables de se débrouiller seul. Ce n'est évidemment pas leur faute. À la naissance, l'enfant est une page blanche. C'est le rôle des parents d'y écrire les premiers mots, de s'assurer que les conseils serviront de manuel d'instruction. De s'assurer que le gamin ne mourra pas en essayant d'apprendre comment vivre.

C'est si difficile de sortir de ce mode de fonctionnement ! De réaliser que son enfant n'est plus un ignorant et a compris comment se débrouiller.

Ou simplement comment exister.

En ce moment, Norra ne parvient pas à le comprendre.

Parce que son fils est sur le point de les tuer tous les deux.

Elle enjambe la moto speeder et Temmin bondit entre les portes de la cale du *Papillon de nuit* comme une chauve-jogan dont les ailes seraient en feu. Norra tire Temmin par le bras et lui indique la direction de la jungle : la forêt tropicale est épaisse et il est facile de s'y perdre. Ces stormtroopers ne sont pas formés pour les terrains sauvages. Ce ne sont pas de vrais pilotes de speeder. Entre les arbres et les plantes grimpantes, Temmin et Norra pourront disparaître. Ils parviendront peut-être même à se cacher dans le canyon.

Mais Temmin ne l'écoute pas.

Apparemment, écouter n'est plus son fort. Il le faisait très bien avant. C'était un gentil garçon. Bien sûr, il était déjà têtu, mais il écoutait sa mère. Suivait ses conseils, lui obéissait.

Ça a changé. Et pas qu'un peu. Elle lui dit de se diriger vers la jungle, il vire de bord en direction de la *ville*.

Les rues sont trop étroites ! Ils pourront emprunter certaines artères principales, oui, descendre l'avenue du Quartier financier ou traverser Main 66, mais la première sera remplie de piétons et l'autre de véhicules et de troupeaux d'animaux. Elle crie pour qu'il fasse demi-tour et gagne au plus vite la forêt tropicale, mais il n'a que faire de ses conseils…

Juste au moment où des tirs de laser projettent des mottes de terre et des cailloux tout près d'eux.

Elle jette un œil par-dessus son épaule : deux motos speeders approchent à toute allure.

Les stormtroopers sont penchés en avant, ils poussent les speeders à leur limite. Des décharges de blaster rouges fendent l'air sous les vannes de direction à l'avant de chaque véhicule. Elle crie dans l'oreille de Temmin :

Aux abris ! Il répond d'un bref hochement de tête, puis bifurque à droite. Il les fait passer par-dessus une petite berme et survoler du plastobéton en piteux état qui les conduit vers une ruelle tortueuse.

Les murs défilent à toute allure de chaque côté. Norra a du mal à respirer. Il reste à peine quelques centimètres de part et d'autre. Si elle bouge ne fût-ce qu'*un tout petit peu*, le mur va lui brûler le genou ou le coude comme une macro-ponceuse et s'en sera fini d'eux. Soudain, la moto speeder bondit par-dessus les barbelés qui barrent la rue.

Derrière eux, les poursuivants réussissent le même saut. L'un après l'autre – ils sont en file à présent, ils ne peuvent rouler côte à côte. Ce qui signifie qu'il n'y en a plus qu'un qui peut utiliser son canon. C'est bien joué de la part de Temmin.

Peut-être.

À condition qu'ils ne s'écrasent pas dans un virage serré.

Temmin prend justement un virage redoutable pour contourner un bâtiment octogonal. Elle pense que c'est une ancienne banque, ce qui signifierait qu'ils se dirigent vers le marché, vers l'avenue du Quartier financier. C'est plus large, mais beaucoup plus dangereux. La foule des promeneurs va compliquer l'équation. Ce sera comme des astéroïdes qui flottent dans l'immensité de l'espace – et la dernière chose qu'elle a envie de voir c'est ce qui se passe quand ils accrocheront un pauvre commerçant ou un vendeur de feuilles de quilka, aussitôt réduit en charpie rougeâtre.

Juste devant eux, un amoncellement de caisses bloque l'accès vers le Quartier financier.

Des tirs de blaster atteignent la pile. Ils sautent et cahotent.

Le dernier carrefour arrive…

Et Temmin ne le prend pas.

Il continue tout droit.

Un mur bas clôt la rue. C'est une impasse, encombrée par un tas de détritus : des câbles emmêlés, des caisses éventrées, une plaque d'aluminium rouillée et défoncée.

Elle hurle son nom, du plus fort qu'elle peut :

— Temmin ! Temmin !

Mais il dresse le pouce pour lui indiquer que tout va bien et hurle à son tour :

— Fais-moi confiance.

Faire confiance à son fils !

Se persuader qu'il va prendre les bonnes décisions.

Qu'il ne va pas les tuer, elle et ces deux stormtroopers qui leur collent aux fesses, qu'il ne va pas se tuer lui-même.

Le mur s'approche à toute vitesse – les caisses, les câbles, la plaque de métal.

Il ne va pas tout droit.

Il va les emmener *en l'air.*

Un rapide coup tiré par le blaster à l'avant du speeder fait rebondir l'aluminium : la plaque glisse un peu à gauche, créant une rampe étroite. Temmin incline légèrement le speeder et l'estomac de Norra reste trois mètres derrière, sur le sol.

Elle sent son fils se raidir. Puis les turbopropulseurs les poussent vers l'avant, avec une puissance qui multiplie leur vitesse.

La moto s'élance le long de la rampe, passe par-dessus les caisses et atterrit sur le muret. Le muret est festonné, le béton forme des vaguelettes – et le speeder les suit comme un bateau qui fend l'écume. Ils foncent à une vitesse qui soulève l'estomac de Norra. Elle se cramponne de toutes ses forces.

Derrière eux, un des stormtroopers tente la même manœuvre.

L'avant accroche le bord du mur et l'arrière du véhicule passe par-dessus le guidon, tout comme le stormtrooper qui le pilotait. Il pousse un cri et la moto s'écrase sur lui, avant d'exploser dans un panache de flammes.

L'autre speeder réussit son saut. Il traverse en rugissant la carcasse en flammes du premier trooper. Son canon en mode automatique crible l'air de décharges de laser.

Temmin bifurque à droite. Il emmène le speeder par-dessus une planche posée en diagonale pour relier le muret à un mur plus élevé : une maison décrépie dont le jardin sur le toit semble abandonné depuis longtemps. Ils passent à toute vitesse devant un Lutrillien à la grosse panse et au menton hirsute, assis dans un fauteuil de jardin défoncé, un amphibien à moitié mangé à la main. Il sursaute à peine en les regardant passer.

Norra comprend que Temmin n'a pas l'intention de les ramener au niveau de la rue. Les toits, évidemment. Si on veut se déplacer dans Myrra, on emprunte les rues. Mais Temmin et ses copains ont toujours préféré les toits. Déjà gamins, ils sautaient d'un bâtiment à l'autre. Si Norra avait tenté la même chose, sa cheville se serait brisée comme du bois sec.

Temmin et ses amis ont installé des planches et des plaques métalliques. Des cordes et des perches aussi.

Il connaît les toits de cette ville comme sa poche.

Elle réalise que ce n'est sans doute pas la première fois qu'il roule en moto speeder par ici.

Elle réalise aussi que son fils est un sacré bon pilote.

Une petite voix dans sa tête la réprimande : *Et il est aussi casse-cou que toi.*

Tout à coup, une pluie d'étincelles derrière eux. Son coccyx vibre : un tir de blaster vient d'arracher la partie arrière de leur speeder. Le véhicule commence à tanguer juste au moment où ils s'élancent sur de nouvelles planches qui mènent à un toit plus élevé encore. Mais Temmin parvient à stabiliser la moto.

Il prend la main de sa mère dans la sienne et la tire vers l'avant, pour qu'elle s'accroche au guidon.

— À toi de jouer ! crie-t-il, avant de passer en se tortillant sous le bras de sa mère.

— Quoi ? hurle-t-elle, paniquée.

Devant elle, un long poteau métallique jaillit d'une serre à un angle de quarante-cinq degrés. Tandis que Temmin se faufile vers l'arrière de la moto speeder – lui laissant le contrôle du véhicule –, il lui lance :

— Retrouve-moi chez tante Esmelle.

— Temmin, non !

Sans un mot, il bondit de la moto et s'accroche à la hampe métallique.

Elle poursuit sa course. Devant elle, un pont bricolé pour relier un toit à l'autre est assemblé à l'aide de pièces de coque. Norra envisage de freiner, mais si elle le fait maintenant, elle va perdre son élan. Elle risque de déséquilibrer le speeder, qui tombera du mur, l'entraînant dans sa chute.

Elle n'a pas le choix. Elle accélère.

Derrière elle, elle aperçoit son fils tourner autour du mât en métal comme un artiste de cirque – *Quand a-t-il appris à faire ça ?* Il atterrit juste derrière le stormtrooper, assis sur le deuxième siège du speeder.

Norra franchit l'espace qui sépare les bâtiments, atteint l'autre toit et freine enfin.

Le speeder proteste contre cette décélération rapide. Elle incline le guidon pour effectuer un dérapage contrôlé, parallèlement au bord du toit…

Son cœur se serre quand elle voit…

Là, sur le toit, un stormtrooper. Allongé sur le dos, immobile pour toujours.

Et, s'éloignant dans l'autre direction, Temmin, sur son nouveau speeder, qui repart par où ils sont venus.

Norra serre les dents, fait faire demi-tour à son véhicule. Hélas, elle n'a plus conduit ce genre d'engin depuis des années. Elle se sent maladroite et, tandis qu'elle le remet en marche, une évidence l'atteint comme une gifle : *Je l'ai perdu.*

14

Le tonnerre gronde dans le ciel au-dessus de Myrra, les éclairs lèchent les bandes de nuages noirs comme la langue d'un dewback. L'obscurité s'est installée et la pluie a commencé à tomber. Norra regarde par la fenêtre. L'eau ruisselle sur les vitres circulaires. Norra tressaille à chaque éclair et chaque coup de tonnerre.

— Je suis sûre qu'il va bien, déclare sa sœur, Esmelle.

Esmelle est beaucoup plus âgée qu'elle – quand Norra est venue au monde, Esmelle traînait déjà en ville avec une bande de voyous. Son esprit rebelle s'est assagi depuis lors. C'est une femme d'âge mûr, ravie de rester chez elle dans sa maison de la Colline du Verger, comme si elle attendait de mourir enfin et de rejoindre les tombes plus loin dans la rue. *Des tombes sous les arbres fruitiers, pour que ceux qui nous ont quittés continuent à nous nourrir et que nous ne les oubliions jamais*, annonce une plaque sur la grille du verger. Cette idée a toujours révulsé Norra.

Norra se tourne vers sa sœur. Elle aimerait contenir sa colère, l'enfermer dans une bouteille avec un bouchon hermétique, mais elle est sur les nerfs et sent que la bouteille est secouée et que le verre se fendille.

— Vraiment ? Qu'est-ce qui te fait dire ça ?

Esmelle, toute frêle, sourit.

— Il s'en est toujours sorti.

— Oui. Il s'en est sorti jusqu'ici. Très bien. À merveille. Comme c'est formidable qu'il ne vive pas ici avec toi, comme c'est formidable que tu le laisses habiter notre ancienne maison et la transformer en marché noir avec pignon sur rue. Comme c'est formidable qu'il gère ses affaires tout seul et reçoive des menaces de… de *criminels*, qu'il vole et revende je ne sais quoi, au nom des étoiles…

Sans se départir de son sourire, Esmelle tapote l'épaule de Norra.

— Norra, ma chérie, tu devrais être fière de lui. Grâce à l'éducation que tu lui as donnée, il est malin. Indépendant. Tu ne peux pas lui en vouloir d'être devenu ce que tu lui as appris à être.

Norra éclate d'un rire creux et amer.

— Ce n'est pas à lui que j'en veux, Esme. C'est à toi. Je te l'avais confié. Tu étais censée lui servir de parent. Et maintenant, je découvre que tu as laissé tomber. As-tu même essayé ?

— Si j'ai essayé ?

Le sourire disparaît du visage d'Esmelle comme la dernière feuille d'un arbre secoué par la tempête. Ses yeux se plissent. *Très bien*, se dit Norra. *Allons-y. Crevons l'abcès.*

— Est-ce que je peux te rappeler, ma chère Norra, que tu t'es barrée ? Moi, je n'ai pas choisi comme toi de me lancer dans une croisade idiote à l'autre bout de la galaxie. Tu as choisi de te soucier d'autres individus que de ton propre fils. Et tu te demandes pourquoi le gamin aime traîner avec des criminels. Ici, en plus – Esmelle émet un son exaspéré, *pff.* Puis-je te rappeler que ton propre mari était…

Norra lève une main.

— Arrête.

Esmelle cligne des yeux. Avale sa salive. Comme si elle se rendait compte qu'elle s'est approchée trop près du précipice, que le bord s'effrite déjà sous ses pieds.

— Je dis simplement que le dernier souvenir que ce garçon a de son père est le moment où ils sont venus le chercher et l'ont traîné dans les rues comme un vulgaire bandit en cavale.

— Brentin était un *homme bien*. Il transportait des messages pour la Rébellion, avant même qu'elle ne s'organise. Et aujourd'hui, c'est plus qu'un mouvement rebelle. C'est une nouvelle aube, une nouvelle ère, une Nouvelle République. En partie grâce à des gens comme lui.

Esmelle part d'un petit rire moqueur.

— Oui et je suppose que tu crois que tu fais partie des héros, toi aussi. Tu as sauvé la galaxie, mais tu as perdu ton fils. Est-ce que ça en valait vraiment la peine, chère sœur ?

Quoi… espèce d'adder venimeux des canyons…

La femme d'Esmelle, Shirene, intervient. Elle glisse son coude dans celui d'Esmelle et dépose un baiser sur sa joue.

— Esme, ça te dirait un thé bien chaud ? J'ai laissé la thermocarafe sur la cuisinière.

— Oui, oui, bonne idée. Je… je vais chercher du thé.

Esmelle affiche un sourire tendu, puis part en mettant un terme à la dispute, comme elle a l'habitude de le faire.

Shirene soupire. Elle est l'opposé d'Esmelle en de nombreux points. Esmelle est mince, a des traits anguleux et est pâle comme un fantôme. Shirene est dodue, ses traits sont arrondis et sa peau sombre comme de la terre fraîchement retournée. Ses cheveux sont courts et bouclés ;

ceux d'Esmelle sont longs et tombent en cascade argentée dans son dos.

— Shirene, tu n'es pas obligée de te mêler de ça…

Shirene fait claquer sa langue.

— Je t'en prie, Norra. Je suis mêlée à tout ça. J'aime Temmin comme mon propre fils. Mais tu dois comprendre qu'il *n'est pas* notre fils.

Norra fait mine de protester, mais Shirene la fait taire, d'une façon douce, agréable et ferme.

— Il ne faut pas mal interpréter mes paroles. Je veux juste dire que nous n'étions pas préparées pour ça. Pour lui. Ta flamme brille en lui. La tienne et celle de Brentin. Il n'est pas facile à gérer parce qu'il est malin comme un serpent-fouet et débrouillard comme un oiseau-voile. Pardonne Esmelle. Pardonne-moi. Nous n'étions tout simplement pas prêtes. Et comme tu étais partie, nous n'avions pas le choix.

— Il le fallait. Je devais me battre.

— Je le sais. Et je suis désolée que tu n'aies pas retrouvé Brentin.

Norra grimace. Cette phrase lui fait l'effet d'une gifle. Shirene ne disait pas cela méchamment : Norra voit bien à son expression qu'elle était sincère, que ce n'était pas une attaque. Mais cela n'atténue pas la douleur.

— Ce n'était pas un criminel.

— Je le sais bien. Et Esmelle le sait aussi.

Dehors, le ciel se sépare en deux, fendu par un coup de tonnerre qui ne tombe pas loin. La pluie s'écrase contre la façade. Ce genre d'épisode violent est normal à cette époque de l'année : les tempêtes mausim sont déjà passées et ont cédé la place à la saison des pluies.

— Voilà la vérité des étoiles, reprend Shirene, Temmin s'occupe plus de nous que nous de lui. Il nous aide à payer des factures. Il débarque en début de semaine avec un panier de fruits et de pain, parfois avec du wyrg séché ou un peu de saucisse d'arguez piquante. Si notre évaporateur ou notre pompe à inondations tombent en panne, il vient avec les pièces de rechange et les outils pour les réparer. Nous sommes deux vieux débris et il prend bien soin de nous. Il va nous manquer.

— Vous pouvez nous accompagner. Cette offre est toujours valable…

— Non, Norra, pour le meilleur ou pour le pire, nous créons des racines. Nous sommes aussi accrochées à cette colline que le verger au bout de la route, aussi ancrée dans le sol que les os six pieds sous terre. Emmène ton fils vers un meilleur endroit.

Norra soupire.

— Ce n'est pas comme s'il avait envie de venir.

— C'est vrai qu'il s'est construit une vie ici. Sa boutique…

Sa boutique.

C'est comme si la foudre venait de frapper Norra.

— C'est là qu'il est allé, déclare-t-elle, furieuse. Il n'a jamais eu l'intention de venir ici. Il est retourné dans son antre.

Je n'aurais jamais dû l'en arracher.

— Eh bien, ça ne pose pas de problème…

— Si. Ces criminels dont j'ai parlé, ils le cherchent. *Blast!* Je suis tellement dépassée par les événements que je n'ai même pas compris. Les stormtroopers ne l'ont pas attrapé. Il s'est enfui, c'est tout.

Elle soupire encore, ferme les yeux et appuie sur ses paupières. Tellement fort qu'elle voit des étoiles strier l'obscurité.

— Il faut que j'emprunte votre bala-bala.

Shirene lui adresse un sourire triste.

— Bien sûr, Norra. Tout ce dont tu as besoin.

Maudite pluie ! Temmin est couché sur le ventre sur le toit du magasin de Maître Hyor-ka, un marchand de bao-den – des brioches à la vapeur – juste en face de sa propre boutique. Même abrité sous une bâche, il est trempé comme un rat de vase tombé dans une citerne. La pluie le cloue au sol comme une main divine.

Il porte à nouveau les macro-jumelles à ses yeux. Passe en vision nocturne. Deux des laquais de Surat Nuat – un Rodien avec une grosse panse et ce Herglic à peau grasse – accomplissent la même tâche depuis une heure. Ils jettent de la ferraille de la boutique de Temmin dans la rue avec des cliquetis sonores. Puis le même duo de singes-lézards kowakiens descend du toit et de l'auvent tout proche pour se servir. Ils choisissent les pièces les plus étincelantes, avant de repartir en gloussant comme des gosses.

À l'intérieur, le vacarme continue. Le bruit d'une perceuse. Ils se crient dessus. Ils essaient de trouver le moyen d'accéder au niveau inférieur. Ils veulent récupérer ce que Temmin a volé à Surat.

Temmin ne sait pas exactement de quel objet il s'agit.

Il pense que c'est une arme. Ça ne peut être que ça.

De toute façon, elle lui appartient désormais. Elle n'est plus la propriété de ce tueur sullustéen.

Quand la porte s'ouvre, Temmin arrive tout juste à apercevoir l'intérieur – il reconnaît les pieds familiers du droïde de combat B1 qui lui sert de garde du corps : Monsieur Os. Les pieds sont immobiles, ils ont l'air repliés contre les jambes, ce qui signifie que le droïde bancal est remisé en mode stockage. Pire, Temmin remarque qu'un halo bleu entoure le métal.

Il soupçonne qu'il s'agit de la lueur émise par un verrouillage ionique. Cela explique pour quelle raison

Monsieur Os ne répond pas à son comlink. Ils ont éteint son droïde et l'ont enfermé dans un champ ionique.

Bien joué.

Une possibilité d'agir en moins. En fait, Monsieur Os représentait sa meilleure chance de récupérer la boutique rapidement (même de façon temporaire). Temmin comptait envoyer le droïde B1 modifié et amélioré pour botter les fesses des intrus. Temmin en aurait alors profité pour s'introduire discrètement dans la boutique, filer à l'étage inférieur et récupérer ses affaires.

Maintenant que cette possibilité n'est plus envisageable, une seule autre solution semble viable, même si elle est plus longue et plus ardue : il doit dénicher un accès aux vieilles catacombes sous la ville, puis retrouver un chemin qui mène à sa boutique. Il connaît le trajet, mais il n'est pas rapide. Il ferait mieux de s'y mettre. Il espère y arriver avant que la bande de décérébrés de Surat ne parvienne à pénétrer dans sa pièce secrète.

Temmin veut ranger ses jumelles…

Quand un gloussement suraigu s'élève à sa droite.

Il reconnaît ce son.

En un mouvement rapide, une silhouette de singe-lézard fonce sur lui et s'empare de ses jumelles. Le petit démon montre les dents et lui crache dessus, puis lui mordille les mains quand Temmin essaie de récupérer son matériel en tirant de son côté.

— Lâche ça !

Mais un projectile s'abat comme un boulet de canon dans le creux de son dos.

Un deuxième singe-lézard.

Celui-ci se met à lui griffer les oreilles et à lui arracher des mèches de cheveux à coups de dents. Tout cela en riant. Ce rire à lui seul suffirait à déconcentrer Temmin.

Les jumelles lui glissent des mains et le singe-lézard détale, ravi de son larcin.

Temmin se relève d'un bond et plonge vers l'animal… Le deuxième singe se jette par terre pour lui bloquer la route.

La cheville de Temmin percute le corps de la créature, qui enroule sa queue autour de la cuisse du garçon en tirant de toutes ses forces. Quelques secondes plus tard, Temmin culbute par-dessus le bord du toit et atterrit sur l'auvent de la boutique de dao-ben. Il roule jusqu'au sol et finit sa course dans une flaque profonde. *Plouf.*

Temmin se relève en recrachant de l'eau. Tout son corps ruisselle comme une chute d'eau boueuse et ses cheveux collent à son visage. Il écarte les mèches qui lui bouchent la vue…

Et la pointe incurvée d'une hache géante s'introduit sans ménagement à l'intérieur d'une de ses narines et tire sa tête vers le haut. *Aïe, aïe, aïe !* La hache est celle du Herglic, dont la bouche est tordue par un sourire sinistre. Ses multiples rangées de dents crénelées grincent les unes contre les autres avec un bruit de râpe à bois.

— C'est le gamin ! s'écrie-t-il. J'ai le gamin !

Au-dessus de leurs têtes, les singes-lézards gloussent et entonnent une sorte de chant.

Il titube à travers la forêt. La forêt en feu. Par endroits, la brousse se consume encore. Non loin de là, un casque de stormtrooper, carbonisé et à moitié fondu. Un tronc dévoré par les flammes. Au loin, il aperçoit le squelette d'un TB-TT. Son sommet a été arraché dans l'explosion, il est ouvert comme une fleur de métal, en feu, comme tout le reste.

Des cadavres partout.

Certains n'ont pas de visage, pas de nom. Pour lui, du

moins. Mais il en reconnaît certains. Il les a connus. Là, Cerk Lommin, un jeune officier. Brave gamin. Soucieux de bien faire. Il a rejoint l'Empire comme tout le monde. Il n'y croyait pas vraiment, pas du tout, même. Un peu plus loin, le capitaine Blevins. Lui, il y croyait à fond. Un vantard qui se mettait en colère pour un rien. Un salaud. Son visage n'est plus qu'un masque de sang. Sinjir est content qu'il soit mort. Non loin de lui, une jeune femme. Il reconnaît son visage pour l'avoir croisée au mess, mais pas son nom. L'insigne de son grade est couvert de sang. De toute façon, elle n'est plus personne désormais. Du compost pour la forêt. De la nourriture pour les Ewoks qui peuplent cette lune. De la poussière d'étoiles et du vide.

Nous ne sommes jamais que de la poussière d'étoiles et du vide, *se dit-il.*

Une pensée absurde. Mais moins absurde que celle qui la suit :

Tout ça est de notre faute.

C'est pourtant eux qu'il devrait tenir pour responsables. Les Rebelles. Il les entend applaudir en ce moment même. Tirer en l'air avec leurs blasters. Des ploucs, des bouseux. Des garçons de ferme qui jouent aux guerriers et des pilotes plombiers.

Bien joué.

Ils ont mérité de célébrer leur victoire.

Et nous, nous méritons nos tombes.

Un caillou le réveille. *Poç!* Il rebondit sur sa tête et atterrit à côté de son visage, avant de rejoindre un petit tas d'autres pierres. Sinjir a l'impression que sa tête a été écrasée par la jambe d'un bipode impérial. Il pousse un grognement et tente de se relever.

Le sol sous ses pieds tangue, Sinjir sent qu'il va

tomber. Il est pris de vertige. Il cligne des yeux. Cherche à reprendre ses esprits.

Il est dans une cage. En fer. Rouillée. De la forme d'une cage à oiseau, sauf qu'elle est à taille humaine. Tout juste. Elle est suspendue à une solide chaîne. Une chaîne qui monte le long d'un rocher escarpé et humide, puis plonge dans un long puits sombre. Sous lui…

Il n'y a rien.

Une énorme faille, un abîme noir entre des parois escarpées et détrempées. Ces parois sont faiblement éclairées par des braseros alignés le long d'un mur éloigné – un pan de roche équipé d'une étroite passerelle en métal accrochée au-dessus du vide.

Une silhouette marche le long de cette passerelle. Un Sakiyan, à en juger par son crâne chauve et sa peau noire comme de l'encre. Le garde tient en main l'extrémité d'une laisse roulée autour de son poignet jusqu'au coude. À l'autre bout de la corde ? Une longue bête aux yeux rouges. Sa peau est aussi épaisse et irrégulière que le mur devant lequel elle chemine. Une gueule étroite pleine de dents. Un ventre qui pendouille jusqu'au sol.

— Vous êtes réveillé, déclare une voix dans son dos.

Sinjir sursaute, ce qui fait balancer sa cage. Ce qui lui donne encore plus mal à la tête. Il se demande s'il ne va pas vomir.

Derrière lui : une demi-douzaine de cages identiques à la sienne.

Deux seulement sont occupées.

Dans une : un squelette. Pas des restes d'humain, mais d'humanoïde. Une espèce dotée d'une corne sur la tête. Le peu de peau qui reste sur ces os ressemble à des lambeaux de cuir pourri.

Dans l'autre : c'est elle. La chasseuse de primes zabrak.

Heureusement, c'est elle qui a parlé, pas le squelette. Parce que ce serait… dérangeant.

— Vous, grommelle-t-il. C'est vous qui me jetez ces cailloux ?

— Oui. Moi. Celle que vous avez essayé d'acheter.

— Pas comme ça. Pas ce que vous croyez.

— Alors comment ?

Il appuie le front contre le fer froid. Des gouttes d'eau tombent sur sa tête, roulent jusqu'au bout de son nez (une goutte de sang reste là en suspension avant qu'il ne la chasse d'un éternuement : un souvenir qui lui revient et le frappe comme une secousse sismique).

— Vous ne vous souvenez vraiment pas de moi ?

— Non.

La déception le mine soudain, comme s'il s'enfonçait dans les sables mouvants.

— Je croyais que nous avions partagé un moment particulier.

— Ce n'est visiblement pas le cas.

— Endor. Après tout ce qui s'est passé. Après la victoire des Rebelles. Je… nous nous sommes vus.

Elle hésite.

— Oh. D'accord.

— Alors, vous vous souvenez ?

— Je suppose que oui.

— Bon et vous ne trouvez pas que c'est quelque chose ? Que c'est un moment d'une importance cosmique ? Que la galaxie essaie de nous dire quelque chose ? Je veux dire… quelle était la probabilité que ça se produise ?

Elle ricane.

— Je n'ai pas de droïde pour effectuer le calcul.

— Eh bien, disons qu'elle était infime, alors.

— Et qu'est-ce que ça implique ?

— Je… je ne sais pas. Je crois juste que ça signifie quelque chose.

Tout à coup, un caillou jaillit de la pénombre et l'atteint à la tête.

— Aïe ! Vous êtes obligée de me lancer des pierres ? Je suis réveillé.

— Tout a une signification, d'accord, mais toutes les significations n'ont pas la même importance. Je ne crois pas à l'ordre cosmique. Je me fiche de la magie, de la Force ou des rituels du style embrasser un crédit et le jeter dans une fontaine pour s'attirer la bonne fortune. Ce qui m'importe, c'est ce que je vois, ce que je goûte, ce que je sens et – le plus important – ce que je peux faire. Vous ne signifiez rien pour moi tant que je n'ai pas ces infos. Vous êtes un Rebelle ?

Sinjir se mordille la lèvre.

— Oui.

— Pour quelle raison êtes-vous ici ?

— Je suis venu voir Surat pour trouver un moyen de quitter ce rocher humide couvert de jungle. Tiens, vous savez ce qui est arrivé à mon copain ? Celui avec des lekkus ?

— Ils ont porté son corps dehors après avoir traîné le vôtre.

— Il est… ?

— Mort, oui.

Sinjir ferme les yeux. Marmonne une petite prière dénuée de sens pour cet imbécile et son regard pétillant d'enthousiasme. Comment s'appelait-il déjà ? Orgadomie, Orlagummo, Orgie-Borgie, machin-truc-bazar, tu ne méritais pas ça.

— Et vous, qu'est-ce que vous faites ici ? demande Sinjir.

Mais la Zabrak ignore sa question. Elle tend le cou pour regarder hors de sa cage.

Il suit son regard. Sur la passerelle, le garde et la créature en laisse s'engouffrent dans un tunnel.

— J'ai l'intention de sortir d'ici.

— Ah ! Excellente initiative. Je peux vous accompagner ?

Elle tend un bras et tripote son crâne. Il regarde ses doigts courir le long des cornes pointues qui forment une couronne d'épines sur sa tête. Avec une grimace de douleur, elle casse une corne, qui se brise avec fracas.

— Ça a l'air douloureux.

— Pas du tout. C'est une fausse.

Elle extrait un objet de la corne. Un truc métallique. On dirait une clé. Elle l'introduit dans la serrure de la porte.

C'est un crochet.

Malin.

— Vous pouvez venir avec moi, si vous êtes utile.

— Je suis très utile. Je suis un Rebelle super utile.

La serrure cède et la porte s'ouvre dans un claquement de métal.

— Vous n'apportez pas beaucoup de preuves de ce que vous avancez.

Elle saute de la cage à reculons et se raccroche au rebord du plancher à l'aide de ses mains. Toute la structure oscille d'un côté à l'autre. La Zabrak se balance quelques fois et courbe le dos, Sinjir est persuadé que s'il faisait pareil, sa colonne vertébrale se briserait comme une stalactite qui se détache. Elle expédie ses jambes vers le haut, entoure la cage de ses pieds et lâche les mains.

Puis, à l'aide de ses jambes, elle remonte le torse.

— Vous êtes… une acrobate.

— Et vous m'avez l'air parfaitement inutile. Sincères condoléances.

Elle se hisse jusqu'en haut de la chaîne à laquelle est

suspendue la cage et disparaît rapidement dans l'obscurité. *Non, non, non!* Elle est sa seule chance! Il est dans cette cage parce qu'il a essayé de la sauver!

— Attendez! Je ne suis pas un Rebelle! Je suis un Impérial! Un ex-Impérial, crie-t-il plus fort. J'avais volé les vêtements d'un Rebelle sur Endor. Et son…

Mais elle est partie. Sa cage a déjà cessé de se balancer.

— … identité, complète-t-il.

Et sa vie et son vaisseau. Et apparemment son sens moral.

Bon.

Il pousse un grognement. Et se demande à nouveau s'il va vomir.

Tout à coup, sa cage tremble.

Et le visage de la Zabrak, à l'envers, apparaît à la hauteur du sien.

— Un officier du Renseignement, gronde-t-elle. Vous voilà un plus intéressant. Et utile.

La chasseuse de primes tient son crochet dans la main.

— Vous allez m'aider à attraper ma proie. C'est ma proposition. Si vous l'acceptez, j'ouvre cette porte. Si vous refusez, Surat va probablement vous vendre à l'Empire. Ils n'aiment pas trop les déserteurs, si j'ai bien compris. Autrefois, ils vous auraient peut-être traîné devant un tribunal, mais par les temps qui courent, ils vous abattront dans la rue comme un misérable bâtard.

— J'accepte, à condition que vous m'aidiez à quitter cette planète ensuite.

Elle réfléchit.

— Marché conclu.

— Je m'appelle Jas Emari, précise la Zabrak en crochetant la serrure.

— Sinjir Rath Velus.

— Enchantée. Si vous essayez de me doubler, je vous étripe sur place.

— C'est noté.

La porte s'ouvre avec un déclic et elle lui tend la main.

— Allons-y.

Toomata Wree, qu'on surnomme Tooms la plupart du temps, est occupé à fouiller le bric-à-brac du gamin. Les autres sont partis. Dès que l'ado s'est pointé, ils ont arrêté de creuser et de fouiner. Surat est persuadé qu'ils parviendront à lui soutirer toutes les informations dont ils ont besoin. Parce que, même si c'est un trafiquant, ce n'est encore qu'un gamin. Il révélera ses cartes comme un joueur débutant et leur expliquera comment atteindre l'étage inférieur, pour récupérer ce que le gamin a volé à Surat et pourquoi pas d'autres trésors.

Tooms plonge la main dans sa poche et en sort du spray insensibilisant. Il en asperge généreusement son visage tuméfié – *pschit pschit pschit* – et instantanément, la douleur disparaît sous un tapis anesthésique bien agréable.

Ce droïde ne l'a pas raté.

Un droïde de combat.

Ce gamin est peut-être un voyou, mais il ne manque pas de talent.

Bref. En ce moment, Tooms passe la boutique au peigne fin. Il va peut-être trouver un truc pour sa copine, Looda. Il n'a pas la cote avec elle en ce moment (toujours la même rengaine : *tu travailles trop, Toomate ; tu ne m'aimes pas ; si tu aimes tant Surat, pourquoi est-ce que tu ne deviens pas son amant*), un petit cadeau pourrait faire de l'effet. Mais tout ce bazar ? Des pièces de droïdes, des tuyaux, des débris de vaisseaux récupérés après un accident. Par là, il y a des pièces d'évaporateur. Et en dessous d'elles ? D'autres pièces d'évaporateur. Puis des circuits dans une caisse recouverte de moisissures. Une autre emplie de détonateurs thermiques défectueux, juste bons à servir de presse-papier.

Tout à coup, il aperçoit quelque chose.

La tête d'un droïde de traduction, cassée, mais toujours scintillante. Looda adore tout ce qui brille. Il pourrait peut-être fabriquer quelque chose avec. Y placer quelques orchidées-sang ou défoncer la tête au marteau pour la transformer en… plat à fruits.

Il tend la main pour la saisir, ses doigts s'enfoncent dans les yeux…

La tête ne bouge pas de l'étagère. Elle est solidement fixée dessus.

Il tire plus fort…

Et les yeux s'enfoncent dans le crâne du droïde avec un cliquetis et un bourdonnement.

Une porte s'ouvre. Un léger vent souffle depuis le trou qui vient d'apparaître. Le Rodien aperçoit des marches qui descendent. C'est ça. Il l'a trouvé. C'est le passage vers la cave ! Vers la cachette secrète de Temmin Wexley ! Tooms empoigne le comlink à sa ceinture, mais suspend son geste. Il ferait peut-être mieux de descendre d'abord jeter un coup d'œil. Pour Looda.

Il éclate d'un petit rire et se dirige vers la porte.

Une voix s'élève derrière lui.

— Où est mon fils ?

Une voix de femme.

Le Rodien serre ses lèvres fendillées, pivote à toute allure en dégainant son blaster.

La femme tire la première.

Le coup l'atteint à l'estomac. Il pousse un cri, titube en arrière en tentant de pointer son blaster vers elle, mais la femme tire à nouveau et l'arme de Tooms est projetée au loin. Il serre son ventre fumant.

Elle s'approche et il aperçoit son visage sous le capuchon. Un regard noir et glacé. Il la reconnaît, il l'a vue dans la boutique.

Elle semble très en colère. La mère du gamin enfonce son pistolet sous le menton de Tooms.

— Je vous le demande encore une fois : où est mon fils, Temmin ?

Une botte appuie sur la nuque de Temmin.

Ses mains sont solidement attachées dans son dos, entravées par des chaînes et immobilisées par des menottes magnétiques. Il a un goût de terre et de sang dans la bouche.

— Tu m'as volé, déclare Surat en renouvelant la pression de sa semelle.

Temmin se retient de crier, mais il a horriblement mal et un son s'échappe malgré tout de sa gorge, celui d'un animal blessé.

Il est dans le bureau de Surat. La pièce est austère, avec une décoration aussi minimaliste que glauque : des murs rouges auxquels sont attachées des chaînes ; au centre de la pièce, un bureau dont la surface horizontale est constituée du corps d'un Sullustéen congelé dans la carbonite. Sur ce bureau est posé un blaster, quelques plumes dans une tasse, une bouteille d'encre. Un seul autre meuble occupe la pièce : une haute armoire noire, scellée à l'aide d'un verrou magnétique.

— Je… ne… savais…, balbutie Temmin. C'était un accident. Je ne savais pas.

Il est remis debout d'un geste brusque. C'est le Herglic qui le soulève. Surat lui fait face, les lèvres pincées, comme s'il s'apprêtait à donner un baiser. Le gangster sullustéen passe un index le long de ses bajoues et retire de la poussière du bout des doigts.

— Tu mens, gamin. Et même si tu ne mentais pas, quelle importance ? Tu m'as manqué de respect et cet affront doit être réparé en nature. Sinon, de quoi aurais-je l'air ?

— Vous auriez l'air indulgent.

Le Sullustéen saisit Temmin à la gorge. Il serre. Le sang commence à battre dans les tempes du gamin. Il a du mal à respirer et il gargouille pour tenter d'engouffrer une bouffée d'air. Tout son visage se met à palpiter. Un voile noir obscurcit sa vision, comme si l'on venait de déverser des flaques de carburant devant ses yeux.

— La seule indulgence que j'aie jamais eue dans ma vie, c'était une esclave corellienne. Elle était gentille avec moi. J'étais gentil avec elle. La plupart du temps.

Puis le seigneur du crime le lâche. L'oxygène revient dans la gorge brûlante de Temmin. Il halète, tousse, de la bile sur les lèvres.

Le Herglic lui donne un coup de pied à l'arrière du genou et Temmin tombe, une fois de plus. Comme il a les bras attachés derrière le dos, il parvient juste à pivoter pour tomber sur l'épaule, pour éviter que sa tête ne heurte le sol en métal si dur.

— Laisse-moi t'expliquer qui je suis, reprend Surat, pour que tu comprennes de quoi je suis capable. J'ai tué ma propre mère parce qu'elle avait osé me contredire. Nous habitions dans un tunnel d'éoliennes sur Sullust et je l'ai jetée dans les pales. Quand mon père l'a appris, évidemment, il a voulu se venger. Mais mon père ? C'était un homme mou, docile. Il a tenté de me frapper et je lui ai tranché la gorge à l'aide d'un couteau de cuisine. Le plus difficile, ça a été mon frère. Nous nous sommes battus pendant des années. Des affrontements dans l'ombre. Il était impitoyable. Rutar était un adversaire digne de ce nom.

Le Sullustéen hoche la tête d'un air grave, comme s'il était perdu dans ses souvenirs. Puis il redresse la tête et fait un geste du menton.

— C'est lui, là, indique-t-il en montrant le bureau. Congelé dans la carbonite. Certains disent que c'est l'Empire qui m'a montré cette technique, mais je t'assure que c'est moi qui la leur ai apprise.

— Je vous en prie, plaide Temmin.

Des bulles de salive se forment au bord de ses lèvres.

— Donnez-moi une chance de me racheter. Je peux vous rembourser. Je peux assumer une dette…

— La question est plutôt : que puis-je prendre tout de suite ? Une oreille ? Une main ? Mon frère m'a pris un œil lors de notre combat final…

Surat incline la tête pour que son œil vitreux soit tourné vers Temmin.

— Et c'est devenu mon rituel. Mes ennemis doivent repartir en me laissant quelque chose de vital. Pas juste de l'argent. Les crédits, c'est tellement vulgaire. Quelque chose de nécessaire. Une partie d'eux-mêmes en cadeau. Qu'avez-vous à m'offrir ?

— Non, pas ça. Vous pouvez prendre ma boutique, mes droïdes, je vous rendrai l'arme, ce que vous voulez. Discutons-en. On peut en discuter. Non ?

Surat soupire.

— J'ai l'impression que ce n'est plus le moment de discuter.

Il lance un doigt en l'air et un large sourire fend son visage.

— Tu aimes parler, on dirait ? Alors, je vais prendre ta langue.

Temmin replie ses jambes sous lui et tente de se relever en hurlant sous l'effet de la colère et de la panique. Le

Herglic lui balance un coup de genou à la taille qui le réexpédie au tapis.

La brute à la peau luisante éclate de rire.

— Gor-kooda, emmène-le à la citerne, ordonne Surat. Je vais chercher mon matériel.

D'un pas joyeux, Surat se dirige vers son armoire. Il remonte une manche, faisant apparaître un bracelet qu'il agite devant le verrou magnétique, qui s'ouvre avec un déclic.

Tandis que Gor-kooda, le Herglic, traîne dehors Temmin, qui hurle et se débat encore, Surat sort de l'armoire une longue blouse chirurgicale qu'il enfile en fredonnant.

— Ça n'a pas *l'air* essentiel.

— Ça l'est.

— Ce n'est pas notre problème.

— Ils vont lui couper la langue !

— Oh, vous éprouvez de la compassion à présent ? Je croyais que vous n'aidiez que ceux qui vous étaient – comment dites-vous déjà ? – « utiles ».

— Le garçon est utile. Je pense qu'il peut me fournir de quoi réparer mon arme. Sinon, je le laisserais à son sort. Pas vous ?

Sinjir tressaille en entendant la question. Il s'interroge à nouveau : *Quel genre d'homme suis-je devenu ? Suis-je capable de passer mon chemin ? Ai-je changé ou pas ?* Il a été profondément ébranlé ce jour-là, sur Endor. Un déclic s'est produit au fond de lui. Le choc violent qu'il a ressenti après avoir tout perdu l'a profondément ébranlé. Mais à quel point ? Qui est-il aujourd'hui ? Un homme meilleur ou un lâche ?

Sinjir et Jas sont tous deux accroupis dans les tunnels sous l'Alcazar, la cantina qui sert de QG à Surat. Après que la chasseuse de primes l'a hissé hors de sa prison, ils ont rampé dans ce sous-terrain en cherchant la sortie, c'est ainsi qu'ils ont surpris des voix provenant d'une pièce. Surat torture et menace un adolescent.

Le martèlement des pas du Herglic s'accompagne des grognements et des gémissements du gamin – sans parer de l'écho de ses jambes qui martèlent le sol et les murs, tandis qu'il tente de s'échapper.

— À vous l'honneur, glisse Jas à l'oreille de Sinjir.

Et elle le pousse devant le Herglic.

Le Herglic est une immense créature luisante. De petits yeux dans une tête monstrueuse. Pas de cou. Des dents minuscules perdues dans une gueule monumentale. Pas de menton.

— Hein ? fait le Herglic.

Sinjir grimace, puis projette son pied en avant pour frapper le monstre au genou : c'est un point faible commun à beaucoup d'humanoïdes, mais c'est comme s'il heurtait un arbre. *Bim.* Le Herglic baisse les yeux et ricane. Le colosse lâche les poignets entravés du garçon et agrippe Sinjir à deux mains – des mains tellement gigantesques qu'il pourrait nouer une moto speeder comme un bretzel. Mais ces mains humides sont glissantes et Sinjir parvient à s'échapper. Sans attendre, il s'attaque à un autre point faible du monstre : sa gorge. Sinjir étend les bras pour tenter de serrer le cou de la créature. Oups, le Herglic n'a pas de cou ! Il glousse, puis se déhanche à droite, puis à gauche projetant à chaque fois Sinjir contre le mur – *boum ! bam !* Des étoiles dansent devant les yeux de Sinjir, son cerveau est secoué comme un cocktail.

Une voix. La sienne. Celle de la Zabrak.

— Le nez !

Il balance de toutes ses forces la paume de sa main, qui s'abat en plein dans le nez du Herglic.

Le monstre hurle de douleur et ferme les yeux. Une

sorte de morve saline s'écoule de ses perforations nasales et le pauvre bougre se tapote le museau comme s'il était en feu.

— Occupez-vous du gamin, ordonne Jas.

Sinjir se faufile derrière le corps massif du Herglic et aide le garçon à se relever. Il est si crasseux qu'on dirait un voyou qui traîne dans les rues. Il a la peau bronzée, ses cheveux sont emmêlés et quelqu'un s'est acharné sur lui. Des ecchymoses fleurissent sur sa joue, il a la lèvre fendue.

— Nous sommes l'équipe de sauvetage, annonce Sinjir avec un sourire un peu crispé.

Puis il écarte le garçon, pour qu'il soit hors de portée de la grosse paluche du Herglic, qui frappe à l'aveugle.

Le gamin s'intéresse à la chasseuse de primes.

— Vous, je vous connais.

— Nous ferons les présentations plus tard, réplique-t-elle. Nous devons partir. Tout de suite.

C'est sa vie : la vie des chasseurs de primes. Jamais facile, à vrai dire. Beaucoup essaient : ils veulent faire le boulot, mais ils sont mal préparés. Parce que ce boulot n'est *jamais* simple. On s'imagine que ça va être du gâteau de choper un bookmaker quarren qui vole l'Empire et on s'aperçoit qu'il a six frères et sœurs à tête de poulpe, qui lui ressemblent comme deux gouttes d'eau. On passe à la mission suivante, qui s'annonce comme une promenade de santé : il suffit de tuer un gentil comptable du Soleil Noir, mais le chasseur de primes se rend compte que sa propre tête est mise à prix et se retrouve dans la cale d'un vaisseau appartenant à Dengar, ce minable à tête de lépreux, pendant que la proie s'est réfugiée aux confins de la Bordure Extérieure. Alors on se dit, chouette, je vais en profiter pour descendre cette audacieuse

Princesse-guerrière rebelle dont l'Empire veut la peau, puis les Rebelles font basculer la bataille et on réalise que le camp gagnant ne gagne plus et que, si on veut survivre, on a vachement intérêt à changer de peau ou à se faire oublier sur une étoile lointaine.

Alors on se dit : *Je vais juste abattre Arsin Crassus.* Un coup, *tac*, c'est plié.

Et là, on se rend compte qu'on a mis le pied dans un essaim d'Impériaux. Des officiers de haut rang, dont la tête est mise à prix pour une fortune. C'est pile à ce moment-là qu'on fait une vilaine chute, qu'on casse son arme et qu'on se fait enlever par un gangster local qui a la folie des grandeurs. On est obligé de s'évader de prison, de sortir de sa cantina, mais quand on arrive en haut et qu'on veut ouvrir la porte…

On se retrouve nez à nez avec un officier impérial en compagnie d'un quatuor de stormtroopers. Et d'un autre gangster du gang de Surat – sans parler de ceux qui risquent de débarquer d'une minute à l'autre.

Parce qu'on vient de s'évader de leur prison.

Et aussi parce qu'on a libéré quelques autres prisonniers au passage.

Ce boulot est toujours aussi tordu. Jamais aussi facile que ça n'en a l'air. Même les missions compliquées se révèlent au final encore plus compliquées.

Mais c'est la vie que Jas a choisie. Elle a appris à gérer ces situations périlleuses sans paniquer ou, du moins, sans laisser cette panique transparaître. La trouille peut être un moteur puissant, à condition de la contrôler et de ne jamais la laisser prendre les rênes.

La cantina, qui fait aussi office de salle de jeu, est pleine à craquer, même à cette heure. Bien plus encore que quelques heures auparavant. Un brouillard de fumée flotte dans l'air, il est si épais qu'on pourrait le saisir par une extrémité et le rouler en boule. La salle bourdonne : les voix des clients, les cartes qu'on mélange, les osselets que l'on jette sur les tables.

Là, sur le côté. Une petite porte qui donne vers l'extérieur. Probablement sur une ruelle. Celle qu'on appelle la porte de la honte. Celle qu'on emprunte quand on a bu trop de 'skee, qu'on a perdu son pantalon à une partie de Roue de Kessel ou qu'on a fait une agréable connaissance et qu'on veut sortir sans être vu… Ou quand on est discrètement éjecté par un des gros bras de Surat : ce n'est pas bon pour les affaires de jeter ce genre d'individus devant la porte principale. Cela refroidit ceux qui voudraient entrer pour dépenser leurs crédits.

Le problème, c'est que la porte de la honte est toujours gardée.

Ce soir, c'est un Ithorien. Un pan de sa tête en forme de marteau est emmailloté dans un bandage, qui lui couvre un œil.

Jas ne dit rien aux autres de son plan. Elle pointe du doigt la destination et se met en route. Ils la suivent.

L'Ithorien pousse un grognement en les voyant approcher. L'humanoïde gargouille quelque chose dans sa langue, en leur faisant signe de s'éloigner.

Puis son œil encore en état s'écarquille. Il les a reconnus.

— Hé ! s'exclame-t-il en basic.

Jas passe l'intérieur de sa jambe derrière celles de l'Ithorien massif comme si c'était un poteau et se sert de son élan pour lui cogner la tempe contre le mur. Le deuxième œil se ferme et le garde s'écroule comme un ashsap abattu par un bûcheron.

Sinjir se dirige vers la porte pour l'ouvrir et jure dans sa barbe.

— Saleté de bout de bois de poodoo brûlé par les étoiles.

Il donne des coups de pied dans le battant.

Au début, Jas ne comprend pas ce qu'il fabrique, puis elle réalise que la serrure est verrouillée. Le corps de l'Ithorien cachait la serrure à roue : trois plaquettes métalliques insérées dans un cercle, comme de larges rayons plats.

Si on forme la bonne combinaison avec les trois plaquettes et qu'on tourne la roue, la porte s'ouvre. Le seul hic, c'est qu'ils ne connaissent pas la bonne combinaison.

Sa planète pour un droïde astromech.

Elle perçoit du mouvement…

De l'autre côté de la salle, à l'entrée de la cantina, un stormtrooper tapote l'épaule de l'officier impérial d'une main. Et de l'autre ?

Il les pointe du doigt.

— On est repérés, siffle-t-elle entre ses dents.

Elle décoche un rapide coup de pied dans la hanche de l'Ithorien et approche la pointe de sa botte du holster. D'un premier coup de pied, elle fait glisser le blaster hors de l'étui ; d'un second, elle envoie l'arme en l'air et la rattrape.

Derrière eux, par la porte qu'ils viennent d'emprunter pour accéder à la cantina, un trio d'hommes de Surat fait son entrée.

— Là ! crie un Rodien à la nuque épaisse. Tuez-les !

Il lève son arme – une petite arbalète laser de chez Blastech – et ouvre le feu.

Jas attrape Temmin, le force à se plier en deux et l'écarte de la porte. Pile au moment où le tir de blaster les frôle en grésillant et frappe le battant, juste à côté de la serrure à roue.

Dans une pluie d'étincelles, le panneau et la fermeture se détachent de la porte, comme un tableau secoué par un tremblement de terre. Jas serre les dents : plus possible de fuir de ce côté.

Mais le battant se met à trembler et s'ouvre d'un coup en projetant lui aussi des étincelles. Le système est HS et joue en leur faveur.

— Dehors ! crie-t-elle en poussant le garçon et l'ex-Impérial sous la pluie qui arrose la ruelle.

Elle esquive de nouveaux tirs, puis pivote et franchit la porte d'un bond…

Dans le ciel, la tempête fait rage. La pluie ruisselle entre les bâtiments : les lumières des néons reflétées dans l'eau ressemblent à des serpents roses qui ondulent sous la surface. La pluie tombe avec une telle violence et une telle rapidité qu'on n'y voit rien. Le ciel se zèbre d'éclairs bleus, suivis très vite par un tonnerre qui secoue le sol. L'œil a du mal à se réajuster à la faible luminosité.

Choisis une direction, se dit-elle.

Elle fait un pas dans un sens…

— Là ! crie quelqu'un.

Des silhouettes blanches droit devant. Des stormtroopers. Ils viennent de déboucher de l'entrée de l'Alcazar. Jas tire plusieurs fois dans leur direction, puis pousse Sinjir et le garçon dans l'autre.

Ils foncent dans l'allée. Leurs pas projettent de l'eau. La pluie semble vouloir les pousser sur le plastobéton craquelé et les noyer comme des chatons dont on veut se débarrasser.

Ils prennent un virage serré…

De nouveaux éclairs révèlent une impasse.

Des voix dans leur dos. Des bruits d'éclaboussures.

Cette ruelle était censée être leur issue de secours, elle se transforme en piège mortel.

— Nous sommes coincés, décrète Sinjir.

Temmin donne un coup d'épaule à Jas.

— Mes menottes. Tirez dessus !

Il tourne le dos vers elle et étend les bras au maximum.

Jas saisit un de ses poignets et pointe le canon du blaster volé…

Quand elle presse la détente, une lueur rouge se produit, accompagnée d'une pluie de braises. La serrure grince, Temmin pousse un cri de douleur et titube en avant en secouant ses mains comme si elles avaient été piquées par une guêpe.

— Venez, dit-il. Regardez : une échelle d'orage.

Il indique quelque chose et Jas suit la direction de son doigt. Au bout de l'allée, effectivement, il y a une échelle – une échelle articulée fabriquée à partir de chaînes. Elle est enroulée au sommet d'un toit. Une échelle d'orage, c'est ça. En cas de forte tempête, cette voie permet d'évacuer le sol rapidement si l'eau monte trop vite. Beaucoup de toits en sont équipés par ici.

Ils courent jusqu'au fond du cul-de-sac. Temmin se colle contre le mur et le palpe jusqu'à repérer le bouton.

Il le frappe de la paume. Au-dessus de sa tête, un cliquetis se fait entendre, au moment où l'échelle est libérée de ses amarres. Elle chute dans un grincement de métal et cogne le mur.

Des bruits de pas. Des cris. Ils vont débouler dans l'impasse, ils ne sont même plus à quinze mètres. Un tir de blaster fend la pluie et termine sa course dans le mur.

Temmin commence à escalader l'échelle…

Mais au-dessus de lui, le métal grince. L'échelle se détache soudain, les crochets qui maintenaient les chaînes en place ont lâché. Temmin fait une chute d'un mètre, atterrit sur le dos, le souffle coupé. Jas lui crie de s'écarter et il se fait rouler juste à temps pour éviter l'enrouleur de l'échelle qui s'écrase là où sa tête se trouvait une seconde plus tôt.

Jas l'aide à se relever.

Leur seul moyen de se hisser hors de cette voie sans issue n'existe plus.

Leurs ennemis n'ont plus besoin de tirer désormais, car la capture est assurée. Un curieux groupe approche, les Impériaux et les malfrats avancent côte à côte. Les hommes de Surat se tiennent aux extrémités, les Impériaux – un officier et quatre stormtroopers – sont au milieu. L'officier a un nez crochu et un air suffisant, il sourit comme s'il avait goûté en premier le volatile servi pour le Jour des Fondateurs.

— Lâchez ce blaster, crie-t-il par-dessus le crépitement de la pluie.

Jas réfléchit un instant. Pousser le garçon et l'ex-Impérial l'un vers l'autre, sauter sur leurs têtes, puis bondir d'un casque de stormtrooper à l'autre en espérant s'enfuir, profitant de l'obscurité de la nuit et du mauvais temps. En croisant les doigts pour qu'ils se contentent de la capture de Sinjir et du garçon.

Ça ne marchera pas. Trop risqué.

Elle laisse le blaster tomber dans l'eau qui ruisselle à leurs pieds, en poussant un grognement. Un nouvel éclair illumine la scène.

Et c'est là qu'elle le voit.

Ce truc a failli m'écrabouiller la tête, se dit Temmin, tandis que l'eau gargouille dans ses oreilles. Les nuages d'orage blanchissent un instant avant de décharger des éclairs qui zèbrent le ciel. La femme, une chasseuse de primes si ses souvenirs sont exacts, se penche vers lui la main tendue pour l'aider à se relever.

Il est encore étourdi, quand il se rend compte que leur escapade est terminée. Ils sont faits comme des droïdes prêts à être découpés pour leur métal.

Les Impériaux ordonnent à Jas de lâcher le blaster.

Elle hésite, puis le fait.

Le cœur de Temmin se serre. Ils étaient si près du but. Surat ne se contentera plus de sa langue cette fois. Puis, un nouvel éclair illumine la ruelle.

Et un sourire se dessine sur sa figure.

La lumière a éclairé une silhouette sur un toit derrière la masse formée par les Impériaux et les malfrats. Quand l'éclair s'arrête, la silhouette se fond dans l'obscurité. Mais sa forme reste imprimée sur la rétine de Temmin, comme un rayon X. Il connaît cette forme squelettique. Cette tête en forme de bec. Ces articulations noueuses.

Monsieur Os est là.

Un nouvel éclair illumine l'impasse…

Le voilà. Suspendu dans les airs. Ses bras griffus autour de ses genoux. Il pirouette dans le vide, saisi dans la lumière stroboscopique de l'éclair, et il disparaît à nouveau quand l'obscurité revient.

Mais il n'a pas vraiment disparu.

Le droïde atterrit lourdement dans un *clac* sonore accompagné d'éclaboussures.

Les festivités ne font que commencer.

Ce qui se passe ensuite ressemble à une scène de cauchemar, se dit Sinjir. Même si ce cauchemar a l'air de se dérouler en leur faveur. Ils sont là, prêts à se rendre, quand Sinjir détecte un mouvement en l'air, quelque chose qui tournoie, puis entend quelque chose se poser.

Les Impériaux et les hommes de Surat sont lents à réagir.

Trop lents, en réalité.

Deux cris étranglés fusent, rapidement réduits au silence et deux casques de stormtroopers bondissent en l'air en tournant comme des toupies. Sinjir met quelques instants avant de réaliser que ce ne sont pas les casques, mais les têtes des stormtroopers.

Les deux autres soldats se retournent – imités par la bande de malfrats de Surat. L'officier, qui ne réalise pas ce qui est en train de se jouer, est projeté au sol par un objet qui passe au milieu de leur groupe à la façon d'une moissonneuse-batteuse.

Une silhouette, une sorte d'assemblage d'os, tourne à toute vitesse en brandissant une vibrolame qui bourdonne. Des hommes poussent des cris, ils tirent, mais cette chose est rapide, trop rapide, d'une rapidité incroyable, et ils finissent par se tirer dessus, tandis que la chose se baisse en pliant tout son corps puis détale comme une araignée qu'on aurait dérangée. La chose se glisse sous l'officier juste au moment où il se relève. Il est à nouveau traîné sur le sol. Il se débat – des os craquent et les cris de l'Impérial cessent d'un coup.

Sinjir reste bouche bée.

Qu'est-ce que c'est que ce démon jailli de l'enfer ?

Le garçon lui donne un coup de coude :

— Il faut y aller !

Sinjir hoche vaillamment la tête. Il est bien d'accord. Oui, oui, ils doivent y aller.

Ils courent. Passent devant le chaos. Devant les corps qui affrontent un droïde de combat dément, sous une pluie battante. Le droïde entonne une chanson sur un ton complètement faux. Il tourne sur lui-même en brandissant sa lame, projette des stormtroopers au sol et se débarrasse des acolytes de Surat en exécutant une chorégraphie démente.

Temmin fonce, il est à deux doigts de perdre l'équilibre à cause de l'eau qui afflue autour de ses pieds. Ça ne l'aide pas d'avoir des vertiges, d'être affamé et tellement remonté à l'adrénaline qu'il a l'impression d'être sur le point d'exploser à chaque instant en un nuage de molécules éparses.

Un Gran à trois yeux leur barre la route. Un des gros bras de Surat. Le museau caprin de la créature émet un bêlement d'avertissement et le Gran brandit un pistolet à filet. Temmin se raidit en prévision du coup qui va partir. Mais un nouvel éclair illumine la ruelle inondée de pluie derrière le Gran et, tout à coup, les trois yeux roulent sous leurs paupières épaisses, puis le Gran plonge la tête la première sur le sol.

Maman !

Norra est là. Elle a enfourché un bala-bala speeder – un véhicule étroit et maniable conçu pour emprunter les artères labyrinthiques de Myrra et négocier les virages serrés. Le véhicule le plus courant, dont tout le monde se sert pour se rendre à son travail ou pour déplacer des caisses. Du matin au soir, le Quartier financier est encombré de ces speeders. Il y en a de toutes les couleurs et chaque propriétaire apporte ses modifications, si petites soient-elles. Ce modèle-ci est bleu avec un porte-paquet accroché à l'arrière, où sont également fixées une chaîne et une attache-remorque.

Dès qu'il l'aperçoit, Temmin reconnaît le bala-bala de ses tantes.

Norra leur fait signe.

— Venez ! Venez !

Temmin saute à l'arrière du speeder, derrière sa mère. Quand Norra veut enclencher l'accélérateur, Temmin lui crie d'arrêter et d'attendre ses amis. Elle se tourne vers lui, le visage balayé par un étrange mélange d'émotions.

— Nous devons partir, plaide-t-elle.

— Ils m'ont sauvé la vie. Soit ils viennent avec nous, soit je reste ici.

Elle acquiesce d'un signe de tête.

L'homme, le plus grand, celui qui est arrivé avec la chasseuse de primes, court vers eux en baissant la tête pour éviter des tirs de blaster. Il manque de trébucher, mais se rattrape au speeder. Temmin lui indique le porte-paquet. Le grand type fait une tête déconfite, mais monte quand même et s'assied en boule comme s'il était un animal trop grand dans une caisse trop petite.

Il crie :

— Et elle ?

Jas arrive, un blaster en main. Elle a dû le récupérer. Elle tire pour couvrir leur fuite. La chasseuse de primes zabrak se retourne et aperçoit le bala-bala.

Ils échangent des regards paniqués.

Les portes de la cantina s'ouvrent d'un coup. Encore des malfrats et des brutes. Le Herglic dirige l'assaut. Surat se tient au milieu du groupe, il porte encore sa blouse de chirurgien. Il les montre du doigt en hurlant.

La chasseuse de primes réagit au quart de tour.

Elle court en fourrant le blaster dans son pantalon.

Elle frappe dans ses mains et crie à l'homme :

— Lancez-moi la chaîne !

Le grand type lui lance le bout de la chaîne, elle l'attrape au vol comme si c'était le mouvement le plus naturel du monde, puis l'enroule autour du Gran qui gît au sol. Temmin n'en croit pas ses yeux. Est-ce qu'elle va faire ce qu'il croit qu'elle va faire ?

Oui, car dès qu'elle a mis la chaîne en place, elle se penche pour éviter les tirs de blaster et lance :

— En route, en route, en route !

Norra accélère à fond. Le bala-bala bondit comme un taun-taun qui s'est fait marcher sur la queue. Le corps de la créature à trois yeux suit le mouvement lui aussi. D'abord, il tressaute dans les flaques puis il rase les flots.

La chasseuse de primes se sert du corps comme d'une monture, sans avoir l'air de trouver ça extraordinaire. C'est une journée comme les autres dans la vie de Jas Emari.

15

Dans les profondeurs de l'espace de la Bordure Extérieure, un croiseur léger de classe *Carrack*, l'*Oculus*, se tient immobile au milieu d'un champ de débris. Ce sont les restes pulvérisés de la comète Kinro, un objet céleste dont la trajectoire devait croiser les Mondes du Noyau, il y a des lustres, en détruisant sur son passage une ou plusieurs planètes, ainsi que ses habitants. D'après les livres d'histoire, les Jedi ont uni leurs efforts et quelques-uns ont sacrifié leur vie (certains, juste leur esprit) pour forcer la comète à se désintégrer, avant même qu'elle ne perce la Bordure Médiane.

Le sous-officier Deltura se moque pas mal de cette histoire. Non pas qu'elle ne l'intéresse pas (son père était un vrai mordu d'histoire ; leur maison n'avait pas beaucoup de meubles, mais elle était remplie de livres entassés et de cartes géographiques), mais en ce moment, la seule raison pour laquelle Deltura se préoccupe de ce champ de débris, c'est parce qu'il lui offre à lui et à son croiseur une couverture parfaite.

Le sous-officier se tourne vers la jeune Togruta à ses côtés : l'officier scientifique Niriian. Elle incline la tête.

Elle est froide et efficace. Très professionnelle. Elle attache ses tentacules derrière sa tête à l'aide d'une cordelette noire.

Niriian examine Deltura et tous ceux qui l'entourent comme s'ils étaient des insectes punaisés sous une vitre. Cette attitude plaît beaucoup à Deltura. Il pense que c'est pour cela qu'elle fait bien son boulot. À ce propos…

Il lui adresse un signe de tête.

— Lancement du droïde-sonde.

Elle répond d'un hochement de tête, elle aussi.

— Lancement du droïde-sonde vipère, désignation BALK1.

Elle appuie sur un bouton et, dans le vide de l'espace, avec un panache de gaz, le droïde est lancé. C'est un droïde impérial, dérobé et trafiqué pour répondre aux besoins de l'Alliance – il corrige aussitôt sa pensée – de la Nouvelle République.

— C'est bon ? lui demande-t-il.

Elle tourne un cadran sur le tableau de bord, active un interrupteur et l'écran se charge de données, tandis que les haut-parleurs diffusent l'étrange chant crypté du droïde.

— Il transmet déjà les données atmosphériques.

— Merci, officier Niriian.

Il lui prend la main et y pose un baiser.

Elle lui adresse un petit sourire. C'est une des choses auxquelles Deltura tient le plus. Le fait qu'il semble être le seul à briser la façade de glace derrière laquelle elle s'abrite donne au sous-officier confiance en lui, en elle, en eux deux comme duo, en la Nouvelle République. Et, dans la foulée, en la galaxie tout entière. Son optimisme est sans bornes.

Il branche le système comm et le visage d'Ackbar apparaît à l'écran. L'amiral semble fatigué. Rien d'étonnant à cela. Maintenir à bout de bras les morceaux d'une galaxie cassée est épuisant. Deltura imagine l'effet sur le Mon Calamarien.

— La sonde est lancée, annonce Deltura.

— Excellent. Je vous revois dans six heures, sous-officier.

Six heures : le temps qu'il faudra au droïde-sonde pour entrer dans l'espace d'Akiva. Pourtant, Deltura aperçoit la planète : on dirait une petite bille flottant au-delà du champ de débris.

Niriian lui sourit à nouveau :

— Nous avons le temps. Dîner, puis repos ?

— Dîner, puis autre chose puis repos ?

Elle rit. Un petit son mélodieux.

La discussion se prolonge jusque tard dans la nuit, aussi agitée que la tempête qui se déchaîne à l'extérieur du palais du satrape. Bien que le satrape semble le seul à ne pas du tout se soucier de ces deux tempêtes, avachi dans un coin, il ronfle bruyamment.

— Nous ne devons pas oublier que nous disposons des crédits, déclare Arsin Crassus en frappant la table avec la jointure de ses doigts.

Il fait ça à chaque fois qu'il a l'impression de présenter un argument de poids. Il semble de toute façon persuadé que tout ce qu'il dit est important, car il répète ce *toc toc toc* à une fréquence irritante.

— Des crédits que nous pouvons dépenser comme bon nous semble.

Jylia Shale reste impassible. Elle a à peine bougé ces dernières heures, comme si cette réunion était moins épuisante pour elle que pour les autres.

— Les crédits ne nous permettront pas de racheter la galaxie, observe-t-elle. Ni d'acheter les cœurs et les esprits des citoyens. Et les caisses impériales ne débordent pas comme avant, Arsin.

— Nous avons toujours les comptes de réserve. Le Clan Bancaire possède une fortune, une fortune tangible dans laquelle nous pouvons piocher…

— Et plonger la galaxie dans la récession ? s'emporte Shale. Voilà une manœuvre qui nous rendra à coup sûr la confiance des citoyens.

— Nous ne cherchons pas à séduire tout le monde, objecte Crassus.

Toc toc toc.

— Je vous ai déjà dit que le meilleur moyen d'avancer est d'établir officiellement un Empire dissident. Conclure une trêve avec ces chiens baveux de la Nouvelle République, leur permettre d'agir à leur guise et nous à la nôtre. Nous sommes déjà embourbés dans une sorte de guerre froide avec ces crétins, nous n'avons qu'à officialiser les choses.

Shale lève les yeux au ciel.

— C'est ça. Construisons un mur au milieu de la galaxie ! Ils prendront une moitié et nous l'autre ? Ça ne fonctionne pas comme ça. Que ce soit bien clair pour tous ceux qui m'écoutent : nous avons perdu cette guerre. Nous avons manqué de prudence parce que nous étions trop sûrs de nous et nous en payons le prix. Il n'y a aucune trêve à conclure. La Nouvelle République ne nous laissera jamais effectuer un repli stratégique dans la Bordure Extérieure. Ils nous traqueront. Ils nous jugeront en tant que criminels de guerre. Ils jetteront certains d'entre nous en prison et exécuteront les autres.

Sloane regarde l'archiviste, qui a beaucoup de mal à suivre. Il prend des notes à la volée. Avec le satrape, il est le seul pour lequel cette réunion n'a aucun enjeu officiel.

Même Adea doit être ailleurs. (Bien que des stormtroopers gardent la porte, évidemment.)

Une fois encore, Arsin se penche en avant et prend la parole en frappant à plusieurs reprises la table de la jointure de ses doigts pour ponctuer ses paroles.

— Shale, vous étiez un stratège de premier plan au sein de l'Empire et, pourtant, vous déplorez la tactique de l'Empire…

— Arsin, explose Rae, si vous martelez cette table une fois de plus, je vous brise les doigts à coups de bâton.

— Je… Ce ne sont pas des façons de me parler, fulmine Crassus.

Pandion affiche un sourire suffisant.

— Elle a raison, Crassus. C'est très énervant. Si vous le faites encore, je vous casserai l'autre main, pour être sûr que ce soit vraiment terminé.

Le banquier se cale contre le dossier de sa chaise, les bras croisés sur sa poitrine massive. Il boude comme un enfant qui se fait gronder.

— La stratégie de l'Empire Galactique, commence Shale, n'était pas sous mon contrôle en dernier recours. Que ce soit bien clair : j'étais en désaccord avec la mise en service des deux Étoiles. Je me suis opposée à leur création dès le début, d'ailleurs, cette opposition m'a valu d'être reléguée au second plan à partir de là. Sauf, peut-être, sur Hoth. L'Étoile de la Mort a pourtant causé notre perte. Ce vieux dicton, « Ne laisse pas tous tes enfants travailler dans la même mine », s'applique ici. Consacrer autant de temps, de crédits, d'efforts et de personnel à cette énorme station de combat était une croisade idiote. Palpatine était arrogant.

Tashu, qui n'a pratiquement rien dit pendant tout ce temps – jouant machinalement avec ses doigts et les boutons de ses manches comme si cette réunion l'ennuyait au plus haut point ou comme s'il avait la tête ailleurs –, prend enfin la parole :

— L'arrogance de Palpatine est indéniable. On ne peut pas non plus nier que, sans cette arrogance, l'Empire n'aurait tout simplement jamais existé.

Moff Pandion – Grand Moff Pandion, faudrait-il dire d'après lui – se lève et se met à arpenter la pièce en demi-cercle de son côté de la table.

— Je suis d'accord avec Jylia Shale. Pas seulement sur le fait que l'Étoile de la Mort était notre plus grosse erreur, mais aussi pour dire qu'une trêve ne suffit pas. Elle n'apaisera pas la soif de sang de cette Nouvelle République, comme ils l'appellent à présent. Ils font croire que nous sommes des monstres. C'est établi. Et ça signifie tout simplement que nous ne pouvons pas nous rendre. Ils voudront nous faire la peau. Ne soyez pas étonnés si les plus vaillants d'entre nous finissent traînés dans les rues pour être abattus par un sauvage à coups de lance-lim.

— Oui, Valco, répond Shale, nous connaissons votre stratégie : attaquer, attaquer, attaquer. Quel qu'en soit le coût pour nous.

Il émet un ricanement.

— Et vous préféreriez baisser les bras, puis incliner la tête pour accueillir la hache du bourreau ? Vous ne préférez pas mourir en luttant ?

— Nous ne sommes pas dans une épopée ou un récit héroïque. Nous ne sommes pas le perdant qui se bat avec l'énergie du désespoir, le gladiateur au grand cœur qui fait tomber le régime de l'oppresseur qui l'a condamné à finir dans l'arène. Ce sont eux qui occupent cette place dans ce scénario. C'est notre camp qui a soumis des planètes entières peuplées de non-humains. C'est nous qui avons construit une arme appelée l'Étoile de la Mort, sous le commandement d'un vieux sorcier décrépit qui croyait au « Côté Obscur » d'une ancienne religion de tarés.

Yupe Tashu lui jette un regard intrigué.

Pandion affiche un rictus de mépris :

— Si nous vivions des jours meilleurs, vous seriez exécutée pour trahison, général Shale.

— Vous voyez ? rétorque celle-ci. C'est *nous* qui organisons des exécutions, Grand Moff Pandion. Si nous nous rendons, la clémence aberrante de la Nouvelle République s'appliquera peut-être à nous. Nous pourrions peut-être garder nos têtes.

Elle pousse un bref soupir.

— De toute façon, nous n'avons pas de stratégie d'attaque digne de ce nom.

— Bien sûr que si, affirme Pandion avec un petit rire. Êtes-vous devenue folle ? Les Rebelles – car c'est ce qu'ils sont : des Rebelles, des insurgés, des déviants – ont réussi leur coup sans pratiquement aucune machine de guerre en place. Ce sont de simples criminels, des terroristes. Ils ont eu quelques coups de chance avec leurs lance-pierres, mais nous avons les vaisseaux, le personnel et la formation.

Il montre Arsin du doigt.

— Les crédits, ajoute-t-il.

— Alors pourquoi chaque jour une nouvelle série de gouverneurs choisissent-ils de nous tourner le dos ? Pourquoi perdons-nous plus de vaisseaux chaque semaine ? Pourquoi voit-on des holovids de planètes libérées qui organisent des défilés et déboulonnent des statues ? Ils ont accompli tellement avec si peu de moyens, Pandion. Vous interprétez mal notre place dans l'histoire.

— Alors faisons beaucoup avec peu de moyens. Et puis…

Il agite la main d'un geste dédaigneux.

— Ces holovids ne sont que de la propagande, vous le

savez parfaitement. La vérité, c'est que l'Alliance Rebelle n'a pas les ressources pour contrôler cette galaxie. En revanche, nous les avons encore.

Il se tourne vers Rae Sloane.

— Et n'oublions pas que nous possédons toujours un Destroyer Stellaire, n'est-ce pas amiral Sloane ? Le possédons-nous ? Ou est-ce vous qui le possédez ? Vous vous comportez en enfant gâtée qui ne veut pas partager sa flotte avec le reste de l'Académie.

Sloane s'attendait à ce commentaire. C'est un argument qu'il ressasse depuis le début des discussions. Rae répond comme chaque fois :

— Le *Ravageur* et sa flotte sont à la disposition de l'Empire Galactique, Valco. La question qui se pose…

Pandion fait l'écho de sa réponse en même temps qu'elle (d'un ton beaucoup plus moqueur) :

— … la question qui se pose est : qu'est-ce que l'Empire à ce stade et qui est-ce qui le contrôle ? Je connais votre position. Je veux juste que la salle se rende compte que c'est vous qui avez le doigt sur la détente de notre meilleure arme et que vous la cachez… nous ne savons même pas où.

— Vos espions ne vous ont pas encore servi cette information sur un plateau ? demande Sloane avec un léger sourire.

Pandion voudrait protester, mais elle tient à garder la main sur cette réunion, alors elle rétorque :

— Cette réunion a pour objectif de décider du sort de l'Empire en prenant appui sur l'avis de plusieurs conseillers, pas d'un seul. Si je voulais prendre le *Ravageur* et m'emparer du pouvoir, je pourrais tenter le coup et j'y parviendrais peut-être, qui sait. Mais je préférerais ne pas répéter les erreurs du passé. Grand Moff, nous avons entendu votre point de vue. Nous connaissons votre position.

Ils ne la connaissent que trop bien.

— Il y a une personne que nous n'avons pas encore entendue et c'est vous, conseiller Tashu. Voulez-vous bien nous éclairer ?

Tashu lève les yeux, à nouveau comme si tout cela n'était qu'un divertissement.

— Hein ? Oh. Oui. Oui. Bien sûr.

Tashu était un conseiller proche et un ami – pour autant que cela soit possible – de feu l'Empereur Palpatine. Celui qui était passé du statut de Sénateur à celui de Chancelier. Et qui, d'après les rumeurs, était aussi un Seigneur Noir des Sith. Au sein de l'Empire, la présence des Sith tenait moins du fait que du mythe : quelques-uns y croyaient, mais la plupart soutenaient que c'était une pure invention. Palpatine n'aurait pas été le premier dirigeant à inventer des légendes pour se donner une importance cosmique. D'après les holocrons de l'histoire, un régent de l'Ancienne République, Hylemane Lightbringer, s'amusait à affirmer être « né dans la poussière de la Nébuleuse Typhonique » et « ne pouvoir être mis à mort par des armes mortelles », un fait qui s'était révélé faux quand il fut tué par une arme des plus quelconques : abattu par un coup de chaise, apparemment. La légende de Palpatine s'étendait aussi à son bras droit… cette brute de Dark Vador. Sloane pense que leurs pouvoirs étaient réels, même s'ils n'étaient sans doute pas aussi redoutables que Palpatine aurait aimé le faire croire.

Elle n'est donc pas étonnée que Tashu se cramponne à ces légendes.

— Vous critiquez le Côté Obscur comme si c'était un chemin malfaisant, dont il faut rire parce qu'il est pure destruction. Ne le confondez pas avec le mal. Et ne commettez pas l'erreur de croire que le Côté Lumineux est le produit de la bonté. Les Jedi d'autrefois étaient des tricheurs et des menteurs. Des maniaques assoiffés de pouvoir, qui se cachaient sous les apparats d'un ordre monastique sacré. Des défenseurs de la morale dont la seule diplomatie était la puissance du sabre laser. Le Côté Obscur est honnête. Le Côté Obscur est direct. C'est le couteau montré et pas celui qu'on plante dans le dos. Le Côté Obscur veille à son propre intérêt, c'est vrai, mais il étend aussi cet intérêt vers les autres. Vers celui qui le manipule, mais également au-delà. Palpatine se souciait de la galaxie. Il n'a pas pris le contrôle simplement pour garder le pouvoir pour lui seul : il possédait d'ailleurs déjà ce pouvoir, en tant que Chancelier. Il voulait ravir le pouvoir à ceux qui en abusaient. Il voulait apporter le contrôle et la sécurité aux citoyens de toutes les planètes. Cet objectif avait un coût. Il le connaissait et le déplorait, mais le payait quand même parce que le Côté Obscur comprend que chaque chose a un coût, qui doit toujours être payé.

Un moment de silence accueille ce discours.

Puis Pandion éclate d'un rire méprisant. *Si l'Empereur était encore là, ce simple ricanement aurait coûté à Pandion sa tête*, se dit Rae. *C'est le prix payé pour ce dédain de traître.*

Le Moff lève la main et l'agite comme si c'était une marionnette qu'il faisait parler.

— Vous avez prononcé bien des paroles, conseiller Tashu, et pourtant aucune ne semble avoir le moindre rapport avec…

Un nouveau rire condescendant.

— … quoi que ce soit.

Tashu lui adresse un sourire béat et sûr de lui.

— Ce que je veux dire, c'est que Palpatine était un homme intelligent. Bien plus que nous tous réunis. Nous devons l'imiter. L'Empereur savait que le Côté Obscur était la solution. Nous devons donc nous aussi faire du Côté Obscur notre solution.

— Hum, grommelle Shale. Et comment devons-nous nous y prendre ? Je ne pense pas que l'un d'entre nous soit formé aux voies de la Force.

— Il ne reste plus aucun Sith, explique Tashu. Et le seul Jedi encore en vie, le fils d'Anakin Skywalker, possède une âme intouchable. Du moins pour le moment. Nous devons nous tourner vers le Côté Obscur. Palpatine pensait que son pouvoir venait de l'univers au-delà des limites de nos cartes. Au cours des années, avec notre aide, il a envoyé des hommes et des femmes au-delà de l'espace connu. Ils ont construit des laboratoires et des stations de communication sur des lunes éloignées, des astéroïdes au milieu de rien. Nous devons les suivre. Quitter la galaxie. Aller de l'autre côté du voile des étoiles. Nous devons chercher la source du Côté Obscur, comme un homme qui cherche une source pour s'abreuver.

Crassus tord tellement son visage replet et flasque qu'on dirait un chiffon que l'on tord.

— Vous voulez que nous… partions ? Que nous emportions nos vaisseaux et que nous prenions la fuite ? Comme des petits enfants qui ont peur des coups de ceinture de papa ?

— Ce n'est pas de la peur, corrige Tashu, c'est de l'espoir.

À partir de là, une nouvelle salve d'arguments se met à fuser, de tous côtés cette fois et tous en même temps. Une cacophonie de propositions répétées à l'infini. Trêve. Crédits. Reddition. Guerre froide. Guerre tout court.

Rien de tout cela n'a de sens. Personne n'est d'accord. Sloane se demande s'ils parviendront jamais à s'entendre. Ce qui veut dire que ce sommet était une initiative stupide.

Mais nous devons tout de même essayer.

L'Empire Galactique est un miroir brisé. Un nombre incroyable de reflets de lui-même, cassés et disséminés.

C'est à moi de réparer ce miroir, se dit Sloane. De restaurer son reflet. Elle croit en l'Empire. Et elle est persuadée qu'elle est celle qui peut et doit le réparer. Un Empire ascendant régnera à nouveau sur la galaxie. Et sa place au sein de cet Empire sera assurée : elle ne sera plus mise de côté, laissée pour compte. Sloane aura un rôle majeur à jouer.

Elle se lève.

— Je vous en prie, continuez. J'arrive.

Ils ne remarquent même pas qu'elle quitte la réunion. Elle ne sait pas si c'est une bonne chose ou non.

Dans l'espace au-dessus d'Akiva, un droïde-sonde vipère décélère avec des coups prudents de rétropropulseurs. Quand il se stabilise enfin, il étend ses cinq membres, qui ressemblent à des pattes d'araignée. Ses yeux s'illuminent. Une série de petites antennes se déploient au sommet de sa tête en forme de dôme. Elles doivent prendre des mesures.

Le droïde commence ses scans.

Une main ferme se pose en coupe sous son menton. Relève sa tête, la repose, la tourne à gauche, à droite. Le plat de cette main intrusive le gifle. Pas fort. Juste *tape, tape et tape.*

Wedge inspire profondément. Ses yeux s'ouvrent.

C'est elle. Celle qui l'a surpris au poste de communication. Celle qui lui a collé un blaster dans le dos.

— Qu'est-ce que vous voulez encore ? Vous êtes venue me torturer vous-même ?

L'autre, celui au teint pâle et aux rides sombres, la peau striée de sillons profonds, comme s'il était à moitié mort, n'est pas là, mais il fait de temps en temps une apparition. Peut-être une fois par heure, même si c'est difficile à évaluer parce que le temps lui échappe. C'est toujours pile au moment où Wedge commencer à se rendormir. Cet homme étrange torture Wedge à chaque fois. Il lui lacère l'abdomen au couteau – pas de profondes entailles, rien que des coupures superficielles. Il a enfoncé une pique à étincelles dans l'intérieur de sa cuisse. Tout le corps de Wedge s'est illuminé comme un tableau de bord déréglé. Un jour, il est entré et a simplement mangé un fruit en faisant beaucoup de bruit. Sans prononcer un mot. Puis il s'est léché les doigts. D'autres fois, il a ri doucement en lui infligeant la douleur.

Mais celle-ci. Cette femme. Un amiral, non ?

— Non, répond-elle. Je ne suis pas un bourreau.

— Non, siffle Wedge, bien sûr que non. Vous êtes chargée de l'interrogatoire.

— C'est ce que je croyais. Maintenant, je ne sais plus.

Non loin de là, le droïde médical vérifie le tube qui s'enroule autour du bras de Wedge et plonge dans sa peau.

— De toute façon, vous ne me répondriez pas, si ?

— Non.

Wedge essaie de prendre une voix ferme. De ne pas laisser percevoir l'angoisse dans sa réponse. Si elle sent sa peur, elle le frappera, elle le taillera en pièces comme un wampa qui sent le sang sur la neige. Pourtant, la trouille le tétanise. Il a survécu jusqu'ici, il est sorti vivant d'innombrables batailles, dans l'espace comme au-dessus de la neige, en survolant des déserts et des marécages, quand ce n'était pas beaucoup plus haut dans le ciel et, après tant de combats héroïques, il échoue ici. Mal en point et attaché sur une table. Torturé à mort.

— Ça n'aurait aucune importance, de toute façon. Si je vous soutire des informations capitales pour la Nouvelle République – les mouvements de vaisseaux, l'emplacement des bases, les plans d'attaque –, que pourrai-je faire de ces informations ? Pas grand-chose, je le crains.

— Vous êtes prêts à capituler ?

Il lui adresse un sourire. Ce n'est pas un sourire gentil, mais cruel. Il vise à faire mal. *Je me moque de vous*, se dit-il.

— Laissez-moi vous poser une question. Pourquoi ?

— Pourquoi… quoi ?

— Pourquoi être un Rebelle ? Pourquoi les avoir rejoints ?

— Pour détruire l'Empire.

Elle secoue la tête.

— Non, c'est trop facile. Ce n'est que du vernis de façade. Si on gratte un peu, il doit y avoir une motivation personnelle en dessous.

Il lui montre à nouveau les dents, dans un rictus affreux.

— Il y a évidemment une raison personnelle, amiral. L'Empire a fait du mal à mes proches. De la famille. Des amis. Une fille que j'aimais. Et je ne suis pas le seul. Chaque combattant de la Nouvelle République peut vous raconter des histoires comme celle-là.

Il tousse. Ses yeux se remplissent de larmes.

— Pendant des années, vous avez semé d'horribles graines. Nous sommes la récolte.

— Nous maintenions l'ordre, dans une galaxie hors-la-loi.

— Avec un poing fermé au lieu d'une main tendue !

— Pour un simple pilote, vous manipulez bien les mots.

Il tente de hausser les épaules, mais le mouvement est douloureux. Un grognement sort des profondeurs de sa gorge et il retient de nouvelles larmes.

La femme hoche la tête, tourne les talons et s'en va sans rien ajouter.

Le sous-officier Deltura est penché sur la table. Une lueur bleue entoure l'hologramme où Ackbar est incliné lui aussi au-dessus d'une large table.

— Vous en êtes sûr, sous-officier ?

— Pas la moindre trace de vaisseaux impériaux, amiral.

— Mais vous avez trouvé des traces des nôtres ?

— Rien que des débris. Rien de décelable à l'œil nu, mais le vipère est un droïde-sonde d'une efficacité étonnante. Il a repéré des restes moléculaires indiquant qu'il s'agit bien de nos vaisseaux, amiral.

— Les Ailes-A.

Ackbar réfléchit.

— Ils ont été abattus.

— Depuis la surface, amiral ?

— C'est peu probable. Impossible d'atteindre une Aile-A à cette distance.

Ackbar joint ses longs doigts palmés, les frotte les uns contre les autres. L'amiral tourne sa chaise vers l'autre personne dans la pièce…

Il s'agit également d'un hologramme.

Et cet hologramme est à peine une personne.

L'image flotte, à côté de lui, comme un fantôme. Le corps et le visage changent, se déforment. Il se tient tapi dans l'ombre, à peine visible. C'est leur taupe : un informateur connu sous le nom d'Opérateur. Jusqu'à présent, ses informations se sont révélées fiables. Remarquablement fiables. Ce qui rend Ackbar encore plus sceptique.

— Qu'en dites-vous, Opérateur ?

La voix qui s'élève est aussi déformée que l'image : un timbre mécanique, travesti.

— Est-ce que le droïde détecte du trafic vers ou en provenance de la capitale ? Ou autour de la planète.

— Vous avez entendu la question, dit Ackbar à Deltura.

— Non. Aucun vaisseau, amiral.

— Ordonnez au droïde d'envoyer une requête à tous les relais de communication de la planète pour vérifier s'ils sont accessibles, suggère l'Opérateur. Voyez ce qui se passe.

Deltura hoche la tête et marmonne quelque chose à une personne en dehors de la portée holo. Sans doute à son officier scientifique, une jeune Togruta. Un silence gêné s'installe comme une substance toxique se répandrait sur le sol. Ackbar n'aime pas cela. Un mauvais pressentiment le vide de tout l'optimisme qui l'habite d'ordinaire.

La tête holographique du sous-officier réapparaît.

— Rien, annonce-t-il, presque choqué. Heu, rien, amiral. Le droïde n'a pu entrer en contact avec aucun des relais. C'est comme s'ils étaient morts.

— Black-out des communications, conclut l'Opérateur. Un truc des Impériaux. Ils sont là, amiral Ackbar. Leurs vaisseaux sont probablement cachés. Mais, si aucun trafic ne passe dans un sens ou dans l'autre, c'est qu'ils ont instauré un blocus. Pas de vaisseaux. Pas de communications. Il se passe quelque chose. Mais je ne sais pas de quoi il retourne.

— Merci, répond Ackbar.

— Vous allez agir ? demande l'Opérateur.

Il semble impatient d'avoir la réponse. Trop impatient ?

Ackbar ne répond pas. Il éteint l'hologramme.

— Est-ce que je dois faire quelque chose, amiral ? s'enquiert Deltura.

— Restez en position. J'ai besoin de temps pour réfléchir et conférer avec les autres. Merci, sous-officier.

— Bien, amiral.

Le visage de l'homme disparaît.

L'inquiétude ronge Ackbar comme une famille de brine-asticots. Il a besoin de temps pour prendre sa décision, mais s'il traîne trop, ils risquent de rater une occasion en or. *Ou d'échapper à un nouveau piège impérial.* S'agit-il d'une ruse ou d'une vraie opportunité ? Les Impériaux tiennent peut-être une réunion secrète. Le paradoxe de la situation ne lui échappe pas : avant, c'étaient les Rebelles qui devaient agir discrètement et dissimuler leur présence. Aujourd'hui, c'est l'Empire. Les rôles sont inversés. C'est sans doute un signe de leur victoire naissante contre l'oppression impériale, mais il craint que la Nouvelle République ne se montre trop confiante. L'Empire n'a pas disparu. Pas encore.

Il attend dans l'ombre pour frapper à nouveau. Ackbar en est convaincu.

INTERLUDE

CHANDRILA

Un fruit violet entre dans le champ de la caméra et vient s'écraser sur la joue d'Olia Choko. Le fruit éclate et du jus coule le long de sa peau, ruisselle le long de sa mâchoire. Elle a l'air abasourdie.

Hors champ, une voix en colère :

— Hou ! À bas le Sénat Galactique ! À bas la Nouvelle République !

Un nouveau fruit vole : celui-ci rate sa cible et passe au-dessus de la tête d'Olia.

Tracene intervient :

— Bon, Lug, il est temps de couper…

— Non, l'interrompt Olia.

Elle avale sa salive et essuie les restes de chair sucrée qui collent encore à sa joue.

— Vous, le protestataire. Approchez.

Tracene adresse à Lug un signe de tête à peine perceptible.

Des mains trandoshiennes écailleuses apparaissent au bord de l'écran et font tourner la caméra vers un petit Xan vêtu d'une salopette grise sale. Il porte un petit panier de fruits et légumes, dont la plupart sont pourris.

Il est seul.

Il agite les mains en voyant que la caméra est pointée sur lui.

— Non, non, je ne veux pas être filmé. Je vous en prie.

Olia s'approche. Avec précaution. Les mains écartées, implorantes.

— Si vous avez des soucis, j'aimerais les entendre.

— Je..., bégaye le Xan en regardant autour de lui.

Comme si c'était une blague. Ou comme s'il ne s'attendait pas à être pris au sérieux.

— Je suis désolé, je ferais mieux de partir.

Il commence à s'éloigner, mais Tracene se poste devant lui.

— Vous pouvez donner votre avis.

— Vraiment ? s'étonne-t-il, l'air soupçonneux.

— Oui, vraiment, insiste Olia. Racontez-moi vos problèmes.

Tracene articule en silence, en direction de la caméra : *Ça tourne toujours ?*

Un pouce reptilien dressé apparaît une seconde à l'écran.

— Je..., commence l'humanoïde. Je m'appelle Geeska Dotalo. Je viens de Gan Moradir, une colonie dans la Bordure Extérieure. La Nouvelle République a débarqué chez nous. Ils... ils ont détruit une base impériale. Maintenant, les Impériaux sont partis. L'Empire était cruel. Mais au moins, l'ordre régnait ! Nous avions de la nourriture et de l'eau. Les choses fonctionnaient. Maintenant, les Rebelles se sont enfuis. Et les gangs ont pris leur place. Les *pirates*. Nous n'avons pas assez de nourriture. La destruction des bases impériales a affecté nos puits et...

Il se met à sangloter.

— Nous avons rassemblé assez de crédits pour me faire venir ici. Je suis notre seul espoir.

Pendant un moment, Olia semble frappée de stupeur.

Tracene a l'air prête à intervenir quand Olia prend la parole :

— C'est bien que vous soyez venu, monsieur Dotalo. Je ne pense pas que Gan Moradir ait déjà un représentant au Sénat. Aujourd'hui, vous serez ce représentant.

Les yeux du Xan s'écarquillent au-delà de ce qui semble possible.

— Qu… quoi ?

— La guerre est une chose horrible. Et l'armée ne suffit pas à régler les problèmes. Il faut une solution pour la suite, quand le travail des militaires sera terminé, et c'est pour cela que le Sénat se remet au travail. Et c'est pour cela que nous le faisons ici, sur la planète natale de la Chancelière. Certains pensent que c'est un petit monde, sans importance, mais Chandrila a toujours été un lieu où de grandes idées ont germé, un lieu où des citoyens ont osé les apporter à toute la galaxie. La galaxie a besoin d'aide. Elle a besoin de grandes idées, mais, comme vous l'avez dit, de biens de première nécessité également : de nourriture, d'eau, de toits pour abriter les habitants. Des besoins essentiels. Quand une guerre s'achève, la première urgence est de réparer les ruines. Je vous invite aujourd'hui à parler au Sénat de votre peuple et de votre colonie. Laissez-les vous écouter. Laissez-nous vous aider.

Elle invite quelqu'un qui est hors champ à la rejoindre. Un autre Pantoran, un homme vêtu de robes administratives bleues. Olia lui murmure quelque chose à l'oreille. Elle fait de brèves présentations entre Geeska Dotalo et lui. Puis le Pantoran lui fait signe de s'en aller.

Tracene sourit et crie : « Coupez ! » Mais son regard s'attarde au loin.

Il y a de l'agitation. Les gens tendent le cou puis détournent les yeux. Tracene adresse un signe de la main à Lug, qui fait pivoter la caméra.

Au loin, des prisonniers impériaux font la file. Ils sont menottés l'un à l'autre et escortés par un officier de la Nouvelle République.

— C'est inacceptable, tonne Olia avant de courir pour intervenir.

16

Un cauchemar. Un des classiques qui se rejouent régulièrement dans la tête de Norra. Cette fois c'est elle, son Aile-Y et son astromech, R5G4. Ils sont à nouveau dans les entrailles de l'Étoile de la Mort. Elle quitte le conduit principal, entraînant dans son sillage une poignée de TIE, pareils aux mouches qui tournent autour d'un gorth. Elle ne peut pas les écraser, ne peut pas les chasser, ne peut pas les semer. Et tout à coup, d'autres jaillissent devant elle. L'intérieur de la station de combat se transforme en un labyrinthe qui se referme sur lui-même. Elle ressent le choc de l'alimentation générale qui se remet en route, puis tout s'écroule autour d'elle, le feu envahit l'espace derrière son vaisseau, puis devant aussi, les flammes courent vers elle…

Norra se réveille baignée de sueur. Comme toujours, qu'il fasse chaud ou froid. Elle consulte sa montre. Elle était évidemment endormie depuis moins d'une heure. Après avoir sauvé son fils des griffes de cet abominable gangster, elle a sans cesse l'impression d'être traquée. Son cœur bat trop vite, ses muscles sont tendus, sa mâchoire serrée et l'adrénaline qui circule en elle lui fait l'effet du venin d'un ver gorm.

Norra descend se chercher du thé. Elle s'attend à ce que tout le monde soit encore endormi. Elle se dit qu'elle ne doit pas oublier de remercier sa sœur Esmelle de laisser cette bande d'inconnus passer la nuit chez elle. Mais, dans les escaliers, elle entend des voix en provenance de la cuisine. Là, ses deux étranges compagnons sont assis autour d'une petite table : Jas Emari et Sinjir Rath Velus. Ils ont écarté le petit hydrodôme d'Esmelle (où elle fait pousser des fines herbes, comme l'herbecœur et les graines de sinthan) et ont disposé quelques objets hétéroclites : une salière, de petits pots de fines herbes, un distributeur de serviettes en papier, quelques cure-dents et des couteaux à fruits.

Ils se redressent quand elle entre.

Comme des enfants surpris en train de faire une bêtise.

Hum.

— Qu'est-ce que c'est que tout ça ?

— Rien, lui assure Jas.

— Ce n'est que… un jeu, précise l'autre, Sinjir, avec un sourire.

Drôle de couple, ces deux-là. Elle, une Zabrak au visage froid et à la langue acerbe. Lui, une sorte de grand verre de lait : élancé, débraillé, mais sans cesse accompagné d'une odeur de vin ou de brandy. Il a un grand sourire sournois, tandis que les yeux de la Zabrak ressemblent à des pierres précieuses.

Norra marmonne quelque chose, puis enclenche le bouton sur le côté de la bouilloire. Dans l'armoire du haut, elle sélectionne un thé gesha et en dépose une mesure dans une tasse. Elle sent les regards des deux autres lui transpercer le dos.

La bouilloire siffle. Elle verse l'eau. Des volutes de vapeur s'élèvent autour d'elle.

Puis elle se retourne et déclare :

— On dirait une carte.

— Pas du tout, affirme Sinjir, sans cesser de sourire.

— C'est bien ça, répond la Zabrak, presque en même temps.

— Vous allez m'expliquer de quoi il s'agit ?

— Non, répondent-ils à l'unisson.

Jas et Sinjir échangent un regard. Un peu intrigué, un peu amusé.

Norra se penche par-dessus la table. Examine leur installation.

— Le distributeur de serviettes est plus grand que tout le reste. Il est donc censé représenter quelque chose d'imposant. Le palais du satrape, à mon avis. Qui est dans l'alignement du reste – voici l'ancien bâtiment du capitole, ici l'avenue de la Satrapie, ici l'étroite rue Withrafisp : il y a bien longtemps, c'était une artère secrète pour permettre d'évacuer les satrapes du palais en toute discrétion, mais elle est publique depuis mon enfance.

— Non, insiste Sinjir en feignant la sincérité. Désolé. Merci pour votre participation à notre jeu. Maintenant, si vous voulez bien nous excuser…

— Ferme-la, le rabroue Jas.

Elle se tourne vers Norra.

— Oui, tu as raison. Vous avez grandi ici ?

Norra acquiesce d'un hochement de tête.

Jas l'inspecte.

— Vous êtes… une Rebelle ?

— Ça se voit tant que ça ?

La Zabrak hausse les épaules.

— Non, mais je ne suis pas idiote. Vous n'avez pas hésité à ouvrir le feu sur les stormtroopers, hier soir.

Pourtant, vous n'avez pas la dégaine d'une criminelle. Ni d'une locale ordinaire. Vous… êtes habillée comme une Rebelle. Un gilet multipoches, une ceinture à outils. Vos bottines.

Elle plisse les yeux.

— Vous êtes pilote ?

— Oui, c'est bien vu, admet Norra en riant.

— Je suis chasseuse de primes. Je suis ici pour traquer quelqu'un, pour la Nouvelle République. J'aurai sans doute besoin de votre aide.

— Une seconde, proteste Sinjir en agitant les mains, tu me proposes une part maigrichonne de vingt-cinq pour cent et maintenant tu veux réduire ma prime en la mettant dans le coup ?

— J'espère qu'elle acceptera parce qu'elle trouve que c'est une action noble et une attaque contre l'Empire. Pas pour les crédits.

Norra sent l'appel irrésistible du devoir. Elle a envie d'en savoir plus, de cracher sur la face de l'Empire, mais…

— Je ne peux pas, décrète-t-elle, la mâchoire serrée. Je ne peux vraiment pas. Mon fils et moi devons quitter cette planète. Ma priorité numéro un, c'est de l'emmener loin d'ici…

— Va sauver ton ami, lui ordonne Temmin. Antilles. Je t'ai déjà dit que je ne viens pas avec toi.

Temmin entre dans la cuisine en traînant les pieds.

— Et à propos, les gars, je sais que vous vous croyez discrets, mais vous faites un boucan d'enfer.

Norra l'attrape par le bras.

— Quelqu'un d'autre peut… sauver le capitaine Antilles. Ce n'est plus mon boulot de me battre dans cette guerre. C'est toi ma responsabilité.

Il se dégage, prend un verre de lait bleu dans l'armoire froide.

— Est-ce que mon droïde est rentré ? Il devrait déjà être là.

Norra a envie de continuer à argumenter, mais elle se mord la langue. Il est aussi têtu qu'elle. Essayer de le convaincre, c'est comme cogner du poing contre le mur. Elle se cassera la main.

— C'était ton droïde, hein ? dit Sinjir à Temmin.

— Ouais.

— Un droïde de combat.

— Je sais.

— Cette bande de stormtroopers était l'unité de combat la plus bancale de… peut-être de toute l'histoire de la galaxie. Croyez-moi, en réalité, les troopers sont juste des seaux retournés, équipés de pistolets. Surtout de nos jours.

— Ne sous-estimez pas les soldats de l'Empire, cingle Jas. En nombre, ils sont dangereux.

— Les buffles des marais aussi, argue Sinjir. Ça ne veut pas dire qu'ils sont particulièrement efficaces. Et les droïdes de combat, encore moins. Bravo à toi, jeune homme. En transformer un en véritable machine de guerre…

Sinjir applaudit.

— Même si je pense que tu ferais bien de te préparer à l'éventualité qu'ils aient pris le dessus au bout du compte. C'est un droïde de combat, pas un faiseur de miracles.

Temmin sirote son lait d'un air maussade.

— Oui, eh bien, vous êtes incapable de distinguer la crotte d'un borcat de la bouse d'un dewback, mon vieux. Monsieur Os est programmé avec… faites-moi confiance, c'est tout. Monsieur Os s'en sortira très bien.

Norra observe son fils. Il serre les poings, son front est plissé. Il est en colère. Comme elle l'a été… et l'est encore, elle le devine. Puis son regard se pose sur la table et il plisse les yeux.

— Qu'est-ce que c'est que ça ?
— Rien, répond Sinjir.
— C'est une carte, devine Temmin.

Norra est prise d'une bouffée de fierté, qui grandit quand Temmin ajoute :

— Et ça ? C'est le palais du satrape ?
— Par toutes les étoiles maudites, peste Sinjir. Telle mère, tel fils.

À ces mots, Temmin fronce les sourcils. Norra est un peu vexée.

Jas Emari saute à pieds joints dans la conversation.

— En ce moment même, dans ce palais – à condition que nous n'ayons pas loupé l'occasion du siècle – se tient une réunion secrète, à laquelle assistent quelques personnes très haut placées dans la hiérarchie impériale. Des décideurs. De grosses primes.

Elle dresse la liste de ces personnes : le Moff Valco Pandion, l'amiral Rae Sloane, le conseiller Yupe Tashu, le général Jylia Shale et la cible d'origine de la chasseuse de primes, un banquier et trafiquant d'esclaves, Arsin Crassus.

— C'est ça ! s'exclame Norra en claquant des doigts.

D'un côté, elle se dit qu'elle aurait déjà dû le deviner, mais d'un autre – plus réaliste ou plus cynique –, elle se rappelle qu'elle n'est que pilote, qu'elle n'aurait pas pu comprendre tout cela. N'empêche.

— Tout s'explique. Les Destroyers Stellaires. Le blocus. Le black-out. Ils protègent cette réunion. Et Wedge…

La Zabrak hausse un sourcil.

— C'est quoi, ça ?
— Wedge Antilles, clarifie Sinjir. C'est juste ? Pilote de l'Alliance Rebelle.

Norra acquiesce d'un mouvement de tête.

— Comment le savez-vous ?

L'homme hésite.

— Je suis… un Rebelle, moi aussi.

Cela lui semble étrange. Même s'il est habillé comme un Rebelle, son attitude a quelque chose de bizarre. Mais, après tout, la Rébellion accueille des individus de toutes sortes.

— Ils doivent le maintenir en détention, poursuit Norra. Wedge effectuait sans doute un vol de reconnaissance dans la Bordure Extérieure et il a dû tomber sur… ça.

— Il est probablement encore en vie, lui assure Jas. Ce qui signifie que vous avez une opportunité. Aidez-moi. Nous les frapperons au nom de votre Nouvelle République. Nous réduirons à néant les efforts de l'Empire, alors qu'ils sont encore en pleine convalescence. Et vous sauverez votre ami.

Norra est à nouveau submergée par son sens du devoir. L'occasion de faire le bien. Mais un sentiment opposé l'envahit au même moment : elle préférerait garder profil bas et éviter les tirs. Elle n'a pas envie de foncer dans la gueule du monstre. Pas cette fois.

— Non, déclare-t-elle les yeux baissés, le visage sombre. La meilleure stratégie, c'est de quitter cette planète. Dès que nous serons à portée de communication, nous alerterons la République, ils enverront des vaisseaux et des troupes…

La chasseuse de primes l'interrompt.

— Faux. À ce moment-là, la réunion sera terminée, si elle ne l'est pas déjà. Et votre ami sera soit évacué d'ici, soit exécuté. La bonne stratégie, c'est d'agir sans attendre. C'est à nous de faire le boulot.

— J'en suis, décrète Temmin, mais je veux ma part.

Sinjir éclate d'un petit rire ironique.

— Jeune homme, n'abuse pas. Nous t'avons sauvé la peau alors que tu allais te faire…

— Très bien, dit Jas Emari au garçon. Tu peux avoir la moitié de sa part.

Elle penche sa tête surmontée de cornes en direction de Sinjir.

— Hé ! proteste l'intéressé.

— Je te fais toujours quitter cette planète, lui rappelle la Zabrak.

Elle incline la tête d'un air hautain et la mèche de cheveux entre ses cornes retombe sur le côté de son crâne.

— Et la prime est bien suffisante pour qu'une petite part te permette de boire assez de liqueur pour ne pas dessaouler avant que la Nouvelle République ne redevienne l'Ancienne République. C'est à prendre ou à laisser.

Sinjir lève les yeux au ciel.

— Ça va.

— Je ne sais pas trop, avoue Norra.

— J'ai bien besoin de votre aide et je parie que votre ami aussi.

Norra hésite. Elle a l'impression de retomber en enfance, quand elle s'apprêtait à sauter dans une des chutes d'eau du canyon d'Akar. Elle retient son souffle avant de déclarer :

— D'accord, j'en suis aussi. Mais je veux que vous me fassiez quitter cette planète également.

— Vendu. Et maintenant…

Boum. Boum. Boum.

Toute la maison tremble. Quelqu'un frappe à la porte. Tandis que Jas saisit son blaster, le souvenir frappe à nouveau Norra de plein fouet, rapide comme l'eau argentée quand elle sautait d'une des chutes… le bruit de poings qui martèlent la porte. Les Impériaux viennent chercher son mari.

17

Autour de la table : trois silhouettes en chair et en os et deux hologrammes.

Sont présents : l'amiral Ackbar, le commandant Kyrsta Agate et le capitaine Saff Melor. Les deux hologrammes sont : le général Crix Madine et la Chancelière de la Nouvelle République, tout récemment nommée, Mon Mothma. Ils ont l'air fatigués et inquiets. Ackbar se doute qu'il n'a pas meilleure mine. Il a l'impression que la galaxie entière est en équilibre précaire, posée sur la pointe d'un couteau. Que tout pourrait basculer d'un côté. Ou qu'une brise infime suffirait à tout faire tomber de l'autre. La situation est sans cesse sur le fil du rasoir, oscillant entre les bonnes et les plus mauvaises nouvelles.

— Sommes-nous sûrs de pouvoir faire confiance à cet informateur ? demande Madine en grattant sa formidable barbe blanche.

Les rides de son visage, même en hologramme, paraissent plus profondes que jamais.

— Jusqu'à présent, tous les signes indiquent que oui, avance Agate.

— Mais nous devons aussi admettre que l'Empire est

parfaitement capable de suivre une stratégie à très long terme, intervient Ackbar. La bataille au-dessus d'Endor s'est bien terminée, mais l'Empire avait orchestré ce piège avec une patience infinie.

— Envoyez une flotte, suggère Melor.

Le capitaine céréen semble un peu dédaigneux. En haut de sa tête striée, ses sourcils dubitatifs se dressent pour exprimer son incrédulité.

— Deux croiseurs légers, un contingent de chasseurs de l'Escadron Golf. Voyons ce qu'il y a là-bas. S'il y a un affrontement, la flotte sera prête à se battre.

— Nous devons rester prudents, tempère Mon Mothma. Les incursions dans la Bordure Extérieure sont lentes. De plus, nous vivons une période de paix relative, mais en terrain très instable. Une incursion de cette importance pourrait être perçue comme trop agressive. Nous devons agir comme des amis, pas comme des intrus. Occuper l'espace aérien au-dessus d'Akiva pourrait nous valoir des ennuis.

Melor secoue la tête.

— Chancelière – félicitations, à propos –, Akiva, avec tout le respect que j'ai pour cette planète, n'est une fierté pour personne. C'est un monde insignifiant et la satrapie est à la botte de l'Empire. Ils produisent des ressources dont nous n'avons pas besoin et l'ancienne usine de droïdes sous la ville est abandonnée depuis des décennies. Akiva représente donc très peu d'avantage stratégique ou d'intérêt pour nous…

— Mais nous nous soucions de ses habitants, le coupe Mon Mothma.

Ackbar sent qu'elle fulmine. Melor a parfois cet effet. Il est issu d'une famille militaire et, en plus de son arrogance céréenne, il est connu pour son agressivité.

— Nos informateurs signalent que nos messages sont

passés dans cette région. Les gens sont prêts au changement. Et la Nouvelle République représente ce changement.

Melor s'apprête à parler, mais Ackbar l'en empêche.

— Je suis d'accord avec la Chancelière sur ce point. La paix est fragile. Et nous devons nous méfier des pièges qui nous sont tendus. Général Madine, est-ce que vous croyez que vous pouvez assembler une force de frappe ? Petite. Cinq ou sept soldats de la République.

— Ça me semble faisable. Vous les voulez au sol ?

Ackbar acquiesce.

— Une équipe de terrain suborbitale. Des forces spéciales, lâchées depuis la haute atmosphère. Nous avons besoin de rapports sur ce qui se passe au sol et cette stratégie me semble le meilleur moyen d'en obtenir. Une équipe petite, mais efficace. Est-ce que nous pouvons tomber d'accord là-dessus ?

Ils hochent tous la tête, sauf Melor. Le capitaine plisse le front et fait la moue, comme s'il s'apprêtait à émettre une objection. Puis il soupire et marque son accord en opinant à son tour.

— Bien. Lançons le processus. Je veux des bottes au sol dans six heures. Plus tôt, si nous y parvenons. Merci à tous.

18

Jas ouvre grand la porte, brandissant son blaster.

Un droïde est là, sous la pluie du petit matin.

C'est un droïde de combat B1. *Le* droïde de combat B1, le garde du corps que Temmin appelle Monsieur Os. La pluie frappe le servomoteur de son crâne mis à nu, qui émet des étincelles, aussitôt transformées en vapeur. Temmin arrive en courant et contourne Jas.

Le droïde, peint en rouge et noir, éclate d'un rire de maniaque. Un son mécanique et déformé. Puis il lève un bras (l'autre a disparu), et les multiples ossements d'animaux qui pendouillent grincent et cliquettent.

Le droïde dresse le pouce pour indiquer que tout s'est bien passé.

— Os ! s'exclame Temmin en jetant ses bras autour du droïde.

— J'AI FAIT USAGE DE VIOLENCE, gazouille le droïde.

Jas se demande si c'est de la fierté qu'elle décèle dans la voix discordante de la machine.

— REÇU REÇU.

Puis une pluie d'étincelles gicle de sa tête. Ses yeux s'éteignent.

Il s'effondre sur le côté, comme un arbre abattu.

Temmin étouffe un sanglot. Sinjir passe sa tête et déclare :

— Cette machine a connu des jours meilleurs, mon garçon.

— Taisez-vous, s'offusque le gamin. Vous allez le vexer. Il a juste besoin de quelques réparations. Aidez-moi à le rentrer.

— C'est la nuit, vous savez, déclare une voix.

Wedge, qui est toujours entravé mécaniquement à la table, se réveille en sursaut. Le rêve qu'il faisait – un rêve où il naviguait dans l'espace, à bord d'une épave de chasseur à la dérive, sans oxygène ou presque, alors que son astromech était réduit en scories – s'échappe comme du sable mouillé devenu sec d'un coup.

Une voix. Elle provient de cet homme étrange, dont l'âge est difficile à déterminer, avec ses sillons sombres qui ne sont pas tout à fait des rides, ses petits yeux et son sourire de serpent.

Celui qui a entaillé Wedge à l'aide d'un couteau.

Heureusement, là, il ne repère pas d'arme. Juste l'homme. Les mains qui sortent des manches bouffantes de sa robe sont jointes.

— Vous êtes ici pour me torturer une fois de plus ? Je ne craquerai pas.

Le sourire glaçant de l'homme ne faiblit pas.

— Je sais. Je le vois. Je sais que votre vitalité ne faiblira pas.

Il lève un doigt, comme s'il venait d'avoir une révélation. En réalité, il a une révélation à faire.

— Saviez-vous que les Seigneurs Sith arrivaient parfois à purger l'énergie de Force de leurs captifs ? À siphonner leur vie afin de renforcer leur connexion avec le Côté

Obscur ? Pour allonger leurs propres existences, aussi, pour pouvoir vivre pendant des siècles, bien au-delà du moment où ils auraient dû mourir…

— Vous vous prenez pour une sorte de magicien ?

L'homme répond négativement par un *tss tss tss*.

— Loin de là. Je m'appelle Tashu. Je suis un simple historien. Passionné par les anciennes méthodes. Et jusqu'il y a peu, j'étais un des conseillers de Palpatine.

— Mon ami Luke m'a raconté des choses sur lui.

Le sourire de Tashu s'élargit, exhibant ses dents trop blanches.

— Oui, j'imagine. Des histoires vues à travers le prisme d'un esprit naïf et confus, très certainement.

Son doigt tapote l'air, comme une araignée teste la solidité de sa toile.

— Je sais que je ne vous briserai pas physiquement.

— Alors que venez-vous faire ici ?

— Vous empêcher de bien dormir. Et contribuer ainsi à vous faire craquer mentalement. Ça ne nous fournira peut-être pas de renseignements, mais j'aime bien m'entraîner aux techniques d'interrogatoire.

— Je suis pilote. J'ai l'habitude de ne pas dormir.

— Oui, mais vous n'êtes pas habitué au désespoir. Regardez autour de vous : vous êtes enfermé. Torturé sans aucun but. L'Empire est en train de renaître en ce moment même, dans ce palais. Votre Nouvelle République croit pouvoir respirer et assurer sa position, mais nous disposons d'une machine de guerre. Le Côté Obscur est avec nous. Même si vous poursuivez vos avancées, si vous reprenez système après système, nous attendrons. Sous une forme ou une autre. L'Empire est une simple peau que nous endossons. Une *coquille*. L'enjeu ne se limite pas aux lois et à l'ordre public. C'est une question de contrôle total. Nous reviendrons toujours pour nous emparer du pouvoir. Même si vous faites tout pour nous repousser, nous sommes une infection qui ronge les os de la galaxie. Et nous ressurgirons toujours quand vous vous y attendez le moins.

— Vous vous trompez, rétorque Wedge, les dents serrées. La galaxie abrite des individus fondamentalement bons. Et nous sommes plus nombreux que vous.

— Ce n'est pas une question de nombre ou de pourcentage. C'est une question de foi. Même si nous sommes moins nombreux, notre foi est plus forte.

— J'ai foi en la Nouvelle République.

Tashu ricane.

— Cette foi va être mise à l'épreuve.

— C'est votre visage qui sera mis à l'épreuve, quand je vous défoncerai la mâchoire.

— La voilà ! se réjouit Tashu en claquant si fort des doigts qu'on croirait entendre la nuque d'un oiseau qui se brise. Une pointe de colère et de haine vitale, née du désespoir que j'ai implanté en vous ! Une terrible petite graine… J'ai vraiment hâte qu'elle devienne un arbre monstrueux qui donnera des fruits redoutables.

INTERLUDE

CORONET, CORELLIA

Des éclairs fusent de tous côtés et le duel fait rage. Deux hommes s'affrontent sur le toit de l'ancien holoplex, dans un décor de panneaux d'affichage criards, dont les couleurs changent sans cesse. Ils luttent depuis si longtemps qu'ils ont perdu toute notion du temps. Ils sont à bout de forces. Débraillés. Détrempés par la pluie qui redouble et s'interrompt, en alternance.

Ils continuent malgré tout.

Le plus âgé – épais, négligé, le corps engoncé dans une armure large rouge rouille, la tête sous un turban imbibé par la pluie – décrit des cercles avec ses bras. Il a les deux poings dressés. Un filet de sang serpente de son nez. Il le lèche, puis sourit comme s'il était ivre.

— On peut arrêter cette mascarade quand tu veux mon pote, gronde Dengar. On peut s'asseoir, aller boire une bière quelque part pour discuter de notre accord.

— Il n'y a pas d'accord, réplique l'autre homme, qui s'appelle Mercurial Swift.

Il est jeune. Agile. Ne porte pas d'armure. Ses cheveux

noirs sont plaqués contre son front pâle. Il brandit deux matraques qu'il fait tournoyer.

— Laisse tomber, Dengar. T'es pas de taille. Le combat est perdu d'avance.

En entendant cela, Dengar bondit à nouveau vers son adversaire en balançant ses poings comme des marteaux. Comme s'il voulait non pas cogner son adversaire, pourtant plus jeune et plus rapide, mais le réduire en bouillie, de la même manière qu'on presse un fruit pour le jus du matin. Mercurial encaisse un coup de poing dans la clavicule. La douleur court le long de son cou, jusqu'au bout de son bras. Une des deux matraques lui échappe et tombe dans une flaque en éclaboussant le toit.

Mercurial exécute une roue pour s'écarter. Dengar le suit à toute vitesse. Le chasseur de primes plus jeune s'abaisse et enfonce le bout de sa matraque dans un interstice entre les plaques de l'armure de Dengar. En plein dans les côtes.

Le malfrat plus âgé titube en poussant un hurlement et en se tenant le flanc. Il adresse à son adversaire un sourire mauvais.

— Joins-toi à moi. Tu es doué. Tu es rapide. Mais tu es bête. Très bête. Regarde-toi. Tu n'es qu'un bleu. Tu as besoin… d'une main pour te guider.

— La tienne ? ricane Mercurial avec mépris. Dans tes rêves, vieillard.

Nouvel éclair, sans grondement de tonnerre.

— T'as pas compris ? Je me suis lancé dans ce métier parce que j'aime être seul. Agir en solitaire.

Il éclate de rire, un son étrangement mélodieux.

— Je ne suis pas devenu chasseur de primes pour m'inscrire ensuite dans un club.

Dengar recommence à décrire des cercles.

Mercurial fait la même chose dans l'autre sens. Il voudrait rejoindre la matraque perdue.

— Nous avons toujours formé un club ! crie Dengar.

— Alors c'est sans doute ça qui te freine. Pour cette raison que les autres chasseurs récoltent la prime avant toi. Te prennent de vitesse.

Là. Sur le sol à côté de Mercurial : la matraque. Il donne un coup de pied dedans pour l'envoyer en l'air et la rattraper.

— Oh, ho ho ! Tu crois que j'ai perdu ma longueur d'avance, hein ?

— On ne peut pas perdre quelque chose qu'on a jamais eu !

Dengar s'esclaffe.

— Espèce de bouffeur de ferraille. J'empochais déjà des primes quand tu portais encore des couches spatiales.

— Et toi t'as jamais quitté les tiennes !

— Tu ne m'aimes pas, hein ?

— Tu veux la vérité ? Tu es un vieux type bizarre et répugnant. Juré, craché sur la lune ! Personne t'a jamais aimé.

Là. Dans le mille. Dengar est comme une bête piégée : il suffit d'agiter le bon appât sous son nez pour qu'il donne l'assaut. Et c'est ce qu'il fait. Il fonce comme un animal de meute affamé.

Au dernier moment, Dengar se jette à gauche. Il plonge sur le toit et roule en boule. Quand il se relève derrière son adversaire, il pivote sur lui-même et serre son pistolet à diffraction, prêt à répandre les atomes de Mercurial sur les panneaux d'affichage lumineux.

Le combat s'arrête à nouveau un instant. Mercurial les mains en l'air. Dengar, sur un genou, le canon de son arme pointé sur son adversaire.

Cette fois-ci, ils gardent le silence. La tension est

palpable. De nouveaux éclairs strient le ciel. Le doigt de Dengar frôle la détente. L'arme bourdonne. Les mains de Mercurial se resserrent autour des matraques.

Il va se passer quelque chose.

Il *doit* se passer quelque chose. Sinon, Dengar va l'abattre.

Le regard de Mercurial se pose sur un toit voisin. Ses yeux s'écarquillent, sa bouche s'ouvre. Il évoque l'image dans sa tête et s'exclame :

— Boba Fett ?

Dengar se tourne vers l'autre toit, en tournant le canon de son pistolet.

Mercurial saisit l'opportunité. Il jette une de ses matraques, qui atteint Dengar au front juste au moment où il se retourne vers son adversaire. Tandis que son crâne recule sous l'impact, Mercurial s'est déjà élancé et enfonce son genou dans la figure du vieux chasseur de primes. Puis un coude dans sa clavicule. Un coup de matraque contre son poignet. Le pistolet tombe.

Mercurial le ramasse et enfonce le canon sous le menton de Dengar. Juste au moment où la pluie recommence à tomber. À grosses gouttes.

Dengar fait la moue.

— T'es doué.

— C'est ce qu'on dit.

— Ce tour que tu m'as joué ? J'ai sans doute perdu ma longueur d'avance, mon pote.

Mercurial hausse les épaules.

— Tu sais, j'ai été acteur et danseur.

— Sans blague ? Qu'est-ce qui t'a amené à changer de métier ?

— L'Empire n'aime pas trop les arts du spectacle.

— C'est vrai. T'as raison.

Dengar renifle pour faire remonter une bulle de sang dans son nez et ricane.

— Raison de plus pour s'associer. Les choses sont en train de changer. Notre profession va être *marginalisée*, elle aussi. Ces Rebelles ne toléreront pas longtemps qu'on fasse les choses à notre manière. C'est pour ça qu'il faut se regrouper. Former un vrai syndicat. Une force dont ils seront obligés de tenir compte. On deviendra officiels.

— Je préfère courir le risque tout seul.

Dengar hoche la tête.

— D'accord, d'accord. Tu, heu… tu vas me tuer ?

— Ta tête n'est pas mise à prix, ça vaut pas le coup.

— Ça viendra un jour, tu verras. Des primes sur les chasseurs de primes. Ça arrivera bientôt. De mon vivant. Tu verras.

Mercurial acquiesce en empochant le pistolet.

— Fais gaffe à toi, Dengar.

— J'en ai vu d'autres, gamin.

19

C'est le matin. Adea attend l'amiral Sloane.

Adea réalise qu'au bout du compte, elle n'a guère d'importance. Elle n'est qu'une attachée. Une assistante. Elle tend des documents. Va chercher des tasses de caf. Demande des signatures. Transmet des communications.

Un jour, peut-être, elle jouera un rôle plus important.

Elle vit une période formidable.

L'Empire est sous le choc. Ce n'est pas une bonne chose. Mais au milieu de ces fractures et de ces fêlures, des opportunités se présentent fatalement. Adea peut introduire le bout de son pied dans chaque fissure pour l'agrandir et s'y frayer une place. C'est pour cela qu'elle admire tant Sloane.

L'amiral comprend la situation et en tire parti. Et aujourd'hui, Adea a de mauvaises nouvelles à lui annoncer.

Ça l'électrise, honnêtement. Ça ne devrait sans doute pas. Des mauvaises nouvelles, comme leur nom l'indique, sont objectivement négatives. Mais c'est la réaction qui compte. Les gens se révèlent dans les situations difficiles. Les crises sont formatrices.

Adea a grandi sur Coruscant. Ses parents n'étaient pas

des gens importants. Son père était soudeur. Il n'était pas au plus bas de l'échelle sociale, il ne travaillait pas dans les entrailles de la ville-planète. Non, il faisait des boulots intéressants, pour l'Empire. Il se salissait tout de même les mains. Se les brûlait et se les entaillait aussi, jusqu'à ce qu'elles soient tellement percluses d'arthrite qu'elles ressemblaient à des griffes calleuses, couvertes de cicatrices.

Adea a toujours été impressionnée par l'art des soudeurs, qui sont capables de fabriquer ou de casser des objets. D'assembler des morceaux ou de découper des structures.

C'est ce qui se joue en ce moment au sein de l'Empire.

La crise les rapprochera tous ou les détruira. Adea est en tout cas persuadée que cette crise façonnera Sloane. Pas juste cette petite crise qu'Adea s'apprête à lui annoncer, mais la crise bien plus large que la galaxie traverse.

Elle admire énormément Sloane.

Elle ne veut en aucun cas décevoir l'amiral.

Rae prend une douche d'eau glacée. *Elle provient tout droit du canyon, a expliqué le satrape. L'eau la plus pure que l'on puisse trouver sur Akiva. L'ancien peuple Ahia-Ko la croyait capable de laver les péchés et de rendre les gens meilleurs.*

Si seulement c'était vrai.

Rae prend une douche froide parce que c'est ainsi qu'elle les prenait lors de sa première mission, il y a des années de cela. Quand elle était un simple cadet à bord du Destroyer Stellaire impérial *Défiance*. Elle a fini par apprécier ces douches. L'eau glacée l'endurcit. La réveille. Comme maintenant.

Et puis cela crée un contraste bienvenu avec la torpeur qui règne ici. Dès qu'elle sort de la douche, Rae est accablée par la chaleur. Même si l'air chaud et humide est invisible, il n'en est pas moins tangible. Elle a l'impression de marcher dans de l'eau marécageuse bouillante. De se noyer debout.

Dehors, dans la chambre luxueuse que le satrape a mise à la disposition de Rae, Adea l'attend. La lumière du matin l'illumine. Elle se tient droite comme un piquet, professionnelle, l'holo-écran en main.

— Vous avez dormi ? demande Rae en s'essuyant les cheveux.

— Oui, amiral, répond Adea en détournant le regard et en rougissant, tandis que Rae se sèche et s'habille.

Rae oublie parfois qu'Adea n'est pas vraiment une militaire. Ceux qui ne font pas partie de la marine ou de l'armée ne partagent pas la même expérience. La nudité de Sloane n'est qu'un état transitoire. Elle n'a rien de romantique ni de honteux. C'est un aspect matériel de l'existence.

— Bien. Le sommeil vous sera utile pour la journée qui s'annonce.

— Je croyais que la réunion s'était bien passée.

— Aussi bien qu'un atterrissage forcé peut être réussi. C'était une première étape indispensable, inefficace et sans importance.

Rae enfile son uniforme, lisse les plis – c'est un des avantages de l'humidité. (Et ses cheveux sont magnifiques pour la première fois depuis des années. Même si son apparence compte peu à ses yeux, une fois de temps en temps, ce n'est pas désagréable de se rappeler à quoi elle ressemble.)

— Nous réessayerons aujourd'hui, reprend-elle. Ceci dit, je ne m'attends pas à grand-chose. Ce n'est que le premier sommet. Nous aurons sans doute besoin d'en organiser d'autres. De faire intervenir d'autres voix. Dites à Morna que la navette doit être prête juste après le dîner.

— Bien, amiral. Pensez-vous que nous ramènerons le *Vigilance* en orbite, ou Morna doit-elle encoder des calculs d'hyperespace dans l'ordinateur de la nav…

L'écran d'Adea clignote. Une fois, deux fois, puis devient rouge.

Rae fronce les sourcils.

— Qu'est-ce que c'est encore ?

— Nous avons un problème. Une… intrusion.

20

Le transport rebondit sur la couche nuageuse au-dessus d'Akiva. Le soleil forme une ligne brûlante par-dessus les volutes blanches. On dirait de l'acier en fusion. Par-dessous la couverture nuageuse, on aperçoit à peine Myrra. Elle est cachée par les nuages et quand on l'entrevoit, elle semble enveloppée dans un brouillard rose cotonneux.

Le sergent-major Jom Barrel des Forces Spéciales de la Nouvelle République (la SpecForce) se tourne vers les cinq hommes et femmes qui sont à sa droite, près de la porte ouverte. Leurs torses sont protégés par une armure en fibre de carbone, les épaules frappées de l'emblème de la Nouvelle République : le phénix de l'Alliance, désormais entouré de soleils. Le symbole d'un jour qui se lève, d'une aube nouvelle. Un phénix qui renaît vraiment de ses cendres.

Les soldats présents aux côtés de Barrel sont : les caporaux Kason, Stromm, Gahee'abee, Polnichk et Durs. Il sait qui est qui, même si leurs visages sont cachés par les masques de saut orbital.

Il leur adresse le signe de tête qu'ils attendent.

— Sautez !

Un par un, ils se détachent et se jettent vers les nuages, les lance-lims accrochés dans le dos, les bras tendus, comme s'ils essayaient d'atteindre le soleil.

À son tour.

Barrel déteste sauter. Il est prêt à n'importe quoi d'autre. Ramper dans un marécage sur Naboo. Se geler les fesses dans une base aux murs de neige. Un jour, ils ont dû piloter un vaisseau de combat dans une méga-tempête électrique au-dessus de Géonosis pour arrêter des Impériaux qui s'étaient mis en tête de redémarrer l'ancienne usine de droïdes. Les éclairs se déchaînaient, accompagnés de vents violents et de grêle qui martelait si fort la coque qu'elle a laissé des bosses dans le métal. Il était persuadé qu'ils mourraient avant même de se poser. Pourtant, il préfère encore cela à sauter d'un vaisseau.

Surtout un saut suborbital.

Enfin, il n'a pas le choix.

Barrel s'élance après Durs, le dernier de la file. Il a la même impression qu'à chaque fois : ses entrailles sont aspirées par son derrière et son cœur reste quelque part derrière lui dans le ciel. Il est pris de panique, terrorisé. Puis…

L'air se balance. Une onde de choc le frappe. Son corps se met à tourbillonner et, au-dessus de lui, il voit une face du transport percée d'un trou béant, de la fumée noire qui s'en échappe dans un jaillissement de flammes et une pluie d'étincelles. Le vaisseau gîte, s'incline et commence à chuter…

Barrel tente d'utiliser son comlink, mais il sait que cela ne sert à rien. Toutes les communications sont coupées. Rien de ce qu'il dira n'arrivera où que ce soit.

Le mieux qu'il ait à faire pour le moment, c'est de se laisser tomber en tentant de survivre à la chute.

Mais c'est une tâche bien plus ardue qu'il ne s'y

attendait : en dessous de lui, il voit le caporal Kason disparaître dans un éclair.

Quelque chose monte du sol : le tir aveuglant d'un turbolaser.

Une seconde plus tard, Kason n'est plus qu'une giclée rouge et des débris de fibre de carbone déchirée qui tourbillonnent dans les nuages.

Nous sommes tous morts, se dit Barrel.

Un nouvel éclair et Stromm y passe à son tour : un tir de laser le désintègre en plein vol. Barrel plonge dans l'espace occupé par Stromm deux secondes plus tôt.

Il fait signe aux autres.

— Nous sommes comme des pigeons qui se font tirer dessus ici. Nous devons être des faucons. Engagez les para-ailes.

Il est trop tôt, leur altitude est trop grande.

Les vents à cette hauteur risquent de les tuer. Mais ont-ils le choix ?

En dessous de Barrel, les trois autres étendent bras et jambes… et les combinaisons ailées se déploient.

C'est trop tard pour Gahee'abee – au moment où les para-ailes du Kupohan s'étendent des poignets à ses chevilles, il meurt. Un tir de canon laser en provenance de la surface de la planète le réduit à quelques lambeaux d'ailes emportés par le vent.

21

La matinée est tranquille à Myrra. Les pluies se sont arrêtées. La chaleur s'élève des toits et des rues, dressant un voile de vapeur qui rend le paysage fou. Deux attrape-ciels céruléens plongent au-dessus de la tête de Norra, ils se poursuivent dans ce qui pourrait être une bataille territoriale ou une danse d'accouplement. Ou peut-être les deux, étant donné la nature courageuse de ces oiseaux bleutés.

Tout est calme sur le toit d'Esmelle et Shirene. Norra sirote son thé. Mais la sérénité extérieure n'apaise pas le trouble qu'elle ressent à l'intérieur.

Norra connaît cette sensation. Quand elle enfilait sa combinaison avant de monter dans son Aile-Y. Quand elle attendait le signal, à bord du *Home One*, qu'elle se préparait au saut en hyperespace. C'était calme aussi, alors. Quelques murmures ici et là. Un droïde qui passait en gazouillant. Les bruits de la vieille frégate – un *tic tic tic* dans les tuyaux derrière les murs, du métal qui grince, le bourdonnement des purificateurs d'air qui se mettent en route.

Elle essaie de ne pas se sentir mal, mais aujourd'hui est comme ces jours-là.

Elle a juste envie de rentrer à la maison.

Pourtant, le devoir l'appelle encore une fois.

En bas, dans la cave, Temmin termine de réparer son droïde. Les deux autres ont réussi à dormir un peu. Norra également, même si c'était juste quelques heures et d'un sommeil agité.

Temmin, lui, a continué à travailler. Elle l'admire. Il est comme son père, déterminé et motivé. Mais il possède aussi le côté entêté de sa mère. Cette colère, cette tendance à être trop sûre d'elle, qui l'a poussée à quitter cette planète et à rejoindre l'Alliance Rebelle dans l'idée complètement folle qu'elle arriverait à elle seule à découvrir où son mari était retenu et à… quoi ? Le sauver ? Comme une princesse de contes de fées enfermée dans une tour ? Quelle idée stupide.

De l'autre côté, en direction du verger, elle aperçoit un autre toit, sur lequel est assis un couple âgé. Elle les reconnaît. Ces deux-là habitent ici depuis des années. Un couple de vieux Biths flétris. Elle a oublié leurs noms. Esmelle, elle, doit s'en souvenir. Les deux Biths sont installés sous un parasol, ils regardent le soleil se lever par-dessus la jungle, au loin, en partageant une boisson, sans doute une tasse de bouillie d'oratay.

Les Biths semblent adorer cette mixture de fruit.

Les Biths sont une espèce pacifique.

Norra aimerait leur ressembler…

Juste à ce moment-là, un son au loin. Un son que Norra reconnaît instantanément avant même qu'il ne parvienne à ses oreilles : le grondement d'un chasseur TIE.

Le vaisseau fonce à basse altitude en direction du centre-ville.

Les Biths – qui apprécient le calme et le jus d'oratay – se lèvent. Le vieil humanoïde sort un blaster de sous son siège et se met à déverser un flot d'insultes dans sa langue natale avant de diriger des tirs de laser parfaitement inutiles vers le chasseur impérial qui passe en hurlant.

Sa femme se joint au vacarme en agitant le poing.

C'est alors que Norra comprend. Bien sûr. Évidemment.

Elle s'apprête à tourner les talons et à rentrer dans la maison, quand le ciel au-dessus du centre-ville est secoué par une explosion. Elle se retourne et voit quelque chose brûler dans le ciel : une petite silhouette noire. Un vaisseau. Qui gîte avant de plonger dans les nuages tourbillonnants.

Un nouvel éclair troue le ciel – c'est un coup de turbolaser cette fois –, il frappe… quelque chose. Quelque chose de petit.

Un soldat, peut-être.

L'estomac de Norra se noue. Un soldat rebelle ?

Ça semble logique.

Mais ça veut dire que leur emploi du temps vient de changer.

Boum ! Bam ! Bim !

Avec le dernier coup de clé, les yeux du droïde de combat clignotent et se rallument. Le haut-parleur sous son bec pointu en métal émet un son grinçant en bégayant :

— RRRRREÇU.

Temmin donne un nouveau coup.

Bim !

— RRRRRREÇU REÇU.

Le droïde se redresse. Dans un bourdonnement de servomoteurs, il examine son bras réparé – un bras qui ressemble plutôt à une jambe d'astromech. Il fait tourner cette jambe, doucement d'abord, puis de plus en plus vite, jusqu'à ce qu'elle ne soit plus qu'un tourbillon flou.

— CE N'EST PAS MON BRAS.

— Je sais, Os, je suis désolé.

— C'EST UNE JAMBE D'ASTROMECH.

— Je sais.

— LES ASTROMECHS SONT INFÉRIEURS. CE SONT DES POUBELLES QUI PÉPIENT. L'AJOUT DE CE NON-BRAS ME REND INFÉRIEUR.

Temmin hausse les épaules.

— Je te promets de te réparer correctement quand nous retournerons à la boutique. Pour le moment, mes tantes n'avaient que ça.

Dans l'atelier où il a construit Os, à partir de pièces de droïdes mises à la casse dans les catacombes sous la ville, Temmin a amassé des débris et des vestiges de la Guerre des Clones. À l'époque, l'usine qu'il y a là-dessous – réduite aujourd'hui à un cratère noirci par les flammes – produisait encore des droïdes pour les Séparatistes.

Il prend la clé et la replie. C'est un petit multi-outil qu'il garde toujours à sa ceinture. Il peut se transformer en n'importe quel outil selon les besoins, il suffit de déployer les différents appendices. Temmin la fait tourner et la replace dans sa pochette suspendue.

— JE PEUX PEUT-ÊTRE ENCORE FONCTIONNER ?

Le droïde tend la jambe d'astromech vers l'avant.

— JE PEUX MATRAQUER CEUX QUI VOUDRAIENT VOUS FAIRE DU MAL. JE LES FRAPPERAI JUSQU'À CE QU'ILS SOIENT RÉDUITS EN MÉLASSE GRASSE. NE VOUS EN FAITES PAS, MAÎTRE TEMMIN. VOUS ÊTES EN SÉCURITÉ.

— Merci, Os.

Temmin jette les bras autour du droïde, qui lui rend son étreinte… d'un seul bras. La jambe de l'astromech lui tapote seulement l'épaule. *Tape, tape, tape.*

— Je croyais t'avoir perdu.

Ça fait un moment qu'Os est à ses côtés. L'idée de perdre ce droïde…

— J'AI BIEN TRAVAILLÉ. JE SUIS REVENU.

— C'est vrai. Merci beaucoup, Os.

— REÇU REÇU.

Une planche craque. Quelqu'un se déplace sur les marches en bois. C'est sa mère. Ils s'observent pendant un moment, comme s'ils ne savaient comment se comporter l'un avec l'autre. Ils n'en ont aucune idée, à vrai dire. Ils sont devenus des étrangers l'un pour l'autre. À présent, Temmin s'en rend compte. Il lève la tête. Il est gêné. Est-ce qu'elle l'a vu serrer son droïde contre lui ? Beurk.

— Maman, tu pourrais… frapper ou quoi, la prochaine fois.

— Temmin, il s'est passé quelque chose. Et… je crois que j'ai une stratégie.

— Je monte tout de suite.

Elle attend un moment.

— Je…

— Quoi ? Crache le morceau !

— Je suis contente que nous soyons à nouveau ensemble. Et je suis contente que ton droïde aille mieux. Il a l'air de compter beaucoup pour toi.

— Non, pas du tout ! C'est juste un droïde, d'accord ? J'ai dit que j'arrivais.

Sa mère lui adresse un petit sourire, puis hoche la tête et remonte.

Quand elle est partie, Temmin murmure au droïde :

— Je ne le pensais pas.

— JE SAIS.

— T'es le meilleur.

— JE LE SAIS AUSSI.

Esmelle l'accueille au sommet des escaliers. Sa sœur ferme délicatement la porte. Son visage inquiet est ridé. Ses traits sont ramassés comme si on les avait resserrés en tirant sur une ficelle.

— Le droïde va bien ?

— Je crois.

Norra omet de parler du morceau d'astromech qui a remplacé le bras manquant.

— En quelque sorte..., ajoute-t-elle.

— Ce droïde compte beaucoup pour lui.

— C'est ce que j'ai compris.

— Non, tu ne comprends pas. Temmin a construit Monsieur Os l'année où tu es partie. Ton fils n'a pas beaucoup d'amis. Ce droïde est peut-être le seul qu'il ait.

— On ne peut pas être ami avec un droïde.

— Peu importe. Il l'est. Temmin se faisait tyranniser et tabasser par une bande de... jeunes harceleurs. Os l'a protégé. Mais ce n'est pas un simple garde du corps. Quand tu es partie en... voyage...

— J'ai compris, l'interrompt sèchement Norra. Tu te dis que je devrais m'en vouloir de l'avoir abandonné. Ne t'inquiète pas, c'est le cas. Je me sens mal. Je me suis sentie mal quand je suis partie et c'est pire encore aujourd'hui. Mais j'essaie d'arranger les choses.

— Et pourtant, tu es sur le point de collaborer à nouveau avec les Rebelles. C'est ton fils qui a besoin de toi, Norra, pas cette... croisade que tu mènes.

Une croisade. C'est donc ainsi qu'Esmelle voit les choses.

— La guerre arrive sur Akiva, Esme, gronde Norra. Pas dans un futur lointain. Pas dans un futur proche. Le doute n'est plus possible : elle arrive maintenant. Tu ne peux espérer qu'elle t'épargnera, mais, crois-moi, ma douce sœur si fragile, tu auras beau souhaiter de tout ton cœur que ça n'arrive pas, tu ne feras pas reculer la vague. À présent, écarte-toi de mon chemin. Je n'ai pas le temps de poursuivre cette conversation.

Bien que sœur proteste, Norra passe quand même.

— Je pourrais peut-être rester en retrait comme observateur ? suggère Sinjir.

Il est seul avec Jas. De nouveaux ustensiles de cuisine et des aliments sont disposés sur la table devant eux. Le plan de Myrra a pris de l'ampleur depuis la veille.

— La situation ne me plaît pas du tout. Je pourrais rester en retrait et brandir des fiches de scores, par exemple. Encourager les participants.

Il boit un coup à la bouteille sans étiquette. L'alcool est sucré. Un avant-goût de miel et une note de lavande à la fin. La saveur qui s'attarde sur sa langue est cuivrée, presque électrique, comme s'il léchait le haut d'une batterie au thorium.

— Je t'ai dit que j'avais vraiment besoin d'aide, pas d'un acolyte qui fait semblant de me prêter main-forte.

Jas le regarde et s'aperçoit qu'il boit. Elle lui arrache la bouteille des mains et la renifle.

— Eh, ce ne sont pas des manières !

— Tu es un alcoolique?

— Pas du tout. Je ne suis pas plus saoul qu'un cornichon. Je me plonge dans la saumure pour maintenir un léger niveau de…

Il agite un doigt.

— … de flou. Je trouve la vie beaucoup plus agréable comme ça.

— J'ai besoin que tu gardes les idées claires.

— Oh, boude-t-il, elles sont très claires.

La chasseuse de primes l'observe d'un regard pénétrant.

— Qu'est-ce qui t'est arrivé ? Sur Endor. Je me souviens de toi. Planté là, couvert de sang. C'était le tien ?

— Je ne veux pas en parler, réplique-t-il d'un ton méprisant.

— Pourtant, c'est ce qu'on est en train de faire.

Elle s'assied. Soupire.

— Je suis devenue chasseuse de primes parce que je n'aimais pas la vie que ma mère avait choisie pour moi. Ça me semblait trop… programmé. Ça m'étouffait. Alors, j'ai décidé de suivre l'exemple de la sœur de ma mère : tante Sugi était chasseuse de primes, elle aussi. La différence, c'est que Sugi travaillait toujours en équipe. Elle n'était pas un oiseau solitaire comme moi, elle n'opérait pas dans son coin. Elle m'a appris une chose essentielle : pour collaborer avec une équipe, il faut lui faire confiance. Apprendre à connaître chacun des membres. C'est pour ça que j'ai décidé de bosser en solo. Parce que je me faisais plus confiance qu'à n'importe qui. Et maintenant, voilà que je collabore avec toi.

— Franchement, tu as beaucoup de chance. Je suis quelqu'un de très sympa. C'est presque comme si tu avais gagné la Loterie du Jour de l'Empire.

Il lui adresse un sourire satisfait.

— Eh, si tu as un vaisseau, où est-il ? On ne peut pas s'en servir pour… se barrer de ce rocher ? Trouver quelque chose de mieux à faire ?

— Il est à plusieurs jours de marche dans la jungle, répond la Zabrak d'un ton qui laisse entendre que la proposition ne la tente pas. Je devais m'assurer que mon arrivée en ville passe inaperçue.

— Pratique. Ça tombe bien.

Elle le transperce à nouveau du regard.

— Que s'est-il passé ce jour-là ? Sur Endor ?

— Tu le sais très bien, tu étais là.

— C'est à toi que je pose la question. Que t'est-il arrivé ?

— Je…

Sinjir affiche un sourire sinistre. Il voudrait éviter d'exprimer à haute voix les souvenirs qui le déchirent.

— Très bien. Tu veux vraiment le savoir ? Tu ne me lâcheras pas sans ça ? Allons-y, alors.

Il fait tourner le liquide mielleux dans le goulot de la bouteille.

— Bon, comme je te l'ai déjà dit, j'étais agent du Renseignement sur la base d'Endor et… oh, regardez, voilà Norra !

Il manque de lâcher la bouteille, au moment où il la voit entrer dans la cuisine.

Elle. Norra. Là, debout. Qui fulmine. Sa poitrine se soulève et s'abaisse comme celle d'une bête sauvage qui a décelé une odeur de sang. Il aurait dû l'entendre monter. Mais avec ce qu'il a bu et la conversation…

— Un Impérial, répète-t-elle.

— Vous avez dû mal entendre. J'ai dit… Mimpérial ?

Il plisse le front et pousse un petit grognement.

— Ce n'est pas un mot, ça.

— Un Impérial, répète-t-elle encore.

Plus fort cette fois.

— Norra, écoutez-moi…

Elle se jette sur lui. Le plaque contre le comptoir. Des bols s'entrechoquent. La salière chute du bord de la table et se brise sur le sol. Elle lui serre la gorge et penche son visage au-dessus du sien.

— J'aurais dû le deviner. Vous ne vous comportiez pas comme un des nôtres. Trop supérieur, trop méprisant. Et votre accent aussi. Cassant comme un biscuit trop dur dans lequel on mord à belles dents. Espèce de fils de gundark…

Le *clic* d'un blaster.

Jas appuie son arme contre la tempe de Norra et s'exprime d'un ton calme.

— Norra, vous allez devoir l'accepter. Si vous n'en êtes

pas capable, tout s'écroule. C'était un Impérial. Et il peut nous servir.

On croirait voir une nappe de brouillard se dissiper au-dessus d'un lac. D'un coup, toute agressivité quitte Norra et son regard se perd au loin. Sinjir se libère de l'étau qui se desserre et se masse la gorge.

— Vous avez raison, il peut nous servir, déclare Norra.

Son regard est à nouveau net et elle semble avoir pris une décision.

— Il s'est passé quelque chose. Notre planning est modifié. Nous devons lancer l'opération tout de suite.

Derrière eux, Temmin demande :

— Je tombe au mauvais moment ?

Personne ne répond.

— Qu'est-ce qui se passe ? Hou hou, il y a quelqu'un ?

Norra sourit.

— J'ai un plan.

INTERLUDE
SEVARCOS

Trois esclaves sont tapis dans l'ombre de tourelles impériales, cachés derrière un rocher en dents de scie, tandis que la bataille fait rage. Le premier est Hatchet, un Weequay au visage buriné barré d'une cicatrice qui court d'un œil à l'autre, le long de son nez, de sa bouche et même de son menton. Palabar, le deuxième, est un Quarren dont le visage à tentacules est desséché, gercé et pèle de tous côtés (car l'air ici est si sec et si chargé de particules qu'il arase lentement la peau, comme l'eau érode la pierre). Enfin Greybok, un Wookiee manchot, est le troisième membre du trio. Sa silhouette de bête immense tourne autour des deux autres et les protège, alors qu'une Aile-A s'encastre dans la roche rouge de la montagne, au-dessus d'eux, faisant pleuvoir des débris sur leurs têtes.

— Nous devons nous barrer ! siffle Hatchet entre ses dents. Les Impériaux sont en train de remporter cette bataille. Et quand elle sera terminée, les mines redeviendront leur propriété. *Nous* leur appartiendrons à nouveau !

Le Quarren hoche la tête. Palabar a été tellement traumatisé au fil des ans, qu'il va là où le vent le porte, recroquevillé par la peur. Il accepte tout d'un hochement de tête et gémit dans le noir.

Greybok, lui, rugit : ce grognement guttural marque son désaccord. Le Wookiee agite son poing de rage et montre les dents en hululant.

Les tourelles impériales crachent un déluge de feu qui traverse la plaine ouverte jusqu'à l'entrée de la mine d'épices. D'autres esclaves sont réfugiés dans le terrain accidenté. Certains sont blessés. D'autres morts. La plupart essaient juste de survivre tant bien que mal.

Greybok gronde à nouveau. Sa tête se dresse et sa fourrure, sale et en bataille, tremble.

Hatchet secoue la tête.

— Tu es fou ! Nous ne pouvons pas aider les Rebelles à remporter la victoire. Ce n'est pas notre guerre, espèce de peau de bête sur pattes ! Notre seul espoir, c'est de ne pas mourir.

Dans un rare accès de désaveu, Palabar balbutie :

— Et… et si le Wookiee avait raison ? Si c'était notre seule chance ? Si nous fuyons, ils nous retrouveront.

Greybok renchérit d'un aboiement. Il secoue à nouveau son bras. Les maîtres d'esclaves sevarcos lui ont pris l'autre il y a bien longtemps, alors qu'il tentait de s'échapper. Les maîtres eux-mêmes n'étaient pas des Impériaux, mais cette mine est de longue date sous contrôle de l'Empire. Des officiers viennent inspecter les opérations, empocher l'impôt sous forme de crédits et d'épices. L'Empire n'a rien contre les esclaves ; au contraire, il s'est construit à la sueur de leur front. Les crédits qui terminent dans les caisses impériales sont gagnés par ceux qui sont forcés à travailler. Des espèces entières ! Greybok sait tout cela : ce n'est pas un travailleur ordinaire. Bien que sa fonction ici se réduise à manier le pneumo-marteau et à pulvériser des rochers ; autrefois, il était diplomate tribal.

Il connaît plus ou moins le fonctionnement de la galaxie. Ce n'est pas un imbécile. Et même s'il n'est pas un guerrier, aujourd'hui, il a des raisons de tenter sa chance.

— N'y va pas, crache Hatchet. Ne fais pas l'imbécile, Wookiee.

Mais le Wookiee s'en fiche. Greybok veut gagner sa liberté et rien d'autre.

Il se lève. Pousse le rugissement de combat de son peuple. Puis se rue dans la bataille, en courbant le dos pour éviter les tirs de laser. Un Impérial en armure de combat mécanisée pivote pour braquer sur lui un canon lourd portable. Mais l'effet de surprise et la rapidité de Greybok jouent en sa faveur. Il se glisse sous son assaillant et projette le trooper dans une crevasse.

Ensuite, Greybok ne s'arrête plus. Il a une stratégie.

Là, un enclos. Des barrières hautes avec une porte électrifiée. Trois esclaves y sont enfermés. Ils ont facilement dix fois la taille de Greybok. Ce sont des rancors.

Des créatures que les esclavagistes ont rendues cruelles et ont forcé à arpenter les canyons environnants pour empêcher les esclaves de fuir. Chacun sait que quiconque réussit à arriver jusque-là finit dévoré par les rancors.

Mais quand les Impériaux sont là, les rancors sont ramenés en captivité dans leur enclos. Ces bêtes n'aiment personne – ni les esclaves ni les représentants de l'Empire. Ils ont été dressés pour n'aimer que les esclavagistes qui les ont domptés.

Les rancors sont rassemblés dans leur enclos. Ils font claquer leurs dents et rugissent. Le plus petit des trois a des yeux jaunes scintillants et un visage gris-vert. Les autres sont rougeâtres comme la rouille, de la même couleur que les montagnes dans cette région de Servacos. Mais ils sont plus hauts que les sommets.

Greybok court vers le corral et ramasse une lourde

pierre en cours de route. Les rancors se tournent vers lui en poussant des hurlements. Le Wookiee répond par un rugissement et se met à frapper de toutes ses forces l'énorme cadenas qui verrouille la porte électrifiée, à l'aide de la pierre.

Boum. Boum. Boum. Les rancors se taisent et observent la scène avec fascination. Les Impériaux se mettent à crier. Des tirs de laser criblent le sol aux pieds de Greybok et grésillent près de la clôture.

Il continue de plus belle. *Boum. Boum. Boum.* Jusqu'à ce que…

Le cadenas se casse en deux et tombe par terre.

Les serpents d'électricité qui ondulaient tout le long de l'enclos crépitent une dernière fois avant de s'éteindre. Le circuit est coupé. Et la barrière s'ouvre doucement.

Le plus petit des rancors rugit et pousse la porte, qui heurte Greybok de plein fouet, le projetant au sol. Sa tête se fracasse contre une pierre et sa vue se brouille.

Au-dessus de lui, il distingue des formes floues : celles des trois rancors qui s'échappent. Puis il entend des cris. Une explosion. Des hurlements de panique. Soudain, quelqu'un apparaît au-dessus de Greybok : un esclavagiste. Un Zygerrien. La bouche déformée par la rage.

— Qu'est-ce que tu as fait, esclave ?

Greybok tente de se mettre debout, mais le Zygerrien pointe vers lui une de leurs redoutables armes – un blaster appelé « seringue ». L'esclavagiste fait tourner un cadran sur le côté et presse la détente. Des éclairs rouges jaillissent en crépitant du canon de l'arme et encerclent le Wookiee manchot.

Tout n'est plus que lumière, douleur et brûlures.

Il est incapable de rugir. Il parvient juste à glapir faiblement et émettre quelques gargouillis.

L'obscurité gagne sa vision. Le Zygerrien a l'intention

de le tuer. C'est l'une des forces de la seringue : elle peut infliger un peu de douleur ou beaucoup. Suffisamment, dans un court laps de temps, pour provoquer un arrêt cardiaque et tuer.

Et pourtant, d'un coup, l'effet s'arrête. Les brûlures et la douleur diminuent, même si cette douleur restera à jamais gravée dans la mémoire de Greybok. Le Zygerrien s'effondre.

Hatchet est là, serrant encore à deux mains la pierre qui lui a servi de matraque.

Greybok pousse un rugissement pour le remercier.

Puis l'obscurité l'envahit. Cela ne dure qu'un moment. C'est du moins ce qu'il croit : quand il rouvre ses grands yeux, il a l'impression qu'il vient de les fermer.

Ce n'est pas du tout le cas.

Hatchet est assis et se cure les dents à l'aide d'un morceau de bois. En toile de fond, une scène de guerre : les tourelles sont en feu, les Rebelles rassemblent les esclavagistes, des boîtes d'épices sont jetées dans un feu qui crépite. Un rancor, un des plus gros, gît, mort, sur le sol. Le gris-vert et l'autre monstre rouille sont hors de vue et on ne les entend plus.

Greybok mugit une question.

— Ce qui s'est passé, c'est que nous avons gagné, lui explique le Weequay. Ou plutôt que les Rebelles ont gagné. Bref, quelqu'un a gagné et ce n'est ni l'Empire ni les esclavagistes.

Non loin de là, Palabar serre ses genoux contre son torse, au creux de ses longs bras. Ses tentacules sondent l'air.

— Qu'est-ce qui va se passer ? demande-t-il d'un ton angoissé.

Un faible grognement de Greybok, chargé de trémolos,

fait écho à la question. Une Rebelle en armes passe devant eux. Hatchet la hèle :

— Eh, ma belle, qu'est-ce qui va arriver maintenant ? Je veux dire, pour nous, les esclaves.

Elle leur adresse un petit sourire, mais elle a l'air perdue, elle aussi. Elle hausse les épaules.

— Je ne sais pas. Personne ne le sait. Vous êtes libres, en tout cas.

Elle se remet en marche et donne un coup de pied dans un casque de stormtrooper pour le dégager de son chemin. Ils entendent au loin les sons d'un autre combat. Greybok se demande si tout Servacos va tomber ou si la planète sera reprise par l'Empire. L'avenir semble incertain. Il court, il virevolte et bondit comme un loormor arboricole paniqué.

Hatchet éclate d'un rire sans joie.

— Personne ne le sait. Vous entendez ça, les gars ? Personne ne sait ce qui va se passer !

Il renifle et se lève.

— Je ne sais pas ce qu'il faut faire, mais c'est à nous de décider, j'imagine. En route. Nous sommes libres, désormais. Autant nous comporter comme tels : allons voir ce que la galaxie a à offrir à trois ex-esclaves bons à rien et sans classe. Qu'est-ce que vous en dites ?

TROISIÈME PARTIE

22

Les yeux vitreux, l'amiral Ackbar examine les données affichées devant lui en trois dimensions. La surface de la planète Akiva grandit, gonfle comme un ballon, au point qu'il a l'impression qu'il pourrait déplacer les nuages du plat de la main. Comme un dieu. Mais ce n'est qu'une projection, un hologramme. Le résultat des données extraites du droïde-sonde qui est toujours sur place, dans l'espace aérien. Ackbar examine ce que le droïde a détecté : un point (représenté par un cercle rouge) indiquant l'arrivée du transport, aussitôt suivi de l'éjection des soldats de la SpecForce l'un après l'autre (symbolisés chacun par un cercle jaune). Puis l'éclair du canon, en provenance d'un turbolaser à la surface de la planète, quelque part, sous la couche de nuages.

Le cercle rouge vacille, devient noir et explose avant d'atteindre la surface.

Un à un, les cercles jaunes clignotent et s'éteignent à leur tour.

Sauf un.

Ils perdent son signal dès qu'il atteint la surface, mais

on dirait que le sergent Jom Barrel de la SpecForce a survécu à l'attaque.

Dans quel but, Ackbar n'en sait rien. À ce stade, l'information est incomplète et risque de le rester. Le fait que les communications soient coupées ne les aide pas : le droïde-sonde a obtenu ces informations au seul moyen de ses capteurs optiques. Et s'ils ont reçu ces données, c'est parce que le droïde a pu les transmettre à l'*Oculus*, auquel il est relié, et que l'*Oculus* était assez éloigné de la zone de black-out pour pouvoir les renvoyer à Ackbar, à bord du *Home One*. De la communication courte portée allongée.

— Nous pensons que Barrel a survécu ? demande Ackbar.

L'hologramme du visage de Deltura acquiesce d'un signe de tête.

— Oui.

Deltura s'écarte un peu et le visage de l'officier scientifique Niriian apparaît.

— Toutefois, sa survie n'est pas garantie. Vous noterez que ses déplacements deviennent tout à coup incohérents… et continuent à l'être une fois qu'il est au sol.

Elle repasse la dernière partie, où l'on voit le cercle représentant Barrel foncer à droite, puis à gauche, avant de descendre en zigzag.

— Ça laisse supposer qu'il a déployé les para-ailes trop tôt. À cette altitude, les vents sont très forts. Nous ne pouvons pas être certains que la personne qui s'est posée à la surface est en vie et encore moins en bonne santé.

Ackbar hoche la tête.

— Merci, officier Niriian. Excellent travail comme toujours.

Il tend la nuque et se la masse.

Deltura fait son retour.

— Quelles sont vos instructions, amiral ?

— Restez en place jusqu'à nouvel ordre. Mais restez sur vos gardes. Quelque chose se trame là-bas. Nous allons sans doute devoir nous montrer plus entreprenants et moins discrets que nous ne l'avions anticipé.

Si c'est l'Empire qui est à l'origine de ces phénomènes inexpliqués, comme le suggère leur informateur secret, alors il va falloir déclencher dans ce secteur de la Bordure Extérieure une guerre préventive pour garder le contrôle de la galaxie.

Ils sont déjà au courant, quand Rae entre dans la pièce. Le vacarme de l'assemblée est déjà assourdissant et, quand elle franchit la porte, ces protestations énervées sont dirigées contre elle comme un laser. Le satrape, qui joue les serviteurs, court dans sa direction en disant à l'assemblée, et non à Rae :

— Je vous avais dit qu'il n'y avait rien à craindre. L'épaisseur des murs dépasse votre taille, de la tête aux pieds.

Il lui présente un plateau rempli de pâtisseries odorantes : de délicats petits rouleaux ponctués en leur centre de fruits en forme de fleurs. Elle repousse les préparations d'un geste, malgré les protestations affamées de son estomac – comment pourrait-elle avoir la prestance d'un chef performant si elle a de drôles de petites pâtisseries en main et des miettes au coin des lèvres ? Non. Au fond, c'est un excellent moyen pour que la situation paraisse moins grave qu'elle ne l'est. Rae saisit le satrape par le bras, prend un rouleau sur le plateau et le mange.

Qu'ils observent à quel point elle ne prend pas cette menace au sérieux.

C'est un mensonge, évidemment. La menace est très sérieuse. Ou le sera bientôt. S'ils savent déjà que quelque chose se trame, c'est grâce à Pandion, une fois de plus.

Il dispose d'un informateur au sein de l'équipe de Rae. Tothwin ? C'est possible. Quel crétin. Adea ou Morna ? Ce serait plus inquiétant.

Il n'y a rien à faire dans l'immédiat. Le moment n'est pas idéal pour organiser une chasse à la taupe.

Elle agite la main et rattrape quelques miettes dans sa paume.

— Comme vous le savez, commence-t-elle.

Elle est obligée de répéter plus fort, que l'assemblée se taise.

— Comme vous le savez, une intrusion vient de se produire dans l'espace orbital d'Akiva. Nous avons repéré un transport rebelle dans l'atmosphère. Nous l'avons éradiqué grâce à un de nos canons sol-orbite. L'affaire est close.

— Close ? aboie Crassus. J'ai bien entendu ? Comme vous prenez ça à la légère ! C'est une menace, amiral Sloane. L'Alliance Rebelle…

Pandion l'interrompt.

— Les Rebelles enverront une flotte. Pas dans l'immédiat, mais bientôt. Et quand ils le feront, nous devrions être prêts à les accueillir. Ils ne perçoivent pas clairement l'enjeu de la situation, alors que nous savons de quoi il retourne. Ça nous offre un avantage colossal. Ils envoient une flotte et la nôtre – sous le commandement du Super Destroyer Stellaire *Ravageur*, évidemment – les attend. Cette victoire de l'Empire aura l'effet d'une cloche annonçant notre triomphe à toute la galaxie, annonçant le retour de l'ordre.

Tashu et Crassus approuvent d'un hochement de tête. Shale joue des coudes pour contourner le satrape obséquieux et son plateau de pâtisseries.

— Ils ont toujours l'avantage militaire sur nous, surtout s'ils envoient une flotte imposante suite à cet incident. Je ne sais pas quelles sont les chances qu'ils réagissent ainsi, mais quoi qu'il en soit, mettre un de nos vaisseaux de commandement en jeu maintenant est imprudent. Cette bataille n'a aucun enjeu, si ce n'est notre survie. Nous ne devons envisager l'affrontement que si nous y sommes contraints. Si nous perdons le combat, nous perdons nos vaisseaux de commandement et, sans doute, nos vies ou notre liberté. Notre échec sera définitif, Moff Pandion. Est-ce que vous voulez vous faire écraser à nouveau comme sur Malastare ? La perte de la station de communication nous a privés de la faible emprise que nous avions sur cette planète.

Elle est au courant comme d'autres de son échec là-bas : il est le seul à en être sorti vivant. Il a pris la fuite à bord d'une navette, tandis que les Rebelles s'emparaient de la base qu'il quittait. Dans la marine, l'amiral doit périr avec le vaisseau. Les Moffs ne semblent pas respecter ce code moral, dirait-on.

Cette allusion a vexé Pandion. Sa colère est aussi visible que s'il avait revêtu un masque hideux.

— Vous n'êtes qu'une lâche.

Shale hausse les épaules.

— Pas lâche au point de fuir alors que mes hommes tombent, morts ou capturés.

Il est temps que Rae intervienne avant que ces deux-là en viennent aux mains et s'entre-tuent, même si elle ne peut s'empêcher de penser que cela résoudrait un problème. (Dommage qu'elle ne soit pas assez cruelle pour les laisser faire !)

— Voici comment je vois le déroulement de la journée, poursuit Rae d'une voix forte, nous continuons à discuter de notre objectif : l'avenir de l'Empire Galactique et de la galaxie qu'il doit à nouveau contrôler au grand jour… au cours du petit déjeuner. Pendant ce temps, nos subordonnés prépareront les navettes, emballeront nos affaires et mon assistante, Adea, nous proposera un nouveau lieu pour cette réunion. À l'heure du déjeuner, nous nous interromprons pour nous rendre à ce nouvel endroit, où nous reprendrons nos discussions.

Si elle faisait face à un serpent venimeux qui se tortille, elle chercherait d'un coup de botte à lui écraser le cou avant qu'il ne la morde ; cette manœuvre a exactement le même but. Cette réunion menace à chaque instant de lui échapper des mains comme un reptile glissant. L'annonce semble les laisser songeurs pour l'instant, mais Rae sait qu'à tout moment, quelqu'un comme Pandion peut s'interposer et proposer un vote. La veille au soir, c'est ce qui s'est passé et elle a commis l'erreur d'offrir une voix à chacun. (Et, en cet instant, elle se demande si la bévue n'est pas plus colossale : ce sommet n'est-il pas une erreur monumentale ? Pandion a peut-être raison. L'Empire a besoin d'un Empereur, pas d'un conseil qui discutaille. Les palabres au sommet ne servent qu'à ralentir la roue du progrès, jusqu'à l'immobiliser définitivement. Le Sénat Galactique était connu pour son incapacité à accomplir quoi que ce soit.)

Trop tard, les choses doivent suivre leur cours.

— La réunion est ouverte, déclare Rae.

Jom Barrel tousse. Sa vue s'éclaircit. Où est-il ? Que s'est-il passé ? Il ne faut pas longtemps pour que la mémoire lui revienne à toute allure, à la vitesse à laquelle il a vu le sol approcher. Il se revoit tomber. Le transport en flammes. Ses équipiers éliminés du ciel, un à un, comme par le claquement de doigt d'un dieu capricieux et irresponsable. Et lui, les ailes déployées. Le vent qui l'emporte. Durs en dessous de lui. Polnichk au-dessus. Un tir de laser qui élimine Durs. Le vent qui a raison de Polnichk, avant que le canon ne lui prenne la vie, également.

Puis Jom qui tombe dans un courant d'air violent, un vent glacé qui le projette sur le côté comme une gifle. Il tombe de trente mètres en quelques secondes, puis culbute en avant quand l'air cesse de porter ses ailes. Il perd connaissance et revient à lui à basse altitude… La ville est visible. Jom étend encore une fois les bras, l'air le porte…

Il se souvient encore de la descente mal contrôlée et de l'atterrissage brutal à côté d'un chariot. Il rampe pour se réfugier sous une toiture en bois recouverte de paille et d'écorces de fruits – sans doute des reliefs du repas d'un animal domestique – avant de perdre connaissance. Il a cru mourir, mais il est encore en vie.

Il fait chaud comme dans la gueule d'un rancor. Jom retire son masque et le jette par terre. Il tente de bouger, mais un de ses bras est blessé et la douleur irradie du poignet à l'épaule comme une décharge électrique. Il ne peut même pas fermer le poing. À l'intérieur de son armure en fibre de carbone, son bras semble inutile.

Il est cassé.

Frag.

Il tend l'autre bras pour saisir le fusil attaché dans son dos, dans l'espoir de s'en servir comme canne…

Il n'est plus là.

Double frag.

Il a dû se détacher pendant la chute ou l'atterrissage. Jom se fait rouler sur le ventre, se soulève sur son bras indemne pour se mettre à genoux et… quand il relève la tête, le front luisant de sueur, il se retrouve nez à nez avec des bottes de stormtroopers. Ils sont trois et pointent leurs blasters sur lui.

Et c'est un triple frag, un vrai festival.

— Salut les gars, déclare Jom les dents serrées. Il fait assez chaud à votre goût ?

— Plus un geste, ordonne un des stormtroopers.

— Debout, ajoute un autre.

Imbéciles.

— Je ne peux pas exécuter ces deux ordres en même temps, objecte Barrel. Je suis juste tout seul, je ne suis pas trois soldats en pleine forme comme vous…

Au moment où il prononce le dernier mot, il pivote et balance de toutes ses forces une jambe dans le poteau qui soutient la toiture de l'abri pour bétail.

Il n'en faut pas plus. Le pilier craque comme un os brisé et le toit s'effondre. Des tuiles en argile se détachent et pleuvent sur les stormtroopers, tandis que la structure en bois, tombée à la verticale, sépare Jom des soldats.

Pas de temps à perdre, il bondit en ignorant la douleur et enfonce son épaule dans le toit pour qu'il retombe sur ses adversaires.

Les stormtroopers s'effondrent dans un cliquetis d'armures. Ils sont coincés sous la toiture en piteux état. Jom grimpe dessus et l'écrase de tout son poids à plusieurs reprises. Il détecte pourtant un mouvement au bord. Un des trois stormtroopers essaie de sortir de là-dessous, fusil blaster en main.

Jom se fait rouler jusqu'à lui et arrache l'arme.

— Hé ! s'insurge le trooper.

— Hé ! répète Barrel, en serrant les dents.

Il se remet sur pied en s'aidant du blaster comme d'une béquille.

Puis il tire à travers le bois, le criblant de tous côtés. Des éclats volent, de la fumée s'échappe des orifices. Les stormtroopers cessent de lutter et s'immobilisent.

Jom grimace de douleur, crache puis s'écarte de l'abri. Il est temps de se mettre en route.

23

Ils marchent. Ce n'est pas simple de cacher son visage dans les rues de Myrra, surtout quand il fait aussi chaud. Une cape est hors de question et, avec un masque, on se noie dans sa propre transpiration. La meilleure solution est le voile. Celui de Norra est blanc, il lui dissimule le nez et la bouche. Celui de Jas couvre tout son visage. Il est noir comme la nuit et ne camoufle pas vraiment les cornes au sommet de sa tête.

Deux stormtroopers arrivent en face.

Derrière eux, quelqu'un lance un jogan. Le fruit s'écrase sur un des deux soldats : du jus violet et des pépins pâles coulent le long du casque immaculé en petits ruisseaux collants. Les deux stormtroopers font volte-face, fusils en main.

— Qui a fait ça ? Qui ?

— Montrez-vous !

Personne ne s'exécute. Les deux Impériaux se remettent en route en pestant.

Jas et Norra maintiennent leurs voiles plus près de leurs visages et passent devant les stormtroopers en longeant le côté opposé de la rue bondée. Cela marche.

Norra est tellement tendue qu'elle a peur que ses dents cèdent sous la pression. Elle tente de se relaxer, de desserrer la mâchoire. Mais elle a l'impression que tout est lié : il suffirait d'un pas de travers pour que tout leur plan tombe à l'eau.

— Votre stratégie fonctionnera, la rassure Jas.

— Vous croyez ? Je n'en suis plus si sûre tout à coup.

Jas hausse les épaules.

— Après ce que nous venons de voir ? Je me sens nettement plus à l'aise. Voici la boutique de votre fils.

La boutique de Temmin. Avant, c'était ma maison, pense Norra mais elle ne l'exprime pas à haute voix.

Des martèlements proviennent de l'intérieur. Du métal que l'on frappe sur de la pierre. Une perceuse démarre, de l'autre côté de la porte. Norra sent les vibrations monter de ses pieds jusqu'à ses chevilles.

— Vous êtes sûre que vous ne voulez pas que j'entre avec vous ? insiste Norra.

Jas fait craquer les doigts de chacune de ses mains avec le pouce.

— Il y a trop de monde là-dedans. Vous seriez dans mes pattes.

— Merci pour la confiance.

— Jouez votre rôle de pilote. Moi je tiendrai celui de chasseuse de primes.

— D'accord. Je vais faire réparer mon pistolet, puis je vous retrouve au « mauvais œil ».

Jas acquiesce d'un hochement de tête, puis s'avance, le blaster au poing. Norra attend un peu, juste au cas où. La chasseuse de primes fait un pas supplémentaire, la porte de la boutique de Temmin coulisse pour laisser entrer la Zabrak, puis se referme.

Le bruit de la perceuse s'arrête.

Il est remplacé par des cris. Ils l'ont vue.

Puis les cris s'arrêtent brusquement.

Un *bang*. Suivi d'un bruit sourd. Un tir de blaster. Un nouveau *bang*. Encore trois tirs de blaster, en succession rapide. Un gémissement de douleur. Encore un tir.

Les cris s'achèvent aussi vite qu'ils ont commencé.

Quelques secondes s'écoulent.

La porte coulisse.

Jas apparaît, un filet de sang sombre coule de son nez. Sa lèvre est fendue, elle a les dents rougies par le sang. Elle adresse un clin d'œil à Norra.

— La voie est libre. Vous pouvez y aller.

— Baissez vos armes, gronde Sinjir par-dessus les deux fusils blasters collés contre son visage.

Il lève le menton et déclare avec mépris :

— Vous ne savez pas à qui vous avez affaire ? Personne ne vous a informés de ma présence ?

Les deux stormtroopers échangent des regards stupéfaits. Comme pour demander : est-ce une manipulation de l'esprit comme en font les Jedi ?

Derrière Sinjir, dans la ruelle étroite, quelques citoyens de Myrra passent à la hâte : un Dug qui détale, deux blanchisseuses, un Ugnaught sur le dos voûté d'un Ithorien.

Et derrière les stormtroopers, il y a une porte.

Une porte qui mène à une station de communication locale. Un bâtiment en forme de dôme, à deux étages, surmonté par une haute antenne un peu tordue. Elle n'est pas très impressionnante, cette antenne. Elle n'est pas assez grande pour qu'on l'escalade ou qu'on s'y suspende. Si le vent se levait lors d'une tempête, elle se balancerait sûrement comme un doigt que l'on agite devant le nez d'un enfant.

Elle n'enverrait pas un signal dans l'espace.

Mais localement, si.

— Reculez, ordonne un des stormtroopers.

Sinjir feint l'incrédulité.

— Vous ne savez vraiment pas… Je comprends, vous ne savez pas qui je suis. Vos joues vont rougir sous ces casques austères lorsque vous l'apprendrez. Il doit bien y avoir un officier présent ? Allez le chercher.

Nouvel échange de regards. Un des stormtroopers contacte son supérieur.

— Officier, nous avons un… problème à l'entrée latérale. Hum. Il affirme être un Impérial. Oui, officier. Bien, officier.

Puis il s'adresse à Sinjir :

— L'officier Rapace descend.

Il pointe à nouveau son fusil vers Sinjir, pour asseoir sa domination et pour lui rappeler : *pas de bêtises*.

Sinjir n'a qu'une envie : faire des bêtises, justement. *Oups, désolé, trop tard*.

La porte derrière les troopers coulisse et un officier impérial – avec son petit couvre-chef et tout – sort du bâtiment. Un homme au nez hautain et à la barbe duveteuse.

— Que se passe-t-il ? Qui est cet individu ?

— Vous êtes l'officier Rapace ? demande Sinjir.

— Oui. Qui êtes-vous ?

— Je suis Sinjir Rath Velus, officier de probité.

Et voilà. Ce délicieux tressaillement. Le regard qui se durcit. Les mains qui tremblent légèrement. La danse classique provoquée par la trouille et l'incertitude.

Même si Rapace essaie de ne pas le montrer, Sinjir le perçoit. Parce que c'est son travail de détecter ces signes. Et parce que tout le monde a peur d'un officier de probité.

— Il n'y a pas de… d'officier de probité en poste ici, balbutie Rapace.

Il décroche un scanner de sa ceinture et le place devant le visage de Sinjir, tandis que les stormtroopers gardent leurs fusils pointés sur lui, le canon légèrement incliné, car eux aussi tremblent probablement sous leur armure.

Le scanner émet un bip.

Rapace semble abasourdi.

— Sinjir Rath Velus. Vous… êtes mort sur Endor. Vous figurez dans la liste des victimes.

— Peuh, répond Sinjir avec une grimace. Cette erreur administrative me suit comme une odeur fétide.

Il lève les yeux au ciel.

— Non, je ne suis pas mort sur Endor et, oui, je suis vraiment là, en ce moment, devant vous.

Rapace semble perplexe.

— Je… Vous n'êtes pas en uniforme.

— Je suis en permission. On vient de me demander de faire rapport et cette vieille station de communication est l'endroit le plus proche. C'est bien une ancienne station de communication, non ? Bien joué. Verrouiller tous les points de transmission de l'information. Beau travail, officier.

Avant que Rapace ne puisse bafouiller un *merci*, Sinjir poursuit :

— Pouvons-nous entrer ? J'aimerais évaluer la situation.

— Bien sûr, officier de probité Velus, acquiesce Rapace avec un mouvement de tête crispé. Tout de suite.

Il tourne les talons en essayant de conférer une attitude cérémoniale au mouvement, pour montrer qu'il est un Impérial fidèle et zélé, puis pénètre dans le bâtiment.

Sinjir passe devant les deux stormtroopers.

— Vous deux. À l'intérieur aussi.

— Mais, nous gardons la porte…

— Vous remettez en question un ordre d'un officier de probité ? Vous devriez peut-être rester ici. Je pourrais en profiter pour fouiller vos chambres. Me pencher sur vos dossiers. Discuter avec Rapace pour vérifier si vous avez déjà fait preuve… d'insubordination.

— Nous vous suivons, officier, déclare l'autre stormtrooper.

Quand Sinjir tourne le dos, celui qui vient de prendre la parole décoche un coup de coude à l'autre.

Ils franchissent le seuil.

La porte se referme derrière eux.

L'officier Rapace ouvre la marche. Il se dirige vers des marches mal éclairées qui montent en tournant vers le premier étage.

À la porte d'entrée : un *toc toc toc*. Un bruit de métal qui frappe contre du métal.

Ce qui signifie : c'est maintenant.

Les stormtroopers se retournent avec un grognement d'incompréhension. Dès qu'ils commencent à pivoter vers la porte, Sinjir s'empare du pistolet de Rapace et pousse l'officier en avant de l'autre main.

Sinjir tire dans le dos de Rapace, qui tombe, tête la première.

Les stormtroopers poussent un cri et reviennent vers lui. Trop tard pour eux. La porte s'ouvre. Dans l'encadrement se tient un droïde de combat. *Le* droïde de combat. Os. Sa jambe d'astromech pivote à toute allure comme un moteur de turbine et frappe si fort le casque d'un des stormtroopers que l'armure blanche se fendille en deux au milieu, comme une noix de kukuia. L'autre pousse un hurlement de panique et une vibrolame enfoncée dans son armure le réduit au silence.

Les deux troopers s'effondrent.

— BONJOUR, EST-CE QUE JE PEUX ENTRER ? demande Monsieur Os.

Sinjir soupire.

— Je crois que tu as sorti ta réplique un peu trop tard.

— REÇU REÇU.

Depuis la cage d'escalier : des bruits de bottes qui martèlent les marches. Sinjir se colle à côté d'un petit casier, en retrait, et dès que les stormtroopers apparaissent en bas de l'escalier, il tire à deux reprises, en succession rapide. Le premier tombe en avant. Le deuxième en arrière et glisse sur son armure lisse. Ils sont immobiles.

Sinjir adresse un signe de tête au droïde :

— Dis à Temmin que c'est le moment.

— MAÎTRE TEMMIN. IL S'APPELLE MAÎTRE TEMMIN.

— Oui, super, très bien. Dis à Maître Temmin que c'est le moment.

— REÇU REÇU !

Norra est assise sur le toit de l'ancien magasin général. Avant d'être incendié, il appartenait à un vieux type avec des défenses, Torvo Bolo, un Aqualish.

Bolo jouait les durs, mais il donnait des sucettes à Norra et Esmelle en cachette pendant que leurs parents venaient acheter des provisions. D'après ce qu'on raconte, c'est un trafiquant du marché noir qui a mis le feu au magasin. Facile de faire grimper les profits du marché noir, si c'est le seul endroit où l'on peut encore acheter des marchandises qu'on se procurait facilement avant.

Akiva est ainsi, aujourd'hui. La corruption autrefois réservée à l'aristocratie fourbe proche du satrape s'est répandue comme un tonneau de slabin troué et a tout contaminé. À cette dose, elle est devenue toxique. La planète a changé du tout au tout.

Norra repousse cette pensée. Dans l'immédiat, elle a une tâche à accomplir.

De l'autre côté de la rue étroite, il y a le toit de l'ancienne plantation de la Maison Karyvin. Elle abrite une de ces familles d'aristocrates qui ont largement bénéficié de la corruption, le clan Karyvin. Vieille fortune. Ils possèdent des îles dans l'Archipel Sud et des mines de cristal dans les jungles du nord.

Les enfants de la famille semblent tous sauter la case Académie pour intégrer directement l'école des officiers. Ils ne gravissent pas les échelons de la hiérarchie impériale, ils les franchissent en sautant à la perche.

Sur le toit du bâtiment, deux chasseurs TIE sont posés. C'est une des conséquences visibles de l'occupation discrète de Myrra, de nombreux chasseurs courte portée impériaux sont rangés sur les toits des amis de l'Empire un peu partout dans la ville.

Norra a juste besoin d'en emprunter un.

Elle tourne la tête vers le toit du Théâtre Saltwheel. Une branche d'un vieux jarwal noueux est tombée sur le toit, il y a des années. Elle n'a jamais bougé.

Norra fait de même. Elle attend.

Combien de temps est-ce que cela va prendre ? Jas aurait dû…

Là.

Un éclair. Un petit miroir qui renvoie la lumière du soleil.

C'est le signal.

Norra ramasse un débris de ciment et le lance avec force. Il va frapper l'aile verticale du TIE. *Poc !* Puis, comme elle l'espérait, le pilote du TIE apparaît, de l'autre côté de son vaisseau. Le casque glissé sous le bras, la main prête à dégainer son pistolet.

Il se penche, ramasse le projectile.

Norra se lève, siffle.

Il relève la tête, comme un cochon siffleur surpris. Il met un moment à remarquer que quelqu'un se tient là, sur le toit opposé. Il lui crie :

— Hé, vous là !

Et sa main se dirige vers son blaster.

Loin derrière Norra, vers le toit du théâtre : un petit bruit.

Piff.

Le pilote frissonne légèrement. Les mots meurent sur ses lèvres, son menton retombe sur sa poitrine et son regard fixe le trou béant.

Il ne s'écroule pas, il… se froisse.

Norra rassemble son courage. Elle est plus mûre à présent. Elle n'est plus aussi fringante qu'avant. Ses articulations ne la font pas souffrir tout le temps, juste le matin, mais ça suffit à lui rappeler qu'elle n'est plus une jeune mère qui voyage d'un coin à l'autre de la galaxie. Le temps l'a clouée au sol. C'est une bonne pilote, mais courir et sauter ? Ce n'est pas vraiment sa tasse de thé.

C'est un saut court. Tu peux y arriver.

Une profonde inspiration et Norra court. Elle traverse le toit du magasin général, le gouffre étroit formé par la rue est juste devant elle. Elle tente d'oublier qu'elle peut tomber, faire une chute de deux étages, se rompre les os sur le plastobéton. Elle plante ses pieds au bord du toit pour sauter… juste au moment où le pilote du second TIE apparaît et la voit.

Il a déjà le blaster en main et se met à tirer.

Le pied de Norra glisse et elle tombe du toit.

Temmin s'agenouille. Pose les deux mains sur son visage et regarde à travers ses doigts le canon du blaster pointé sur lui.

— Je vous en prie. *Je vous en prie.* Je n'ai rien fait.

L'officier impérial ricane et rétorque :

— Je sais.

Temmin se remet debout d'un bond, fait semblant de courir de l'autre côté…

Le blaster tire. Le coup l'atteint dans le dos. Il tombe. L'air a quitté ses poumons. Il voudrait crier, se retourner, essayer d'aspirer une bouffée d'air. Mais il est obligé de retenir sa respiration. La scène doit être convaincante. *Reste couché. Ne bouge pas. Ne respire même pas.*

Fais le mort.

Un moment passe. Temmin sent que son visage bleuit.

Puis, enfin…

— On l'a eu ? demande l'officier impérial – qui n'est autre que Sinjir.

Monsieur Os est là, droit comme un piquet.

— QUOI ?

Temmin reprend sa respiration, se lève et retire de sous sa chemise la plaque de relais des communications. La grille en acier est déformée en son milieu par une grosse bosse. Ces plaques recouvrent l'extérieur de la tour de réception sur le toit. Elles sont conçues pour résister aux tempêtes les plus fortes et aux mausins, elles sont donc indestructibles.

— Cette bosse ressemble beaucoup à un trou, fait-il remarquer à Sinjir d'un ton de reproche.

— Désolé, réplique sèchement Sinjir, c'était *ton* idée de te servir de la plaque de relais. Et c'était indispensable pour que la ruse fonctionne. Maintenant, est-ce que tu veux bien demander à ton automate psychotique s'il a les images ?

— Os, tu as les images ?

— REÇU REÇU, MAÎTRE TEMMIN.

Le droïde se met à fredonner et à déplacer un pied puis l'autre, comme s'il ne voulait pas danser, mais était incapable de se retenir.

— Et tu as l'enregistrement de Norra ? lui demande Sinjir.

— REÇU REÇU.

Sinjir se tourne vers Temmin :

— Et tu as le…

— Oui, oui, j'ai l'holodisque. Ce truc a circulé partout. Tout le monde semble l'avoir. Ou l'a vu.

Il l'admet à regret : *La stratégie de maman était bonne.* Cette partie, en tout cas. Le reste ? Il ne sait pas trop. Il n'a pas du tout envie de quitter cette planète. C'est chez lui, ici. C'est ici qu'il a sa boutique. Sa vie. Et elle veut l'arracher à tout ça ? L'emmener loin d'ici pour aller où ? Sur Chandrila ? Naboo ? Répugnant. Il essaie de chasser cette impression.

— Vous savez, c'est ici que les nouvelles étaient transmises avant. Ma mère et mon père les écoutaient. Mais la satrapie a fermé la station sur ordre de l'Empire.

Il garde le reste de ses pensées pour lui : *Et ensuite on a découvert que mon père utilisait ce poste pour transmettre la propagande rebelle sur Akiva.*

L'ironie de la situation ne lui échappe pas.

Sinjir écarte un siège du poste de communication et le tend au gamin.

— Tu crois que tu arriveras à pirater le signal ?

— Si j'ai réussi à construire ce bijou…, rétorque Temmin en indiquant du pouce le droïde.

Il s'assied et souffle sur le poste pour chasser la poussière.

Monsieur Os fait vrombir sa vibrolame pour attaquer un papillon de nuit. Il finit par y parvenir. Un petit grésillement retentit quand l'insecte est cisaillé et que deux ailes blanches fumantes flottent vers le sol.

— Oui, c'est bien ça qui m'inquiète, réplique Sinjir d'une voix aussi cassante qu'un vieux biscuit.

Norra se cramponne au toit de la plantation, les poumons et les épaules en feu, elle sent ses doigts glisser sur le rebord humide. La pointe de ses bottines gratte inutilement le mur, tandis qu'elle tente de se hisser.

Une ombre le recouvre soudain.

Le pilote du TIE. Il braque son pistolet sur elle.

— Vous avez tué NK-409. C'était un ami. Espèce de pourriture de rrrrr…

Il titube en arrière. Son doigt s'approche par réflexe du trou au centre de l'armure noire qui lui protège le torse.

— … Rebelle, complète-t-il.

Puis il s'écroule vers l'avant… droit sur elle. Norra pousse un cri et se colle contre la paroi. Elle sent la perturbation dans l'air derrière elle au moment où le corps du pilote plonge vers la rue.

Les doigts de Norra commencent à glisser. Elle pense au cadavre impérial en dessous.

Je m'apprête à le rejoindre.

Ressaisis-toi, Norra.

Tout dépend de la réussite de cette opération.

Il faut que Temmin soit fier de toi.

La pointe d'une botte l'ancre au mur. Elle appuie sa jambe : le mollet et la cuisse brûlent sous l'effort. Puis, avec un grognement, elle se hisse par-dessus le rebord et rampe sur le toit de la plantation.

Norra reste allongée un moment, sous l'immense aile noire de chauve-souris du chasseur TIE. Comme bien d'autres Rebelles, elle surnomme ce vaisseau le mauvais œil, parce que c'est de cela qu'il a l'air quand il vous hurle dessus dans le vide infini de l'espace. *Je m'apprête à piloter un de ces engins.*

Une dernière expiration. *Pff. Je ferais bien de m'y mettre, alors.*

— C'est bon, nous avons un accès, annonce Temmin.

Juste à ce moment-là : on tambourine à la porte de la cabine de transmission.

— Ouvrez ! crie-t-on de l'autre côté.

Sinjir saisit le blaster et tire à bout portant dans le mécanisme de la porte. Une flamme jaillit, suivie d'une pluie d'étincelles. La porte vibre, puis se verrouille.

— Vas-y, fait Sinjir.

Temmin appuie sur le bouton.

La transmission commence.

Dans toute la ville de Myrra, les récepteurs HoloNet s'allument. Au-dessus des bars des cantinas, dans les petites cuisines, projetée en suspension au-dessus des montres-bracelets de ceux qui sont coincés dans leurs bala-balas pour de longs trajets, sur l'autoroute principale 66, la même image. Elle apparaît même sur l'écran géant craquelé qui orne la façade du stade au centre du Quartier financier.

Le visage de Norra Wexley.

Un visage suppliant.

Norra déclare :

— *Akivans, votre planète est occupée. Myrra est sous contrôle de l'Empire Galactique. Nous avons longtemps résisté à une occupation totale, mais, à présent, la guerre est à notre porte. Et elle va entraîner un cortège de crimes comme celui-ci.*

Une scène démarre. Un garçon lève les mains. Un officier impérial pointe son pistolet. *Je vous en prie. Je vous en prie. Je n'ai rien fait.* L'officier éclate de rire et répond : *Je sais.* Puis il tire dans le dos du garçon au moment où il tente de s'échapper. Le garçon s'écroule, mort.

L'Impérial n'en est pas réellement un et le garçon n'est pas vraiment mort. Mais personne ou presque n'aura l'opportunité de remarquer le subterfuge.

Quand les habitants d'Akiva découvrent cette scène, un peu partout dans Myrra, ils étouffent un cri. Ils secouent la tête. Ils font claquer leurs langues. Et très vite, tout cela se transforme en rage.

Norra réapparaît et reprend d'une voix retentissante :

— *En ce moment même, une réunion se tient derrière les murs du palais du satrape. Akiva est déjà un foyer de corruption. Cette réunion impériale vise à négocier l'occupation totale de votre ville et de votre planète. Allez-vous les laisser faire ? Ou allez-vous vous battre ?*

Moi je dis : « Battez-vous ! »

Et sachez que la Nouvelle République est avec vous.

Puis Norra disparaît. Une nouvelle projection la remplace, en boucle. La Princesse Leia s'exprime dans la vidéo que de nombreux Myrrans ont déjà vue. C'est une holovid qui tourne beaucoup.

— La Nouvelle République a besoin de vous. L'Empire Galactique a renoncé tyranniser notre galaxie et ses citoyens. L'Étoile de la Mort au-dessus de la lune d'Endor a été détruite, et avec elle, les dirigeants de l'Empire…

24

Rae frémit.

Adea lui montre l'holovid à l'extérieur de la salle à manger. Les autres sont toujours là, à préciser leurs positions respectives. Ils en sont à discuter de qui devrait devenir Empereur, suite à la mort de Palpatine. Quand Adea est venue chercher Rae, le conseiller Tashu proposait d'utiliser un stratagème pour prouver que l'Empereur était « encore en vie ». Palpatine avait de nombreuses doublures. Il serait facile d'en utiliser une. À la grande surprise de Rae, cette idée semblait plaire à tout le monde.

C'est à ce moment-là qu'Adea l'a emmenée dehors.

Et lui a montré l'holovid.

… en ce moment même, une réunion se tient derrière les murs du palais du satrape…

— C'est du sabotage, enrage Rae.

Elle serre la mâchoire et gronde.

— Cette information n'est connue de personne.

— Je sais.

— C'était vous ?

La peur fendille le visage d'Adea comme une fissure dans un mur.

— Non, je…, bégaie-t-elle. Amiral, je vous en prie, je ne…

Rae envisage d'insister. De tendre la main. De serrer la gorge de la jeune femme. De l'obliger à avouer, malgré sa trachée obstruée. Mais elle se sent incapable d'une telle cruauté en ce moment. Ce n'est pas Adea qui l'a trahie. Elle n'a aucune raison de le faire. Ça n'a aucun sens.

Qui, alors ? Pandion ? Le satrape ?

Quelqu'un d'autre, quelqu'un qui se cache ?

— Allez me chercher Isstra, ordonne Rae.

Adea acquiesce d'un signe de tête et franchit à nouveau les larges doubles portes rouges qui mènent à la salle à manger. Des portes opulentes, ornées de bas-reliefs de satrapes repoussant d'étranges créatures : un nexus dans une scène, une horde d'humanoïdes féroces dans une autre. Rae observe les représentations héroïques et, tout à coup, elle compatit : *Moi aussi, je suis assiégée.*

Les battants s'écartent alors qu'elle est toujours en train de les examiner. Le satrape sort, sourire mielleux et courbettes obséquieuses.

— Amiral Sloane, je vous en prie, dites-moi ce que je peux faire pour vous.

Elle lui montre l'holovid.

Les yeux du satrape s'écarquillent de plus en plus à mesure qu'il assiste à la projection.

— Oh là là.

— Montrez-moi une fenêtre qui donne sur l'avant du palais. Du côté de l'avenue de la satrapie. *Tout de suite.*

Il hoche la tête, frappe dans ses mains, agite le doigt comme un lasso et deux de ses assistantes – de jeunes femmes qui portent des foulards dorés diaphanes et soyeux – le suivent en lui tendant de petits fruits secs, tandis qu'il avance d'un pas rapide et inquiet. Ils gravissent des marches à carreaux bleus, passent devant un mur-fontaine, montent une nouvelle volée d'escaliers, incurvée cette fois et si étroite qu'ils ne peuvent avancer à deux de front. Ils débouchent dans un long couloir tapissé de meurtrières.

— Ici, annonce-t-il en mâchant nerveusement un des petits fruits sombres.

Rae s'approche d'une des fentes.

Des Akivans ont commencé à se réunir devant le palais. Pas une foule en colère. Pas encore. Mais ils regardent déjà le palais comme une curiosité désagréable. Comme s'ils essayaient de comprendre le spectacle qu'ils ont sous les yeux. Ou ce qu'ils vont faire. À moins qu'ils ne cherchent un signe de ce qui se trame vraiment ici – ils ont sûrement vu les vaisseaux impériaux rangés le long de la plate-forme d'atterrissage circulaire, au sommet du palais. Et ils ont remarqué la présence accrue de stormtroopers, les chasseurs TIE volant à basse altitude, l'occupation de plusieurs points stratégiques de Myrra.

La situation est un bidon de carburant dans lequel on a enfoncé un chiffon, avant d'y mettre le feu.

Le tissu brûlera. Plus vite que n'importe qui s'y attend ou le souhaite.

Et quand cela se produira : *boum*.

— Commencez à préparer les vaisseaux, ordonne Rae à Adea.

— Il va falloir du temps pour calculer les sauts en hyperespace…

— Nous le ferons après avoir quitté l'atmosphère. Le temps presse.

Cette réunion est terminée.

Il faut avertir tout le monde.

INTERLUDE

TARIS

Dans l'obscurité, un sabre laser rouge jaillit de sa poignée.

La lame se balance doucement : *voum, voum*. Elle laisse des traînées rouges dans le noir. Non loin de là, une grosse araignée-assassin pend au bout de son fil. Sur son thorax luit un motif en forme de tête de mort phosphorescent. L'arachnide crache son venin en direction de la lame rouge qui approche. Puis le sabre se déplace à toute vitesse.

L'araignée est coupée en deux avec un petit cri et un grincement.

Les deux moitiés tombent par terre.

Une jeune fille à face de rat écarte la tenture noire qui obstruait la fenêtre et la lumière fait son retour dans la pièce.

Celui qui manipulait le sabre laser est un Kubaz à long museau. Ses yeux sont cachés derrière les verres dorés de lunettes de protection. Le reste de sa tête est protégé par des foulards en cuir rouge. Il rétracte la lame cramoisie dans la poignée.

Trois individus lui font face. Deux en robes noires, le visage masqué. Le troisième, à l'avant-plan, est une jeune femme. Pâle. Voûtée comme si sa colonne vertébrale refusait de la maintenir à la verticale. Elle fait pianoter ses doigts dans l'air – ils ressemblent aux pattes d'une araignée, qui tireraient sur des fils invisibles, qu'elle serait seule à percevoir.

Ils se trouvent dans un immeuble délabré sur Taris. Maintenant que le drap noir n'occulte plus la fenêtre, on constate que la pièce est un taudis : des oreillers infestés de tiques sont posés sur le sol, les murs sont couverts de graffitis (l'un d'eux est un pochoir du casque d'un Seigneur Sith bien connu, avec en dessous la phrase « VADOR EST VIVANT »). Des gravats et des décombres jonchent le sol. Et le décor n'est pas très différent dehors : les habitations délabrées sont entassées les unes au-dessus des autres. Certaines sont de simples conteneurs. D'autres des coques de vaisseaux hors d'état, empilées ou assemblées l'une contre l'autre en équilibre précaire. Une pollution nauséabonde flotte dans l'air, jaune comme la vase sablonneuse au fond d'une eau sale.

Le Kubaz couine dans sa langue natale :

— Vous avez les crédits ?

La fille à la face de rat traduit pour lui, elle répète ses mots en basic.

— C'est vraiment *son* sabre laser ? demande la jeune femme.

Sa voix est un murmure rauque, comme si sa gorge était nouée.

— C'est le sabre laser du Seigneur Sith, tout à fait.

— Je peux ?

Le Kubaz secoue son museau.

— Non. Pas tant que je ne vois pas l'argent. La maison ne fait pas crédit.

L'amie d'Ooblamon, la petite à face de rat, glousse en traduisant.

La femme au teint pâle regarde les deux individus en robes noires. Ils se concertent en murmurant. Ils ont presque l'air de se disputer.

Elle se retourne vers la fille.

— Comment est-ce qu'on peut savoir que c'est le sabre de Vador ?

— Vous n'en savez rien. Mais c'est un sabre laser, non ? Et il est rouge. Ce n'est pas la couleur que vous cherchiez ?

Nouveaux murmures, nouvelles disputes. Un chuchotement furieux. Enfin, une sorte de concession. Les deux silhouettes en robes tendent chacune une petite boîte marquée d'étranges symboles. Elle les secoue : Ooblamon reconnaît le bruit de crédits qu'on agite. Cela réchauffe son cœur de pierre.

Elle lui tend les boîtes. Il refuse de les toucher et c'est la fille à face de rat qui s'empresse de les prendre.

— Voici mon assistante et apprentie, Vermia.

Elle prend une boîte dans ses griffes, puis la suivante, et court dans le coin pour le décompte. Les crédits s'entrechoquent pendant qu'elle fait ses calculs.

La jeune femme tend une main pâle.

— Le… sabre laser, s'il vous plaît.

— Quand le compte sera bon, tranche Ooblamon.

Il incline la tête et les examine à travers ses lunettes de protection.

— Qu'est-ce que vous êtes ? Vous n'êtes pas des Jedi ?

— Nous sommes des partisans, siffle-t-elle. Des Acolytes de l'au-delà.

— Des fanatiques du Côté Obscur ? Ou des gamins qui veulent s'amuser avec un nouveau jouet ?

— Ne nous jugez pas, vous êtes un voleur.

Le Kubaz ricane en reniflant avec son long museau. Vermia accourt vers lui et annonce, ravie :

— Les crédits sont bien là.

Ooblamon s'approche de la jeune femme pâle pour lui confier l'arme, mais quand elle tend la main pour saisir le sabre, il le reprend, puis il écarte un pan de sa robe marron sale et montre le blaster dissimulé dessous.

— Si vous pensez faire un coup fourré et vous servir de ce sabre sur moi ou ma comparse, ça se terminera mal.

— Nous ne sommes pas violents. Pas encore.

Le Kubaz grommelle, puis leur donne le sabre laser.

Les trois inconnus se tournent pour être en face les uns des autres en tenant le sabre au centre du triangle qu'ils forment. En chuchotant entre eux. Ou au sabre laser.

La femme marmonne d'un air peu convaincu une expression de gratitude, puis ils se dirigent vers la porte d'un pas pressé. Ooblamon leur crie :

— Qu'est-ce que vous comptez faire avec ce truc ?

La femme répond simplement :

— Nous allons le détruire.

Il éclate de rire.

— Pourquoi voulez-vous faire une chose pareille ?

— Pour que le sabre retourne à son maître dans la mort.

Ils sortent. Soudain, les sons de Taris font irruption dans le taudis : un klaxon, quelqu'un qui crie, le moteur d'une moto speeder qui pétarade, un tir de blaster au loin.

— C'était vraiment l'arme de Vador ? demande Vermia.

Le Kubaz hausse les épaules.

— Qui sait. Et puis, dans le fond, on s'en fiche.

25

Une ligne d'étincelles, rouges comme les yeux d'un démon, court le long de la porte qui mène au studio de transmission, au cœur de la station. Monsieur Os se tient devant. Il attend en fredonnant une petite chanson discordante : certains pourraient la trouver jolie, c'est le genre de mélodie qui rappelle le vent qui souffle dans une grotte. Sinjir attend aussi, le pistolet en main.

Ils vont venir nous attaquer.

Puis il se demande : *Que se passera-t-il alors ?*

Il a fait savoir aux Impériaux qu'en réalité, il est encore en vie. Le message n'a sans doute pas été reçu, mais quand cette opération sera lancée, quelqu'un, quelque part dans un bureau de l'Empire, constatera que l'officier Rapace s'est connecté à leurs réseaux avec son nom et son scan facial. Et s'ils le capturent ?

Oh, l'ironie suprême…

Il sera sans doute conduit devant un officier de probité.

Comme lui.

Il a presque envie de rire.

La ligne rougeoyante est à mi-hauteur de la porte à présent.

— Attendez, dit Temmin. Attendez, attendez, attendez. Regardez.

Sinjir regarde. Un évaporateur pend du plafond comme un droïde au ventre gonflé.

— Et alors ? C'est un évaporateur. Ils n'utilisent pas de conduits dans lesquels nous pourrions nous glisser : ce sont juste des tuyaux. À moins que tu aies un rayon de miniaturisation moléculaire à portée de main pour nous rétrécir comme par magie à la taille de hamsters, je ne crois pas…

— Non, là.

Temmin montre des charnières. Il se hisse sur la pointe des pieds et sonde les charnières en frappant avec ses doigts repliés.

Il en résulte un son creux : *bong, bong, bong*.

— Ce n'est pas réel, conclut Sinjir.

— Exactement. C'est une sortie de secours. Sans doute vers le toit. Les Rebelles utilisaient cette cabine pour les transmissions. Mon père a très bien pu installer ce dispositif. Ou s'en servir.

Temmin saute, agrippe le rebord en métal de l'appareil. Son poids tire le faux vaporisateur vers le bas et le fait pendre au bout de ses charnières.

La ligne découpée au chalumeau sur la porte a presque rejoint son point de départ.

— C'est le moment, décrète Sinjir.

Là-haut, dans le trou : une échelle.

Le garçon avait raison.

Ils gravissent les échelons.

Temmin repousse une trappe et passe la tête au-dehors. La lumière blanche aveuglante. Le studio de transmission était plongé dans le noir et ici, c'est presque trop lumineux. Il se hisse sur le toit, tandis que ses yeux tentent de s'ajuster au changement de lumière. Il atterrit sur le ventre et ne peut s'empêcher de ressentir une étrange fierté. Dans sa tête, il se répète ce qu'il a dit à Sinjir : *Mon père a très bien pu installer ce dispositif.*

Mais sa colère, si familière, reprend le dessus : *C'est parce que papa était un Rebelle qu'il s'est fait arrêter.*

Et que maman est partie.

Et que tout son monde s'est écroulé.

Ce sentiment agréable est instantanément contaminé. Comme une jolie fleur aspergée d'acide, il se flétrit et pourrit sans avoir eu le temps de se déployer.

Temmin lève la tête en clignant des yeux.

Il reconnaît le bruit avant de le voir.

C'est un chasseur TIE. Temmin cligne à nouveau des yeux, la tête vers le ciel, vers le soleil.

Non. Pas *un* chasseur TIE. *Deux*.

Il aide Sinjir à grimper.

— Il faut qu'on bouge ! Aux abris !

Le premier TIE fonce sur lui comme un météore. C'est alors qu'il comprend.

Temmin réalise ce que le chasseur est venu faire là.

Os bondit hors du trou…

Temmin plaque Sinjir et le droïde de combat au sol. Il les fait tomber derrière une installation mécanique censée ressembler au mécanisme extérieur du faux évaporateur. Ils s'aplatissent tous.

Pile au moment où le TIE active ses canons avant.

Le bâtiment est secoué et des flammes s'élèvent à l'autre extrémité du toit, accompagnées d'un nuage de fumée jaune.

Temmin passe à nouveau sa tête pour observer la scène et voit l'antenne s'incliner et tomber du toit, laissant derrière elle une pluie de braises électriques.

Ils ont mis fin à la transmission.

Temmin espère juste qu'elle a fonctionné suffisamment longtemps.

Et voici le second chasseur TIE. Il canarde le toit, sans doute pour que tout le bâtiment s'écroule. Comme ce n'est pas un bombardier, il faudra plus qu'un passage, mais les armes à l'avant de l'appareil ne sont pas non plus des pistolets à bouchon. Encore quelques rafales et la moitié supérieure de la station ne sera plus que des gravats fumants.

Temmin saisit les deux côtés de la tête d'Os.

— Tu t'en charges ?

Os répond de cette voix déformée mécaniquement qui oscille du grave à l'aigu :

— CONSIDÉREZ QUE C'EST FAIT, MAÎTRE TEMMIN.

Les canons du TIE commencent à détruire l'autre moitié du toit. Des débris sont projetés partout. Des foyers d'incendie se déclarent. Le vacarme du moteur et des canons, ajouté à celui des explosions, gronde dans les oreilles de Temmin. Pas juste dans ses oreilles, d'ailleurs. Il sent aussi sa mâchoire vibrer. À en juger par la grimace de Sinjir, il le sent, lui aussi. Il passe le bras pour tirer quelques coups inutiles en direction du chasseur qui s'approche, puis il se retourne pour viser les stormtroopers qui arrivent par la trappe.

Os hurle :

— REÇU REÇU.

Puis le droïde de combat saute en l'air en serrant les bras et les jambes pour former un boulet de canon…

Et il va s'écraser contre le pare-brise du chasseur TIE.

Le vaisseau titube d'un côté à l'autre, avant d'entamer une course folle en zigzag par-dessus les toits de Myrra. Il disparaît juste au moment où le premier TIE fait un looping pour revenir vers eux en actionnant ses canons. Les tirs criblent le sommet du bâtiment, arrosent copieusement le toit et foncent sur eux. Temmin se retourne pour regarder. Pas le temps de réfléchir, il faut agir, mais il n'y a pas d'autre toit sur lequel sauter…

Sinjir pointe le doigt vers le ciel.

Un troisième TIE vient rejoindre la mêlée.

Il pique vers eux, les tirs de laser à l'avant lancent des décharges qui zèbrent le ciel.

Des tirs qui frappent le flanc du premier TIE. Son panneau d'aile hexagonal se détache et heurte la façade de la station de communication. Le reste du chasseur tombe en tourbillonnant, fonce le long du bâtiment comme un météore et va s'écraser dans la façade d'un ancien immeuble de bureaux, explosant dans une déflagration si colossale qu'elle fait trembler le sol.

Le troisième TIE – leur sauveur – hurle au-dessus de leurs têtes.

Sinjir déclare, en reprenant son souffle :

— Je crois que ta mère a trouvé un vaisseau.

Temmin hoche la tête et s'inspecte pour vérifier qu'il est encore entier.

Maman est vraiment un as, comme pilote. Pas le temps de penser à cela… ou à elle.

— Nous ferions mieux d'y aller. Ils vont rappliquer en masse bientôt.

Norra pense aux guêpes. Ici, sur Akiva, il existe une sorte de guêpe très particulière : une guêpe à l'abdomen rouge. Elle a la longueur et la largeur d'un pouce. Cette bestiole est un véritable fléau. C'est une créature méchante et vicieuse. Elle pique. Son dard suce le sang. Elle pompe le sang de ses victimes pour alimenter sa progéniture et s'en sert pour construire leurs nids couleur rouille si reconnaissables. On les trouve surtout dans la jungle, même si elles s'aventurent de temps en temps en dehors de leur zone de confort. On peut alors retrouver un nid sous un surplomb ou un toit (dans ce cas, la solution la plus courante est de simplement brûler tout le nid avec une bombe de solvant pour moteur et un briquet à capuchon, en fabriquant un lance-flammes maison).

Ces guêpes volent d'une façon particulière. Individuellement, elles sont très difficiles à attraper ou à tuer, car elles montent, descendent, vont à gauche, à droite. Elles peuvent foncer, puis s'arrêter en l'air et voler en surplace avant de faire demi-tour. (Et c'est généralement à ce moment-là qu'elles piquent – une piqûre d'une guêpe rouge peut rendre tout le bras insensible pendant une heure.)

Piloter un chasseur TIE rappelle à Norra ces guêpes.

Quelle maniabilité ! C'est incroyable. Elle peut faire exactement comme les guêpes : bondir en avant, puis s'arrêter, bifurquer à gauche ou à droite. Pour s'amuser, elle réalise une vrille – elle fait tourner le vaisseau en tire-bouchon en survolant la ville où elle a habité.

Il y a, bien sûr, un revers à la médaille : le TIE est un véritable vaisseau-suicide. L'Empire a sacrifié la sécurité et la raison à la vitesse et la maniabilité. Ce truc est aussi fragile qu'un squelette d'oiseau. Il n'est même pas équipé d'un siège éjectable. Ce n'est pas un simple chasseur.

Dans les situations désespérées, le TIE fait aussi office de tombeau pour son pilote.

Norra ne pense pas à tout cela quand elle abat le deuxième chasseur TIE qui s'en prend au toit de la station de communication. Ses canons laser jumeaux arrachent un des panneaux de l'aile. Quand le vaisseau s'écrase et se désintègre, Norra pense :

— Voilà ce qui arrive quand on embête mon fils.

Elle pousse un cri de joie exalté. Puis, elle doit se concentrer sur la tâche qui l'attend.

Devant elle, à travers le brouillard ensoleillé qui

recouvre la ville, elle repère l'énorme citadelle qu'est le palais du satrape. Voyant et opulent. Ses tours et ses parapets asymétriques symbolisent la folie de ses propriétaires. Chaque satrape successif ajoute sa construction au palais, sans se soucier de savoir si cela s'accorde avec le reste. Le résultat est plus chaotique que prévu. Mais beau aussi, d'une façon étrange et bâclée.

Un cercle couronne la tour et le dôme centraux. Autour de ce cercle sont rangées des navettes impériales aux ailerons familiers.

Ce sont ses cibles.

Ses écrans clignotent et s'illuminent de vert.

Deux gêneurs sont à ses trousses. Deux autres chasseurs TIE qui viennent se joindre à la mêlée. *L'écran est au vert parce qu'il ne sait pas que ce sont des ennemis*, se dit-elle. Pour lui, leur signature est amie.

Elle espère qu'eux aussi vont croire qu'elle est dans leur camp.

Mais elle découvre très vite la réalité de la situation, dès que les deux *mauvais yeux* qui la suivent ouvrent le feu. La mémoire du muscle précède la pensée cohérente : ses mains sont rapides, alors que son cerveau semble tourner au ralenti. Elle effectue un nouveau tourbillon et fonce en avant puis en l'air, tandis que des tirs de laser la poursuivent. La gravitation exerce une pression sur ses tempes, comme un étau, et elle a la sensation que ses jambes et son estomac sont restés mille mètres plus bas. Elle a l'impression que tout va se déchirer…

Puis le sang revient dans sa tête (ou quitte-t-il sa tête ? elle n'en sait rien) et quand elle redresse le TIE, ses deux poursuivants sont devenus les poursuivis : les deux vaisseaux sont juste devant elle.

Elle sent l'excitation monter et dissiper la panique.

Puis Norra appuie sur la détente des commandes jumelles des canons.

Des décharges de laser vertes fendent l'air et font voler en éclats le premier TIE. Les plus gros morceaux du chasseur détruit entrent en collision avec l'autre. Un éclair strie le ciel, suivi par une onde de choc, quand ses adversaires en feu tombent en vrille et disparaissent avec une détonation finale au-dessus de la ville.

Elle traverse le feu qui s'éteint déjà.

Une fois de plus, le palais se dresse juste devant elle.

Là, sur l'écran qu'Adea tient à la verticale dans sa main, un TIE qui s'approche.

Piloté par un combattant ennemi. Qui fonce droit sur le palais. Rae comprend ses intentions. Il ne peut pas occasionner de dégâts au bâtiment. Les murs sont trop épais. En revanche, une partie est vulnérable : leurs vaisseaux.

Ces navettes sont leur bouée de sauvetage.

Il est trop tard pour évacuer leurs vaisseaux vers le ciel. Et ils n'ont pas de défenses, pas de canons, pas de…

Une seconde.

Rae arrache l'holo-écran des mains d'Adea et tape les codes de contrôle d'un des trois canons sol-orbite qu'ils ont installés dans la capitale. Son assistante écarquille les yeux.

— Amiral, le turbolaser n'est pas prévu pour ça…

— C'est notre seule chance.

— Il est braqué droit sur le palais.

Rae étudie la trajectoire calculée.

Ce n'est pas l'idéal.

Mais il faudra bien s'en contenter.

Elle ouvre le feu.

Norra vole tranquillement, sa trajectoire est sûre, sans

danger. Puis tout à coup, l'air s'illumine d'une lueur aveuglante et le panneau de l'aile droite de son TIE est arraché. Elle perd tout le contrôle.

Non, pas *tout*.

Elle tourbillonne à nouveau sans maîtriser la spirale mais cette fois elle dispose d'un peu de contrôle.

Juste un peu. Il ne lui en faut pas plus.

Elle serre fermement les deux manches l'un contre l'autre pour lutter contre la pirouette. Elle a le vertige, tout tourne. Son estomac est si retourné qu'elle a envie de vomir. *Ça va aller. Tout va bien se finir.*

Une pensée distante lui vient à l'esprit : *Je vais mourir.*

Elle a atteint le point culminant de tout ce qu'elle a accompli et de qui elle est. Une part d'elle-même se sent fière. *J'ai réussi tant de choses.* Mais une autre pensée s'incruste comme un intrus : *Je n'ai pas accompli tant que ça. Je n'ai pas été à la hauteur pour mon fils. Ni pour mon mari. Brentin, Temmin, je vous aime !*

Elle oriente le TIE qui poursuit son piqué droit vers le palais. La plate-forme d'atterrissage circulaire est juste devant elle. Les navettes. Un yacht. Ils sont dans un alignement parfait.

Peut-être que j'arriverai à les détruire en m'écrasant…

Une pensée égarée surgit, tandis que le palais se rapproche à toute allure.

J'aimerais tant que ce vaisseau soit équipé d'un siège éjectable.

26

Le palais tremble sous le choc. Les lumières vacillent. La poussière tombe des plafonds, où des fissures lézardent la pierre lisse. Rae traverse le bâtiment au pas de course. Elle ne marche plus, à présent, elle cavale. Quelqu'un l'appelle. Adea. Puis une autre voix : Pandion. Devant elle, des marches et une porte qui donne accès à la plate-forme d'atterrissage. La cage d'escalier est ancienne et élégante, le bleu lapis est rehaussé de cuivre, la construction magnifique, mais Rae n'y prête pas la moindre attention.

Elle ne voit que son pilote, Morna Kee, qui descend les marches en titubant. Une ligne barre son front noirci par la suie et le sang qui ruisselle. Rae la rattrape dans la descente.

— Êtes-vous… ?

— Ça va, lui assure Morna. N'y allez pas.

— Je dois évaluer les dégâts, décrète Rae en grimpant les escaliers quatre à quatre.

À nouveau, la voix de Pandion dans son dos. *Reste où tu es, cuistre*, pense-t-elle.

Elle pousse la porte. La lumière du soleil blanchit tout. La fumée la prend au nez et s'y accroche comme une infection. Un vent salvateur se lève, repoussant une partie des volutes noires et Rae aperçoit les dégâts : trois navettes à divers stades de destruction.

Le yacht de Crassus n'est plus là : il a décollé se mettre à l'abri en orbite, d'un coup, Rae lui en est reconnaissante. Au bout de la rangée, cependant, elle aperçoit une épave calcinée.

Un chasseur TIE. Un des leurs. Une attaque-suicide !

Ce n'est pas compliqué de déterminer sa trajectoire à travers les décombres. Il a tracé une diagonale entre les trois navettes impériales : il a embouti l'arrière de la première, le milieu de la seconde, le nez et le cockpit de la troisième. Les rendant inutilisables toutes les trois.

Un bruit atteint les oreilles de Rae.

Un rugissement.

Qu'est-ce que ça peut bien être ?

Elle traverse la fumée, dépasse les carcasses. La plateforme d'atterrissage tangue sous ses pieds et le métal d'une des navettes grince, puis tout redevient calme. Elle ne devrait pas aller plus loin, mais elle le fait quand même, ses pieds l'entraînent malgré elle.

Au bord, une vieille balustrade en cuivre, ravinée de patine émeraude.

Elle s'appuie contre ce garde-fou.

Le grondement monte de la foule dans la rue. Une foule clairsemée…

Mais qui grossit sous ses yeux.

Des Akivans débouchent de toutes les rues pour rejoindre le palais. Et ce martèlement qu'elle entend ? Des pierres. Ils jettent des pierres contre la façade. Aucun projectile ne peut l'atteindre… elle est cent mètres plus haut qu'eux. Les citoyens rassemblés lui semblent tout petits, mais leur masse grossit.

Comme un cancer qui s'étend dans un corps.

Elle se retourne pour jauger encore une fois les dégâts et elle réalise : *C'est ça qui a provoqué le rassemblement.*

L'incendie de leurs navettes a mis le feu aux poudres. Désormais, le compte à rebours a commencé : les émeutes, la Rébellion, l'insurrection. Tout cela est à leur porte. Bientôt, cela grimpera aux murs. Elle prend soudain conscience. *Ces événements ont été manigancés. Orchestrés par quelqu'un, peut-être un des nôtres. Quelqu'un à l'intérieur de la satrapie ? En tout cas quelqu'un a balancé un coup de pied dans la motte de terre pour regarder les petites fourmis s'agiter.*

Puis une autre pensée : *Nous sommes coincés ici, maintenant.*

La plate-forme tangue à nouveau. Rae est projetée en avant et se rattrape à la rambarde. Des mains la saisissent au coude, la tirent en arrière. Morna.

— Amiral, je vous en prie. Rentrez. Regardez.

Son pilote tend la main vers le toit de l'ancien bâtiment du capitole – celui dont la tour rouillée a été abattue par les canons de leur navette en arrivant ici : elle voit quelques personnes y grimper. Des citoyens, probablement. Qui veulent voir. Ou tirer.

— Oui, acquiesce Rae, vous avez raison. Rentrons.

Dehors, devant les fenêtres et les portes de la cantina, une petite foule se forme et prend la direction du palais. Sinjir aperçoit une armure blanche : la foule entraîne avec elle un stormtrooper qui se débat.

Cela a marché, non ?

Cela a marché bien mieux que nous ne l'avions imaginé. Quand les chasseurs TIE ont détruit l'antenne de la station de communication, il a craint que le message n'ait pas eu le temps d'être diffusé. Puis des explosions ont retenti du côté du palais. Norra devait avoir réussi. Ce coup-là et la propagande truquée qu'ils ont envoyée ont porté leurs fruits. La ville réagit. *Se dresse.* Toute cette rage accumulée ? Le bouchon a sauté. Tout déborde à présent. Ce n'est pas juste à cause de ces événements déclencheurs. Pas même à cause de l'occupation seule. Les Impériaux ont longtemps joué avec des planètes comme celle-ci, sans jamais vraiment les occuper. Ils ont imposé des taxes et des impôts sur des établissements légitimes, tout en laissant les marchés noirs et les syndicats du crime poursuivre leurs affaires, à la seule condition qu'ils reversent une part à l'Empire.

C'est une des choses qui a frappé Sinjir quand il a vu les Impériaux se battre aux côtés des malfrats de Surat Nuat : cette alliance était soudain flagrante, révélant ce que tout le monde soupçonnait depuis longtemps, mais dont peu pouvaient prouver l'existence réelle.

De l'autre côté du bar en bois d'oka, le Mon Cal au bras de droïde fait glisser vers lui une bouteille remplie d'un liquide vert scintillant, qui ressemble à de la vase de déchets industriels. Sinjir lève un sourcil et Pok rapproche encore la bouteille de quelques centimètres, comme pour dire : *Ne pose pas de questions, bois.*

Bon, ce type à tête de calamar ne s'est jamais trompé jusqu'ici.

Sinjir empoigne la bouteille et se dirige vers la table où Temmin est assis à côté de son droïde. Monsieur Os était déjà là quand ils sont arrivés, en plus mauvais état que jamais. Chez Pok était le lieu de rendez-vous pour toute la bande après l'opération. Le châssis du droïde est éraflé, son métal est noirci par endroits. Plusieurs éléments de son attirail osseux ont disparu (ce qui a mis fin à son cliquetis habituel). À part cela, le droïde a l'air plutôt en forme pour quelqu'un qui a traversé le pare-brise d'un chasseur TIE en plein vol, à la vitesse d'un boulet de canon.

Temmin est assis, le menton posé sur ses bras croisés, il rumine. Les yeux plissés. Le bord de son pouce en bouche, le gamin se mordille l'ongle.

Sinjir pose la bouteille sur la table. Boit une gorgée et fait immédiatement la grimace. Le goût qui emplit sa bouche est à la fois sucré et amer. Trop sucré et trop amer. Et le liquide est épais. Presque gélatineux.

C'est horrible, ce truc.

Sa bouche devient insensible un instant.

Hum. Il boit une nouvelle gorgée quand même. Jette un œil autour de lui : la cantina est presque vide. Quelques vieux habitués dans le fond, qui sirotent leurs verres. Ils sont ensemble, mais seuls en même temps. Le plus gros de la foule est dehors.

— Vous buvez ce truc ? lui demande Temmin sans lever le menton.

— Je crois. Même si je ne sais pas ce qu'est « ce truc ».

— De la sève de plooey. Ça vient d'un arbre dans la jungle.

Sinjir plisse le nez.

— Eh bien, c'est comme si je léchais le liquide qui s'écoule d'un droïde défectueux, mais je n'arrive pas à m'empêcher de le boire.

— Tant mieux pour vous.

— Tu es tracassé.

— Tracassé ? Pourquoi ?

Question idiote.

— Ta mère.

— Je m'en fiche, ma mère va bien. Et puis, si ce n'est pas le cas, ben, je m'en fiche.

— Oui, tu as déjà dit : « Je m'en fiche. »

Maintenant, Temmin redresse le menton. Ses lèvres esquissent un sourire méprisant.

— Quoi ? Vous ne me croyez pas ?

— Je crois que tous les garçons s'inquiètent pour leurs mères, comme toutes les mères s'inquiètent pour leurs fils. Ma mère me frappait dans le dos avec des branches qu'elle arrachait aux arbres de notre jardin. Je la détestais. Mais je l'aimais et je me tracassais pour elle quand même, parce que la relation mère-fils est ainsi faite. C'est une des nombreuses vérités de l'univers.

— Pff, ma mère m'a abandonné pour aller se battre dans une guerre débile, alors croyez-moi : je m'en fiche. Je m'en fiche.

Monsieur Os renchérit :

— IL S'EN FICHE.

— Si tu le dis.

— Je le dis. Je – m'en – fiche.

Le regard de Temmin se dirige vers la porte.

Sinjir tend le cou et voit Jas entrer. Elle les repère et approche. Il y a quelque chose dans sa démarche. Une légère hésitation. Son langage corporel hurle : *J'ai de mauvaises nouvelles et je n'ai pas envie de les annoncer.* Puis la façon dont elle regarde Temmin en arrivant…

Oh. Oh, non. Sinjir devine ce qu'elle va dire avant qu'elle ne le dise.

— Temmin. Ta mère a réussi sa mission. Mais elle ne s'en est pas tirée. Norra nous a quittés.

C'est la panique à bord. Une cacophonie de voix qui luttent pour se faire entendre, comme un perchoir rempli d'oiseaux mal dressés. Ils sont tous debout autour de la grande table de la salle à manger et se hurlent dessus pour savoir ce qu'il convient de faire. Plusieurs holo-écrans projettent des données. Tout confirme que les foules enflent. Que les victimes de leur camp sont nombreuses. Et les prédictions sur ce qui va se passer ne sont pas encourageantes.

— Combien de TIE nous reste-t-il ? aboie Pandion. Répondez-moi, amiral. Combien en reste-t-il sur Akiva ?

Adea fait pivoter vers Rae la base d'un disque holoprojecteur qui affiche une liste des dégâts. Sloane le tourne vers Valco.

— Nous en avons perdu cinq au cours de cette attaque. Deux sur le toit de la station de communication qui a servi de point de départ à la propagande rebelle et deux dans l'attaque-suicide à bord du TIE volé. Ce dernier chasseur est le cinquième. Nous en avons perdu la moitié.

— La moitié, s'énerve Pandion. Nous n'avons que cinq chasseurs courte portée stationnés dans la ville !

— C'est exact.

— Et combien de troupes ?

— Une compagnie, en plus de ceux qui sont ici dans le palais.

— Cent, cent cinquante stormtroopers ? C'est tout ?

— Et leurs officiers. Une vingtaine environ.

— Donc, cent vingt Impériaux pour une ville de… combien ?

Là, c'est Shale qui prend la parole.

— À peu près un million.

Pandion pose la question inéluctable :

— Pourquoi n'en avons-nous pas plus, amiral ? Pourquoi ne sommes-nous pas mieux protégés ?

En réalité, il connaît la réponse. Ils la connaissent tous. Les négociations pour organiser ce sommet ont été rapides, mais elles ont nécessité un effort surhumain : des nuits blanches, un nombre incalculable de communiqués, d'incessantes discussions. Ils ont tous posé leurs exigences dans les moindres détails, jusqu'à la nourriture qui serait servie et le type de draps qu'ils désiraient dans leurs lits. Ils savent pour quelle raison la ville n'est pas occupée par des bataillons entiers de stormtroopers. Pandion pose la question parce qu'il veut saper l'autorité de Rae, comme s'il était un couteau et elle un simple bout de bois qu'on taille.

Alors, elle lui répond :

— Cette réunion ne pouvait surtout pas ressembler à une occupation totale. Le risque était faible…

— Le risque est considérablement plus élevé à présent, ne trouvez-vous pas ? Il nous faut plus de vaisseaux. Nous devons rappeler les Destroyers Stellaires. Faites-les revenir des systèmes voisins, amiral. Ramenez-les en orbite. Nous rejoindrons nos vaisseaux et nous prendrons la fuite.

Shale se lève et jette les mains en l'air – un geste inhabituel pour elle, l'expression de sa profonde exaspération.

— Comment comptez-vous vous échapper ? Nous ne disposons d'aucun vaisseau ici. Nous sommes enfermés dans ce palais par une population dont la satrapie a abusé pendant longtemps…

C'est au tour du satrape Isstra de prendre la parole. Ses manières obséquieuses et dociles ont disparu. Remplacées par du fiel sur la langue. Son beau visage souriant est déformé par un masque de désespoir.

— Non ! Vous ne pouvez pas me faire porter la responsabilité ! Je ne suis pas une bête de somme juste bonne à charrier le poids de vos péchés. J'ai imposé les taxes que l'Empire exigeait. J'ai été un allié loyal, j'ai appliqué à la lettre les programmes que vous souhaitiez et qu'est-ce que j'obtiens en retour ?

Sa voix monte d'un coup dans les aigus. Un gémissement plaintif.

— Vous avez bombardé mon palais ! Cette tourelle a

détruit la tour est. Une tour qui se dressait au sommet de ce palais depuis deux mille ans !

Un mensonge. Sloane sait que la tour détruite par le turbolaser était relativement récente, construite par un des Withrafisp au cours des deux derniers siècles. L'architecture de la tour correspond à cette période : aussi bien le mouchetage de briques rouges qui s'élève en spirale sur le côté que le dôme en forme d'oignon. Sloane frappe du poing sur la table. Le satrape ferme la mâchoire.

— Je n'ordonnerai pas aux Destroyers Stellaires de revenir.

Des bouches s'ouvrent sous la surprise.

— Nous pouvons voter, lui rappelle Crassus.

— Comme cela a été acté, réplique Rae, il vaut mieux laisser des décisions comme celles-ci à une seule autorité, et pas à un corps de votants. Je suis l'amiral par intérim de la flotte et je décide ce que nous ferons de ces vaisseaux.

Pandion objecte :

— Vous les ramènerez. Il le faut. De là, nous pourrons faire venir une navette et les chasseurs TIE nous apporteront une couverture suffisante. Nous devons faire preuve de force. Nous n'allons pas simplement détaler comme des lièvres ryukyu : nous ne fuyons pas le danger. Nous devons y faire face. Puis, nous utiliserons les Destroyers Stellaires pour envoyer des bombardiers et nous apprendrons à cette ville ce qui arrive quand on se dresse contre l'Empire Galactique.

— En ce moment, intervient Shale, la Nouvelle République…

— L'Alliance Rebelle, la corrige Pandion.

— La Nouvelle République, insiste-t-elle, ne sait pas comment réagir face à cette situation. Ils n'ont pas envoyé de flotte parce qu'ils ne savent pas ce qui les attend. Et ils ne veulent pas déstabiliser une planète qui pourrait devenir leur alliée. Pour toutes ces raisons, ils attendent. Prudents. Ils hésitent à jouer gros. Ils ont amassé de bons gains, mais en jouant prudemment. Ils ne misent pas de façon imprudente et nous ne devrions pas le faire non plus, Valco.

— Vous n'êtes qu'une veule, une pleurnicharde, une mollassonne…

— Nous nous servirons du yacht de Crassus pour fuir, tranche Rae, mettant fin à la sempiternelle dispute entre le Moff et le général. C'est notre issue de secours.

— Quoi ? s'insurge Crassus.

Son visage vire au rouge à mesure que la colère lui monte aux joues.

— Qu'avez-vous dit ? Je ne tolérerai pas une chose pareille. C'est mon précieux vaisseau – ma *Harpe dorée*. Je ne donne pas mon aval.

— Je m'en fiche. Vous n'êtes pas un véritable Impérial. Vous êtes un bailleur de fonds. Un banquier. Il y en a des tas d'autres comme vous. Et il suffirait d'une ordonnance impériale pour vider vos comptes de leur or, comme les guêpes à l'abdomen rouge drainent le sang de leurs proies. Mettez-vous en travers de mon chemin, Arsin, et je vous exécuterai moi-même.

Pandion émet un sifflement.

— Eh bien, quelqu'un a trouvé ses griffes.

Crassus pâlit, le sang quitte son visage.

— Je… vous n'oseriez pas.

— Oh si, j'oserais. Je le ferai.

Elle dégaine son blaster et le braque sur lui.

— Ai-je votre consentement ?

— Je…

Elle tire. Juste au-dessus de sa tête. Il tressaille, agite les mains en criant :

— Oui ! Oui. Au nom des étoiles, oui.

— Bien. Contactez-les. Faites venir votre *Harpe dorée*.

Crassus hoche la tête en avalant péniblement sa salive. Et toute la salle recommence à se déchirer. Pandion, lui, adresse un petit sourire étrange à Sloane. Elle ne parvient pas à le décoder. Elle n'arrive pas à saisir ce qui se cache derrière. Est-il fier ? Fier qu'elle ait exercé son autorité ou fier de lui-même de l'y avoir poussée ? Est-il simplement amusé de ses efforts ? Ce sourire l'inquiète plus qu'un regard furieux.

Adea se penche et lui murmure à l'oreille :

— Il y a un nouveau problème.

Non, pas encore, se dit Rae.

— Qu'est-ce qui se passe encore ? demande-t-elle à voix basse.

— Vous devriez venir voir vous-même.

INTERLUDE

HYPERESPACE

Les étoiles s'étirent en lignes, des lignes qui filent dans le noir autour du *Faucon Millenium* tandis qu'il creuse une brèche dans l'hyperespace.

Han Solo se gratte la barbe de plusieurs semaines qui a gagné ses joues. Les poils le démangent et il fait la grimace en se grattant.

Chewie pousse un rugissement en le montrant de la patte.

— Ouais, ouais, je suis vraiment devenu une sale fripouille. Si ces poils poussent assez longtemps, on va finir par me confondre avec toi.

Il adresse un sourire narquois au Wookiee, qui grogne une réponse.

— C'est bon, relax, mon grand, personne ne va me confondre avec toi. T'es comme un arbre sur pattes couvert de poils.

Chewie prend appui contre le dossier du siège de copilote et les étoiles qui s'étirent se reflètent dans ses yeux. Il s'ennuie. Et un Wookiee qui s'ennuie, c'est dangereux. Dans le dernier système où ils étaient – Ord Mantell, dans la Bordure Médiane –, Chewie a passé son temps à tripoter le système de navigation du *Faucon*. Il essayait de régler une défaillance du propulseur d'hyperespace. Il l'a réparé, génial. Mais par la suite les flingues ont cessé de fonctionner – et, évidemment, ils ne s'en sont rendu compte quand ils étaient pris en embuscade par un trio de vaisseaux maraudeurs krishs. Ils s'en sont sortis avec de sérieuses brûlures sur les plaques vectorielles et les aéropads. Ils ont failli ne pas s'en tirer, d'ailleurs.

C'est tout de même agréable, en un sens, d'être ici, seul avec Chewie. Même si Leia et Luke lui manquent très fort – et Lando également, mais cela il ne l'admettrait jamais ouvertement –, être ici avec son vieux pote lui rappelle sa jeunesse. Le Wookiee, le *Faucon* et lui. Pas de responsabilités, à part celle de protéger sa propre peau… et de s'enrichir. Ce qui ne s'est jamais produit, lui rappelle une petite voix.

— Bien, nous quittons l'hyperespace, annonce-t-il en relâchant l'accélérateur.

Les lignes d'étoiles se réduisent, puis vient la sensation étourdissante. Celle qui ne disparaît pas, quel que soit le nombre de sauts qu'ils aient effectués, celle qui lui donne l'impression que son cerveau est projeté dans l'espace, tandis que son estomac reste une douzaine de parsecs en retrait. Puis la planète grossit devant eux : Dasoor.

Un monde de plus sur la liste des endroits sans foi ni loi : une planète ingérable, qui grouille de voleurs, dirigée par des gangs (eux-mêmes dirigés par un cartel du crime) et qui repose sur l'exploitation des esclaves.

Ce genre d'endroit est trop infâme, même pour Han Solo dans sa folle jeunesse. Les voleurs, ça passe, mais les esclaves font bouillir son sang.

Chewie pousse quelques rugissements accompagnés de grognements et Han lui répond :

— Le plan n'a pas changé.

C'est le même que sur Ord Mantell, Ando Prime, Karabin et tout le reste. Il pose l'implant cybernétique sur son œil – une lentille héliodore télescopique qui ne fonctionne pas et n'a d'autre but que de faire illusion. Cet accessoire, ajouté à son allure débraillée et à l'affreuse casquette d'aviateur qu'il pose sur sa tête forme un déguisement suffisant pour qu'on ne le reconnaisse pas au premier coup d'œil. Quand Chewie proteste en mugissant, il hoche la tête :

— Je sais, mon vieux, je sais. Je préférerais aussi que tu m'accompagnes, mais s'il y a bien une chose qui va nous trahir, c'est un contrebandier qui se balade avec un des rares Wookiees affranchis. Il faut qu'on trouve les chaînes d'approvisionnement de l'Empire et ça veut dire que je dois débarquer tout seul, soulever un peu de poussière et voir l'odeur qu'elle a. Toi… reste sur tes gardes dans le *Faucon*, au cas où la situation tournerait au vinaigre.

D'après les dernières rumeurs, l'Empire – après avoir perdu une partie de ses chaînes d'approvisionnement traditionnelles et des vaisseaux au cours des derniers mois – a resserré les rangs autour de certaines organisations criminelles qu'ils ont soutenues discrètement pendant des décennies. Han fait le tour des planètes mal famées, pose des questions, se bat de temps en temps dans un bar (bon d'accord, plus que de temps en temps) et voit s'il en ressort quelque chose.

Jusqu'à présent, ça n'a rien donné.

Chewie pousse un aboiement aigu et Han acquiesce :

— Ouais, j'espère que Wedge se marre mieux que nous de son côté. Allons nous poser et…

Le système comm crépite. Un hologramme bleu apparaît en vacillant.

Han éclate de rire et Chewie fait signe.

— Eh bien, regardez-moi ce que les ondes spatiales ont rejeté.

La femme projetée par hologramme incline les hanches d'un air taquin.

— Salut, vieille fripouille.

— Vieux, moi ?

Il feint d'être dégoûté.

— Imra, ça me fait de la peine. Ça me transperce le cœur.

Il affiche son sourire craquant.

— Je ne vieillirai jamais.

— Tu crois que Leia est du même avis ?

— Ça, c'est un coup bas.

— Tu pourrais larguer la Princesse, tu sais. Abandonner ton costume de citoyen respectueux des lois et revenir à la vie d'homme libre et sauvage, en dehors du carcan des lois.

— Imra, tu m'as appelé pour te moquer de moi ou tu as quelque chose à me proposer ?

— Nous avons une opportunité intéressante avec une toute petite fenêtre de tir.

Chewie gargouille et Han acquiesce :

— Imra, comme tu l'as dit toi-même, cette vie est finie pour moi, alors ce que tu me proposes…

Elle disparaît pour laisser la place à une nouvelle holo-image : une planète.

Chewie, troublé, se lève, rugit en agitant les poings et décroche la barre des stabilisateurs au-dessus de sa tête – le *Faucon* frissonne et roule d'un bord sur l'autre. Han se dépêche de replacer les stabilisateurs. Il s'apprête à dire à son vieil ami de se calmer, de se détendre, sans savoir ce qui l'a mis dans cet état…

Puis il comprend.

La planète.

C'est Kashyyyk.

La planète natale de Chewie.

Un monde où les Wookiees sont encore soumis à l'esclavage de l'Empire. Chewbacca a été un esclave comme les autres : enchaîné, à moitié affamé, à moitié fou, la fourrure clairsemée, il coupait les magnifiques wroshyrs pour leur bois et permettre de cultiver de quoi nourrir l'armée impériale, alors que tout cela appartenait à son peuple. Les Wookiees étaient également exploités dans le reste de la galaxie, expédiés comme esclaves au fond des mines ou pour construire des structures comme l'Étoile de la Mort. Parfois ces pauvres boules de poils étaient même utilisées pour des expériences scientifiques : on les ouvrait pour tester des médicaments et des armes.

— Chewie, tout va bien, mon vieux, tout va bien.

Han tapote son ami sur l'épaule et l'aide à se rasseoir. Les muscles du Wookiee sont tendus sous sa fourrure et il montre les dents. Son souffle est court tant la colère bouillonne dans ses veines.

— C'est quoi cette histoire d'opportunité ? demande Han à Imra.

— La planète des Wookiees est toujours verrouillée. L'Empire ne veut pas la lâcher, mais leurs rangs se sont éclaircis. Normalement, des vaisseaux vont et viennent pour relever les stormtroopers et les officiers, mais leur nombre ne varie jamais. Bientôt, ça va changer, pendant un court moment.

— Je ne suis pas.

— Ils vont faire un… qui peut le dire ? Une relève de la garde ou quoi. Ils ont peut-être besoin de vaisseaux pour une autre planète… je ne sais pas, Solo. Les détails ne sont pas clairs, mais ce qu'on sait, c'est que les vaisseaux qui s'en vont ne seront pas remplacés immédiatement. Ce qui veut dire qu'on dispose de quelques jours.

— Quand ?

— Maintenant.

Chewie renverse la tête en arrière et hulule.

— Maintenant ?

Han se penche en avant, pris de nervosité.

— Tu veux dire, aujourd'hui ?

— Presque. Le compte à rebours va commencer demain.

— L'Alliance – la Nouvelle République, peu importe leur nom – m'a confié une mission. J'ai une responsabilité. Je ne peux pas changer de plan et filer comme ça…

Il sait ce que la Nouvelle République dira. Ils ont une stratégie. Ils ne se détourneront pas de leur objectif pour Kashyyyk, pas encore.

Il a demandé la permission. Plus d'une fois.

Chewie lui lance un regard entendu. Il n'émet pas le moindre son. Il se contente de soulever et abaisser sa poitrine.

Tout à coup, Han se rend compte que les mots qui sortent de sa bouche ne lui ressemblent pas. En ce moment, avec Chewie, il se sent comme avant. Comme à l'époque où ils allaient où ils voulaient. Où ils agissaient à leur guise. Quand ils avaient envie de boire, de trafiquer, d'empocher de l'argent ou de sauter sur les occasions, bonnes ou mauvaises, ils n'hésitaient pas. Ils fonçaient.

Une étincelle s'allume dans les tripes de Han.

C'est le moment de le faire.

— Tu m'en dois une fameuse, rappelle-t-il à Imra. Tu t'en souviens ?

Un jour, il l'a débarrassée d'un Destroyer Stellaire qui lui collait aux fesses (et il s'est fait choper par la même occasion).

— Ne me dis pas que tu as oublié ?

— Non, non, je m'en souviens, c'est pour ça que je suis

là. Tu m'as dit que si jamais j'entendais quoi que ce soit à propos de la planète des Wookiees, je devais te prévenir. Je suis là, je te préviens.

— Ça ne suffit pas, gronde-t-il. Tu dois faire plus que ça.

Elle hésite.

— Plus comment ?

— Rassemble tout le monde. Toutes les fripouilles, tous les escrocs, tous les pirates, tous les contrebandiers : tous ceux qui m'en doivent une. Tous ceux qui détestent autant l'Empire que nous.

— Cette liste n'est pas aussi longue que tu le voudrais.

— Bon. Offre-leur l'immunité. S'ils veulent un casier vierge, dis-leur que la Nouvelle République est disposée à allonger sa liste. Grâce totale.

— C'est vrai ?

— Bien sûr, ment-il.

Ce n'est pas vrai. Il n'a jamais entendu parler de grâce. Mais il s'arrangera pour que cela devienne vrai. Il se tourne vers Chewbacca :

— Hé, mon vieux, tu sais toujours comment contacter les autres réfugiés ? Roshyk, Hrrgn, Kirratha et les autres ?

Un groupe d'une demi-douzaine de Wookiees s'est enfui de Kessel et a échappé à l'Empire, quand personne d'autre n'en était capable. Les brutes les plus redoutables et les plus poilues qui soient. Ils sont devenus des mercenaires aujourd'hui, ils ne s'intéressent pas trop à la politique ou à la Nouvelle République, mais libérer leur planète devrait les intéresser.

Chewie hoche la tête et grogne son assentiment.

— Bien. Rassemble-les. Toi, Imra, tu te charges des autres. Dis-leur de nous retrouver à l'extérieur de la Station Warrin. Tout de suite. *Blast !* Non, hier. On n'a pas besoin de l'Alliance ou de la République. On va régler ça à notre façon.

Le Wookiee brandit ses longs bras en signe de triomphe.

Imra donne sa parole et disparaît.

— On n'a pas de stratégie, mon vieux.

Le Wookiee grogne.

— On improvise !

Chewie hoche la tête et hulule.

— Génial. Comme au bon vieux temps.

Chewie l'attrape dans ses gros bras et le secoue comme un gobelet de dés. Han rit en tentant de ne pas se laisser écraser.

— Allez, Chewie, encode de nouvelles coordonnées. Il est temps de te ramener à la maison.

27

Wedge avance en titubant le long du couloir dans le palais du satrape. La douleur le tiraille comme de lourdes chaînes. Il est à bout de forces et, même si son cœur bat à toute allure et que l'adrénaline court dans ses veines, ses os lui répètent sans cesse : *Abandonne, couche-toi, cède*.

L'électricité a été coupée quelques minutes plus tôt et ses chaînes sont tombées comme de vulgaires jouets. Il est libre, maintenant.

Ou presque.

Des voix toutes proches. Des voix alarmées. Suivies par le son de bottes qui martèlent le sol en cadence. Des stormtroopers. Wedge grimace et se tapit dans l'alcôve la plus proche, un espace étroit avec un pot en céramique qui abrite une orchidée de la jungle locale. Il se glisse à côté du pot et tente de calmer sa respiration.

Les bruits de pas se rapprochent.

Les troopers discutent entre eux :

— L'amiral pense que c'était une diversion.

L'autre :

— Ou ils n'ont pas envie qu'on parte.

— Qui *ils* ?

— Est-ce que ça a de l'importance ?

Leurs voix sont plus fortes, à présent. Jusqu'à ce qu'ils passent devant l'alcôve.

Ils passent et s'arrêtent. Juste à côté de l'alcôve. À quelques pas de Wedge, réfugié dans l'ombre de cet interstice. Il tend ses muscles. Se prépare pour l'attaque…

Non. Cela ne marchera pas. Il est trop blessé. À n'importe quel autre moment, s'il était en bonne santé, il aurait le dessus sur deux têtes de seaux. Il cognerait leurs casques l'un contre l'autre, arracherait un de leurs fusils blasters et foncerait vers la porte. Mais, dans son état, ce sont eux qui auront le dessus. Ils lui en feront voir.

Il décide donc de rester là. Aussi silencieux qu'une étoile.

Les stormtroopers regardent autour d'eux. L'un d'eux annonce dans son comlink :

— Rien au deuxième étage. Nous passons au troisième.

Ils se remettent en route.

Wedge laisse échapper un léger soupir de soulagement quand leurs pas s'éloignent.

Ses muscles sont douloureux. Sa jambe manque de céder : son genou se dérobe tout à coup et, quand il se remet en place par réflexe, il déplace le pot en céramique.

Qui vacille en raclant le sol. Le bruit se répercute dans le couloir.

Les pas s'arrêtent.

Non, non, non.

Un des troopers demande à l'autre :

— Tu as entendu quelque chose ?

— Là-bas.

Ils approchent à nouveau.

On dirait que je n'ai pas le choix. C'est se battre ou être découvert. Survivre à tout prix ou être à nouveau enchaîné. Il se raidit, plante fermement ses pieds dans la meilleure position de combat qu'il parvienne à adopter… et son pied heurte à nouveau ce maudit pot. Le pot recule dans un grincement de pierre contre pierre.

Et déclenche une ouverture dans le mur de l'alcôve.

Une porte étroite. Un passage secret.

C'est maintenant ou jamais. Wedge se glisse derrière l'orchidée et pénètre dans l'obscurité de l'espace ouvert. Les pas résonnent plus fort que jamais. Une fois de l'autre côté, Wedge voit un bouton de pierre qui dépasse du mur. Il le frappe du plat de la main et la porte se referme derrière lui, juste au moment où il aperçoit une armure blanche.

Temmin tremble. Il est dans le cirage, se sent moite et malade. Il tente de tenir le coup quand Jas lui apprend que le chasseur TIE de sa mère – celui qui a sauvé la vie de Temmin une heure plus tôt – s'est écrasé contre le palais du satrape.

Ils cherchent à le consoler. Même Os pose une griffe métallique sur son épaule. Mais il les repousse tous. Leur assure que ça va aller.

Il cligne des yeux pour refouler les larmes et se retourne pour qu'ils ne remarquent rien. Il est face au mur, la mâchoire serrée, les mains tremblant sous la table.

Il a toujours su que ce jour viendrait. Sa mère, quelque part dans la galaxie. En train de se battre aux côtés des Rebelles. De voler en territoire impérial pour approvisionner les réserves. Tous les jours où il ne lui parlait pas (c'est-à-dire presque tous) étaient un jour où elle pouvait être morte. Son vaisseau flottant dans le vide. Son corps toujours attaché au siège d'un transport pourri que les Rebelles gardaient dans un hangar minable.

Cette idée lui venait parfois sous forme de cauchemars. Elle le poursuivait, les yeux hagards, la bouche grande ouverte. Ou des Impériaux venaient à sa porte lui annoncer qu'ils l'avaient tuée. Ou un jour, il trouvait devant sa porte un cercueil avec sa mère à l'intérieur.

Et voilà que ce jour est arrivé. Juste après qu'ils ont renoué le contact.

Pendant que Jas leur explique que la mission n'est pas annulée, qu'ils doivent quand même achever le boulot, tout ce que Temmin est capable de faire, c'est de surfer sur les sentiments bien trop familiers qui se déchaînent en lui, comme une mer agitée par la tempête.

La colère est la reine de ces mers. Temmin est en colère contre Norra parce qu'elle l'a abandonné pour une cause qui a toujours été plus importante que lui. En colère contre lui-même pour s'être montré si égoïste et ne pas avoir mieux profité du temps dont il disposait avec elle. En colère contre tout le monde, en réalité : contre Sinjir et Jas qui les ont traînés, Norra et lui, dans cette affaire ; contre Surat parce qu'il est Surat ; contre la Nouvelle République et l'Empire Galactique et…

Le bruit des pieds d'une chaise qu'on traîne sur le sol.

Il se retourne et voit les autres bouche bée.

Une femme s'assied au bout de la table et écarte le voile qui lui couvre le visage.

— Maman, articule-t-il d'une toute petite voix.

Un de ses flancs est éraflé, sa figure est sale et un peu ensanglantée.

— Vous… vous êtes écrasée, balbutie Jas.

Norra hausse les épaules.

— En fin de compte, les chasseurs TIE disposent bien d'un siège éjectable.

Temmin se précipite par-dessus la table en faisant tomber la bouteille de sève de plooey sur le sol. Il le remarque à peine. Tout ce qui compte, c'est de serrer sa mère dans ses bras. Elle le serre à son tour.

Cela dure longtemps, même si Temmin réalise tout à coup que ce ne sera jamais assez.

La panne d'électricité, songe Rae. Quand le chasseur TIE a percuté le palais, détruisant leurs navettes, l'électricité a vacillé quelques secondes. Et cela a suffi.

Parce que leur prisonnier n'est plus là. Wedge Antilles est en liberté dans le palais. Les magna-menottes qui l'attachaient se sont relâchées quand l'électricité s'est coupée. Un vieux bâtiment comme celui-ci ne possède pas de système de secours. Pas de batteries ou de générateurs auxiliaires.

— Ce n'est pas bon pour nous, déclare Rae, soulignant l'évidence.

— Nous le trouverons, lui assure Adea, sans conviction. Je vais mettre nos troupes dessus.

— Bien.

Adea quitte la pièce et l'amiral ramasse la tête du droïde médical. Détruit par Antilles, probablement.

Un problème de plus sur une longue liste. Un gros. Ce sommet n'a été qu'un enchaînement de pépins qui en ont engendré d'autres. Un enchevêtrement d'erreurs et de ratages. Du poodoo du lever au coucher du soleil.

On lui avait dit que ce n'était pas une bonne idée. Mais Rae a insisté. Elle s'est focalisée sur cette idée, souvent répétée par le Comte Denetrius Vidian : *Oubliez les méthodes anciennes*. Elle l'a souvent mise en pratique, car les méthodes anciennes n'ont rien rapporté à l'Empire si ce n'est sa fin précoce.

Une nouvelle façon d'avancer, avait-elle décidé, c'était cela qui devait remettre l'Empire sur pied et sauver la galaxie. Assurer la paix avant que le chaos ne resurgisse, renaissant des graines semées suite à la destruction de la deuxième Étoile de la Mort. Un contrôle pertinent. Une force autoritaire. Une poigne de fer dans un gant noir.

Sloane se concentre sur l'instant présent.

Il faut qu'elle retrouve Antilles. Une fois de plus.

Le passage est juste assez large pour une personne. Le contraste avec les couloirs majestueux du palais, assez larges pour laisser défiler des gardiens de front, peut-être même quelques speeders à condition qu'ils passent la porte, est impressionnant. C'est beaucoup plus petit ici. Plus intime. Ce passage doit être réservé au satrape ou à ses invités.

Tout cela est nouveau pour Wedge. Il ne fait pas vraiment partie des couches supérieures de la galaxie. Il a grandi en se salissant les mains dans un dépôt de carburant et en bossant dans des fermes pendant son temps libre. Il comprend tout de même l'intérêt de ce passage : le satrape doit pouvoir se déplacer dans le palais sans être vu. Sans le poids des conseilleurs ou des dignitaires qui veulent ceci ou cela. En outre, Wedge a toujours entendu dire que les villes d'Akiva regorgent de passages secrets, sous le sol comme au-dessus.

La grande question est : que faire maintenant ?

Il s'est arrêté pour reprendre son souffle assez longtemps. À mesure qu'il se glisse dans le passage, des lumières bleues cristallines s'illuminent légèrement à son approche et faiblissent dès qu'il s'éloigne. Elles éclairent le couloir par portions de trois mètres. L'effet est joli, quoiqu'un peu inquiétant.

Parfois, il passe devant de petites fentes par lesquelles perce une vraie lumière, celle d'une journée chaude et ensoleillée de l'autre côté des murs frais du palais. Ces aperçus lui donnent une impression de liberté. Ils lui rendent l'espoir, mais c'est aussi une torture.

— Si près, murmure-t-il pour lui-même.

Enfin, à un carrefour, il aperçoit un faisceau de lumière plus dense. Qui brille à travers une vieille fenêtre, au verre déformé par le temps.

Ce n'est pas une immense fenêtre.

Mais elle est assez grande. Il pourrait passer par là. S'il la casse, il pourrait aller de l'autre côté et…

Il regarde par la vitre déformée et voit à quelle hauteur il est.

Deux étages. Mais pas comme dans une petite école corellienne. Non, deux étages de palais. Il est à quinze, vingt mètres du sol.

Peut-être qu'escalader la façade est envisageable. Ou, s'il y a une fenêtre ici, il y en a peut-être d'autres plus bas. Si le passage continue…

Il comprend soudain, en son for intérieur. Il pourrait s'en aller. Il va peut-être réussir à s'enfuir. Et puis quoi ? Il se retrouvera en ville. Blessé. Il s'en sortira ou pas. Ils le captureront à nouveau en une heure, ou en dix, ou au bout de quelques jours. Qu'est-ce que cela changera ? L'occupation est effective. Quelque chose d'important se trame dans ce palais, en ce moment même. S'il s'enfuit, il a une chance de sauver sa peau.

Mais est-ce que cela sauvera la Nouvelle République ?

Non. Sa seule chance, c'est de rester ici. De rester dans ce bâtiment et d'apprendre ce qui se joue – ou, à tout le moins, de trouver un moyen d'envoyer une communication à Ackbar et aux autres.

Il regarde dehors une dernière fois.

Si. Près.

Puis il se remet en route.

Norra prend un peu de temps pour profiter des retrouvailles. Elle est fatiguée et, franchement, elle a juste envie de savourer cet instant. Elle a mal partout, jusqu'à la moelle. Chaque fois qu'elle cligne des yeux, elle revoit le palais qui s'approche à toute allure. Elle se souvient de ses mains qui se cramponnent au tableau de bord… Une idée idiote, est-ce qu'elle croyait vraiment que cela allait adoucir l'impact ? Sa paume a pressé tous les boutons.

Un d'entre eux actionnait le siège éjectable.

Puis elle s'est retrouvée dehors, en l'air, pendant que le TIE s'écrasait sur la plate-forme et entrait en collision avec les trois navettes. Son parachute s'est déployé tard, trop tard, et un vent violent l'a tirée vers la droite. Puis elle s'est retrouvée au sol, sur lequel elle s'est fait traîner : sa manche est en lambeaux, sa peau éraflée et arrachée.

Alors, pendant un bon moment, elle profite de ce câlin et du sourire de ces deux personnes qui sont pratiquement des inconnus, et presque des amis, peut-être même de la famille : la chasseuse de primes et l'ex-Impérial.

Même le droïde aux yeux fous de son fils dit :

— JE SUIS CONTENT QUE VOTRE EXISTENCE N'AIT PAS ÉTÉ RÉDUITE À DES ATOMES DISPERSÉS, MAMAN DE MAÎTRE TEMMIN.

Elle éclate de rire. Tous les autres aussi. Temmin est debout à côté d'elle. Elle le tire vers elle et passe un bras autour de sa taille.

— Moi aussi, je suis contente d'être en vie.

Malheureusement, elle sent que le moment est passé. Il le fallait. Elle s'assombrit et annonce avec sérieux et gravité :

— Nous avons encore du boulot. Il faut que nous entrions dans le palais et je crois que je sais comment.

INTERLUDE

CORUSCANT

C'est le treizième anniversaire de Jak.

Il lui faut un cadeau. Le jeune garçon – non, le jeune homme – n'a personne dans son entourage pour lui en acheter un. Mais il est sûr que son père aurait voulu qu'il reçoive ce qu'il y a de meilleur.

Il traverse les conduits cassés de 1313, le niveau le plus mal famé des bas-fonds de Coruscant, un donjon si profond que le monde au-dessus a oublié son existence. Il passe devant deux Er'kits blafards qui grattent les moisissures du mur et sucent avec avidité cette masse spongieuse. Il croise un Xexto aux bras d'araignée qui arrache des fils d'un panneau cabossé et les enfonce dans un chargeur plein de larges batteries bourdonnantes. Le Xexto s'adresse à Jak d'un ton irrité quand il arrive à sa hauteur : il le prévient qu'il ne doit pas essayer de piller l'électricité volée. Et là, plus loin, après le virage…

Deux gardes. Un humain costaud, avec une grosse panse à bière et de la nourriture coincée dans sa barbe, et un Kerkoidien, autrement plus massif encore. Le Kerkoidien l'examine par-dessus ses défenses rose sang délavé. Quand Jak approche, le Kerk lui montre le blaster qu'il porte à la hanche et marmonne :

— Passe ton chemin, mouchard…

— Je ne suis pas un mouchard, rétorque Jak en rassemblant son courage. Je suis un acheteur.

Le Kerk dégaine son blaster – ce n'est pas encore une vraie menace. Son mouvement est alangui, c'est le geste d'une brute sûre de sa toute-puissance.

— J'ai dit…

Jak fouille pour trouver la carte.

Elle est noire et mate. L'encre est rouge et scintillante.

— Voilà.

L'humain écarquille les yeux.

— Un gamin avec une carte.

— Je ne suis pas un gamin, c'est mon anniversaire.

— Joyeux anniversaire, trace de frein, ricane le Kerk. Allez, tu peux entrer.

Le barbu frappe à la porte. Elle coulisse dans un sifflement.

À l'intérieur se trouve celui que Jak cherche : le baron des ordures, Talvee Chawin. Un Iktotchi à cornes surnommé « l'Épine ». Peut-être parce qu'il a une corne cassée et que la seconde s'enroule sous son menton pour rejaillir comme l'épine menaçante d'une plante vénéneuse.

Mais aussi peut-être parce que c'est une épine dans le pied de l'Empire.

— Toi, déclare l'Épine, tu es le gamin.

— Je ne suis pas…

Oh, laisse tomber.

— Oui, c'est moi.

— Je pensais que tu ne te pointerais jamais.

— Votre ami m'a donné la carte.

— Mais pour quelle raison est-ce qu'un garçon comme toi s'en servirait ?

Le baron du crime iktotchi contourne le canapé en demi-cercle derrière lequel il était assis et s'approche du garçon. Il sort sa langue et semble lécher l'air.

— Tu n'as rien à faire ici-bas. Ta place est en haut.

— Oui, vous avez raison, mais il n'y a pas de place pour moi en haut en ce moment.

Un sourire se dessine sur les lèvres de l'Iktotchi.

— Ce sont eux qui occupent la place.

L'Empire.

Jak reprend :

— J'ai sauvé votre femme d'une détention policière.

— Ce n'est pas ma femme. Lazula n'appartient à personne.

— Elle travaille pour vous.

— Elle travaille *avec moi.*

— Très bien. Soit. Je l'ai sauvée. Elle m'a donné la carte. Et me voilà.

— La carte, la carte.

Il gonfle ses joues pâles et les fait claquer.

— Oui, c'est presque comme si tu savais ce que tu faisais en la sauvant.

Il tourne un de ses yeux noirs vers Jak.

— C'est à se demander si tu ne l'as pas piégée.

Jak ne répond pas. Il tente de ne pas trembler dans ses bottes.

Puis le seigneur de la pègre joint ses grosses mains et agite un doigt tendu.

— De toute façon, j'admire ton attitude. Tu prends les choses en main. Donne-moi la carte, je te donnerai un cadeau d'anniversaire. Mais il a un prix, comme tous les cadeaux. Pas juste une année – le prix habituel pour un an de plus sur cette planète –, mais quelque chose de plus important. De plus durable. Une vie différente. Une vie avec moi.

— Je…

— Tu peux y aller. Réfléchis. Discute avec ta famille. Demande aux dieux de ta maison. Mais c'est ma condition. Lazula m'a déjà dit ce que tu voulais et je sais ce que j'exige en échange.

— Je n'ai pas de famille.

Il possède juste une urne au nom de son père contenant des cendres. Quant aux dieux de la maison… ils n'en ont jamais eu. Son père n'y a jamais cru.

— J'ai sauvé Lazula. Ça devrait suffire.

— Ça suffit pour que je ne t'étripe pas comme une fouine.

— … Oh !

— Oui. « Oh ! » Si tu veux l'arme que tu cherches, tu rejoins l'équipe.

— C'est d'accord.

Cette absence d'hésitation le surprend lui-même.

L'Iktotchi sourit.

— Bien. Alors tu auras ton arme. Pourquoi en as-tu besoin ? Quelles sont tes intentions ?

Je vais couper toute l'alimentation de Coco Town. Il ne répond pas cela. Il n'explique pas comment la Brigade des Mordchevilles – des gamins plus jeunes que lui, qui luttent pour les Rebelles – connaît tous les tunnels et les recoins dans cette partie de la ville. Qu'ils savent qu'il y a un point d'accès caché à l'arrière du vieux resto abandonné, Chez Dex – et que si quelqu'un arrivait à s'introduire dans ce tunnel, il pourrait en théorie installer un dispositif EMP sous les lignes impériales pour désactiver tout leur matériel. Leur enlever leurs yeux. Leurs oreilles. Leurs canons.

Jak se contente de répondre :

— C'est mon anniversaire, mais en réalité, c'est un cadeau pour l'Empire. Un gâteau que je leur prépare.

Et quand plus rien ne fonctionnera et qu'ils tâtonneront dans le noir, je débarquerai de nulle part et je mettrai un tir de blaster dans le dos du commandant Orkin Kaw.

Jak sera vengé de l'homme qui lui a pris son père. Parce que cette bataille – cette guerre – continue à faire rage. Et que Coruscant n'a pas encore été gagnée.

28

Adea remonte à toute allure le long couloir et ses pas résonnent sur les dalles. Elle baisse les yeux vers l'écran dans sa main, qui projette les plans du palais du satrape. Elle tente de localiser le prisonnier en cavale. Un quatuor de stormtroopers croise sa route puis s'éloigne au pas de charge dans un couloir perpendiculaire. Plusieurs servantes se sont tapies dans une alcôve. Elles attendent que la situation se calme en jetant des regards effrayés autour d'elles.

Quand Adea tend l'oreille, elle perçoit le bruit de la foule au-dehors. Un murmure sourd, pareil au sang qui tambourine dans les oreilles. Elle se demande combien de temps il faudra avant que quelqu'un n'ouvre une brèche dans le mur. Ou escalade la tour en ruine, qui a été abattue par les tourelles laser.

Pas le temps de s'en préoccuper.

Focalise-toi sur le problème le plus urgent, se dit-elle.

La carte du palais flotte devant elle, sous forme holographique. Elle étend les doigts et la carte grossit. Elle touche une zone pour zoomer. Le pilote a quitté la cellule et puis ? Pas de conduits assez importants. Les couloirs sont larges et les cages d'escalier majestueuses. Le problème n'est pas que tout soit ouvert, c'est que le palais soit immense. Il faudrait à Adea une journée complète pour couvrir chaque centimètre, en haut, en bas, partout. Ce Rebelle pourrait se cacher n'importe où.

Et qu'est-ce que c'est que ça ? Dans un coin du plan, un couloir étroit clignote derrière un mur. Un passage secret. Ou un accès vers un couloir dérobé.

Adea réalise que la carte est incomplète. Le satrape leur a fourni un plan qui ne montre pas les passages secrets…

Un mouvement à sa droite.

Quelqu'un court très vite, lui attrape l'épaule, l'oblige à faire volte-face…

Elle pousse un cri quand le petit blaster qu'elle garde dans un holster au bas de son dos lui est arraché.

Le prisonnier n'est qu'à un mètre d'elle, il pointe son propre pistolet vers elle. Le capitaine Wedge Antilles. Les cheveux ébouriffés. Les yeux perdus. Un teint de cendre, la peau grasse et ruisselante de sueur.

— Cet holo-écran, il me le faut.

— Non, décrète-t-elle en redressant le menton pour se donner un air dur.

— Vous ne voyez pas ce blaster ? Il me faut cet écran. Et je veux que vous ouvriez les canaux comm. Vous pouvez le faire, non ?

La bouche d'Adea forme une ligne plate et résolue.

— Non.

— Vous mentez.

— Et alors ?

Il rit. Exaspéré. Fatigué. Il a mal.

— Réfléchissez un instant. L'Empire ? Tout ça ? C'est terminé. La fin est arrivée. Aidez-moi et je ne l'oublierai pas. Personne ici ne devra le savoir. Vous n'aurez qu'à dire que j'ai eu le dessus sur vous. Vous ne ressemblez ni à un soldat ni à un officier. Prenez la bonne décision. Aidez-moi. Donnez-moi cet écran.

Elle hoche la tête d'un air hésitant.

Elle se penche avec un soupir las et lui tend l'écran.

Wedge veut le saisir.

Adea ricane, tourne l'écran dans sa direction et fait glisser un doigt sur le côté pour augmenter au maximum la luminosité. Elle veut l'éblouir. Il pousse un cri et se protège les yeux…

Adea ne prend pas la fuite. *C'est mon instant de gloire. Je le capture. Je gagne les faveurs de Sloane et des autres. Je répare son erreur. Je suis une héroïne.*

Elle lui envoie son genou dans l'estomac. Elle attrape son poignet et le tord. Elle ne regrette pas d'avoir été entraînée à l'autodéfense lors de sa formation aux arts martiaux impériaux : un mélange de Zavat, d'echani et de bons vieux ECI (Exercices de combat impériaux). Elle a suivi la même formation que tous les stormtroopers et les officiers. Le blaster tombe de la main du pilote.

Mais Wedge est rapide. Même dans son état. Son autre main rattrape l'arme. Adea donne un coup de tête, son front vient s'encastrer dans le nez de Wedge.

Crac.

Le pilote pousse un cri.

Le blaster lâche une décharge.

Et la douleur transperce Adea. Elle titube. Dans sa jambe gauche, un trou fume. Des volutes de fumée s'élèvent de la blessure. Toute sa jambe est insensible et elle s'écroule sur le sol.

Cette saleté de Rebelle lui dit :

— Je suis désolé. Vraiment.

Puis il ramasse l'holo-écran et s'éloigne.

Adea appelle à l'aide, hurle que le prisonnier est ici. Puis s'effondre en pleurant parce qu'elle a échoué. Elle a laissé passer une chance unique de rendre service à l'Empire.

Jas est sur le seuil de la boutique de Temmin. Le trajet n'a pas été facile. Pourtant, il aurait dû l'être. Des flots d'Akivans inondent les rues. Certains portent des pancartes et des banderoles. En arrivant, elle a aperçu une caricature du satrape. Plus loin, un épouvantail mal bricolé qui ressemble à l'homme de main de l'Empire, Dark Vador. Un manifestant y met le feu et le mannequin s'embrase. De la fumée noire s'élève et la version artisanale du Seigneur Sith est dévorée par les flammes.

Cette ville est un baril de cordylleum sur le point d'exploser.

Jas n'est pas directement responsable mais, avec ses partenaires, ils ont mesuré la mèche et distribué les allumettes.

Une part d'elle-même est fière : elle n'a jamais mené une opération d'une telle envergure. En ce moment, Jas manie toute la population de la ville comme une arme qu'elle pointerait vers sa cible. Ce n'est pas la première fois qu'elle manipule des gens, mais à cette échelle ? Le plaisir est décuplé. C'est sublime. Et pourtant, elle a l'habitude de travailler seule. Tante Sugi s'entourait toujours d'une équipe et avait un faible pour les opprimés. Les fermiers, les esclaves, les imbéciles.

Jas a toujours pris cela pour de la faiblesse. Peut-être se trompait-elle ?

Elle tourne la tête. À l'intérieur de la boutique, Norra et Sinjir collaborent. Le garçon, Temmin, est parti de son côté. Il a expliqué qu'il ne gardait pas ses plans dans le magasin, au cas où. Il a dû rejoindre sa « cachette-cagibi-repaire » (ce sont ses mots, pas ceux de Jas) pour les récupérer. Il s'est éloigné, flanqué de son droïde lunatique.

Je me sers de ces gens pour atteindre mes objectifs. C'est de cela qu'il s'agit, en réalité, non ? Ce ne sont pas des équipiers ou des partenaires. Ce sont des outils, au même titre qu'une hydroclé ou qu'une clé Harris. C'est ce qu'elle se dit pour s'endurcir, au cas où elle les perdrait. Parce qu'il y a gros à parier qu'ils ne sortiront pas tous vivants de cette mission. Ils ont déjà failli perdre Norra. Quelqu'un d'autre y laissera sa peau, c'est certain.

Elle tente d'ignorer les sentiments que cela provoque en elle.

Elle tente d'ignorer l'émotion qui l'étreint.

C'est un boulot, rien de plus. Tu n'as prêté allégeance ni à la Nouvelle République ni à cette bande de malades. Ils ne sont pas de ta famille. Tu n'es pas de la leur. Fais le boulot, empoche les crédits et barre-toi.

C'est ce que sa raison lui dit.

Mais pourquoi son cœur lui murmure-t-il autre chose ?

— Et voilà le boulot, annonce Norra en déposant une boîte sur la table.

Sinjir se penche et s'écarte en apercevant le contenu.

— Ce carton est *rempli* de détonateurs thermiques !

— Je vous rassure, je ne croyais pas que c'étaient des boules à neige.

— Comment est-ce que je peux être sûr que vous ne nous ferez pas tous exploser ? Vous manipulez ces engins comme un docker débarque une caisse de viande de bantha en conserve.

Norra éclate de rire. Sinjir fronce les sourcils tandis qu'elle l'observe et décrète :

— Vous n'avez pas été soldat, hein ?

— Au service de l'Empire, tout le monde est un soldat, ironise-t-il.

— Hum, hum. Je veux dire, soldat au front. Avec son arme au poing. Qui encaisse des tirs de blaster. Ne vous tracassez pas, les détonateurs thermiques ne se déclenchent pas si on ne les active pas.

Elle prend la caisse et la secoue. Il fait la grimace, persuadé que tout va exploser.

— Ils ne font pas *boum* si on les remue un peu. Je pourrais donner un coup de pied dans un détonateur et il n'exploserait pas. Tant qu'on ne les active pas, ce sont des cailloux luisants, rien de plus.

Sinjir s'éclaircit la gorge.

— Vous ne m'en voudrez pas si je reste à quelques mètres de ce carton de « cailloux luisants », alors.

— Faites-moi confiance : nous ne risquons rien.

Elle s'arrête et croise les bras. Il voit bien qu'elle a quelque chose en tête.

— Allez-y. Dites ce que vous avez sur le cœur.

— Je…

— Crachez le morceau, Norra.

— Vous pouvez me faire confiance. Mais est-ce que je peux vous faire confiance en retour ?

— Avec les détonateurs thermiques ?

— Non, ma vie.

— Oh, ça.

Il hausse tellement les sourcils qu'il a l'impression qu'ils survolent ses cheveux.

— Vous me demandez ça parce que j'étais un Impérial ?

— L'Empire n'est pas très doué pour la trahison. Les Impériaux sont loyaux parce qu'ils redoutent ce qui se passera s'ils ne le sont pas. Je suis votre ennemie. Et vous êtes le mien. C'est difficile de passer au-delà de ça.

Sinjir claque des doigts.

— Vous avez raison, mais vous vous trompez en partie. Ceux qui sont loyaux à l'Empire le sont parce qu'ils savent ce qui se passerait en cas de trahison, c'est vrai. Et savez-vous pourquoi c'est le cas, Norra ? Grâce à moi. J'étais un officier de probité. Vous savez quelles sont les responsabilités d'un officier de probité impérial ?

— J'avoue que non.

— Oh, c'est un rôle vraiment passionnant. On m'a appris à détecter la faiblesse chez les autres. J'ai appris à interpréter le langage corporel, à déceler le mensonge, à dresser les gens les uns contre les autres, tout ça pour repérer s'ils avaient commis des infractions envers l'Empire. Tout : depuis les plus petits écarts de conduite jusqu'à la trahison en bonne et due forme. J'étais l'ombre dont ils ne pouvaient se débarrasser. Si j'étais affecté dans une base, une station de combat ou un bureau, ils se savaient surveillés. Je dénichais leurs méfaits et manquements, comme un chasseur débusque sa proie dans la brousse. Et j'étais sans pitié pour obtenir un aveu et corriger les erreurs. Je ne me contentais d'ailleurs pas d'infliger de douleur physique, même s'il y en avait une bonne dose. C'est la douleur émotionnelle qui marchait le mieux. Je peux vous raconter une histoire ?

— Temmin n'est pas encore rentré, on a le temps.

Sinjir s'appuie contre la table. Il entame son récit, en l'accompagnant de gestes vifs de ses doigts.

— Je n'aimais pas la plupart des gens que je torturais. C'étaient des brutes ou des lâches, et j'étais ravi de les malmener au nom de l'Empereur. Mais ce n'était pas toujours le cas. Par exemple, le jeune officier artilleur Rilo Tang. Rilo : un officier enthousiaste. Les yeux brillants comme des crédits lustrés. Un homme séduisant. Beau comme un lever de soleil. Doux comme un jifcake. Et rusé comme un singe-lézard.

— Je ne vous suis pas.

— C'était un voleur.

— Qu'est-ce qu'il avait volé ?

Sinjir rit et incline la tête.

— Eh bien, c'est ça : rien d'important. C'était une compulsion, je pense. Ses mains ne pouvaient s'empêcher d'attraper tout ce qui n'était pas attaché. Il chapardait surtout les effets personnels des autres. Des trucs idiots. Des holophotos, des plaques d'identité et, au nom des étoiles, une fois, je me souviens même qu'il avait volé la paire de chaussures d'un soldat. Ça n'avait aucun sens. Pourquoi faire un truc pareil ?

Norra plisse les yeux.

— Je poserais la même question. Pourquoi ?

— Ma théorie, d'après son profil psychologique ? Les parents envoient souvent les enfants à problèmes à l'Académie Impériale. Ils espèrent que les Impériaux vont redresser leurs rejetons débraillés et désobéissants pour les transformer en quelque chose qui ressemble à un brave citoyen galactique. En réalité, ce genre de recrues était souvent éliminé. Par la force, la plupart du temps. L'Empire voulait des héros, pas un assortiment de ratés. Je pense que Rilo était un de ceux-là.

— Que lui est-il arrivé ?

— Nous l'avons prévenu. Je l'ai mis en garde. À de nombreuses reprises. Puis un jour, il a dérobé une bague à un Moff. Une bague à laquelle le Moff disait beaucoup tenir pour des raisons personnelles, même si j'ai découvert ensuite qu'elle contenait en réalité des informations codées gravées à l'intérieur. Ça, c'est une autre histoire. J'ai donc été obligé de… me charger de Rilo pour obtenir ses aveux.

L'expression de Norra change du tout au tout. Jusqu'à présent, elle suivait son récit avec curiosité, mais tout à coup, c'est comme si l'écorce tombait d'un arbre mort. Il ne reste plus qu'un regard vide et glacé. Horrifié.

— Vous l'avez tué, conclut-elle.

— Non. Oh, non, non. Vous m'avez mal compris. Je n'étais pas l'exécuteur. J'étais le confesseur. La police secrète. Je trouvais les preuves, quelqu'un d'autre signait le mandat et quelqu'un d'autre encore poussait le coupable hors du sas de décompression. Ou le pendait ou le plaçait devant un peloton d'exécution, ou, ou, ou. Mais, pour obtenir cette confession, je devais briser quelques os de ce beau jeune homme. Je ne sais pas s'ils l'ont tué. J'ai cru comprendre qu'il a fini par être affecté aux compacteurs de déchets. Ce qui compte, c'est que son visage ne sera plus jamais le même. Sa beauté, sa vigueur ? Envolées. Et ça, par ma faute.

— Vous étiez un homme malfaisant.

— Je le suis peut-être encore, même si j'essaie de m'améliorer. Mais ce n'est pas pour ça que je vous raconte cette histoire. Je vous la raconte parce que vous croyez être mon ennemie et ce n'est pas vrai, pas du tout. C'est l'Empire, mon ennemi. L'Empire a toujours été mon ennemi. Je traquais les miens. Je leur faisais du mal. J'étais formé pour douter d'eux, pour voir leurs défaillances. Et j'ai vu tant de faiblesse et de perte. Chez eux.

Et chez moi.

— Ils étaient mes ennemis et ils restent mes ennemis aujourd'hui. J'ai juste laissé tomber l'uniforme.

— Alors vous êtes des nôtres, maintenant ? Vous êtes un Rebelle ?

Cette pensée noue l'estomac de Sinjir. Voilà ce qu'il est devenu, non ? Un Rebelle. Il a retourné sa veste. Il est passé de l'autre côté. Pourquoi ? Parce qu'il a failli mourir sur Endor ? Parce que ce gâchis l'a ébranlé ? L'a changé ? Quelle curieuse raison de déserter son poste. Cela ne peut pas être aussi simple. Cela ne peut pas être aussi définitif. Il se dit que c'est temporaire. Que cette crise de conscience se résoudra un jour.

Il redresse le menton et la regarde.

— Je ne suis pas avec eux, mais je ne suis pas avec vous non plus. Je suis avec moi-même.

— Je ne fais pas confiance aux gens qui n'agissent que pour eux.

Il hausse les épaules et lui adresse un triste sourire.

— Alors, vous ne devriez pas me faire confiance.

Le chaos est total. Jom Barrel le voit bien. Des chasseurs TIE se font exploser les uns les autres dans le ciel. La ville se soulève de tous côtés. Il se cache dans une ruelle étroite comme une fente, entre deux bâtiments – une ancienne boutique de kaffa et un taudis aux murs pourris –, il contemple la furie généralisée. La colère. Les paroles scandées. La rage contre l'Empire. La haine envers le satrape. Akiva ressuscite, elle renaît et explose à la fois, dans les feux de la révolution.

Jusqu'à présent, il avait un objectif : arriver à une station comm, trouver un moyen de transmettre son rapport. Il pourrait pirater le poste ou forcer les Impériaux à le céder.

Mais tous ces gens autour de lui ? Cette Rébellion miniature qui se déroule devant ses yeux ? Eh bien, cela lui donne envie de se battre.

Il repense à la tourelle turbolaser qui a tiré sur le pilote du chasseur TIE volé. Ce truc est un danger. Jom change donc ses priorités. Il est temps de changer de cible. D'oublier la station comm. Il a l'intention de détruire la tourelle. Tout seul. Ou de mourir en essayant d'y arriver. Mais s'il n'était pas prêt à mourir pour ses idéaux, il n'aurait jamais rejoint l'Alliance Rebelle, nom d'un bantha.

Temmin est de retour. Ils sont tous rassemblés en bas, dans la cave de la boutique, et le plan de tous les passages souterrains de la ville est étendu sur des caisses d'armes.

— Une carte en flimsiplast, comme c'est désuet, observe Sinjir.

Norra lui fait signe de se taire. C'est un peu rude, un peu trop… maternel. Et ses sentiments pour Sinjir ricochent dans sa tête comme un tir de blaster perdu. Elle voudrait lui faire confiance, mais quelque chose en lui la chiffonne. Serait-il capable de les trahir ? Le ferait-il ? Quoi qu'il en soit, Sinjir comprend. Il se tait et Norra se penche pour examiner la carte :

— Regardez, c'est par ici que nous entrerons dans le palais. Les tunnels relient différentes parties de la ville. Les points d'accès ont été murés depuis longtemps…

Temmin l'interrompt :

— Ce qui veut dire qu'ils ont aussi muré l'accès au palais.

— Peut-être pas, objecte Norra. Les rumeurs affirment depuis longtemps que les satrapes entrent et sortent de ce palais en cachette. C'est peut-être le moyen qu'ils utilisent. Et puis même si l'accès était muré… nous emportons les détonateurs.

La chasseuse de primes hoche la tête.

— Ça me plaît.

Norra ressent une étrange fierté. Jas n'a pas l'air facilement satisfaite.

— Ça nous permet à la fois d'éviter le soulèvement populaire dans les rues et les regards inquisiteurs de l'Empire comme des hommes de Surat. Ça peut marcher. Et ça, c'est notre entrée ? demande Jas en indiquant la porte secrète derrière le valacorde.

— Oui, répond Temmin, mais j'avoue que cette

stratégie ne me plaît pas *à moi*. Elle est nulle. C'est du poodoo. C'est du poodoo d'eopie qui a la diarrhée. C'est du poodoo de…

— C'est très évocateur, commente Sinjir, tu aurais dû être poète.

— Je veux juste dire que… ce plan ? Il ne peut pas être précis. Il date de plusieurs centaines d'années.

— Mais tu as exploré la zone, insiste Norra. Tu seras notre guide. Je te fais confiance, Temmin.

Elle lui adresse un sourire chaleureux. À sa grande surprise, il le lui rend.

— Bon, c'est vrai, mais la carte est bourrée d'erreurs. Et je ne suis jamais allé aussi loin. Si nous marchons jusqu'au palais, nous devrons passer devant l'ancienne usine de droïdes.

— C'est là que tu t'es procuré la plupart des pièces de droïdes que tu revends, non ?

— Pas exactement… Je ramassais des pièces dans les puits à déchets là en dessous. Les trous sont emplis de détritus de l'usine. Je ne suis jamais entré dans les installations proprement dites.

— Pourquoi pas ? s'étonne Jas.

Il hésite avant de répondre.

— Parce que l'usine est hantée.

Ils échangent des regards étonnés.

Sinjir ne peut pas se retenir et finit par éclater de rire.

— Hantée ? Par quoi ? Des fantômes de droïdes ?

Norra lui décoche un violent coup de coude dans les côtes. Il en a le souffle coupé.

— Je ne sais pas. Je ne sais pas ! C'est ce qu'on raconte. On dit que c'est pour ça que l'usine a été condamnée. Elle était hantée, alors ils ont tout bouclé. Vous savez combien de gens ont disparu là-bas ?

— Ils ont disparu parce qu'ils n'avaient pas de carte

pour se guider, le rassure Norra. Ils se sont sans doute perdus. Ou bien ils n'ont jamais disparu et ne sont que des rumeurs, comme le reste. Les histoires de fantômes qu'on se raconte autour d'un feu de camp ne sont pas la réalité. Les souterrains sont le passage le plus sûr et le plus rapide.

Jas se tourne vers Temmin.

— Tu as une meilleure stratégie ?

— Oui.

— On t'écoute.

— On n'y va pas du tout ! J'ai compris le topo. On veut tous le bien de la galaxie. Mais ce n'est pas notre boulot. Enfin…

Il montre Jas du doigt.

— Bon, vous, c'est votre boulot. Mais nous ? Ça se passera avec ou sans notre aide. Et… peut-être que la Nouvelle République, c'est les bons. Ou pas. Peut-être que rien ne change. Peut-être que c'est encore pire maintenant. Nous sommes la Bordure Extérieure, je vous rappelle. Nous sommes la cuvette des W.-C. que personne ne veut nettoyer, OK ?

Sinjir émet un sifflement approbateur.

— Et je me trouvais cynique…

Norra s'agenouille devant son fils et prend ses mains dans les siennes. Cela lui fend le cœur de le voir dans cet état. Il est désabusé. Elle le comprend. Elle le sait. Et elle est pratiquement sûre que c'est sa faute. Ce qui signifie que c'est à elle d'arranger les choses.

— Tem, c'est pour cette cause que ton père et moi nous sommes battus. Nous voulons que la galaxie devienne meilleure. Pour toi. Pour tes enfants.

Il grimace en entendant cela. Elle se souvient que les ados ne veulent jamais qu'on leur parle de se marier ou d'avoir une portée de petits.

— S'il te plaît, fais-moi confiance sur ce coup-là. Nous faisons ce qui est juste. Et nous pouvons changer le cours des choses. Même de petits groupes d'individus peuvent changer la galaxie. Il suffit d'un homme pour cracher dans l'œil d'un géant et l'aveugler. Alors, faisons-le. Allons cracher dans l'œil du géant.

Jas renchérit :

— Ta mère a raison. Si nous n'agissons pas maintenant, il y a des chances pour que les Impériaux qui se trouvent dans le palais nous échappent. Si ça se produit, nous ne serons pas payés. Tu veux être payé, non ?

Temmin acquiesce d'un signe de tête.

— Oui.

L'argument ne plaît pas à Norra. Elle regrette que ce ne soit pas son discours qui ait fait pencher la balance, mais l'intérêt financier mis en avant par la chasseuse de primes. Mais si ça fonctionne…

Il est avec eux.

L'alerte est lancée et les Impériaux localisent Wedge Antilles dans les appartements des serviteurs, au rez-de-chaussée du palais. Ils sont déjà occupés à baisser les rideaux de fer sur tous les vitraux et à fortifier les portes. À ce niveau, le grondement de la foule est un être vivant. Il est étouffé par les épaisses murailles, mais il monte et descend, Rae le sent au plus profond de son être.

Elle entre dans la chambre, suivie par un trio de stormtroopers. Adea n'est pas présente, on l'a déjà confiée aux soins des médecins du palais.

Antilles est couché sur le ventre dans le fond de la pièce, mort. Son bras est étendu, sa main figée dans une position crispée. À quelques centimètres de ses doigts, l'holo-écran qu'il a volé à l'assistante de Rae après lui avoir tiré dessus.

Rae avance un peu et remarque que le dos du prisonnier se soulève et s'abaisse doucement. Il n'est donc pas mort, seulement inconscient. La douleur et la blessure sont venues à bout de sa résistance. Tant mieux. Cela signifie que cet incident s'est déclenché et terminé avant que les membres du sommet ne s'en aperçoivent.

Rae fait signe aux stormtroopers de soulever Antilles.

— Ramenez le prisonnier à l'étage. Utilisez de vraies chaînes, cette fois-ci. Le satrape doit pouvoir en trouver sans peine, dans ce palais archaïque.

Puis elle claque des doigts.

— Donnez-moi cet holo-écran. Je vais le rendre à Adea.

Ce n'est pas parce que son assistante est blessée qu'elle ne peut pas travailler. Rae a besoin de son aide.

Le stormtrooper lui tend l'appareil.

Et le sang de Rae se glace.

Elle reconnaît l'écran de communication : Antilles a piraté leur canal et obtenu une ligne. Elle est ouverte sur une fréquence des Rebelles.

Antilles a émis un appel à la guerre.

INTERLUDE

THEED, NABOO

Un garçon avec des cheveux roux et un bec-de-lièvre se tient là, parmi des tas d'autres enfants. De toutes tailles et de toutes formes, de tous âges et de toutes espèces. La plupart sont plus jeunes que lui et les plus petits attirent davantage l'attention des candidats à l'adoption rassemblés autour d'eux. Ils ont fait le déplacement depuis les quatre coins de la galaxie.

Le garçon se penche par-dessus la fille aux lekkus assise à côté de lui :

— On ne va jamais être choisis par des gens comme ceux-là.

— Tais-toi, Iggs. T'es vraiment un rabat-joie.

Il hausse les épaules.

— Tu le sais aussi bien que moi, Streaks. Ils veulent des petits. Des bébés. Nous sommes trop vieux.

— Nous ne sommes pas si vieux, chuchote-t-elle. Et en plus, nous sommes des héros.

— Héros ?

Il lève les yeux au ciel.

— M'enfin, ils ne sont pas au courant et, s'ils le savaient, ils ne verraient pas les choses comme nous.

— Nous sommes la Brigade des Mordchevilles de Coco Town. Ça signifie quelque chose.

— Ça signifie deux choses : rien et rien du tout. Les gens ne sont même pas au courant de ce qu'on a fait. Tu crois que ça les intéresse une bande d'orphelins qui se terraient dans les égouts pour embêter les abrutis et leurs potes de l'Empire ? Je ne sais pas si tu as remarqué, mais on n'est plus sur Coruscant. Et même si nous étions des héros, hein ?

Ils ont été ramassés et amenés ici. Pour les mettre hors de danger, leur a-t-on expliqué. Mais Iggs et Streaks sont le danger. Ils ont fait du boulot de Rebelles. Ils ont frappé depuis l'ombre. Ils se sont cachés dans les ruelles et les conteneurs. Ils ont abattu une frégate impériale qui ravitaillait les lignes de front de l'Empire.

— Ça compte pour eux, répond-elle. Et nous n'avons pas fait que ça. Nous avons transmis des messages aux Rebelles. Nous les avons informés des mouvements de troupes. Nous leur avons fourni des renseignements, Iggs. Comment crois-tu que les Rebelles ont repris Coco Town ? C'est grâce à nous.

Il lui fait signe de s'arrêter.

— Je sais tout ça. Tu le sais aussi. Mais ces gens ne le sauront jamais. Ou ça leur sera égal.

Le visage de Streaks s'assombrit.

— Tu crois ?

Tout à coup, Iggs s'en veut. Il lui serre le bras.

— Nous pouvons compter l'un sur l'autre. Et sur les autres.

La dame à la peau verte et l'autre dame plus âgée – « l'experte », celle qui a discuté avec les orphelins et les candidats à l'adoption – approchent. Iggs entend la dame à la peau verte s'entretenir avec un couple d'humains aisés au teint rose et habillés de vêtements chic. Ils disent à quel point c'est important pour eux d'essayer de ramener la galaxie à la « normale », que beaucoup de pauvres enfants ont été déplacés parce que leurs parents sont partis à la guerre ou ont été victimes de tel conflit ou de telle bataille, qu'il est temps de remettre la famille au centre des priorités. Iggs lève les yeux au ciel, pendant que Streaks frémit d'angoisse.

— Ils vont peut-être nous poser des questions, lâche-t-elle, et on repartira avec quelqu'un aujourd'hui.

Son ton est plein d'espoir, comme si elle avait envie de dire : *Nous aurons peut-être à nouveau des parents aujourd'hui.*

— Ils ne viendront pas nous parler. On a l'air de gamins des rues crasseux.

— Si, c'est possible !

— Non.

Mais elle a raison, les voilà. La dame à la peau verte et l'experte. Les humains s'accroupissent et la dame leur demande à tous les deux :

— Comment vous appelez-vous ?

Ils le disent. Lui, c'est Iggs. Elle, c'est Streaks.

La dame n'arrive pas à cacher son amusement. Un petit sourire narquois sur son visage. *Rigolez tant que vous voulez*, pense Iggs. Elle fait la conversation aux enfants. Des trucs débiles. Leur parfum de milk-shake préféré, s'ils espèrent que le Fanion de grav-ball sera à nouveau organisé cette année, des trucs du style. Un petit groupe de parents candidats s'est assemblé, des riches de Naboo avec leurs beaux vêtements chic. Iggs a encore plus l'impression d'être une tache sur une belle nappe.

— Qu'est-ce qui est arrivé à tes parents ? demande la dame.

Iggs se raidit. Il n'a pas envie d'y penser ou même de le dire. Il essaie de bloquer les souvenirs de ses deux pères étendus sur le sol…

Streaks, elle, rebondit tout de suite :

— Mes parents étaient des Rebelles. Leur transport a été attaqué juste après Tanis et je suis une Rebelle, moi aussi. Iggs et moi, on faisait partie d'une bande d'enfants qui s'appelaient la Brigade des Mordchevilles…

Beurk. Non. Il ne se sent pas à sa place. Un détritus oublié sur une jolie étagère. Alors, pendant que les adultes s'intéressent à Streaks, il se glisse derrière une tente et réfléchit au meilleur moyen de s'en aller. Il forme déjà une stratégie dans sa tête. Trouver les égouts : ils doivent bien mener quelque part. Les remonter jusqu'au centre de Theed. Localiser un spatioport. Retourner là où cela se passe. Dans Coruscant en pleine guerre. À Coco Town, là où la Brigade des Mordchevilles peut reprendre du service et appuyer les Rebelles.

Là. Une grille d'égout. Elle n'a pas l'air scellée. Elle est dorée et jolie, comme tout dans cette ville de musées.

Iggs s'abaisse et refait le tour de la tente. Il veut prévenir Streaks qu'il est temps d'y aller, de se casser d'ici et d'oublier ces histoires idiotes d'adoption, mais elle a disparu. Non. Là, à quelques mètres de lui. Elle parle à un beau couple, des peaux roses bien propres avec des cheveux luisants et des dents blanches. Elle a l'air heureuse, constate Iggs. Ils ont l'air heureux. Tant mieux pour elle.

Puis, comme personne ne fait attention à lui, il s'éloigne tout seul. Il trouve la grille d'évacuation, l'ouvre et s'enfonce dans l'obscurité. Il est temps de rentrer à la maison. Il est temps de reprendre le combat.

29

La caisse est légère. Même s'il l'a déjà déplacée, il est à nouveau surpris : cette caisse avec ses imposants verrous en carbone noir semble peser une tonne. Et on s'attendrait à ce qu'une arme pareille (quelle que soit cette arme) soit lourde. Mais non. Elle est légère comme une plume. Creuse comme un ballon.

Tandis que les autres s'introduisent dans le passage qui mène aux catacombes sous la ville, Temmin soulève son côté et Os prend l'autre (le droïde ne l'aide pas parce que c'est lourd, mais parce que c'est encombrant).

Ils franchissent le seuil.

Temmin jette un dernier coup d'œil à sa boutique et lui adresse un au revoir silencieux avant de refermer la porte. Devant lui, Sinjir active les illumi-droïdes : de petites lanternes flottantes équipées de tentacules, qui se terminent en pinces.

La lumière projetée par les droïdes est grasse et mouchetée (les appareils sont sales et cabossés). Mais cela suffit.

Norra et Sinjir avancent avec détermination. Temmin s'apprête à les suivre, quand Jas l'attrape par le bras.

— Cette caisse.

— C'est l'arme de Surat.

Il essaie de dire cela avec autorité, du genre : « Ouais, c'est à Surat et je la lui ai volée. Et alors ? »

— Ce n'est pas une arme.

— Quoi ? Bien sûr que si.

— Ça peut peut-être le devenir, mais ce n'est pas à proprement parler une arme.

— Je ne comprends pas, comment avez-vous…

Il touche un des verrous en carbone et il s'ouvre. Les yeux du gamin s'écarquillent.

— Quoi ? Quoi ? Ça fait des jours que j'essaie d'ouvrir ce truc. Des jours !

— Je les ai forcés.

— Vous… vous les avez forcés. Vous avez des doigts magiques ? Vous êtes une sorte de sorcière ou quoi ?

— J'ai des talents et je m'en suis servi quand j'étais ici en bas pour réparer mon pistolet, avant d'aider ta mère à s'emparer du chasseur TIE.

Elle fait un geste en direction de la boîte.

— Allez, vas-y, ouvre.

Il obéit. Comme un enfant le jour de son anniversaire, il déballe son cadeau avec avidité. Le couvercle se soulève et un halo bleu en sort. La lueur est tellement vive qu'il est obligé de plisser les yeux. Puis il voit. C'est une caisse de datacubes.

— Des datacubes ? C'est tout ? Ce n'est pas une arme !

— Non, c'est beaucoup mieux : c'est de l'information.

— Surat protégeait de l'information ?

— Je n'en sais rien. Mais si on s'en sort, je t'aiderai à découvrir les informations que ces cubes contiennent. Et, ensemble, on pourra les vendre.

Ah. Voilà son intérêt dans l'affaire. Il se doutait qu'elle en avait un. Il fait claquer sa langue.

— J'imagine que vous souhaitez un pourcentage. Pour votre gentillesse, votre savoir et vos liens avec les malfrats prêts à acheter ça…

— Soixante/quarante.

— Oh, woa, hé, ce n'est pas juste…

— Je te donne les soixante.

Oh. Il hésite. Devant eux, la lumière diminue à mesure que les autres s'éloignent et que les illumi-droïdes les suivent en suspension dans l'air. La mère de Temmin leur crie :

— Vous venez ?

— Marché conclu, dit-il à Jas avant de lui serrer la main.

— Marché conclu.

— On arrive ! crie-t-il.

Puis il marmonne dans sa barbe :

— Quelle impatiente !

Sinjir est habitué aux espaces confinés. L'Empire n'avait pas le goût des architectures spacieuses. Il préférait le pragmatisme austère. Cette expression « pragmatisme austère », ou parfois « austérité pragmatique », se retrouvait en haut de nombreuses brochures et de nombreux tracts de propagande impériaux. Les couloirs étaient ainsi toujours bas de plafond et étroits. Les stormtroopers étaient censés avoir tous à peu près la même taille et le même poids pour cette raison : il ne blaguait pas quand il disait qu'il était trop grand pour servir comme stormtrooper.

Les catacombes ne le rendent donc pas claustrophobe. Pas foncièrement. Non, l'angoisse qui lui serre la poitrine vient d'ailleurs : du fait qu'ils n'arrêtent pas de changer de direction. Le labyrinthe les contraint à bifurquer sans cesse à droite, à gauche, puis à poursuivre tout droit ; en plus de cela, certains passages montent, d'autres descendent et d'autres encore tournent en spirale. Un passage est sec comme la poussière et dégage une odeur d'os pulvérisés ; le suivant est humide, capiteux, presque fongique. Ils marchent dans des flaques, enjambent des pierres qui s'effritent. Parfois, les illumi-droïdes éclairent un mur, qui apparaît alors maculé de traces de mains sales ou couvert de graffitis dans une langue éloignée du basic. Des gros mots ou des insultes sans doute. Ou une menace.

Par moments, des sons résonnent aussi dans le labyrinthe. Un grattement. Un frottement. Un sifflement. Une fois même : deux yeux verts ont brillé dans l'obscurité comme des cristaux lumineux. Quand leur lumière a atteint ce regard inquiétant, Sinjir s'est rendu compte que c'était juste un fengla – une vermine sans poils, avec un arrière-train haut perché et des incisives de travers. Il a sifflé et craché, avant de détaler dans un cliquetis de griffes.

Ils marchent pendant un moment. Ils s'arrêtent parfois pour consulter la carte. Puis ils reprennent leur progression. Ils passent sous de l'eau qui ruisselle du plafond. Temmin leur assure que ce sont des restes de pluie, et non, par exemple, les excrétions corporelles d'un Ithorien qui ferait sa commission au-dessus de leurs têtes. Ils traversent un pont long et étroit, et Sinjir réalise seulement quand il est au milieu que ce pont est assorti au droïde de combat : il est assemblé à base d'ossements. Des os plus gros que des restes humains, attachés avec du fil de fer rouillé. Le pont tangue au-dessus d'un gouffre et rappelle à Sinjir l'abîme quand il était suspendu dans le donjon de Surat Nuat. Ce donjon doit d'ailleurs être relié à l'espace souterrain de la ville.

Bientôt, ils aperçoivent des morceaux de droïdes. Et des traces de blaster sur les murs. Sinjir pense même reconnaître des entailles laissées par des sabres laser. Une bataille s'est déroulée ici pendant la Guerre des Clones. Quand les Jedi étaient nombreux et non en voie d'extinction.

— On arrive aux puits à déchets, annonce Temmin.

C'est ce que dit la carte, pense Sinjir.

Puis il regarde Temmin. Il ne l'avait pas vraiment fait jusque-là. Le garçon a l'air d'aller bien, même s'il a été un peu secoué par les événements. Il peut prétendre être un dur, mais manquer de se faire éliminer par un gangster sullustéen, puis croire qu'on a perdu sa mère, n'est pas de tout repos. Il doit être profondément ébranlé en ce moment.

Mais il y a autre chose.

Sinjir le remarque à la façon dont le garçon jette des regards anxieux autour de lui. Il ne tient pas en place. Il est nerveux, comme s'il cachait quelque chose.

Sinjir reste en arrière et demande à Jas de rester avec lui.

— Qu'est-ce qu'il y a ? chuchote-t-elle.

— Il faut qu'on parle.

— Mmm, fait-elle en hochant la tête, comme si c'était inévitable. Je savais que ce moment viendrait. C'est bon, je l'admets.

— Qu'est-ce que tu admets exactement ?

— Tu es satisfaisant.

— Je… je ne comprends pas. Satisfaisant ? Je ne sais pas ce que ça signifie. Ça me semble affreusement mollasson. Boire une tasse de bouillie protéinée quand on a vraiment faim, c'est satisfaisant. Et pourtant, c'est dégoûtant.

Jas lui jette un regard frustré.

— Je veux dire que je te trouve compétent. Tu m'intéresses. Et donc, oui, quand tout ceci sera terminé, nous pourrons nous accoupler.

— Nous accoupler. Tu veux dire…

Sinjir devient tout rouge.

— Toi et moi ? Ensemble ?

— C'est exactement ce que je veux dire.

Il rit.

— Oh.

— Si ça te fait rire, reprend-elle, vexée, alors tu peux prendre mon invitation et te l'enfoncer dans l'orifice d'échappement.

— Non… c'est juste que… ce n'est pas mon truc.

Le visage de Jas s'assombrit et elle montre les dents.

— Qu'est-ce qui n'est pas ton truc ? Les humanoïdes ?

— Non, les femmes.

— Oh. Oh.

— Oui, oh.

— Oh.

Un moment passe. La gêne est palpable, comme un nuage de mouches qu'on ne peut ignorer, même si on essaie de toutes ses forces.

Jas finit par balbutier :

— Tu voulais me parler d'autre chose, apparemment ?

— Ah. Oui. Le garçon. Temmin.

— Il est clairement trop jeune pour toi.

— Tu veux bien arrêter ? Ce n'est pas ça que je veux dire. Écoute-moi. Il nous ment.

— Tout le monde ment tout le temps, Sinjir. Je me doute que ton ancien rôle au sein de l'Empire te rend paranoïaque mais…

— La carte, l'interrompt-il. C'est à propos de la carte.

— Qu'est-ce qu'il y a avec cette carte ?

— Temmin nous a dit qu'elle avait changé. Qu'elle était fausse.

Il réalise qu'elle comprend à son tour. L'idée fait son chemin, comme une taupe creuse sa galerie.

— Mais elle n'est pas fausse, jusqu'ici, complète-t-elle. Elle est correcte.

— Exactement.

— Il cache quelque chose, conclut-elle, le visage assombri. Il y a quelque chose ici qu'il ne veut pas qu'on voie, sans doute.

— Une réserve. Une cachette.

— C'est possible. Garde l'œil ouvert.

— Toi aussi.

Les puits à déchets : d'immenses cratères creusés dans les catacombes. La brique cède la place à la pierre naturelle, qui s'ouvre en cavités profondes et larges pour abriter des montagnes de détritus. Des morceaux de droïdes, surtout, pour la plupart méconnaissables ou inutilisables. Les choses intéressantes ont sans doute été récupérées. *Par mon fils*, se dit Norra.

Elle se tient au bord d'un puits et regarde autour d'elle. Elle donne un coup de pied dans une pierre, qui rebondit contre ce qui ressemble à un bras de droïde de protocole à moitié fondu. D'autres pièces glissent avec un cliquetis de métal, l'avalanche ne dure que quelques instants.

Les bruits sont répercutés par l'écho. Temmin la rejoint.

— Bonjour la discrétion.

— Nous sommes seuls ici.

— Que tu espères !

Norra lève les yeux au ciel.

— Où sont les deux autres ?

Monsieur Os se tient trois mètres en arrière. Il serre toujours contre lui les détonateurs thermiques, en fredonnant. Mais les deux autres sont invisibles.

— Ils sont derrière. Ils parlent. J'ai aperçu la lumière de leur droïde.

— Hum.

Elle plisse le front.

— Temmin, est-ce que tu fais confiance à Sinjir ?

— J'sais pas. Pourquoi ?

— C'est un Impérial. Il gagnait sa vie en torturant les gens.

— Tu fais confiance à la chasseuse de primes, mais pas à l'Impérial ?

Elle hausse les épaules.

— Les chasseurs de primes respectent un certain code. Ils veulent être payés et cette mission lui rapportera des crédits. Je lui fais confiance dans ce cadre-là.

— Mais à Sinjir, pas trop.

— Je… ne sais pas. J'aimerais bien lui faire confiance.

— Il nous a amenés jusqu'ici.

— C'est vrai.

— Il ne nous a pas encore niqués.

— Ton langage, le gronde-t-elle.

— Désolé.

— Et tu as raison, mais nous pourrions foncer tête baissée dans un piège.

Temmin se raidit et détourne le regard. Elle voit qu'elle lui a donné un motif d'inquiétude.

— Ils ne sont pas de notre famille, conclut-il. Nous, nous sommes une famille.

— Bien sûr. Mais je suis sûre que nous allons nous en tirer. Tout va bien.

— Ouais.

Il enfonce sa langue dans sa joue et pousse distraitement une pierre du bout de sa chaussure.

— Maman, je suis désolé.

— Pourquoi ?

Il hésite un peu.

— De… m'être comporté comme un vrai *sleemo* avec toi. Ce n'était pas juste. C'est parce que…

Ses narines frétillent, tandis qu'il prend une profonde inspiration.

— … tu m'as manqué. Et papa aussi. Et puis j'étais furieux que tu sois partie et encore plus furieux de te croire morte. Je n'ai pas… ton courage, je n'ai pas ce feu qui brûle dans mon cœur pour la Nouvelle République. Je suis juste…

Norra passe un bras autour de lui.

— Ce n'est pas grave. Tu es un enfant, Tem. Tu as déjà assez de soucis comme ça. Ne t'inquiète pas. Je t'aime.

— Je t'aime aussi.

Norra ressent un papillonnement dans sa poitrine. Elle sait qu'il l'aime. Mais l'entendre ? La différence est énorme.

Derrière eux, Jas demande :

— On s'arrête ?

— Non, on attendait juste que vous nous rattrapiez.

Ils se remettent en marche.

Sinjir se dit qu'il est temps de fouiner un peu.

Ils passent devant les puits de déchets, en direction de ce que la carte indique comme l'ancienne usine de droïdes. Ou de son entrée, du moins. D'après Temmin, ils vont devoir passer juste devant, mais ils ne seront pas obligés d'entrer.

Alors qu'ils longent un mur luisant de moisissures et que la pierre glisse sous leurs pieds à cause de la mousse spongieuse, Sinjir rattrape Temmin et son droïde de combat B1, Os.

— Ce droïde, c'est quelque chose.

Temmin relève la tête et hausse un sourcil dubitatif.

— Ouais, je sais.

— Tu l'as trouvé par ici ?

— Ouais, dans un des puits.

Le droïde de combat trotte aux côtés de son maître. En fredonnant à voix basse (enfin, pas si basse que cela) une chansonnette : « DOU DI DOU DOU BAH BAH BAH DOU DOU ».

— Il n'est visiblement plus standard. Tu lui as apporté quelques modifications.

— Merci, Dark Perspicacious. Ou devrais-je vous appeler Empereur Platitude ? Vous allez aussi me dire quel côté du blaster permet de faire *piou piou* ou pourquoi je ne m'en sortirais pas trop bien dans une ligue de bras de fer pour Wookiees ?

— Tu n'arriveras jamais à être plus sarcastique que moi, gamin, alors laisse tomber. Je voulais juste dire… Comment as-tu fait pour programmer ce droïde pour qu'il soit… comme ça.

Il fait un geste en direction du droïde, qui s'arrête de chanter assez longtemps pour envoyer sa jambe en l'air.

Temmin soupire, comme si ces questions l'ennuyaient, mais qu'il était obligé d'y répondre.

— Os est amélioré avec un cocktail de programmes chargés en octanes. Un peu de programmes de combat de droïdes heuristiques, des vids d'arts martiaux, les gestes d'un général cyborg de la Guerre des Clones et les pas d'une troupe de danseurs de la-ley de Ryloth.

Des danseurs. Ça explique certaines choses, en fait. La façon parfois gracieuse avec laquelle le droïde se déplace, mais aussi sa manie de fredonner et chanter.

— Ingénieux.

— Je suis comme ça.

— Qu'est-ce qu'il y a d'autre ici en bas ?

— Sais pas. Vos hypothèses sont aussi valables que les miennes.

Cette réponse paraît vraie. Temmin ne semble pas

mentir, mais comme vient de le souligner Sinjir, le gamin est ingénieux.

— Est-ce qu'il y a quelque chose ici que tu n'as pas envie qu'on voie, Temmin ?

— Quoi ? Vous m'accusez de quelque chose ?

— Je veux juste que tu saches qu'on ne va pas… piller ton stock.

— Je n'ai pas de stock ici que vous pourriez piller.

Sinjir fait la moue.

— Je croyais que peut-être tu n'avais pas envie qu'on arrive au trésor de l'usine de droïdes avant toi. Mais ça signifie qu'il y a autre chose.

— Du genre ?

— Tu caches quelque chose, Temmin, je le sens.

Là ! Voilà. Toute l'expression de Temmin change légèrement, son visage tressaille comme une perturbation dans un hologramme, preuve que Sinjir a vu juste. Le garçon cache quelque chose.

— Je ne…

Devant eux, Jas annonce :

— L'usine.

Elle pointe un doigt sur le côté.

— On en reparle, conclut Sinjir à l'attention de Temmin.

Puis ils courent rejoindre les autres, le petit illumidroïde un mètre derrière eux.

Le passage s'élargit. L'entrée de l'usine est une gueule béante entourée d'arches de métal, de deux cabines et d'un vieux panneau rouillé qui proclame : « SOUTENEZ LA CONFÉDÉRATION DES SYSTÈMES INDÉPENDANTS ! »

Un autre panneau suggère : « ACHETEZ UN DROÏDE DE L'ALLIANCE SÉPARATISTE ! »

Une troisième – qui pend de travers parce qu'un des boulons s'est détaché – annonce : « RALLIEZ-VOUS CONTRE

L'OPPRESSION DE LA RÉPUBLIQUE ! » Sur celle-là, certaines lettres sont tellement rouillées qu'elles ont pratiquement disparu.

— Ça date de l'époque où les Séparatistes ont étendu la guerre jusqu'à la Bordure Extérieure, au cours des dernières années de la Guerre des Clones, explique Norra.

— Comment ont-ils fait sortir les droïdes ? veut savoir Jas. Ils ne les ont pas fait passer par ces… égouts ?

Temmin se dandine nerveusement d'un pied sur l'autre. Sinjir l'observe.

— Il y avait une plate-forme télescopique avant. Ils y chargeaient les droïdes prêts pour la livraison et des vaisseaux venaient les chercher. Tout est détruit désormais, scellé. Avant, je croyais qu'on pouvait accéder ici depuis là-haut, mais c'est trop endommagé.

Temmin se gratte la tête.

— On peut y aller ? Cet endroit me fiche la frousse.

Une technique simple pour *débusquer* la vérité consiste à mettre le sujet (en réalité, Sinjir pense « victime », mais il essaie de repousser ce genre de pensée dans le trou noir d'où elle est sortie) mal à l'aise. Il suffit de le déséquilibrer. Si on y parvient, le sujet commet des erreurs. Il dit des choses qu'il ne voulait pas dire. C'est le plan de Sinjir.

Il ramasse une pierre.

— Ce n'est pas hanté. Regarde.

Sinjir lance la pierre en direction de la barrière. Elle rebondit sur une des cabines.

De la rouille s'abat en pluie et la pierre tombe sur le sol.

— Non ! le met en garde Temmin.

— Ne t'inquiète pas, l'usine n'est pas…

À l'intérieur, dans les profondeurs des entrailles de l'usine, quelque chose hurle. Un son mécanique. Pas humain. Pas complètement robotique non plus.

— Les portes, dit Jas. Cet endroit devrait être scellé.

— Mais il ne l'est pas, poursuit Norra. Tout est ouvert.

Un nouveau gémissement. Suivi d'un troisième. Plus proche maintenant.

— J'AI UN MAUVAIS PRESSENTIMENT, déclare Monsieur Os.

— Faut se barrer, renchérit Temmin.

De l'intérieur de l'usine leur parvient un bruit de métal déplacé. Comme des pas, qui se dirigent vers eux et se rapprochent à toute allure.

— Courez ! crie Sinjir.

30

Ses narines rouges frétillent. L'air entre et sort. Ackbar a envie d'eau. Il possède une petite cuve ici – une cuve à bacta adaptée et remplie de l'eau qui possède la salinité et le pH de sa planète natale, Mon Calamari. Parfois, il se plonge dedans et… se laisse flotter. Mais il n'a pas le loisir de s'accorder ce genre de plaisir ces derniers temps.

Peut-être un jour. Mais pas aujourd'hui.

Le message du capitaine Antilles tourne en boucle dans la tête d'Ackbar. Il lui est parvenu via un canal impérial. Ackbar n'était pas le premier destinataire, mais on le lui a rapidement transmis. Wedge semblait mal en point, blessé. Son message était bref, avant qu'il ne s'écroule et que la communication ne soit interrompue. Trop bref. Une réunion au sommet entre Impériaux. Un blocus sur… Akiva. Palais de Myrra. Le moment est…

Et rien de plus.

Ackbar informe les autres – Agate, Madine, Mon Mothma, le sous-officier Deltura – qu'Antilles va bien. L'amiral pense savoir comment devait se terminer la déclaration du capitaine :

— Le moment est venu. Préparez une flotte raisonnable

et prévoyez d'autres vaisseaux en réserve, lourdement armés. Agate, je veux que vous dirigiez l'assaut. Soyez prêts à tout. Si c'est l'Empire, vous pouvez être sûre qu'ils ne se laisseront pas prendre sans résistance. Et ils ont peut-être tendu un piège pour que nous fassions ce qu'ils souhaitent.

C'est comme renverser une pyramide et la porter, la pointe en bas, sur son dos. Le poids est insoutenable. Le sommet s'enfonce entre les omoplates. Des briques de responsabilité entassées les unes sur les autres. Un fardeau aussi massif qu'inconfortable.

C'est ce que ressent Sloane en ce moment.

Les autres sont poussés par la panique, la rage, l'opportunisme. Pandion tente de l'écraser, de l'éliminer. Shale, l'oiseau de mauvais augure, pense qu'ils doivent se rendre immédiatement sous peine de mourir bientôt. Tashu ressasse des paraboles ou des abstractions sur la sagesse du Côté Obscur, *et si seulement ils suivaient ses enseignements* et *oh, Palpatine a dit ceci, les anciens écrits Sith disent cela*. Crassus veut acheter une sortie de secours. Il agite métaphoriquement ses crédits, persuadé que l'Empire peut lui offrir, en échange de dessous-de-table, un sauf-conduit pour échapper à la persécution de la Nouvelle République. *Bonne chance*, se dit Rae.

Le satrape, au moins, se tait. Il est assis dans un coin et fixe ses mains. Les jeux sont faits pour lui. Il sait que l'Empire le lâchera. Qu'il restera seul dans une ville qui réclame sa tête au bout d'une pique pour la brandir en place publique.

Dans l'autre coin de la salle à manger – car ils n'ont jamais réussi à rejoindre la salle de réunion située près de leurs chambres en ce jour troublé – se trouve Adea, la jambe engoncée dans un plâtre en mousse imprimé par le droïde médical. L'assistante sautille jusqu'à elle et Rae se dit : *Je dois la garder précieusement. Elle a fait preuve de plus de poigne que la plupart de ces soi-disant Impériaux.*

— Le yacht ? lui demande Rae, en ignorant les cris au vitriol du reste de l'assistance.

— Il a dû s'arrêter pour faire le plein à un système d'ici. Mais il est en hyperespace à présent. Il va bientôt se poser. Il est attendu dans l'heure.

Rae se raidit.

— C'est plus tard que prévu. Je ne sais pas si je vais pouvoir garder ces animaux à distance jusque-là.

Ils risquent de me décapiter.

— Est-il possible que Crassus manœuvre dans notre dos pour retarder son arrivée ?

— C'est possible, mais je ne vois pas pour quelle raison. Il est impatient de partir. En réalité, ces grosses barges…

Adea esquisse une grimace de douleur et appuie son poids sur l'autre jambe.

— … engloutissent du carburant comme si c'était soirée gratuite à la cantine de l'Étoile de la Mort.

Sloane a passé pas mal de soirées à boire avec ses camarades. Elle ressent une pointe de nostalgie

Rae se tourne vers le fond de la pièce et élève la voix plus fort que tous les autres.

— Shale, combien de temps avant l'arrivée de la Flotte Rebelle ?

L'intéressée plisse le front.

— Difficile à déterminer, amiral. Ils enverront probablement quelque chose bientôt. Il devrait s'agir d'une flotte de bonne envergure. Attendez-vous à ce qu'ils soient ici dans l'heure, s'ils sont agressifs. Trois, s'ils se montrent prudents.

C'est très proche.

— Nos Destroyers Stellaires. Il est temps de les rappeler. La ruse n'a plus lieu d'être.

— Amiral, si nous les faisons revenir, nous n'avons aucune garantie que ces trois Destroyers survivront au combat, objecte Shale.

— J'admire la prudence, pas la lâcheté. Même si notre régiment de TIE est un peu réduit, nos Destroyers Stellaires sont parfaitement capables de venir à bout de la Flotte Rebelle. Surtout si nous sommes prêts au combat. Je ne veux pas que nous fuyions dans l'espace, juste au moment où ces saletés de Rebelles sortent de l'hyperespace.

Sloane se tourne vers Adea :

— Faites-les revenir. Immédiatement.

— Bien, amiral.

Adea se penche pour ajouter :

— Vous avez un appel.

Sloane articule en silence : *Qui ?*

Adea incline son écran vers l'amiral pour que le reste de la pièce ne puisse le voir.

Rae reconnaît le visage, bien qu'il appartienne à quelqu'un qui ne lui a jamais été présenté.

C'est un gangster sullustéen, Surat Nuat.

Pour quelle raison ?

31

Le temps se fige à chaque fois qu'elle appuie sur la détente. Jas est à genoux et fait face à la horde qui déboule, tandis que les autres prennent la fuite. Le long fusil en main, l'œil collé contre la lunette. Là en contrebas, près de l'entrée, ils sortent en masse.

Un éclair de métal rouillé. Des jambes à pistons. Des plaques de poitrine cabossées. Des membres interminables avec de multiples articulations. Des droïdes, croit-elle. Des droïdes fous, irrationnels. Tous différents. Des yeux lumineux. Des gémissements mécaniques.

Ils se ruent dans le passage. À trente mètres de Jas tout au plus. Ils bondissent comme des bêtes féroces, comme sur Endor les sangliers-loups au dos hérissé.

Ils courent à quatre pattes. Grimpent aux murs. Rampent comme des araignées le long des plafonds effondrés.

Pan. Pan. Pan.

Le fusil lance-lim tire sans la moindre hésitation.

Ils tombent l'un après l'autre. Jas vise les jambes du premier : il s'écroule en se brisant la nuque. Une étincelle jaillit quand une balle transperce le crâne métallique d'un second, qui tombe à la renverse sur un de ses congénères. Ils poussent des hurlements aigus. Elle tire à nouveau, une plaque se détache d'une tête et rebondit contre un mur avec un écho tonitruant.

C'est à ce moment-là qu'elle réalise.

Ce ne sont pas des droïdes, mais autre chose. Des créatures. Des bêtes monstrueuses aux yeux noirs, sans nez. Leurs bouches ouvertes exhibent des rangées désordonnées de dents qui ressemblent à des aiguilles. Le monstre qui a perdu sa plaque crânienne court à sa recherche et la remet en place avant de rejoindre la horde.

Vingt-cinq mètres.

Pan.

Vingt. Dix-huit.

Plus près. Plus près.

Ils sont trop nombreux. Une dizaine ici et des tas d'autres qui se déversent encore de l'usine. Toute une tribu de créatures sauvages. Un essaim. Heureusement, elle a des munitions. Elle peut y arriver. Tout à coup, la voix de tante Sugi murmure à son oreille : *Il faut savoir quand le moment est venu de prendre la fuite, ma fille.*

Le message était adressé à Jas, quelques semaines seulement avant qu'elle ne suive ce conseil au pied de la lettre. C'était peut-être cela que voulait dire Sugi. Peut-être pas. Quoi qu'il en soit, Jas a quitté sa planète natale, Iridonia. Un endroit affreux. Étrange. Brutal et impitoyable.

Quinze mètres.

Les deux cœurs de Jas battent de concert, ils battent plus vite encore que la cadence à laquelle elle presse la détente.

Douze mètres.

Pan.

Ils continuent d'affluer avec un fracas métallique et des hurlements atroces.

Une main se pose sur son épaule, une voix lui parvient, presque étouffée par le sifflement de ses oreilles. C'est le garçon.

— Il faut qu'on y aille. Ils sont trop nombreux.

— Je peux y arriver ! gronde-t-elle.

Mais elle n'en est pas capable. Elle le sait.

Il faut savoir quand le moment est venu de prendre la fuite, ma fille.

Il est grand temps.

Temmin réalise que les histoires qu'il a entendues étaient vraies, en partie, du moins.

Ce ne sont pas des fantômes qui sont sortis de cette ancienne usine de droïdes. Cet endroit n'était pas hanté par des spectres ou des apparitions de la Force. Et il n'est pas non plus hanté par de vieux droïdes déréglés.

Ce sont les Uugteens.

Quand il revient en arrière pour aller chercher Jas, il en examine un. Ce qu'ils prenaient pour des droïdes était juste des Uugteens portant des morceaux de droïdes en guise d'armure. Ces créatures pâles et féroces – presque humaines, mais assez éloignées pour n'être que des monstres – se cantonnent d'habitude à la jungle et aux canyons. Parfois, ils trouvent des grottes dans lesquelles ils s'installent. Les catacombes sous Myrra ne sont pas de simples grottes.

C'est tout un *système* de grottes. Elles sont peut-être reliées au canyon d'Akar ou rejoignent la côte, en direction du sud. Cette meute doit habiter ici depuis longtemps. Peu importe. Temmin et ses amis sont assiégés. Pourchassés. Et les monstres gagnent rapidement du terrain.

Jas se tourne tout à coup et tire sur une voûte en pierre à moitié écroulée, mais toujours suspendue au-dessus du passage. Une balle suffit pour que la pierre se fissure.

Deux balles et les lézardes s'étendent. La meute est presque sur eux.

Ils bredouillent et hurlent comme des hommes en colère. Temmin essaie à nouveau d'entraîner Jas avec lui…

Elle tire une dernière fois. La poutre s'écrase en projetant de l'eau et aplatit la première rangée de monstres.

Cela les ralentit.

Pour un moment.

Temmin et Jas prennent leurs jambes à leur cou. Ils bifurquent. Ici, le chemin monte. Temmin sait qu'ils se rapprochent de la zone sous le quartier royal. Encore une demi-heure de marche et ils seront au palais… ou dessous.

Monsieur Os ralentit d'un coup. Il pose la caisse de détonateurs. Son bras d'astromech tournoie à toute allure. Son autre bras brandit sa vibrolame. Os émet le même genre de sons que les Uugteens : des hurlements menaçants, des aboiements, des gargouillis de distorsion mécanique.

Temmin lui crie que ce n'est pas le moment.

Mais Os est programmé pour le protéger. Cette programmation outrepasse tout le reste. Os est violent, loyal, psychotique.

Les Uugteens enjambent la voûte effondrée.

Temmin entend sa mère l'appeler. Il essaie d'ordonner à Os de le suivre. Il tire même sur le bras du droïde de combat. Mais Os ne bouge pas.

Puis Temmin baisse les yeux. Aperçoit la boîte de détonateurs, près des pieds du droïde.

La boîte de détonateurs.

— J'ai un plan ! crie-t-il à Os. Allez, viens !

Il attrape un détonateur. Juste un. Il l'ouvre, fait tourner le sommet pour enclencher le retardement le plus court et le rejette dans la caisse où il l'a pris. Enfin, il crie :

— Courez ! Que tout le monde coure !

Temmin bondit de toute la force de ses jambes, tout son corps est tendu. Il fait signe à tout le monde de s'éloigner. Os court à ses côtés, les pieds du droïde martèlent le sol. Le droïde annonce :

— TOUT VA FAIRE *BOUM* !

Six secondes. Les Uugteens continuent à affluer.

Cinq secondes. Norra fait signe à tout le monde de courir.

Quatre secondes. Les monstres en habits de droïdes arrivent à hauteur de la boîte.

Trois secondes. Jas se retourne et tire avec son fusil par-dessus l'épaule de Temmin.

Deux secondes. Os ricane.

Une seconde. Temmin plonge sur le sol au moment où…

Il relève la tête, qui bourdonne comme le moteur d'une moto speeder à l'arrêt. Temmin se redresse en poussant sur ses mains. De la poussière et des morceaux de pierre pleuvent de ses cheveux. Il tressaille en voyant Jas bondir et enfoncer la crosse de son fusil dans la plaque qui couvre le visage d'un Uugteen : une tête de droïde de protocole peinte avec du sang dirait-on. Le masque est arraché au milieu, l'ouverture forme une fente en dents de scie, qui lui donne une allure de bouche cauchemardesque. La créature tourne comme une toupie avant de tomber. Os la piétine à plusieurs reprises.

Ça n'a pas marché. Mon plan n'a pas marché.

Temmin s'appuie contre le mur pour se remettre debout. Il prend la main que lui tend Jas. Deux Uugteens gisent sur le sol en piteux état. Ici, le sol est en carrelage déformé, des dalles manquent ici et là. Tout est brisé.

Le tunnel est bouché.

— Ce sont des retardataires, les rassure Jas en indiquant les deux monstres.

De près, Temmin distingue leur chair pâle sous l'armure, dans les interstices entre les jointures. Ça lui rappelle la chair d'un crabekrill quand on le retourne pour détacher sa viande.

— Ça va ? lui demande-t-elle.

Il hoche la tête d'un air hébété.

— C'était une bonne idée, le félicite Jas, puis elle s'écarte rapidement pour laisser passer Norra, qui se jette sur Temmin et l'enlace.

— C'était une excellente idée, renchérit Norra.

Elle lui embrasse le front. Temmin pense distraitement : *Même si je suis sale. C'est comme ça une mère.*

— Merci.

Un bruit suraigu continue à se déplacer d'une oreille à l'autre, sa tête cogne comme une pluie violente qui frappe un vieux baril de carburant.

Sinjir s'approche en époussetant son uniforme d'officier.

— N'ouvrons pas tout de suite une caisse de vin mousseux. Je vous rappelle en passant que le gamin vient de faire exploser la clé qui devait nous donner accès au palais du satrape.

C'est vrai, se dit Temmin. *Nous allons devoir faire demi-tour. Et tout ira à nouveau bien.*

— Nous ne pouvons pas rebrousser chemin, leur signale Jas.

— Alors, tout est fini, décrète Temmin en haussant les épaules.

Il essaie de cacher son enthousiasme.

— Ça va… s'arranger. Nous allons trouver un moyen de remonter à la surface et…

Sinjir lève la tête.

— Vers la surface ? Tu peux nous trouver un chemin près d'ici ?

— *Frag* que oui ! répond Temmin.

— Ton langage, le reprend sa mère.

— Désolé. Bon, attendez…

Il déroule la carte. Son cœur bat à se rompre. Ils sont sauvés. Ses hésitations au sujet de tout le reste n'ont plus d'importance.

— Ici. Tout près. Cinq minutes et on y est, ça devrait nous mener droit dans l'ancien bâtiment du Clan Bancaire.

— Pas *nous*, corrige Sinjir. Moi.

Cela lui vaut des regards intrigués.

— Je suis habillé pour jouer les imposteurs, souligne-t-il en montrant d'un geste théâtral son uniforme d'officier. Je trouverai un moyen de sortir. Je contacterai les Impériaux du palais – je devrais pouvoir trouver la fréquence… parce que, oh, c'est vrai, j'étais gradé et j'avais accès à des informations top secret. Puis j'irai au palais vous ouvrir la porte.

Jas fronce les sourcils.

— Comment comptez-vous faire ?

— C'est la partie la plus brillante de mon plan. Je leur dirai que les tunnels leur offrent la seule issue pour évacuer le palais en toute sécurité.

INTERLUDE

TATOOINE

Les Jawas puent.

Adwin Charu ne s'y attendait pas du tout. La majeure partie de cette planète dégage une odeur de sable chaud – comme l'intérieur du four à argile de sa mère, avant qu'elle n'y enfourne de la pâte. Comme si la planète était en train de cuire. Mais dès qu'il a pénétré dans ce char des sables, l'odeur l'a frappé comme un coup de poing. Un fumet animal, musqué. Tout à coup, il se demande si les Jawas ne sont pas une fraternité de rats mouillés qui se rassemblent sous leurs manteaux bruns, le visage voilé de noir.

Ils crient et l'invectivent. Et il leur répète, comme il ne cesse de le faire depuis une demi-heure :

— Je ne veux rien de tout ça.

D'un grand geste des bras, il indique les piles de déchets mal éclairées tout autour de lui.

— Ça ne vaut rien pour moi et pour ma société. Je veux voir les vraies marchandises.

Il articule comme s'il s'adressait à un dur d'oreille. Comme si cela faisait le moindre effet ! Ces petits monstres puants et entêtés ne semblent pas l'entendre, ou le comprendre. Ou ils s'en fichent. Mais Adwin a entendu les récits : les Jawas vendent du poodoo aux imbéciles, mais chaque char des sables recèle également une véritable collection.

Des objets de valeur pour ceux qui sont au courant.

Adwin a une mission à accomplir ici. Et c'est de ne pas revenir auprès de son patron les mains chargées de déchets défectueux.

Les Jawas murmurent entre eux.

— Il me faut des droïdes, des armes, des outils pour les mines. Je sais que ces chars des sables sont d'anciens véhicules d'extraction de minerai. Vous les avez volés. Vous pourriez au moins…

Derrière lui, quelqu'un s'éclaircit la gorge.

Adwin jette un coup d'œil par-dessus son épaule et découvre un homme. Un type aux traits anguleux. La peau tannée comme du cuir. Les yeux plissés. Le sourire amusé.

— Salut, lance l'homme.

— Hum, hum, répond Adwin. Vous permettez ?

Il ajoute, irrité :

— J'espère avoir bientôt fini, à condition que ces créatures obéissent.

— Vous n'êtes pas du coin, hein ? devine l'homme sans se départir de son sourire entendu.

Il sort dans le soleil aveuglant du désert et époussette de la poussière de sa longue veste.

— Vous n'êtes pas un local.

— Non, comment avez-vous deviné ?

Le type ricane : un rire enrhumé, qui ressemble à un grognement.

— Vous êtes trop propre, pour commencer. Quand on passe un peu de temps ici, on a de la poussière jusque sous les ongles et dans les poils du nez. Du sable dans les bottes. L'autre chose, c'est qu'il faut savoir les prendre, les Jawas. Les bonnes relations font la différence avec ces petits pillards. Vous achetez quelque chose maintenant, un petit truc, puis vous revenez et vous achetez un truc plus gros. Finalement, après une dizaine de visites, vous commencerez à voir ce qu'ils proposent réellement. Les vraies marchandises.

Adwin se renfrogne. Il n'a pas la patience pour cela.

— Je n'ai pas le luxe du temps. Mon patron ne me l'accorde pas.

Il soupire. C'est inutile.

— J'imagine que je vais devoir tenter ma chance à… comment s'appelle cette ville ? Derrière nous ?

— Mos Pelgo.

— C'est ça. Bon. Là ou Espa, je suppose.

Adwin soupire à nouveau. Il veut passer derrière l'homme, mais le type étend la paume de la main. Il ne le touche pas, il lui bloque la route.

— Une seconde, mon ami. J'ai justement les relations qu'il faut avec ces petits bonshommes. Je serais ravi de me porter garant pour vous.

Adwin plisse les yeux.

— Vous feriez ça ?

— Bien entendu.

— Et pour quelle raison ?

Il plisse plus fort les yeux, le visage déformé par la méfiance.

— Quel est votre prix ?

L'homme éclate de rire.

— Pas de prix, pas de prix. C'est de l'hospitalité, rien de plus.

Cette planète : un trou perdu plein de bouseux qui

cultivent leurs fermes hydroponiques. Adwin peut en tirer parti. Cela ne le gêne pas d'exploiter la naïveté des autres.

— Oui, oui, ce serait super. Merci… euh ? Vous vous appelez ?

— Cobb Vanth.

— Monsieur Vanth…

— Cobb, je vous en prie.

— Ah. Cobb. Eh bien, on y va, alors ?

L'homme avance vers les Jawas en grattant ses joues mal rasées. Il se met à leur parler. Ils jacassent dans leur langue de rat et il répond :

— Hum, hum. Non, je sais, mais j'ai des crédits et lui aussi.

Cobb se tourne vers Adwin et lui adresse un clin d'œil. Les Jawas chuchotent et gazouillent.

— D'accord.

— Venez, dit Cobb.

Ils suivent deux zarbis encapuchonnés vers une autre porte à l'arrière, à côté d'un droïde GNK remisé à l'envers. La porte coulisse en sifflant avant de se refermer derrière eux. Les lumières s'allument. Il fait plus clair ici que dans l'autre pièce. Et effectivement : voici les marchandises.

Un droïde de protocole. Deux astromechs. Un râtelier d'armes, impériales, semble-t-il au premier coup. Le long du mur du fond : une série de panneaux qui semblent récupérés d'une barge à voiles hutt et quelques autres objets hutts, certains carbonisés, d'autres déformés. Tout cela doit provenir d'une épave.

— Parfait, parfait, parfait, déclare Adwin en frappant dans ses mains.

Il fonce droit vers une étagère et commence à fouiner dans des boîtes, des paniers, des cages. Cobb jette un œil aussi. Adwin a presque oublié sa présence quand il dit :

— Vous travaillez pour la nouvelle compagnie minière.

Adwin se retourne.

— Hum ? Oh. Oui.

— La Compagnie Clé Rouge, c'est ça.

— Celle-là même. Comment le savez-vous ?

— J'ai le don pour obtenir des infos. Je sais que les choses changent. Pas juste dans la galaxie, mais ici aussi, chez nous. Les Hutts n'ont pas encore décidé qui va occuper le trône de Jabba, si on peut appeler cette pierre plate un trône. On dirait que Tatooine va connaître une ère nouvelle.

— Oui, c'est ce que nous espérons, répond distraitement Adwin, qui ne prête pas attention au bavardage de l'homme.

Il est ravi que Cobb l'ait amené ici, mais, à présent, il voudrait qu'il le laisse tranquille.

Adwin repère une boîte imposante sur le sol. Il arrache le drap sale qui la recouvre et…

Oh, waouh.

De la boîte, il sort un casque. Criblé de trous, grêlé comme s'il avait été attaqué par un acide. Tout de même… il frappe dessus à l'aide de ses doigts. Les Mandaloriens sont doués pour fabriquer des armures.

— Regardez ça, dit-il en le brandissant. Une armure de combat mandalorienne. Toute la boîte. L'ensemble complet on dirait. Elle revient de l'enfer. Je crois que ça va plaire à mon patron.

— En fait, je crois que je vais l'emporter chez moi, objecte Cobb.

— Je ne pense pas, non.

Adwin se tourne vers Cobb, le casque sous le bras. Le blaster à sa taille paraît soudain lourd. Impatient d'être dégainé. Une étrange sensation. Adwin a l'impression de se mettre dans l'ambiance de cette planète. Il n'a jamais dû tirer sur un homme auparavant.

Peut-être qu'aujourd'hui sera le bon jour. C'est un sentiment enivrant, étrangement.

Cobb croise les bras en souriant de toutes ses dents.

— Qu'est-ce que vous en pensez, employé de la mine ? Vous voyez, cette armure pourrait vraiment me servir. Je me dis que comme je viens d'être nommé représentant de l'ordre…

— Autoproclamé, j'imagine, raille Adwin.

Cobb ne relève pas l'insulte.

— En tant que représentant de l'ordre, j'aurais bien besoin d'une protection contre les corrompus qui voudraient profiter des opportunités qui se présentent sur ma planète. Cette armure m'appartient.

Adwin affiche un sourire méprisant. Il écarte sa tunique avec son pouce pour exhiber son blaster.

— Cobb…

— Pour vous, ce sera « shérif Vance ».

— Oh.

Adwin éclate de rire.

— Shérif, je détesterais devoir dégainer ce blaster…

Cobb Vance lève la main en un éclair et son propre blaster ouvre le feu, perçant un trou cautérisé dans l'épaule droite d'Adwin. Sa main retombe, sans vie. Le casque roule de son autre main. Adwin s'adosse à l'étagère, figé par la terreur.

— Espèce de monstre…

Cobb hausse les épaules.

— Mais non, je ne suis pas un monstre. Je ne suis pas pire que votre patron, ce bouffeur de poodoo weequay, Lorgan Movellan. Je connais son arnaque. Je connais *toutes* les arnaques. J'ai bien l'impression que la République est de retour. Elle va écraser sous sa botte tous les voyous et les malfrats. Les syndicats cherchent à se donner un vernis de légalité. Et comme les Hutts se battent entre eux pour le pouvoir, pas mal de ces « compagnies minières » débarquent avec des brutes comme votre patron à la barre. Une nouvelle ère pour les barons des mines ? Ça ne passera pas. Je suis là, maintenant. Moi et d'autres comme moi. Nous ramenons le droit dans cet endroit hors-la-loi. Et cette nouvelle ère commence quand je vous tire dessus pour vous reprendre cette armure.

— S'il vous plaît, ne me tuez pas, gémit Adwin.

— Oh, non. Je vous laisse en vie pour que vous puissiez aller raconter à votre patron qu'il ferait mieux de plier bagage et de prendre les voies hyperspatiales pour quitter le secteur, à moins qu'il ne veuille que je vienne le chercher dans ma… eh bien, dans ma nouvelle armure.

— Je le ferai, promet Adwin en s'effondrant sur le sol.

Il regarde Cobb ramasser la boîte de l'armure et se diriger vers la porte.

En sortant, le shérif lui lance :

— La prochaine fois que vous voudrez faire semblant de savoir manier un flingue, tirez d'abord, discutez après. C'est plus efficace. Au revoir.

32

Bang.

La pierre s'écrase avec violence sur le casque du stormtrooper. Le casque pivote et lui fait perdre sa visibilité. Jom Barrel fait le tour de l'Impérial en armure et lui balance un violent coup de pied, en plein dans la main qui tient le blaster. L'arme échappe et tourbillonne dans les airs.

Jom s'en saisit et tire à trois reprises dans la poitrine du soldat.

Le corps s'effondre sur les trois autres troopers.

Le bras cassé de Jom pendouille toujours sur le côté.

Pas mal pour un oiseau avec une aile fichue.

Il commence à grimper à l'échelle qui mène à la tourelle turbolaser sol-orbite et se rend compte que c'est le plus dur. Il est obligé de s'adosser contre les barreaux. D'y aller doucement. De se hisser avec son bras indemne, le fusil blaster du stormtrooper accroché dans son dos.

C'est très pénible.

Beaucoup de grognements.

Il a l'impression que cela lui prend une plombe

galactique, mais il parvient quand même au sommet et soulève l'écoutille. Il se glisse à l'intérieur…

— Ne bougez pas ! ordonne une voix.

Il est face à un jeune officier artilleur impérial, sous son chapeau d'officier. Il braque son petit blaster sur Jom. La main qui tient l'arme tremble légèrement.

Jom soupire. Il finit d'entrer – *Doucement !* le prévient l'Impérial – et met une main en l'air pour faire plaisir à son ennemi.

— Les deux mains, précise l'officier.

C'est un anonyme au teint frais. Des joues comme des marshmallows. Des yeux effrayés de bête qu'on mène à l'abattoir. Le gamin est debout devant le poste d'artillerie. Par la vitre, Jom aperçoit les turbolasers jumeaux pointés vers le ciel.

— J'ai un bras cassé, se justifie Jom.

— J'ai dit… les deux mains.

Jom pousse un grognement. *Frag* de gamin. Il lève son bras cassé en grimaçant. Une douleur atroce lui transperce les épaules. Il montre les dents et fixe l'officier de ses yeux mouillés.

— Voilà.

— Maintenant… à genoux.

— Vous êtes jeune.

— Qu… quoi ?

— Jeune. Comme un bébé whilk. Tu ne sais pas ce que c'est un whilk ? J'ai grandi dans une ferme. Des bestioles à longues pattes. Leur viande est filandreuse, mais leur lait est bon et leur peau fait du très bon cuir. Leurs petits sont maladroits, empotés. Ils ont les genoux cagneux et sont bêtes comme une boîte d'écrous. Tu es encore un bébé.

— Pas du tout, se défend l'officier en agitant son blaster.

— OK, OK. Laisse-moi deviner ton parcours. La plupart de tes supérieurs ne sont plus là. Beaucoup sont morts à bord de l'Étoile de la Mort ou au cours des batailles qui ont suivi. D'autres ont été vendus par des gouverneurs. Donc, il ne reste plus que des types comme toi parmi les officiers : des jeunes qui n'ont jamais été mis à l'épreuve ou des gars vraiment vieux qu'on ramène des pâturages parce qu'il n'y a personne d'autre.

— J'ai déjà été mis à l'épreuve.

— En effet, je suis en train de te mettre à l'épreuve. Voilà mon épreuve : tu peux t'enfuir ou mourir. Je ne t'en voudrai pas de prendre la fuite. Tu ne serais pas le premier Impérial à abandonner son poste. Certains d'entre vous ont enfin compris que la guerre est perdue et que vous vous raccrochez à des débris. C'est pas grave. Tu peux t'en aller, ils ne te retrouveront jamais.

Jom fait un pas de côté pour se rapprocher de l'officier et du poste d'artillerie derrière lui.

— Vas-y.

— Je…

— Personne ne te jugera, mon pote.

L'officier baisse son arme, fait un pas en avant prudemment, comme quelqu'un qui teste la surface d'un lac gelé.

Eh bien, ça s'est mieux passé que je ne l'attendais, se dit Jom.

Juste à ce moment-là, une expression passe sur le visage du jeune officier, un nouvel accès de frayeur, mais cette fois c'est différent. L'angoisse est plus grande. C'est la peur des siens et de ce qu'ils lui feront s'il s'enfuit.

L'officier prend une décision à ce moment-là. Il lève à nouveau son blaster – mais avant qu'il ne soit braqué sur Jom, ce dernier fonce déjà comme un taureau. Il s'encastre sans ménagement dans l'Impérial, le soulève du sol et le projette contre le poste d'artillerie. L'Impérial s'immobilise et s'écroule sur le sol. Il se roule en boule en gémissant.

Jom lui arrache son pistolet blaster, ramasse le gamin et le pousse dans une malle vers le fond.

— T'as pris la mauvaise décision, gamin, déclare Jom en refermant le couvercle.

À l'intérieur, l'officier crie et sanglote.

Jom s'installe au poste d'artillerie en grimaçant.

Il consulte le radar : un vaisseau.

Qui s'approche.

Il clique dessus et des données défilent sur les trois écrans qui lui font face : c'est un yacht. Un paquebot-Vita Ryuni-Tantine. Luxueux, quoiqu'un peu vieux, réservé aux plus nantis de la galaxie, ceux que Jom et ses amis appelaient la « haute atmo », parce que sur sa planète, Juntar, les plus riches vivaient haut dans le ciel, à bord de villas flottantes, alors que le reste des habitants travaillaient à la sueur de leur front dans les fermes ou les villes crasseuses au sol. Le yacht date d'une autre époque, de la période de la Guerre des Clones. Une ère où l'on produisait encore des engins aussi luxueux.

Sa trajectoire file droit vers le palais.

Jom vérifie sa signature pour comprendre comment le yacht a franchi le blocus. Sans surprise, le code qui apparaît est impérial. Il s'agit donc d'un vaisseau de l'Empire.

Jom fait pivoter les canons en ricanant. Il active les contrôles manuels et incline les deux imposantes tourelles en direction du yacht. Le vaisseau émerge lentement des nuages. Son flanc brille au soleil. Jom sourit de toutes ses dents et ferme un œil.

— Au revoir, petit vaisseau.

Il tire sur les détentes jumelles.

Rien ne se produit.

Tire, tire, tire. *Clic, clic, clic.*

Rien !

— *Frag !* tonne-t-il.

Il a dû endommager du matériel en projetant l'officier contre la console.

Il regarde le yacht se diriger vers le palais. Aussi peu menacé qu'une baleine dans un océan vide. *Non, non, non.* Il faut qu'il répare ce truc. Tout de suite. Parce qu'il doit détruire ce vaisseau, d'une manière ou d'une autre.

33

La tactique, très simple, est la suivante : ils se dirigent vers l'entrée du palais du satrape. Contrairement à ce qu'ils pensaient, elle n'est pas bouchée par un éboulement de pierres, mais par un mur de briques élégantes. Des briques rouge sang incrustées de flocons de lucryte – une pierre semi-précieuse qui brille et émet des reflets quand la lumière la frappe. Les briques portent une inscription gravée : *Scellé par l'autorité du satrape de Myrra, Akiva.*

Ils se tiennent dans le passage, au dernier tournant.

Et attendent.

Les officiers vont arriver par ce mur. Sans doute accompagnés de quelques stormtroopers ou des gardes du palais. Une surprise les attend.

Norra hésite. Elle s'accroupit derrière un tas de gravats recouvert de mousse et se penche vers Jas :

— Vous êtes certaine que ça va marcher ?

— Non. Je n'en suis jamais sûre. Mais c'est notre meilleure option.

— Nous n'aurons jamais le dessus.

— À nous quatre, j'ai confiance. Le combat est mon

métier et ce droïde est redoutable : nous nous en tirerons sans encombre.

— Tout va bien ? demande Norra à Temmin.

Il acquiesce d'un hochement de tête, mais elle constate qu'il est soucieux. Il tente d'afficher un air confiant, sûr de lui, en lui adressant son habituel sourire narquois. Mais le rictus n'est pas sincère. Une mère sent ce genre de subterfuge. Quelque chose le turlupine, le dévore de l'intérieur.

La peur, peut-être ?

Est-ce simplement cela ? Rien ne semble l'effrayer, d'habitude. Elle pressent qu'il y a autre chose.

Pas le temps de s'en préoccuper dans l'immédiat.

Un bruit se fait entendre. Norra pose un doigt sur ses lèvres pour signifier à Jas et Temmin de se taire, puis articule en silence : *Ils arrivent.*

Plusieurs minutes s'écoulent. L'horreur et la confusion en profitent pour s'insinuer dans l'esprit de Norra, parce que les bruits qu'elle entend ne proviennent pas de la porte scellée, mais de l'autre direction. De derrière eux.

Le sol frissonne légèrement. Des bruits de pas. Qui approchent sans ralentir.

— Les Uugteens, chuchote Jas en insérant une munition dans son fusil.

— Non, objecte Norra, je connais ce son.

Ce n'est pas les pas traînants des créatures – les Uugteens se déplacent avec des grincements métalliques et des gémissements mécaniques. Ce qu'ils entendent est un pas mesuré. Le cliquetis d'une armure plutôt que celui de pièces de droïdes recyclées.

— Des stormtroopers ! s'exclame Norra.

Le long du passage escarpé dans leur dos, elle entrevoit un morceau d'armure blanche. Un tir de laser rouge troue l'air juste au-dessus de leurs têtes, provoquant une pluie de pierres et de gravats. Norra riposte et, d'un coup, l'air est saturé de rais de lumière vive.

— On s'arrache ! ordonne Norra.

Ils n'ont qu'une seule position de repli. Ils n'ont pas le choix, ils sont contraints de reculer vers la porte scellée qui donne accès au palais : en d'autres mots, dans un cul-de-sac.

Ils bifurquent dans le dernier tronçon de couloir et Norra tente d'évaluer rapidement le nombre d'assaillants : une dizaine de stormtroopers, peut-être davantage. Une rude bataille, mais jouable. *Peut-être*.

Devant eux…

La porte explose. Des briques rouges rebondissent sur le sol, tandis que l'explosion fait voler en éclats l'obstacle qui se dressait devant eux.

À travers le brouillard de fumée et de poussière, ils aperçoivent à nouveau des silhouettes blanches. Des stormtroopers débarquent de ce côté aussi. Jas, Norra et Temmin sont piégés des deux côtés, coincés comme un rat entre deux chats…

D'un coup, elle comprend. Son cœur se serre : Sinjir les a trahis.

Ils sont bloqués au carrefour à l'entrée du passage, accroupis les uns près des autres. Temmin et Norra tirent dans une direction, Jas et le droïde dans l'autre, Os brandit un blaster dans sa main griffue.

Une voix au milieu du chaos.

— Posez vos armes.

Une voix de femme.

L'expression de Jas est un masque de rage pure, de fureur, de détermination meurtrière.

— Bouffez mes balles ! aboie-t-elle en pointant le long canon de son fusil.

Mais Norra pose une main sur son épaule. Jas lui

adresse un regard perdu. Suppliant. *Laissez-moi les tuer*, semble-t-elle dire.

Mais Norra secoue la tête et lâche son arme.

— Norra, l'implore Jas.

— Vous ne pourrez pas toucher votre prime si vous êtes morte.

— Je suis désolé, déclare Temmin.

La femme répète :

— Posez vos armes. Levez-vous, les mains en l'air. Doucement.

Jas jure dans une langue que Norra ne connaît pas, puis pose son fusil. Le blaster de Temmin est déjà au sol et il demande à Os de faire pareil.

Ils se relèvent tous, les mains en l'air.

Des stormtroopers émergent du brouillard. Une dizaine de chaque côté. Ils sont beaucoup trop nombreux pour être abattus, même par une chasseuse de primes qualifiée et un droïde de combat psychopathe. L'estomac de Norra se noue.

Du côté du palais, une femme – celle qui leur a ordonné de poser leurs armes, semble-t-il – passe entre les stormtroopers qui s'écartent et se dirige vers eux. Elle garde les mains derrière le dos. Son teint et ses yeux sont foncés, son visage plissé et son regard scrutateur. Son dos est arqué et sa position évoque à la fois l'autorité et la confiance en elle. Un amiral, si l'on en croit les barrettes sur sa poitrine.

— Je suis l'amiral Rae Sloane. Vous êtes en état d'arrestation pour avoir conspiré contre l'Empire Galactique. Que son règne soit long.

Jas jure à nouveau dans une langue inconnue :

— *A-kee a' tolo, fah-roo kah.*

Puis elle crache par terre.

— Vous ne vous en tirerez pas comme ça, proteste Norra. C'est la fin de l'Empire. La comète arrive, elle va écraser les vestiges de votre empire et vous réduira en poussière.

— Oui, eh bien, cette comète ne nous a pas encore frappés, Norra Wexley. Venez. Pendant quelques heures, vous serez les hôtes du satrape d'Akiva.

Jom est couché sous la console. Des fils pendent au-dessus de son visage comme les tentacules faciaux d'un dentiste quarren. Il noue un câble, puis en couple deux autres. La console projette des étincelles et il jure. Il se bat désespérément pour contourner le mécanisme de mise à feu – qui doit être hors d'état – et permettre au contrôle de tir d'être relié à la console. Il ignore les petites décharges sur son visage et essaie un troisième câble…

Un bourdonnement se fait entendre au-dessus de sa tête. La console s'allume.

Ça a marché. Yes !

Il se mord l'intérieur de la joue pour ne pas sentir la douleur quand il se remet debout, puis braque à nouveau les canons : à présent, le yacht est arrivé au palais. Non, pas exactement, il ne parvient pas à se poser. La plate-forme d'atterrissage n'est plus en état. Même d'ici, il constate que la structure est inclinée à un angle étrange et semble aussi fragile qu'un château de cartes de pazaak. Le yacht fait du surplace en consommant du carburant pour se maintenir près du palais.

Ce qui offre à Jom un angle de tir parfait.

Il en profite. Il trouve le bouton vers lequel il a détourné le mécanisme de tir – un interrupteur qui, jusqu'alors, servait à allumer et éteindre l'éclairage à l'intérieur de la tourelle – et l'enfonce d'un mouvement du pouce.

Rien ne se passe.

Il lâche un rugissement de frustration et appuie à nouveau.

Les lumières de la console s'allument. La luminosité continue à augmenter, des étincelles s'élèvent en crépitant, puis tout le mécanisme s'éteint d'un coup.

Norra est forcée de se mettre à genoux sur le sol du palais. Un sol magnifique, d'un bleu céruléen comme elle n'en a jamais vu, avec des entrelacs de cuivre et de bronze. On dirait de l'eau de mer qui est parvenue à capturer les rayons du soleil. Une partie de Norra aimerait l'observer indéfiniment cette surface, en se faisant croire que rien de tout cela ne se passe. Mais c'est la sinistre vérité. Sinjir les a vendus. Ils sont prisonniers. Leur mission a échoué et ils seront emprisonnés ou exécutés.

Même si elle en a très envie, Norra n'est pas du genre à tourner le dos aux événements à venir, aussi horribles soient-ils.

Elle redresse le menton et affronte son sort avec un regard noir.

Temmin et Jas sont à genoux, eux aussi. Le droïde reste debout, il tourne prudemment la tête pour observer ceux qui les entourent. À chaque fois que son crâne pivote sur son axe, elle entend les petits servomoteurs gémir.

Le droïde est perdu, se dit-elle. *Perturbé. Imprévisible.*

— Contrôle ton droïde, murmure-t-elle à son fils.

Temmin est blême. Il ne répond pas.

L'amiral passe et repasse devant eux. Au sommet d'une majestueuse cage d'escalier se tiennent d'autres éminentes personnalités : un homme imposant au visage de renard, portant un uniforme de Moff, et une femme plus menue et plus âgée. Sans doute le général Jylia Shale. Derrière eux, un homme rubicond au ventre proéminent et portant une barbe fine, puis un autre individu affublé d'un chapeau haut et prétentieux. Celui-là affiche un sourire étrangement béat.

Rae hoche la tête. On lui amène Sinjir.

Un de ses yeux reste fermé tellement son arcade est tuméfiée. Ses narines sont bouchées par le sang et l'arête de son nez est couverte de croûtes, peut-être même cassée. Ses mains sont entravées dans son dos. Il est poussé en avant et atterrit lourdement contre l'épaule de Norra en étouffant un cri.

— Sinjir, dit Norra. Je ne comprends pas.

Des stormtroopers approchent avec des magna-menottes.

— LIBÉREZ-MOI, MAÎTRE TEMMIN, réclame Os en commençant à faire pivoter lentement son bras d'astromech.

— Non, Os, non ! répond Temmin d'une petite voix.

Un trooper attrape sans ménagement les deux bras de Norra et les tire en arrière. Les menottes claquent autour de ses poignets. Ils attrapent aussitôt Jas, qui se débat. Elle écarte les épaules en grognant comme une bête féroce. Ce mouvement de rébellion ne suffit pas. Les menottes bourdonnent et se referment autour de ses poignets.

Temmin, lui, se lève.

— Temmin, mon fils, ce n'est pas le moment !

Temmin ignore sa mère et fait un pas en avant. Le plus étrange, c'est que personne ne l'arrête.

— Laissez-nous partir. Moi, ma mère et le droïde.

— Oh non, Temmin, non, déclare Jas d'un ton déçu.

Norra ne comprend pas au début. Puis Temmin ajoute :

— C'était notre accord. Vous devez l'honorer !

Rae brandit un petit holo-écran. Elle appuie sur un bouton et la projection démarre. Un hologramme bleu vacillant reproduit la silhouette d'un Sullustéen borgne. Norra le reconnaît. C'est Surat Nuat.

— C'est avec lui que tu avais un accord, décrète Sloane.

Le Sullustéen sourit et prend la parole :

— Hélas, mon garçon, l'Empire a lui aussi négocié un accord. Et ils ont imposé leurs conditions.

— Non ! proteste Temmin. Vous aviez dit que nous serions libres !

— Temmin, commence Norra.

Elle entend elle-même l'angoisse dans sa voix. Ce n'est pas vrai. Il n'a pas pu. Il ne ferait pas cela…

— Temmin, que se passe-t-il ?

Il lui jette un regard triste et perdu.

— Je suis désolé.

Sinjir grogne :

— Il nous a vendus.

— Je voulais rester ici, se justifie Temmin. Je ne voulais pas partir. C'est ici que je vis ! Je devais offrir quelque chose à Surat, sinon il nous aurait tués. Maman, je t'en prie.

Puis il s'adresse à l'amiral :

— Non ! Ce n'est pas ce que nous avions convenu. L'accord nous couvrait ma mère, mon droïde et moi. Nous pouvons nous en aller tous les trois.

— Tu peux y aller, réplique Rae. Les autres restent. À moins que tu ne préfères rester aussi ? Je peux me montrer flexible sur la taille du nœud coulant.

Surat ricane.

Jas regarde Temmin et déclare :

— Tu ferais un excellent chasseur de primes, gamin.

— Il ferait un meilleur Impérial encore, renchérit Sinjir.

Temmin paraît secoué. Il se tourne vers son droïde.

— Os ! Sauve-nous !

Le droïde pousse un cri de guerre mécanique et bondit en l'air…

Le droïde de combat n'a aucune chance. Des tirs de laser le fauchent en plein saut. Le droïde B1 pousse un hurlement et retombe avec une telle violence qu'il lézarde le carrelage bleu et bronze. Ses jambes se dérobent et il s'écrase sur le côté. Temmin court vers lui. Des stormtroopers écartent le garçon, puis le retiennent. Norra tente de se mettre sur pied, mais ils l'en empêchent.

Impuissante, elle regarde Sloane s'approcher du droïde. L'Impériale dégaine son blaster et tire à plusieurs reprises dans la tête de la machine. Après six décharges, la tête se détache et roule en fumant.

Les membres du droïde s'immobilisent dans un dernier cliquetis métallique. Temmin est en larmes.

— Comme le prévoit notre accord, tu peux t'en aller, déclare Sloane au garçon.

— Escortez-le dehors, ordonne-t-elle aux stormtroopers qui le retiennent. Par le toit, s'il vous plaît.

Non !

Norra se remet debout d'un bond et se précipite vers Temmin. Un éclair blanc traverse son champ de vision, quand un stormtrooper intervient et lui assène un coup de crosse sur la tête. Elle s'effondre parmi les débris de droïde. Sinjir gît non loin de là. Norra pousse un cri lorsque les troopers emportent Temmin, qui se débat en hurlant et en appelant sa mère.

34

Qu'est-ce que j'ai fait ?

Cette pensée tourne en boucle dans la tête de Temmin. La culpabilité le déchire comme si c'était la vibrolame au bout du bras de Monsieur Os. Le souvenir de la destruction de son droïde n'arrange rien à sa culpabilité.

Sans parler de sa mère qui l'appelle, de l'expression sur les visages de Jas et Sinjir…

Sur le moment, il avait vraiment cru que c'était une bonne idée. Comme il ne voulait pas quitter Myrra, il était impératif de faire la paix avec Surat, sous peine de se faire couper la langue. Il avait donc contacté le gangster sullustéen et celui-ci avait accepté sa proposition. Temmin se justifiait alors en pensant que l'ex-Impérial et la chasseuse de primes auraient agi exactement comme lui. Ils auraient vendu sa peau au premier venu qui leur aurait offert assez de crédits. Ils n'auraient aucun scrupule à le faire. Ils n'ont pas de code moral.

En fin de compte, c'est *lui* qui n'a pas le moindre scrupule.

C'est *lui* qui a agi sans code moral.

À vrai dire, il espérait que cela ne se ferait pas

finalement et qu'il ne serait pas obligé de les trahir – que tout s'arrangerait et que le piège stupide qu'il avait tendu… ne se déclencherait pas. Que la situation serait réglée sans que son plan aboutisse. Quelle naïveté. Le voilà traîné en haut des escaliers par deux stormtroopers. Ses talons rebondissent sur les marches, sa main essaie de s'accrocher à quelque chose, n'importe quoi : une rampe, une lampe, une poignée de porte.

Devant lui, une nouvelle cage d'escalier…

Temmin jette une main, attrape le rebord d'une petite fontaine encastrée dans le mur. Il replie les doigts autour de la pierre et se libère de l'emprise de son escorte. Les deux stormtroopers poussent un juron et font volte-face pour le rattraper.

Il balance un coup de pied, qui frappe le premier à la poitrine.

Le stormtrooper étouffe un cri, mais agrippe le pied de Temmin. Puis lui expédie un coup de poing au creux de l'estomac. L'air quitte ses poumons. Une douleur le traverse, de la taille aux extrémités des bras.

Ils le soulèvent à nouveau et le portent dans la seconde volée d'escaliers. Ils franchissent une double porte rouge et débouchent sur le toit. Temmin tousse et refoule ses larmes. Il entend des voix scander des slogans. Des cris. La foule.

— Non, non, je vous en prie, supplie-t-il tandis qu'il est traîné jusqu'au bord du toit.

Les deux stormtroopers soulèvent Temmin au-dessus de leurs têtes. Il aperçoit la foule. Elle est immense et semble grossir dans toutes les directions tant les gens affluent. Brandissant des pancartes, des effigies. Certains jettent des pierres, des briques ou des bouteilles. Ce sont les Akivans. Ils protestent contre la satrapie. Ils protestent contre l'Empire. Tout cela avait échappé à Temmin ; il pensait que tout le monde voulait garder la tête baissée, comme lui. *Je suis du mauvais côté.*

Maman, je suis désolé.

— Il est temps d'aller rejoindre tes amis, déclare un des troopers.

Temmin ne cherche même pas à déterminer lequel a parlé. Tout ce qu'il sait, c'est qu'il hurle quand ils le précipitent par-dessus le rebord du toit. Il tombe dans le vide.

Le yacht flotte dans le brouillard brûlant au-dessus du palais du satrape. La proue du vaisseau ressemble au bec d'un faucon coulé dans le bronze, des hublots noirs sont bordés par d'étroits tuyaux rouge et or, deux ailes inclinées vers le bas remontent aux extrémités et évoquent les mains d'un moine en prière. Le yacht dérive, son flanc est maintenant face au palais, il se rapproche du coin de l'édifice, sa passerelle s'étend horizontalement et ne fait qu'effleurer le toit pour former une rampe d'accès.

Depuis la rue, quelques pierres viennent frapper inutilement le ventre du vaisseau. Des stormtroopers avancent près du bord et tirent au jugé sur la foule.

Des actions pareilles ne font que creuser la tombe de l'Empire, se dit Norra. Parce que tout le monde est témoin. L'Empire est un voyou, son régime une tyrannie. Il ne vaut pas mieux que Surat Nuat, le Soleil Noir ou le Syndicat des Hutts. L'Empire prétend qu'il cherche à maintenir l'ordre, alors qu'il se contente de draper l'oppression sous les atours de la justice.

L'amiral doit le comprendre elle aussi. Elle rattrape les stormtroopers et les éloigne du bord en les réprimandant vertement.

Devant Norra, les honorables invités de l'Empire montent à bord du vaisseau. C'étaient leurs cibles, ceux qu'ils auraient voulu arrêter. L'homme au visage de renard – *Moff*

Pandion, pense Norra – leur jette un regard méprisant. Comme s'ils étaient de la gadoue collée à ses semelles. De la boue qu'il faut gratter et jeter aux ordures.

Puis il monte la rampe à son tour.

Norra se tourne vers Jas et Sinjir. Ils ont tous les deux les mains attachées dans le dos, ils sont flanqués par des stormtroopers, de sorte qu'ils n'ont aucun moyen de fuir et encore moins d'abri où se cacher s'ils y arrivaient.

La porte qui donne accès au toit s'ouvre à la volée.

C'est le capitaine Antilles. Le cœur de Norra se brise. Antilles est dans leurs griffes parce qu'il est blessé. Ses cheveux trempés de sueur sont plaqués sur son front. Il est aussi pâle que les cendres au fond d'une cheminée éteinte. Il est attaché à une table montée sur répulseurs, conduite par deux stormtroopers et un droïde médical 2-1B.

Quand Antilles passe, il bat des paupières et l'aperçoit.

— Pilote, articule-t-il.

— Capitaine.

Il lui adresse un faible sourire tandis qu'ils le poussent vers l'intérieur du yacht.

Norra se tourne vers Sinjir.

— Que va-t-il nous arriver ?

L'ex-Impérial soupire.

— Eh bien, je vais sans doute être traîné devant un tribunal. Jas va sans doute mourir. Quant à vous, je ne sais pas. Prison ? Exécution ? Ou vous rejoindrez votre ami rebelle et servirez d'argument dans le cadre d'une négociation de paix.

— Je suis vraiment désolée de ce qui arrive.

— Ce n'est pas votre faute, la rassure Jas.

— C'est son fils, souligne Sinjir en les fixant de son œil indemne tandis que l'autre reste gonflé et fermé. C'est son sang qui coule dans les veines de Temmin. Je peux réserver un peu mon jugement sur elle. Je pense que j'ai bien le droit.

Jas veut protester, mais Norra l'interrompt.

— Il a raison. Vous pouvez rejeter la faute sur moi. J'espère juste, malgré tout, que mon fils va bien.

Sinjir ricane.

— Norra, aucun d'entre nous ne va bien en ce moment.

— Temmin est un battant, Norra, rétorque Jas. Il possède toutes les qualités nécessaires pour s'en tirer. S'il y a quelqu'un qui s'en sortira vivant, ce sera lui.

Temmin est mort.

Il en est sûr. Il n'a pas pu survivre. Il a désormais la sensation étrange et impossible de flotter. Il dérive sur quelque chose qui évoque les eaux calmes de la Baie Farsigo dans le sud. Sa mère, son père et lui s'y rendaient parfois en vacances. Ils pêchaient, naviguaient sur un bateau à voile ou tentaient de débusquer des coquillages korlapiis scintillants, ceux qui attrapaient les rayons du soleil pour former un arc-en-ciel de lumière.

Il n'entend pas le clapotis de l'eau. Et ne sent pas non plus son odeur salée. De toute façon, Temmin ne croit pas trop à la vie après la mort.

Il ouvre les yeux.

Il flotte. Il ondule. Il est porté par les mains de la foule.

Ils l'ont rattrapé. *Par toutes les étoiles et tous les satellites, ils m'ont sauvé !* Il rit : un gloussement de cinglé qui lui rappelle son droïde fou.

Puis d'un coup lui revient à l'esprit : sa mère. Et Jas. Et Sinjir.

Le temps presse.

Il soulève la tête, se fait rouler du tapis de mains qui le soutenaient et atterrit au cœur de la foule proprement dite.

Pendant un moment, il est perdu. Difficile de s'orienter dans cette mer de gens. La cohue le submerge.

Puis il pivote sur lui-même et voit les murs de l'immense palais se dresser devant lui.

Il faut que j'y retourne.

Il tente de se frayer un chemin dans la foule.

Des pierres frappent la façade et rebondissent. Des manifestants tentent de l'escalader : un Rodien grimpe au mur et se suspend à un balcon. Deux humains essaient de s'entraider. *C'est par là que je vais passer*, se dit Temmin.

Il n'a plus joué avec ses copains depuis longtemps. N'a plus été un gamin des rues depuis plusieurs années. Mais il est toujours capable de se hisser en haut d'un tuyau d'écoulement, de s'accrocher à une grille d'aération ou de trouver des prises là où il semble ne pas y en avoir. Il n'a pas le temps de chercher un autre passage.

La solution la plus rapide, c'est d'escalader avec les autres.

Tandis qu'ils font monter à bord les derniers passagers, c'est-à-dire les prisonniers qu'ils ont piégés dans les catacombes sous le palais, le satrape les rejoint et se met à genoux.

— S'il vous plaît, s'il vous plaît, s'il vous plaît ! Vous devez m'emmener. Mon palais est assiégé ! Ils escaladent les murs comme des singes-lézards. Ils vont me tailler en pièces !

Sloane pose la main sur l'épaule du dignitaire.

— Vous avez rendu un grand service à l'Empire, satrape Isstra.

Le sourire sur le visage de l'homme s'étale comme du beurre. Il espère qu'elle va le sauver. Sa poitrine se soulève et s'abaisse de soulagement.

— Merci. Merci, amiral. Vous êtes trop bonne.

— Mais nous n'avons plus besoin de votre aide.

— Qu… quoi ?

Le satrape est stupéfait. Il ne sait pas s'il est puni, récompensé ou envoyé paître, tout simplement.

— Je ne…

Sloane fait un signe de tête. Deux stormtroopers saisissent Isstra et le traînent vers la porte de son palais. Il se débat en criant comme un enfant en colère.

— Vous ne pouvez pas faire ça ! hurle-t-il.

De l'écume se forme au coin de sa bouche.

— J'ai été bon avec vous ! Gardes ! Gardes !

Deux gardiens du palais déboulent par la porte. Leur course est interrompue par les tirs de blaster des stormtroopers. Ils sont abattus avant d'avoir eu l'occasion de protéger leur ancien chef.

Le satrape crie comme un animal qu'on égorge. Les troopers le jettent au sol et il rampe entre les cadavres de ses gardes, le corps soulevé par de violents sanglots.

Sloane monte à bord du yacht.

La foule rugit. Les doigts de Temmin tiennent à peine, coincés dans une lézarde qui fissure la façade. Ses muscles lui font mal. Il n'a plus l'habitude. Il se hisse…

À ce moment la foule se met en mouvement. Elle s'écarte des murailles. Quelqu'un projette un objet contre les portes du palais.

Qu'est-ce que c'était ?

Le bâtiment tremble un instant. Un détonateur thermique vient de déformer les portes sans les décrocher. Les doigts de la main gauche de Temmin glissent de leur accroche…

Il est suspendu à un bras, ses pieds cherchent un rebord, un défaut de la façade sur lequel prendre appui.

La foule bondit et se rue contre la porte endommagée.

Les manifestants poussent pour entrer. Un Besalisk à quatre bras fend la masse avec un énorme marteau de forge et s'attaque à la porte.

Pas le temps de s'inquiéter pour ça.

Temmin laisse échapper un cri entre ses dents serrées et tend le bras. Il trouve une nouvelle prise. Son ascension peut continuer.

Morna est installée dans le siège du capitaine du yacht. Rae entre, s'assied à côté d'elle.

— C'est confort, déclare-t-elle au pilote.

Morna acquiesce.

— Sans blague, amiral : tout brille ! Et ces fauteuils… J'ai l'impression que je m'enfonce encore dedans.

— Ne vous y habituez pas. Le confort n'est pas une priorité de l'Empire, lui rappelle Rae avec un léger sourire. Pas de problème avec le pilote de Crassus ?

— Il s'est opposé à ce que je prenne les commandes, mais je l'ai obligé à reconnaître l'autorité de l'Empire et je l'ai assuré qu'il serait tout de même payé pour son temps à bord.

— Il est enfermé ?

— Dans une des chambres.

Adea est également dans une chambre. Rae a exhorté son assistante à se coucher, au nom des étoiles. Elle s'est montrée impeccable à son service et courageuse dans sa défense de l'Empire. Rae lui a ordonné de se reposer et l'a installée dans une des cabines, à côté du capitaine Antilles et de son garde.

— Excellent. Pouvons-nous enfin quitter cette planète exécrable ?

— Oui, amiral. Et je viens d'avoir le rapport confirmant que les Destroyers Stellaires sont sortis de l'hyperespace et revenus en orbite. Nous sommes couverts par le *Vigilance*, le *Vainqueur* et l'*Ascension*.

— Alors disons adieu à ce sauna ruisselant de sueur.

Morna hoche la tête. Elle règle la puissance des moteurs.

Le yacht se met à bouger.

Temmin escalade le rebord du toit du palais et voit la passerelle se rétracter et le vaisseau s'éloigner.

J'arrive trop tard.

Il regarde autour de lui avec frénésie.

Là.

Le satrape. Il pleurniche entre les cadavres de deux de ses gardes. Leurs vibro-piques sont posées sur le toit.

L'idée est stupide, se dit Temmin en courant. Il flanque un coup de pied dans une pique et la rattrape dans ses mains. *C'est la plus mauvaise idée que j'aie jamais eue.* Il se retourne et fonce à toute vitesse vers le bord du toit. *Je suis un imbécile au cerveau frit par un laser et je vais mourir*, décide-t-il en plantant la pointe de la pique et en s'en servant pour s'élancer loin du toit du palais.

Je suis mort.

Je n'y arriverai pas.

Je fais la connerie de ma vie.

La pique lui échappe des mains. Il bat des bras en l'air, tandis que le yacht s'éloigne. Le flanc du vaisseau se rapproche à toute allure…

Il s'écrase contre le yacht. *Bam !*

Ses mains cherchent une prise. Mais n'en trouvent pas. Il entend le *scouic* pathétique que font ses paumes en glissant sur le métal. Il se met à tomber

Puis…

Cesse de tomber.

Sa main est entrée en contact avec un des tuyaux décoratifs qui bordent un hublot. Temmin s'y cramponne de toutes ses forces, ramène son autre main et se hisse. Il triomphe un instant. Sa poitrine se gonfle et il se dit : *J'ai réussi ! J'ai carrément réussi !*

Puis le yacht commence à s'élever et il se rend compte de la situation.

Pourquoi est-ce que j'ai fait ça ? Je vais mourir !

Le sol en dessous de lui rapetisse à mesure que le yacht prend de l'altitude.

J'y étais presque, songe Rae en prenant ses aises dans le fauteuil du copilote. *Si près du but.*

Tout ce voyage a été un échec, elle s'en rend compte à présent. Mais l'échec ne signifie pas la fin. L'échec doit être une leçon : un mode d'emploi écrit à grand renfort de cicatrices. Alors quels sont les apprentissages qu'elle peut tirer de ce fiasco ? Qu'a-t-elle appris et que peut-elle bâtir sur ces décombres ?

Un : ce ne sera pas facile d'aboutir au consensus. Ce sera peut-être si difficile d'ailleurs que cela ne vaut sûrement pas la peine d'essayer.

Deux : l'Empire est divisé. Cette information n'est pas nouvelle, mais elle a été clarifiée au cours du sommet calamiteux. Et Rae a découvert une nouvelle dimension à cette fracture : bien des gens à l'intérieur de l'Empire ne veulent pas soigner ces dissensions, ils veulent au contraire profiter de la division pour servir leurs propres objectifs.

Trois : si l'Empire doit survivre, alors ils doivent…

Un point rouge apparaît sur l'écran de Morna. Le pilote fronce les sourcils.

— Qu'est-ce que c'est ? demande Rae.

— Ça pourrait être un oiseau, mais alors très, très gros.

Elle secoue la tête et précise :

— Il y a quelque chose sur la coque.

Rae hoche la tête.

— Je vais envoyer des hommes vérifier.

Sinjir est à genoux à côté des autres. Il a l'impression que son visage est de la pâte à pain qui a levé trop longtemps. Ils attendent dans une luxueuse pièce vers l'arrière du yacht, agenouillés comme des esclaves, entre les canapés et les tables richement décorées. Le gros banquier, Crassus, est assis dans un coin et fume des épices dans une longue pipe en obsidienne. Ses esclaves de sexe féminin, affublées de masques de bêtes, taillent et liment les ongles de ses gros pieds desséchés et extraient les callosités de ses affreux orteils.

Jylia Shale est assise à côté de Crassus. Shale est général. Sinjir la connaît, ou plutôt, a entendu parler d'elle. Selon les uns, c'est une héroïne, selon les autres, une traîtresse. Une conquérante ou une pleutre. Elle est flanquée de deux Gardes Impériaux en capes rouges.

De l'autre côté de Crassus : le conseiller en robe violette. Sinjir ne se souvient pas de son nom, même s'il est sûr que Jas le lui a confié. Il faisait sans doute partie du cercle intime de Palpatine. C'est un acolyte du Côté Sith de la Force, même s'il ne peut être un vrai praticien. Un admirateur tout au plus.

En face de Sinjir : Pandion est assis tout droit.

Il les fixe.

Non, ce n'est que *lui* qu'il fixe, *Sinjir*.

— Je sais que je suis plutôt beau à regarder, déclare Sinjir.

Quand il parle, un grognement involontaire s'élève du fond de sa gorge. À cause de sa blessure, pas de la rage.

Pandion ricane, on dirait qu'il s'apprête à rétorquer quelque chose, mais un petit contingent de stormtroopers passe au pas de charge. Ils se dirigent vers le milieu du vaisseau, l'air préoccupé. Pandion tente de ne pas tressaillir, mais son trouble est visible.

— Quelque chose ne va pas ? ironise Sinjir.

— Garde tes lèvres soigneusement scellées, traître, ou je te les coupe.

Je vais mourir, je vais mourir. Temmin s'accroche avec toute la volonté qu'il parvient à rassembler. Les premiers nuages passent. L'air devient plus froid. Le vaisseau commence à trembler sous les turbulences. *Peut-être que je peux me réfugier sous le yacht. Me servir de mon multi-outil pour ouvrir une écoutille de maintenance, grimper dans un compartiment technique et…*

La fenêtre au-dessus de lui s'ouvre avec un sifflement mécanique.

Un stormtrooper passe le buste au-dehors.

— Hé !

Temmin considère cela comme une invitation. Il tend le bras, passe la main derrière le casque du stormtrooper et tire le soldat impérial par l'espace ouvert.

Le cri du trooper perd en intensité à mesure qu'il chute.

Temmin s'élance à l'intérieur par la fenêtre ouverte.

Il tombe sur le ventre, le souffle court. Il secoue les bras pour refaire circuler le sang. Il se trouve dans un couloir où de nombreuses portes sont alignées. Probablement les cabines du yacht. Il se relève, époussette ses vêtements. Puis quelqu'un lui tape sur l'épaule.

Oh… oh.

Il se retourne. Deux stormtroopers braquent leurs fusils sur lui. Deux Gardes Impériaux en casques rouges les rejoignent. Leurs capes glissent sur le sol dans leur sillage.

— Saluts, les gars, lance Temmin avec un rire artificiel. Ce n'est pas le bus spatial de midi et demi pour le casino de l'Amas Ordwallien ? Non ? Oh. C'est gênant.

Il tourne les talons et se met à courir.

— *Frag* de *frag* ! enrage Jom Barrel, le visage empourpré. Aucune de ses tentatives n'a réussi à faire fonctionner ce truc et sa cible est en train de fuir vers l'orbite.

Il reste un moment immobile. Sa poitrine monte et descend.

Calme-toi. Réfléchis.

Mais il ne réfléchit pas et se calme encore moins.

Il pousse un cri de rage et abat son poing indemne sur la console encore et encore, parce que sa seule chance vient de lui passer sous le nez et que les efforts qu'il a consentis pour s'emparer de cette tourelle n'ont en rien aidé la Nouvelle République et…

Un dernier coup et la console s'illumine subitement.

— Qu'est-ce que… ?

De l'autre côté de la fenêtre, les canons jumeaux s'ajustent pour traquer la cible.

Toute la tourelle tremble quand les tirs se déclenchent, emplissant le cockpit d'une lumière aveuglante qui suit le rythme cadencé des explosions de turbolaser.

Tout se passe bien. Trop bien. Sloane a l'estomac noué par un mauvais pressentiment et ce nœud se resserre encore quand Morna se tourne vers elle et annonce, le front plissé :

— Nous avons un problème, amiral.

Elle s'y attendait.

— De quoi s'agit-il ?

— La Flotte Rebelle. Elle débarque dans l'espace au-dessus d'Akiva.

Le moment ne pourrait pas être plus mal choisi.

— De quelle taille ?

— Assez conséquente pour poser un problème.

— Conduisez-nous juste jusqu'au *Vigilance* indemnes, Morna. Après nous pourrons…

L'écran se remet à clignoter.

— Qu'est-ce que c'est encore ? s'énerve Rae.

Morna semble à la fois paniquée et dubitative.

— Une de nos tourelles ! Elle suit notre trajectoire. Elle est sur le point de…

Le vaisseau subit un choc terrible, puis se met à trembler. La tête de Rae est projetée en arrière et elle est éjectée de sa chaise. Tout devient noir.

Des décharges de laser brûlent l'air au-dessus de la tête de Temmin. Il court, se baisse, plonge sur le ventre pour éviter de se faire carboniser. Il se fait rouler sur le dos et projette ses mains en l'air pour se rendre…

Mais il voit bien que les stormtroopers n'accepteront pas sa reddition.

Ils pointent à nouveau leurs fusils.

Et le mur à côté d'eux disparaît d'un coup.

Le yacht est soudain secoué et un éclair aveuglant le traverse, le déchirant par en dessous, emportant le mur, le sol et les Impériaux. Ce qui reste d'eux est aspiré par le trou béant.

Le vent hurle comme une bête aux abois. Temmin sent que le courant d'air cherche à le tirer à son tour, tandis que tout le couloir se dépressurise. Le yacht se met à piquer vers le sol et Temmin se cramponne à la poignée d'une cabine. Des luminaires sont arrachés des murs, aspirés vers les nuages tourbillonnants. À chaque extrémité du couloir, des portes pressurisées se ferment, scellant la partie centrale du vaisseau.

Temmin ouvre d'un coup de pied la porte de la cabine pour échapper aux vents qui tentent de l'aspirer dans le vide. Il se rue à l'intérieur.

Des alarmes retentissent. Le tableau de bord de la navette est éclairé par une multitude de voyants paniqués. Rae se hisse jusqu'à son siège. Morna n'a jamais quitté le sien. Ses bras sont tendus, les tendons de son cou saillent comme les câbles d'un pont suspendu. Elle lutte pour garder le yacht dans les airs. Il commence à plonger, mais elle parvient à inverser la trajectoire et le vaisseau redresse la proue.

— Au rapport ! exige Sloane.

— Je suis occupée, amiral, siffle Morna entre ses dents.

Rae a envie de la remettre à sa place, mais le pilote a raison. L'amiral examine elle-même l'écran et constate que les dégâts concernent la partie centrale du yacht, non loin des cabines de première classe. Les deux moitiés du vaisseau seront bientôt scellées grâce aux portes pressurisées, ce qui signifie qu'ils ne sont pas encore morts et que personne n'est obligé d'abandonner le navire. En revanche, la moitié avant du yacht, dans laquelle Rae se trouve en ce moment, est séparée de l'arrière et lui est désormais inaccessible. Et le milieu du vaisseau est un *no man's land*.

Le yacht rebondit et cahote comme s'il allait se désintégrer.

— L'atmosphère est rude par ici, prévient Morna. Elle pourrait nous déchirer. Nous sommes presque en orbite. *Presque*.

— Restez concentrée.

Si quelqu'un peut y arriver, c'est Morna.

L'éclairage bourdonne et clignote. À l'obscurité succèdent les lumières rouges d'urgence, puis à nouveau l'éclairage normal, enfin le noir complet.

Jas ne comprend pas ce qui se passe. Sa théorie la plus plausible est qu'ils ont été touchés. Par quoi ? Elle ne sait pas. Elle est étonnée qu'ils soient toujours dans les airs. Heureusement que le vaisseau est de taille considérable. Ils ont de la chance, surtout, que la structure n'ait pas été coupée en deux, expédiant les deux moitiés en chute libre vers la planète.

La panique a gagné les rangs impériaux. Ils murmurent et s'agitent. Crassus geint pour son yacht. Le conseiller, Yupe Tashu, prie dans une langue hérétique la Force Obscure à laquelle il fait appel en cas de crise. Shale est simplement penchée en avant, la tête entre les jambes, comme si elle allait vomir. C'est un général, elle est habituée à être au sol ou dans une salle de guerre à l'abri. Ce n'est pas un soldat, du moins plus depuis des années.

Jas, quant à elle, ne bouge pas.

Comme Pandion, qui semble vouer une véritable haine à Sinjir. C'est perceptible à la façon dont il le fixe. Avec des yeux noirs comme des canons de blaster prêts à ouvrir le feu.

Un stormtrooper fait irruption dans la pièce.

— Nous sommes séparés du reste du vaisseau. Les portes pressurisées nous ont enfermés.

Pandion, sans quitter Sinjir des yeux, saisit son comlink :

— Amiral Sloane, êtes-vous là ?

Le comlink crépite. La voix de Sloane s'élève : cassée, brouillée par les parasites, mais bien là.

— Moff Pandion. Nous sommes occupés.

— Devons-nous nous préparer à mourir ? Ce vaisseau est équipé de modules de survie, non ?

— Nous sommes en sécurité. Nous sommes presque en orbite. Patience.

Jas ne sait pas ce qui se passe, mais le chaos règne.

Et en période de chaos, il y a toujours une opportunité à saisir.

INTERLUDE

BESPIN, CITÉ DES NUAGES

— Ils vont entrer ! crie Borgin Kaa à sa petite amie, Linara, une jeune danseuse.

Elle lui adresse un regard paniqué, alors qu'il indique d'un geste la porte de son luxueux domicile, où une ligne d'étincelles grignote la porte magna-verrouillée. La vitesse et la perfection avec lesquelles les étincelles grimpent indiquent une main entraînée et confiante.

L'homme d'âge mûr inspecte la table du hall d'entrée et trouve un vase en céramique du Legs Vinzor. C'est un objet d'art vieux de plusieurs millénaires, qui remonte à l'Ancienne République. C'est en tout cas ce qu'on lui a dit. Tout ce qui compte – ou ce qui comptait, plutôt – c'était sa valeur. La céramique est entrelacée de lacite, comme des toiles d'araignée céruléenne scintillantes, d'un bleu éclatant.

Même si l'idée lui fait horreur, il empoigne le vase.

C'est une arme, se dit-il. *Pas une œuvre d'art ancienne de grande valeur.*

Son cœur bat à tout rompre dans sa poitrine.

Est-ce qu'il a oublié ?

Est-ce qu'il va mourir ?

Non ! J'ai vécu jusqu'ici. Je suis sur la liste. La Cité des Nuages est devenue *la* destination pour se procurer des implants rares : de nouveaux globes oculaires, des mains fabriquées sur mesure, des systèmes d'organes complets pour les humains et toutes les autres espèces qui peuvent se les offrir. Il lui faut un nouveau cœur. Il était sur la liste. Il y est toujours, espère-t-il. Puis il a fallu que ces vauriens rebelles viennent tout gâcher et que l'Empire reprenne le contrôle de ce secteur. Maintenant, tous les implants sont en attente.

Les Impériaux vont arranger cela. L'Empereur a promis la paix à la galaxie.

Les braises dansent autour de la dernière courbe qui se dessine dans la porte, avant de tomber sur le sol.

La porte coulisse avec un sifflement.

À travers la fumée, Borgin Kaa distingue les silhouettes des intrus. Linara pousse un cri. Borgin soulève le vase avec un grognement. L'œuvre d'art rebondit sur le côté de la porte, ratant sa cible. Le vase ne se brise même pas. Il atterrit sur le sol avec un petit bruit mat.

Apparemment, les Vinzors fabriquaient des vases d'une solidité à toute épreuve.

Les silhouettes débarquent en braquant leurs blasters. Il y en a deux qu'il ne reconnaît pas : une Devaronienne et un DAP dégingandé, un droïde assistant personnel. Une tête de mort noire est peinte sur sa plaque faciale en argent terni.

Borgin reconnaît les deux autres : l'un est un malfrat local, Kars TalKorla, surnommé le Fléau de la Cité des Nuages. Difficile de ne pas l'identifier au premier coup d'œil. Sa tête est sur toutes les affiches et les holovids de mise en garde qui circulent en ville ! L'Empire le recherche activement et il est ici, dans l'appartement de

Borgin, vêtu de l'armure qui est sa marque de fabrique : un patchwork mal assorti de pièces mandaloriennes, corelliennes et de quelques morceaux d'armures de troopers impériaux pour faire bonne figure.

À côté de lui, la deuxième figure familière est une vraie surprise : Jintar Oarr.

Un Onderonien, comme Borgin. Riche au-delà de l'imaginable. Un des résidents des niveaux luxueux de la Cité des Étoiles, voisin de Borgin.

Un ami. Du moins, il l'a été.

— Toi, lance Borgin en pointant un doigt vers Jintar.

L'homme est aussi séduisant que prétentieux. Il arbore une barbe soigneusement taillée, des yeux couleur de nuage gris. Même les rides de son visage lui donnent un air distingué.

Mais quand Borgin pointe son doigt accusateur, la Devaronienne approche, lui attrape le doigt et le tord. La douleur transperce Borgin comme un tir de blaster. Il pousse un hurlement qui lui fait honte, un cri porcin suraigu, comme le son que produisent les Ugnaughts quand ils tombent dans la machine. Puis Borgin s'effondre à genoux et la Devaronienne colle le canon de son fusil blaster contre son front.

— Attendez, ordonne Jintar.

Il saisit la Devaronienne au poignet et elle crache comme un serpent. Il lâche sa main et dit :

— Laissez-moi lui parler.

Kars acquiesce d'un hochement de tête.

— Qu'ils discutent. Mais l'horaire est serré, alors grouillez-vous.

Il aboie à l'attention du droïde assistant :

— Trouve-nous ce panneau d'accès.

Panneau d'accès ? Borgin suit le droïde du regard. La machine quitte le hall d'entrée en trottinant et s'engage dans le couloir. Avant qu'il ne puisse voir où se dirige l'homme de métal, la Devaronienne lui empoigne le menton sans ménagement et tourne son visage vers elle.

— Votre copain veut vous parler.

Jintar s'agenouille également.

— Bor, écoute-moi. On nous a menti. Adelhard a condamné tout le secteur. Il a installé des blocus monstrueux avec ce qui reste des forces impériales. Mais ce n'est pas comme ça qu'ils maintiennent le contrôle. Ils gardent le contrôle en nous mentant.

Jintar prend une profonde inspiration.

— L'Empereur est mort, Bor. C'est confirmé.

— Mensonges, fulmine Borgin. Évidemment, c'est ce que ce genre de type veut te faire croire !

Il indique du menton Kars. Le pirate dépenaillé dans son armure de bric et de broc s'assombrit et secoue la tête.

— J'ai vu les holovids, insiste Borgin. Vous aussi. Palpatine est vivant et en pleine forme sur Coruscant et…

— Ce n'est qu'un remplaçant. Une doublure. Un acteur.

— Non. Ce sont des balivernes de Rebelles.

— Nous avons comparé. Les holovids ne correspondent pas. Cette… personne en robe noire n'est pas Palpatine. Le menton est différent. Les gestes ne sont pas les mêmes. Ce n'est qu'une pâle imitation.

— Tu es un traître !

Jintar a l'air triste.

— Non, Borgin, c'est toi, le traître.

— L'Empereur a été bon avec nous.

— C'est vrai. Mais il ne l'a pas été avec tout le monde. Et les bien-pensants de la galaxie s'en rendront compte. C'est pour ça que je t'implore d'agir.

La voix de Jintar s'adoucit. Cet homme serait capable

de persuader un chien-slakari de lâcher une carcasse pourrie.

— Ton aide nous serait précieuse.

Son aide ? Ils veulent *son aide* ?

Pas question. Borgin pousse un rugissement. Il s'est retrouvé mêlé à quelques bagarres à l'époque, quand il était un jeune baron des mines sur la lune de Sevarcos. Bien sûr, il est plus vieux aujourd'hui, beaucoup plus vieux et plus gros, mais il bondit et assène un coup de tête à Jintar…

Des étoiles explosent derrière les yeux de Borgin. Il retombe sur son coccyx. Des mains se tendent vers lui, mais il pousse un cri et les griffe.

Jintar grimace de douleur, une bosse fleurit déjà sur son front. Borgin, lui, a un goût de sang dans la bouche.

C'est au tour des Rebelles de jouer. Kars s'approche. Borgin voit trouble. Il cligne des yeux. Le pirate gratte sa barbe naissante et fait tourner le pistolet qu'il porte sur la hanche.

— Nous allons discuter. Vous disposez d'un panneau d'accès à l'arrière de votre appartement. Il est relié au même circuit que la chambre du gouverneur Adelhard dans la tour numéro un. Il faut que ce panneau soit ouvert. Vous nous filez le code, nous serons contents. Vous ne nous le donnez pas, nous devrons le faire nous-mêmes.

La bouche de Kars est déformée par un sourire machiavélique.

— Et nous ne serons pas contents du tout.

— Brutes ! Tyrans ! Criminels.

Kars soupire.

— Très bien. Rorna ?

Il lui adresse un signe de la tête et la Devaronienne enfonce son poing dans le bas du ventre de Borgin. Ce dernier bêle en agitant les bras. Jintar lui saisit les mains et les serre dans son dos. Borgin sent qu'on les glisse dans quelque chose. Un sac en tissu ? Une chaussette, peut-être ? Puis il entend de la bande adhésive qu'on déroule pour entraver ses poignets.

— Linara ! hurle-t-il. Linara, sauve-moi !

Mais sa petite amie se contente de baisser les yeux sur lui, comme une mère déçue par le comportement de son enfant.

— Est-ce que je peux faire quelque chose ? demande-t-elle à Kars.

Le pirate émet un petit rire puis lui lance un rouleau de bande adhésive.

— Pourquoi ne pas boucher le trou gazeux qui lui sert de bouche ?

Borgin proteste :

— Linara, j'ai été bon avec toi. Nous nous aimons. Ne me fais pas ça. Je te punirai ! Je punirai toute ta famille ! Je mettrai fin à leurs prêts et je dresserai des créanciers contre eux et…

Elle colle la bande adhésive sur sa bouche et elle ne s'arrête pas là. Elle entoure sa tête une fois, deux fois, trois fois. Ça a l'air de lui faire plaisir.

— Mmf ! Mmf !

Traduction : *L'Empereur aura vos têtes pour ça.*

Kars opine. De l'arrière de l'appartement s'élève le bourdonnement d'une perceuse. Kars porte son comm de poignet à sa bouche.

— Dis à Lobot qu'on doit employer la manière forte.

La Devaronienne ajoute à voix basse :

— On pourrait torturer le riche pour obtenir le code. Ce serait avec grand plaisir, ajoute-t-elle avec un rictus cruel.

Le pirate balaie la proposition d'un geste :

— Non. Nous avons des instructions spécifiques. Pas

de ça. Faut rester propre, réglo. Bla-bla-bla, l'Alliance ne fait pas les choses « comme ça ».

Puis il se penche à nouveau vers son poignet :

— Ouais, ouais, j'écoute. Dis à Lobot de se tenir prêt avec l'équipe d'intrusion. Et fais passer un message à Calrissian. Dis-lui qu'on est presque à l'intérieur et qu'il peut transférer les crédits…

Il se tait un instant.

— Non, tu sais quoi ? Dis-lui que ce coup-ci, c'est gratos. Offert par la maison. Lui et ses potes de la Nouvelle République m'en devront une. Insiste bien là-dessus. Ils me devront une grosse faveur.

Ordures ! Ordures !

Jintar s'agenouille à nouveau.

— Tu es du mauvais côté de l'histoire, Bor. Tu n'as pas voulu comprendre que la galaxie ne se réduisait pas à un seul homme.

35

Tout à coup, le ciel bleu pâle de l'atmosphère cède la place à l'obscurité de l'espace – puis l'étendue se fait plus noire encore, jusqu'à se transformer en néant infini. Du vide réconfortant. C'est exactement ce que l'espace représente pour Rae : un vide réconfortant. Cette immensité la fait réfléchir. Cet infini. Se sentir petite, mais assez forte en même temps pour jouer un rôle dans tout cela.

Pour le moment, pourtant, elle ne trouve aucun réconfort.

Parce que, devant eux, la guerre fait rage dans le noir.

Une bataille violente. Sans élégance, sans retenue. D'un côté, un trio de Destroyers Stellaires tire salve sur salve. Ses attaques sont encaissées par la Flotte Rebelle : cinq vaisseaux, plus petits que les Destroyers, mais aussi puissants. Et entre les deux, un essaim de chasseurs, comme une volée d'oiseaux de nuit. Ils échangent des tirs. Certains s'embrasent et partent en vrille, comme des feux d'artifice allumés par des enfants hilares.

Rae se mordille la lèvre.

— Comment est-ce qu'on va s'en sortir ? demande-t-elle à Morna.

— On avance en boitant.

— En courant ou en boitant, peu importe, mais ramenez-nous à la maison.

Le commandant Agate tremble.

C'est normal. Pour elle, du moins. Les hostilités ont démarré et, quand la bataille fait rage, elle tremble. En partie par nervosité, en partie à cause de l'adrénaline qui la paralyse comme la foudre met HS les systèmes d'un vaisseau. Pendant des années, elle a tenté de le cacher. Elle prenait des médicaments pour calmer ses mains tremblantes. Tentait de rester tapie dans un coin, seule, pendant les premiers moments de la bataille. Pour empêcher ceux qui l'entouraient d'assister à ce spectacle. Le tremblement lui semblait un signe de faiblesse. Puis elle a fini par réaliser qu'afficher son tremblement, sans se soucier du qu'en-dira-t-on, était un signe de force.

Depuis lors, elle tremble. Et elle laisse faire. C'est naturel pour elle, comme guerrière et comme meneuse d'hommes.

Elle s'apaise en regardant l'immensité obscure, puis en reposant les yeux sur la carte de la bataille projetée holographiquement au-dessus de la table. Tous les éléments se déplacent comme ils se doivent. C'est une danse chaotique, mais soumise à un ordre particulier, précieux.

Soudain : un nouveau point fait son apparition.

Elle clique en l'air pour zoomer sur cet invité surprise.

Un yacht ? Voilà qui est surprenant.

Est-il impérial ? Ou s'agit-il d'un riche Akivan malchanceux, qui espérait fuir la planète… et tombe en pleine bataille spatiale ? Il faut être un idiot ou un génie pour piloter cet engin. Agate demande au sous-officier Targada de suivre le parcours de ce vaisseau. Targada est un Klatooinien bourru doté d'un large front et d'une bouche boudeuse, un affranchi extrêmement loyal envers la Nouvelle République.

— Il se dirige vers un des Destroyers Stellaires, l'informe Targada.

Un Impérial, donc.

L'abattre ?

Elle hésite. La situation progresse moins vite que les apparences – d'imposants vaisseaux capitaux se canardent mutuellement tandis que les chasseurs foncent entre les étoiles – et la prudence peut être une force. Mais l'hésitation peut aussi être un frein.

Targada fait écho à ses interrogations :

— Nous concentrons le feu sur le yacht ?

— Non, répond-elle sèchement. Il est endommagé. Il héberge peut-être des cibles possédant des informations capitales. L'anéantir signifierait détruire des renseignements qui pourraient nous être utiles.

Elle jure dans sa barbe. Dans un monde parfait, ils le captureraient. Mais le combat ne leur permet pas une manœuvre d'une telle précision.

— Coupons-leur toute option d'appontage. Concentrez les tirs sur ce Destroyer Stellaire. S'ils n'ont nulle part où se poser, ils seront plus faciles à cueillir.

L'inconnu s'acharne sur le cou de Temmin. C'est un homme au teint rougeaud, son nez est couvert de verrues et ses joues sont grêlées. Il porte une veste de pilote en cuir.

— Qu'est-ce qui se passe ? demande-t-il, tandis que les lumières s'éteignent et se rallument en vacillant. Qu'est-ce qui est arrivé à mon vaisseau, garnement ?

Temmin le repousse.

— Lâchez-moi !

— Tu as intérêt à me dire ce qui s'est passé, éructe

l'homme. Tu as fait quelque chose ? Tu es un insurgé ? Un terroriste rebelle ? Saleté. Saleté !

Puis il se rue sur Temmin.

Le garçon pousse un cri et balance son poing. Le nez de l'homme fait *pop* comme une cloque qui explose et il s'effondre en gémissant :

— Mon vaisseau ! Mon vaisseau !

Temmin n'a pas le temps de se soucier de lui.

Il regarde la pièce, ses yeux ont du mal à s'habituer à ces sautes incessantes de lumière. Le pilote se met à ramper vers la porte, Temmin lui barre la route et s'agenouille devant lui.

— À l'extérieur de cette cabine, c'est la mort assurée. Vous m'entendez ? La mort.

— Vous n'en savez rien. Il faut que je rejoigne le cockpit ! Je peux piloter ce vaisseau, moi. Moi seul ! Je suis un bon pilote. Ou… je l'ai été. Autrefois.

— Les portes pressurisées sont scellées, tête de nerf. Vous connaissez ce vaisseau ? Dites-moi comment accéder… quelque part, n'importe où.

L'homme se relève en grognant. Ses articulations et ses os craquent.

— Déplacez… reculez ce lit. Il devrait y avoir un sas de maintenance là en dessous. Mais je n'ai pas d'outil pour l'ouvrir.

Personne n'est donc jamais préparé ? Temmin lève les yeux au ciel et décroche le multi-outil de sa ceinture. Il fait coulisser le lit. En effet : une plaque scellée avec des boulons flanser. Cela va prendre du temps. Temmin se met au travail.

Pandion se lève. Norra le regarde s'approcher lentement de Sinjir, sur lequel il semble se focaliser depuis longtemps.

— Vous étiez un Impérial. Un officier de probité, c'est bien ça ?

— C'est exact.

— Quelle ironie que votre propre probité soit remise en question.

— Pas vraiment. J'ai appris très tôt dans ma formation à repérer les faiblesses chez les autres. C'est logique que j'aie fini par comprendre les faiblesses de l'Empire.

Sinjir sourit de toutes ses dents tachées de sang.

— Si vous regardez attentivement, vous verrez que tout l'édifice impérial présente des fissures et des fractures.

Pandion se rapproche. À pas lents et mesurés. Un éclair de cruauté brille dans ses yeux, il crépite comme les lumières du vaisseau.

— La seule faiblesse de l'Empire, ce sont les hommes dans votre genre. Incapables de se dévouer. Des hommes qui trahissent la cause parce qu'ils sont faibles. Des cœurs meurtris et des esprits faibles. L'Empire est plus fort quand des imbéciles comme vous sont débusqués.

Sinjir hausse les épaules, malgré ses mains attachées dans le dos.

— J'ai plutôt l'impression que la faiblesse de l'Empire est causée par des hommes dans votre genre, Moff Pandion. Des imbéciles minables et inefficaces, qui veulent jouer les dirigeants plutôt que diriger. Et puis qu'est-ce qu'un Moff, après tout ? Un simple chef de secteur. Même le nom *Moff* paraît minable. On dirait le bruit que fait un chien en régurgitant son dîner…

Paf! Pandion gifle Sinjir.

Un filet de sang coule de la lèvre de l'ex-Impérial et ruisselle jusqu'à son menton.

Sinjir lèche l'hémoglobine.

— Moff, Moff, Moff, fait-il d'un ton moqueur.

Norra le met en garde :

— Sinjir, non…

Mais il est trop tard. Pandion est déjà sur lui. Cette fois, il l'agrippe par le col de son uniforme d'officier volé et le soulève du sol. Il le frappe une fois, deux fois, trois fois et la tête de Sinjir retombe sur ses épaules.

— Arrêtez ! s'écrie Norra. Arrêtez !

— La ferme, saleté, lui crache Pandion.

Sinjir saisit l'opportunité. Il crache une dent, une de ses propres dents, au visage du Moff. Elle atterrit juste dans l'espace entre les deux yeux de Pandion, qui cligne de surprise. Sinjir lui envoie alors un coup de tête.

Bang !

Pandion titube en arrière. Deux filets de sang coulent de son nez. Son visage est déformé par la colère.

— Sale traître.

Il essuie le sang de son nez puis dégaine son blaster.

— Vous n'arriverez pas au tribunal.

— Laissez-moi faire, intervient Jas.

Pandion plisse les yeux.

— Quoi ?

— Je m'en charge. Pour un prix correct.

— Un prix ? Alors que vous vous êtes associée à cette bande ?

— Votre tête était mise à prix pour un montant trop élevé pour que je puisse résister, Pandion. Mais je suis sûre qu'il y a bien assez de crédits pour me dédommager. Rien qu'en voyant ce yacht, je sais que nous sommes à bord d'un vaisseau bancaire. Vous êtes sûrement prêt à payer plus que ne m'offrait la Nouvelle République pour votre capture.

— Ma capture ?

— Toute cette opération vous visait. La prime est très élevée.

Pandion affiche un sourire fier.

— Oui, j'aurais dû m'en douter. À combien s'élevait-elle ?

— Dix mille crédits.

— Ils auraient dû en offrir plus. Pour ma part, je suis disposé à vous donner vingt mille de la poche d'Arsin Crassus pour exécuter ce traître. Ici, maintenant. Qu'en dites-vous ?

Crassus se lève, le souffle coupé, et s'insurge :

— Quoi ? Vous ne pouvez pas. Je n'ai pas fait cette offre !

— Pourtant, je suis convaincu que vous ne souhaitez pas refuser cette faveur à l'Empire, insiste Pandion en braquant son blaster vers Crassus. N'est-ce pas ?

— Ah… absolument. Ce qui est à moi est à vous.

Pandion laisse échapper un petit rire satisfait.

— Bien.

Il fait tourner l'arme et s'approche de Jas Emari en la lui tendant.

— Voici pour vous, Zabrak. Prenez-la. Elle est à vous. Oh. Pardon ? Vos mains sont attachées ?

Il fait claquer sa langue.

— Quel dommage. Alors l'accord ne vaut pas, j'imagine. Parce que l'Empire ne conclut plus d'accord avec les chasseurs de primes.

Il tend son bras qui tient le blaster dans l'intention de la frapper.

Norra pousse un cri.

Mais Jas est rapide. Ses mains sont libres. Norra ne sait pas comment elle s'est débrouillée. Jas attrape la main de Pandion et lui tord le poignet. L'Impérial hurle, elle lui arrache le blaster et le braque vers sa tête.

— Que personne ne tire ou je lui arrache le sommet du crâne avec son propre blaster, prévient Jas.

Jylia reste assise et Crassus debout. Les stormtroopers et

les Gardes Impériaux pointent leurs armes, mais Pandion leur fait signe de les détourner :

— Non. Non. Attendez. Baissez vos armes. Laissez-la parler.

Comment s'est-elle libérée ? se demande Norra.

Sinjir s'approche d'elle. Les menottes tombent de ses poignets également.

Tout à coup, elle croit discerner un bruit sous ses pieds. Elle se retourne et voit une paire d'yeux qui l'observent par le conduit d'aération qui court en bas de la cloison tout le long de la pièce. Un petit multi-outil pointe son nez. Elle entend une voix murmurer :

— Maman, approche tes poignets, je peux forcer la serrure.

Dehors, devant le yacht, un chasseur TIE en feu dévisse dans la gueule impitoyable de l'espace. Morna tire sur le manche et parvient à écarter la baleine flottante juste à temps.

Leur vaisseau est pris de tremblements lorsque le TIE explose, hors de vue. Deux autres TIE poursuivent une Aile-X rebelle. Ils plongent en piqué.

Plus loin derrière eux : le Destroyer Stellaire *Vigilance*. *Il n'est plus très loin*, se dit Rae.

Elle contacte Tothwin.

Son visage nerveux apparaît à l'écran.

— Nous arrivons. Baie G2D1.

— Bien sûr, amiral. Nous encaissons de solides dégâts et les boucliers…

Morna se penche vers lui.

— Nous arrivons à toute allure. Je ne parviens pas à ralentir ce truc. Un élément est grillé.

— Préparez des droïdes extincteurs, ajoute Rae, nous arrivons…

Une énorme explosion en provenance d'une frégate rebelle décrit un arc dans l'espace et vient frapper le *Vigilance.* Le pont est envahi par les flammes et les débris. L'image de Tothwin disparaît et la communication est interrompue.

— Amiral ? Nous ne pouvons pas nous poser là. Le *Vigilance*…

— … est encore là pour le moment. Le plan est inchangé.

— Amiral, je vous conseille fortement…

— J'ai un plan. Contentez-vous de nous amener à bord. Même baie.

La tension dans la pièce est si forte que si une aiguille tombait, tout le monde se mettrait à tirer. Jas maintient toujours un blaster collé contre la tempe de Pandion, son autre main serre son cou. Norra est debout et enlève ses menottes. Sinjir aide Temmin à s'extraire du sas de maintenance. Norra court vers lui, le remet debout et le serre dans ses bras, longtemps et trop fort.

— Comme c'est touchant, raille Pandion. Qu'allez-vous faire maintenant, chasseuse de primes ? Vous n'avez qu'une seule arme pour vous tous alors qu'il y en a une dizaine pointées dans votre direction.

— Cette seule arme est braquée sur votre tête, lui rappelle-t-elle.

— Ah oui, mais ensuite qu'est-ce qui va se passer ? Nous allons nous poser et… vous continuerez à me menacer ? Vous finirez par rencontrer quelqu'un qui se moquera pas mal de savoir si je suis vivant ou mort.

— Je dirais que nous en avons déjà rencontré plusieurs.

Il ricane.

— Cette mise en scène ne durera pas. Quelle est votre stratégie ?

Jas affiche un sourire féroce et se lèche les lèvres.

— Je n'en ai pas. En revanche, je détiens votre blaster, mes amis sont avec moi et la chance est de notre côté. Puis nous avons un certain talent pour improviser, comme vous le voyez.

— Vous le payerez.

— Non, corrige Jas, nous *serons payés*.

Rae s'attache au siège.

Le Destroyer Stellaire se rapproche de plus en plus. La baie G2D1 attend, ceinturée du faible halo bleu des boucliers. Rae pense que ces boucliers sont défectueux, ce qui signifie que, bientôt, le *Vigilance* n'existera plus.

— Je compte sur vous pour ne pas nous tuer, déclare-t-elle à Morna.

Le pilote hoche la tête.

— C'est ce qui est prévu.

Elle grimace au moment où le Destroyer pénètre dans la baie. Rae sent la vitesse à présent, elle voit le décor se rapprocher rapidement, trop rapidement, le pont file vers eux…

Le yacht heurte violemment le pont. Rae est terrassée par une douleur qui la traverse de part en part, la force de gravité menace de la réduire en miettes. Le yacht se pose sans ménagement et les lumières s'éteignent à nouveau. Elle entend le grincement du métal contre le métal, tandis que l'énorme structure tourne sur le côté et glisse à toute allure à l'intérieur de la baie du Destroyer Stellaire, sans que rien ne puisse freiner son dérapage.

36

Fzzt. Fzzt.

Des étincelles dans le noir. Des circuits pètent et grésillent. Des panneaux s'ouvrent et restent suspendus à des câbles détachés. Un nuage de fumée emplit l'air. Des odeurs luttent pour l'emporter : celle du métal brûlant, celle du plastique fondu. Et une troisième : l'ozone électrique.

De la lumière provient de l'extérieur. Une lumière crue, vive, artificielle.

Norra pousse un grognement et relève le buste du sol inégal. Elle essaie de réaliser ce qui s'est passé. Il ne lui faut pas longtemps pour comprendre, car elle s'est retrouvée dans cette situation trop souvent.

Un atterrissage en catastrophe.

Sous elle, Temmin ne bouge plus.

Oh, non.

— Temmin, Temmin !

Elle le tire pour l'asseoir et, soudain, il prend une profonde inspiration et bat des paupières. Elle rit et le tire vers elle.

— Aïe.

— Désolée.
— Non, c'est moi qui suis désolé.
— Pas maintenant, plus tard. Maintenant, il faut que…
Quelqu'un bouge. Les yeux de Norra s'adaptent à la pénombre et elle voit Jas émerger d'une volute de fumée noire dans la pièce en ruines. Elle se penche sur un corps, pointe son blaster vers le bas et tire.
Les pulsations bleues d'une arme incapacitante gazouillent.
La personne qui gît là est prise de secousses et son corps se ramollit.
Jas regarde dans leur direction. Elle repère Norra, tend la main et l'aide à se hisser jusqu'à elle, puis Temmin.
— Tu es en retard, déclare Jas à Temmin.
— Jas, je suis désolé, je ne voulais pas…
— Arrête-toi là. C'est bon.
Derrière eux, une toux et des crachotements précèdent les paroles de Sinjir :
— Tais-toi, je t'en prie. Je ne suis pas mort, mais ton sentimentalisme mielleux pourrait me faire agoniser sur place. Je ne sais pas ce qui s'est passé exactement, mais je serais prêt à parier un tas de crédits que nous ferions mieux de ne pas nous éterniser.
— Tu parles beaucoup pour quelqu'un qui ne veut pas s'éterniser, remarque Jas.
— Et toi, tu aimes les répliques inutiles, dirait-on…
Norra les interrompt :
— Il faut se concentrer, l'équipe. Quelle est notre situation ?
— Nous nous sommes écrasés, répond Jas. De toute évidence.
Elle pousse légèrement du pied un corps inerte.
— C'est le conseiller Yupe Tashu. Il est inconscient. Je me suis aussi occupée de Jylia Shale, le général.

Elle indique une direction et Norra distingue une forme affaissée.

— Plus loin, c'est Crassus. Il n'a pas survécu. Comme la plupart des stormtroopers.

L'un d'eux tire et elle riposte par un tir incapacitant. Le soldat s'écroule avec un grognement étouffé.

— Et Pandion ?

— Disparu.

Norra hoche la tête.

— Venez.

Ils se dirigent vers le fond de la pièce et, ensemble, poussent un morceau de métal. C'est de là que provient la lumière. Grâce à leurs efforts combinés, ils parviennent à écarter une partie de la coque. Suffisamment pour se glisser dans l'ouverture.

Ils se retrouvent dans l'entrée de la baie, un rectangle ouvert sur l'espace. Et sur une bataille : des vaisseaux de la Nouvelle République donnent l'assaut avec leurs canons. L'obscurité est illuminée par les tirs nourris.

Ils sont dans la baie d'un Destroyer Stellaire impérial. Des alarmes retentissent.

Tout le vaisseau gronde et vibre.

Un intercepteur TIE passe en hurlant devant l'entrée de la baie, pris en chasse par deux Ailes-A en forme de pointe de flèche.

J'aimerais tant être là-dehors, se dit Norra.

C'est un sentiment étrange. La peur l'étreint et pourtant elle ne peut réprimer cette envie.

— Regarde, dit Temmin.

Elle suit la direction de son doigt. À l'autre extrémité de la baie, une rangée de navettes de classe Lambda et deux chasseurs TIE. Une navette décolle.

— Vous, décrète Norra en montrant Jas, emmenez les autres. Allez chercher vos cibles et traînez-les à bord d'une de ces navettes. Vous êtes capable de piloter ces engins, non ?

Jas acquiesce.

— Pas aussi bien que vous, à mon avis, mais oui, je suis compétente.

— Compétente, répète Sinjir. Encore ce mot.

— Vous l'aiderez, Sinjir. Temmin, il faut que tu te charges de quelque chose de très important. Tu m'écoutes ?

— D… d'accord. Dis-moi ce que je dois faire.

— Retourne dans le yacht. Trouve le capitaine Wedge Antilles. Tu as compris ? Trouve-le et fais-le sortir de là.

Pourvu qu'il n'ait rien. Après tout ça…

— Maman, qu'est-ce que tu fais, toi ? veut savoir Temmin.

— Je vais monter à bord d'un de ces vaisseaux et je vais prendre en chasse la personne qui est là-dedans.

Elle indique la navette qui se dirige vers eux en tirant de ses canons. Elle pousse aussitôt ses coéquipiers vers l'épave du yacht, juste avant que les tirs de laser ne dessinent une ligne de cratères le long du sol de la baie d'amarrage. Puis la navette bifurque vers la sortie et s'élance dans l'espace.

Norra n'hésite pas une seconde. Il n'y a pas de temps à perdre.

Elle se redresse et court vers les chasseurs TIE. Elle entend son fils l'appeler, lui demander de ne pas partir, de ne pas mourir, lui ordonner de laisser tomber. Mais elle en est incapable. Elle sait qui elle est et ce qu'elle fait. C'est son boulot. Il est temps de piloter à nouveau.

37

Norra retrouve la liberté de pilotage du chasseur TIE. Elle plonge le petit vaisseau impérial dans le tumulte de la bataille. Des tirs de canon fusent dans les deux sens, des lasers strient le vide devant elle. Elle cherche à repérer sa proie parmi les étoiles et, juste au moment où elle aperçoit le signal du classe Lambda dans l'obscurité, une Aile-X plonge vers elle comme un rapace et elle réalise alors : *Je pilote un appareil impérial.*

Les Jedi sont connus pour faire appel à la Force. Elle ne sait ni ce que c'est ni si c'est une réalité (en tout cas, Skywalker ne donne pas l'impression que c'est un mythe), mais elle est bien consciente qu'elle n'y a pas accès. Heureusement, elle est dotée d'une capacité étonnante à déconnecter son cerveau.

Empêcher son esprit de divaguer. Cesser de réfléchir à des détails. Arrêter de penser et se contenter de sentir.

L'Aile-X la prend en chasse et elle réagit sans réfléchir : elle remonte le chasseur TIE alors que l'Aile-X va dans la direction opposée. Puis une Aile-Y se trouve dans sa ligne de mire et elle est obligée de zigzaguer, de tribord à bâbord puis à tribord encore, pour esquiver les tirs.

Elle s'empresse d'activer le système comm pour entrer en contact avec les Rebelles.

— Ici Norra Wexley, identifiant d'appel Gold Neuf. J'ai pris le commandement du TIE. Je répète : j'ai pris le commandement de ce TIE.

S'il vous plaît, ne me tuez pas, se dit-elle.

Le commandant Agate est sur le pont de la vieille frégate alderaanienne, la *Tour du Soleil*. Elle regarde le combat dehors. Face à pareil spectacle, c'est facile de se sentir perdue. Pas perdue parce qu'elle ne sait pas ce qui se passe, mais parce qu'elle est aspirée, attirée comme une créature ailée par une torche à plasma.

Hypnotisée d'une certaine façon. Elle réalise distraitement : *Nous sommes en train de remporter cette bataille.*

Ce qui signifie qu'ils sont en train de gagner cette guerre.

Une nouvelle question hante Agate : *Que se passera-t-il alors ?*

Le sous-officier Uray est juste derrière elle.

— L'affrontement tourne à notre avantage, commandant, déclare le Pantoran à peau bleue.

— Mais nous ne l'avons pas encore *remporté*. Ne relâchez pas la pression.

— Bien, commandant. Je voulais vous dire autre chose.

Un silence, puis :

— Il y a un pilote dans un chasseur TIE qui affirme… eh bien, être un des nôtres. Un membre de l'Escadron Gold.

— Cela paraît peu probable.

— C'est pourtant ce qu'elle affirme.

Agate réfléchit. Il pourrait s'agir d'un piège. Mais dans quel but ? Que pourrait faire un chasseur TIE seul ? Ce sont des machines-suicides, d'accord, mais pourquoi cette ruse ?

Son instinct lui dicte la réponse.

— Donnez-lui notre soutien. Contactons-la. Voyons ce qui se passe.

Encoder les coordonnées d'hyperespace au cours d'un combat spatial n'est pas une mince affaire. Si on se trompe et qu'on envoie le vaisseau au mauvais endroit, on peut foncer à toute allure… vers la tombe. Rae admettrait pourtant volontiers que, si elle devait mourir, c'est ici, dans l'espace, qu'elle le ferait le plus volontiers. Née de poussières d'étoiles, elle redeviendrait poussière d'étoiles. Elle n'est pas très poétique, mais cette idée l'attire.

— Nous y sommes presque, déclare Rae, continuez à nous piloter, Morna.

Le pilote hoche la tête.

Dans son cœur, Rae regrette ceux qu'ils ont laissés derrière eux. Adea, en particulier. Rae ne sait pas si elle est encore en vie. Elle mérite de vivre, bien sûr, mais si elle est morte, sa fin aura été noble, au service du Grand Empire Galactique.

La porte du cockpit coulisse en sifflant.

Pourtant, Morna Kee et Rae sont censées être seules à bord de cette navette. C'est du moins ce que croyait Rae.

Elle fait volte-face en sachant déjà qui elle verra.

Pandion.

Il serre un blaster. Un filet de sang sèche sur la balafre qui lui traverse le front. Son nez semble cassé. Sa bouche est ensanglantée et son uniforme sale, poussiéreux, en lambeaux.

— Vous avez survécu.

— Effectivement, confirme-t-il avec un sourire étrange, qui s'efface aussitôt de son visage. Laissez-moi vous expliquer comment ça va se passer. Vous montez à bord du *Ravageur*. Vous m'emmenez sur ce Destroyer Stellaire et j'en prends le contrôle. Il est à moi, désormais, amiral. Plus à vous. La dernière arme puissante de l'Empire est sous mon contrôle parce que vous être incapable de l'exercer.

La navette plonge rapidement pour éviter une pluie de tirs. Rae se cramponne à son siège. Pandion reste debout et la fixe d'un regard noir.

— Imbécile, décrète Rae. Imbécile égoïste et avide de pouvoir ! Grand Moff. *Pff.* Vous vous trompez tellement ! Le *Ravageur* n'est pas la dernière arme. Et ce n'est pas moi qui le contrôle. Il y en a… un autre.

Le visage de Pandion tressaillit.

— Vous ne voulez pas dire…

— Si. Il n'est pas mort.

— Mais vous avez dit qu'il l'était.

Elle hausse les épaules.

— J'ai menti.

— C'était… sa stratégie, tout ça, non ? J'aurais dû le comprendre. Je suis tombé dans le piège. Nous sommes tous tombés dans votre piège. Traîtresse. Sale traîtresse !

Rae est prise de panique.

Non, ce n'était pas censé se passer comme ça. Puis une pensée encore plus effrayante lui vient : *Et si c'était censé se passer exactement comme ça ?*

Si c'était cela la stratégie depuis le début ?

Tout à coup, le vaisseau tremble.

— Nous avons de la compagnie, annonce Morna sans détourner le regard du tableau de bord. Un chasseur TIE solitaire. Il nous tire dessus ! Et des vaisseaux rebelles également.

— Changement de programme, alors, déclare Rae d'un air renfrogné. Vous feriez mieux de vous attacher, Valco. Ça va secouer.

Cela fait du bien d'être à nouveau là, à bord du chasseur TIE. Norra a l'impression qu'elle pourrait se faufiler dans le chas d'une aiguille. La navette est droit devant elle. Norra tire dans sa direction, mais les boucliers déflecteurs tiennent le coup. Pas pour longtemps. Surtout avec l'escadron d'Ailes-Y qui arrivent en renfort. Mais, juste au moment où elle a enfin verrouillé la navette dans son axe de tir…

Une nuée de TIE, comme un essaim de guêpes. Ils fondent droit sur elle. Ils ne la prennent plus pour une Impériale et tentent le tout pour le tout. Elle prend le large, poursuivie par trois TIE. Ils la suivent dans ses moindres virages comme des aimants, elle a beau piquer et effectuer des embardées soudaines… Elle décide de les attirer vers les Ailes-Y.

Les chasseurs rebelles sont juste devant.

— Restez sur la cible, demande-t-elle au travers du système comm.

Son plan de vol ressemble à une mission-suicide. Comme si elle jouait à celui qui se dégonflera le premier, avec son propre camp, ses propres vaisseaux. Mais elle sait ce qu'elle fait. C'est une manœuvre qu'elle a souvent pratiquée. Et à laquelle les Impériaux ne s'attendent jamais.

À la dernière seconde, elle monte en flèche et les Ailes-Y ouvrent le feu.

Les TIE explosent en flammes.

Maintenant, au tour de la navette.

Il lui faut un moment pour la retrouver : elle a dévié de sa trajectoire.

Là. Là. La navette se dirige vers un autre Destroyer Stellaire. Norra aligne ses armes. Et ouvre le feu.

Pandion a choisi de rester debout.

Ce n'est pas étonnant. Il refuse de s'asseoir. Il ne veut pas risquer de paraître faible.

C'est ça qui entraînera sa perte, se dit Rae.

— Voici votre Destroyer Stellaire, le *Vainqueur.* Je vais m'en emparer.

Pandion éclate de rire.

— Vous surestimez votre…

Avec des gestes vifs, Rae s'empare du manche que tenait Morna. Elle le pousse à fond à droite et le vaisseau effectue un virage serré.

Pandion perd l'équilibre. Morna s'empresse de redresser le vaisseau et quand le Moff se rétablit, Rae s'est levée elle aussi. Elle lui balance un poing dans le ventre, puis se jette sur lui pour s'emparer de son blaster.

Elle lui tire dans le ventre, puis l'évacue du cockpit d'un coup de pied.

La porte se referme et Rae pianote sur le clavier latéral pour s'assurer que la porte est bien verrouillée. De l'autre côté, Pandion gémit et tambourine contre le battant.

Le vaisseau tremble sous les tirs du chasseur TIE.

— Offrons-leur ce qu'ils veulent, déclare Rae. Laissons-leur ce vaisseau. Donnons-leur Pandion. Offrons-leur un magnifique spectacle.

Morna acquiesce.

Elle entame le processus de détachement pendant que Rae tape les codes d'autodestruction dans la matrice de l'hyperpropulseur.

Tout se déroule à la fois très lentement et très vite. Norra bombarde les moteurs de la navette à l'aide des canons du TIE. Elle vient à bout des boucliers, comme un enfant gratte la peinture d'un de ses jouets, puis elle atteint sa cible. Les moteurs s'illuminent d'une lueur bleue aveuglante et Norra s'attend à ce qu'ils s'éteignent.

Mais ils font le contraire.

Ils crachent des rayons crépusculaires et Norra est obligée de se protéger les yeux. La navette s'incline d'un coup à gauche et dérive, non pas comme un vaisseau, mais comme un débris spatial. Norra réalise, trop tard, que l'appareil va exploser.

Pour exploser, il explose. Toute la navette tremble et est secouée par une détonation gigantesque. D'immenses flammes s'élèvent dans l'espace. Norra tente de dégager le TIE, elle tire sur les commandes pour plonger à tribord, vite. Mais le feu emplit sa baie en transparacier et tout est secoué. Le tableau de bord crache des étincelles qui retombent sur elle.

Cette fois, c'est fini…

Au moins, je serai morte en accomplissant ce que je voulais faire.

Au moins, je me suis battue jusqu'au bout.

Au moins, Temmin sait que je l'aime.

Je t'aime, Temmin…

Et l'instant d'après, Norra n'est plus là.

INTERLUDE

JAKKU

C'est mort ici, se dit Corwin Ballast.

Dehors, il n'y a rien. Du rien qui s'étend à perte de vue. La sécheresse du désert. Les nuages de poussière qui fouettent l'air. Et au-delà de tout cela : des dunes. Des monticules de sable, rouges comme le feu. Ils semblent s'étendre à l'infini sous le ciel sans nuage.

Derrière lui : des tentes miteuses en lambeaux, maintenues en place par des barres métalliques et des piquets rouillés, dont certains sont déformés comme par de l'arthrite. Le vent menace de les emporter, mais ne le fait jamais. Ces tentes sont ici depuis si longtemps qu'elles ne font plus qu'un avec la planète qui les héberge. Au même titre que ses habitants.

Corwin sort de son speeder, un tas de ferraille racheté à des anachorètes à la sortie de Tuanul. Il leur a donné plus que ce qu'ils demandaient. Un acte de charité. Quelle importance, maintenant, de toute façon ? Il descend parmi les pilleurs, les exclus, la lie de la galaxie. Ils ont le visage poussiéreux. Ils semblent apeurés aussi, ils sont marqués par la dureté des lieux. Une brute au visage poupin couronné d'une touffe de cheveux noirs clairsemés, la panse engoncée dans des haillons, se plante devant lui en léchant ses lèvres desséchées et en ricanant.

— Qu'est-ce que nous avons là ?

Mais Corwin connaît ce genre de manège. Il n'est pas né de la dernière pluie. Il passe le pouce dans le trou de la boutonnière de sa veste et l'écarte pour exhiber un répétiteur laser Hycor aussi effilé que redoutable.

En le voyant, le type en guenilles grommelle et s'éloigne à la recherche d'une proie qui risque moins de piquer ou de mordre. Corwin, quant à lui, cherche le bar.

Le lieu ne paie pas de mine. Il a été assemblé avec des morceaux de ferraille soudés. L'ensemble est tordu et a vaguement la forme d'un demi-cercle, le tout surmonté par une large pièce métallique récupérée d'une foreuse à concussion Rakhmann 323. La poussière et le sable sifflent contre le toit de métal fin.

Corwin soulève un tabouret rouillé et le pose à côté d'un individu à tête de mort aux orbites vides : un Uthuthma. Une chaîne s'enroule autour de son cou en formant une écharpe qui obscurcit sa gueule pleine de dents. L'inconnu lui adresse la parole dans sa langue :

— *Matheen wa-sha wa-sho tah.*

Corwin ne sait pas si c'est une affirmation ou une question. Il répond par un clin d'œil et un pouce dressé. L'Uthuthma le fixe de ses orbites béantes qui lui servent d'yeux. Derrière le bar, quelqu'un s'éclaircit bruyamment la gorge. Corwin se tourne vers le barman…

Grand type. Des muscles qui se sont transformés en graisse. Un nez qui ressemble à un tronc d'arbre. Côté droit du visage couvert de cicatrices, dont certaines boursouflées et incrustées de morceaux de pierre et de gravier. L'un de ces fragments est plus gros que le pouce de

Corwin et saille de la joue, comme une pierre qui dépasse d'un sol aride.

— Vous prenez quoi ?

— Vous avez quoi ?

— On n'a qu'un truc : on appelle ça du Nectar Descente.

— Si vous n'avez qu'une seule possibilité, pourquoi me demander ce que je veux ?

Le barman hausse les épaules et renifle bruyamment.

— Les gens aiment avoir l'illusion du choix. Ça fait du bien en cette période étrange.

— Alors, c'est ce que je vais prendre, mon brave.

— Brave, marmonne le barman.

Il empoigne un gros bidon d'huile et en verse le contenu dans un plus petit bidon qu'il pose sans ménagement devant Corwin. Le « nectar » a la couleur d'un fluide hydraulique. Des morceaux flottent à la surface. Des trucs spongieux.

— Qu'est-ce que c'est ?

— Du Nectar Descente, je vous l'ai déjà dit.

— Non, je veux dire : *Qu'est-ce que c'est ?*

— Ah. Euh. Me posez pas la question. On me le livre, c'est tout. Je crois qu'ils le fabriquent en grattant les pierres couvertes de lichen des collines dans le sud. J'ai entendu qu'ils font mariner ça dans la saumure, à l'intérieur de barils de carburant, quelque chose du genre.

— Ça me saoulera ?

— Ça saoulerait une limace de l'espace.

Corwin porte le bidon à ses lèvres. On dirait du crachat rance avec un arrière-goût d'huile de moteur. Il ne faut pas longtemps pour que ses gencives deviennent insensibles et que ses dents bourdonnent.

Très bien.

L'Uthuthma recommence à babiller.

— *Matheen bachee. Iss-ta tahwhiss.*

— Que la Force soit avec toi également, réplique Corwin.

Sa voix est rauque après une gorgée de Descente. Les mots sifflent. Il rit en émettant un son fou, désolé, vide. Comme cette petite enclave. Comme toute cette planète.

— Vous n'êtes pas d'ici, constate le barman.

— Qu'est-ce qui m'a trahi ?

— Y a pas beaucoup de gens qui sont d'ici. La plupart… aboutissent ici, simplement. Abandonnés comme des marchandises sans valeur. Lâchés comme des déchets.

Corwin hausse les épaules, glousse et boit une gorgée de son poison.

— Vous êtes un drôle de type. Vous cherchez du boulot ?

— Peut-être. Qu'est-ce qu'il y a dans le coin ?

— Ho. Pfff. Pas grand-chose. La plupart des mines sont de l'autre côté. Et même là c'est maigrichon. Nous avons de la magnite, de la bezorite et on parle de nouveaux puits de gaz kesium près de Craterville, mais ça pourrait être une simple rumeur. Y a les meutes de pillards. Y a les Courses de Roues au nord d'ici. Vous pourriez prononcer vos vœux et devenir anachorète, mais, non, pas vous, c'est pas votre genre. Honnêtement, je dirais que vous pourriez être barman, mais la place est prise.

— Je vais réfléchir à tout ça, merci.

Le barman ne le lâche plus.

— Alors, comment vous avez abouti ici ?

— Je n'ai pas « abouti » ici.

— Pas d'ici… Pas abouti ici… Qu'est-ce que vous fichez chez Ergel, alors ?

— C'est vous Ergel ?

— Oui, c'est moi.

— Eh bien, Ergel, je suis venu ici.

— Vous êtes venu ici ? De votre plein gré et tout ?

— De mon plein gré et tout.

Ergel reste à le fixer pendant dix bonnes secondes,

puis éclate de rire. Un gros rire retentissant qui gargouille comme s'il étouffait. Ses joues tremblotent et son gros ventre rebondit.

— La galaxie est vaste, mon vieux. Aussi ouverte que la gueule d'un nexu. Les étoiles sont infinies. Les planètes, on peut les compter, mais pas sur les doigts d'une seule main et pas par centaines. Il y a des planètes, des avant-postes, des stations, des vaisseaux et…

Il repart du même rire.

— Vous êtes vraiment venu *ici* ?

Corwin hoche la tête.

— C'est ça.

— Pourquoi ? Il faut que je sache. Il faut que je sache ce qui pousse un homme à ça.

— *Matheen vis-vis tho hwa-seen*, intervient l'Uthuthma.

— La ferme, Gazwin, grommelle Ergel. Laisse-le terminer.

Il se tourne à nouveau vers Corwin :

— Faites pas attention à la tête de mort. Faut que je sache.

Corwin cligne à plusieurs reprises des yeux. À chaque fois, il revoit la même scène qui se déroule dans sa ville natale, à Maborn, sur Mordal.

Sa petite fille qui gît dans la rue.

Sa poitrine qui se soulève et s'abaisse à peine.

Les Impériaux, retranchés à un bout de la ville. Les Rebelles, de l'autre.

Corwin est tapi sur le côté. Il se cache derrière des caisses de victuailles, avec sa femme, Lynnta. Tout à coup, elle se redresse et court vers leur fillette. Du coup, il lui court après, en criant…

Des tirs de laser partent dans les deux directions.

La tête de Lynnta est projetée en arrière…

Puis elle tombe sur le sol.

Corwin bondit…

Mais quelque chose brûle dans son ventre. Le transperce. Il entend la blessure grésiller. Son système est sous le choc : c'est comme une bombe qui explose sous l'eau. Boum.

Il perd connaissance.

Quand il se réveille des semaines plus tard avec une perfusion à bacta, sur un transport à la sortie de la ville, sa famille a disparu. Déjà enterrée. Aucun des deux camps n'a gagné la guerre et tous sont rentrés panser leurs plaies.

— La guerre, finit par répondre Corwin. J'en ai assez de la guerre.

— Vous ne ressemblez pas à un Impérial. Je parie que vous étiez un Rebelle.

— Non, pas un Rebelle non plus. Juste un homme qui tente de s'en sortir avec sa famille.

— Vous avez amené votre famille ici ?

— Oui.

Corwin ne précise pas qu'il les a juste emportés dans son cœur – et sur une photo, qu'il a glissée dans sa botte.

— Je voulais les emmener le plus loin possible des combats. Dans un endroit où la guerre ne nous trouverait jamais. Le trou le plus éloigné sur une carte des étoiles.

— Alors vous l'avez trouvé, mon vieux. Il n'y a pas plus trou qu'ici. La guerre n'a aucune raison de débarquer sur ce caillou.

— C'est une promesse ?

— Si la guerre arrive ici, je vous offre tous les Nectars Descente que vous voulez.

— Marché conclu.

— C'est mort ici, vous savez.

— Je sais.

Cela convient très bien à Corwin. Un endroit mort pour un homme qui a déjà perdu la vie.

QUATRIÈME PARTIE

38

Et soudain, Norra est de retour.

Elle pousse un cri dans l'obscurité et la lumière revient. Tout semble électrique. Son corps est lumineux, trop lumineux, tout vibre et brûle. Elle tente de se relever et sent quelque chose sur son bras : elle tire dessus et sent quelque chose aussi dans son nez et dans sa bouche. À nouveau, elle tire dessus. Elle est prise de haut-le-cœur. Elle tousse. Tout à coup, il y a quelqu'un à ses côtés. Qui la tient. Qui lui immobilise les bras. *Lâchez-moi*, a-t-elle envie de hurler. Elle tente de parler, mais sa voix est un gargouillis inintelligible. Elle entend juste quelqu'un dire :

— Chut, maman. Chut. Tout va bien. Tout va bien.

Temmin. Oh, au nom de tous les dieux et de toutes les étoiles, c'est son fils. Il la serre contre lui. Elle le serre à son tour.

Elle voit tout à présent : elle est dans une pièce blanche. Dehors, le ciel est bleu. Un droïde médical se tient prêt à intervenir.

Temmin lui embrasse la joue. De ses lèvres gercées, elle pose un baiser sur son front.

Et pleure.

Des jours plus tard, quand elle a retrouvé la voix, Norra est installée dans le salon de l'immeuble médical de Hanna City. Par la baie vitrée, elle aperçoit la ville et au loin les prés balayés par les vents. Chandrila est un lieu tranquille, longtemps épargné par la guerre. C'est un endroit hors du temps, vestige d'une autre époque.

Elle se tient là en compagnie de deux autres individus : l'amiral Ackbar et le capitaine Wedge Antilles.

Wedge est plus en forme qu'elle. Pas beaucoup plus, cependant. Il marche avec une canne pour le moment, mais il dit qu'il n'en aura bientôt plus besoin.

Ackbar, lui, semble fatigué. Mais aussi content de la retrouver.

— Vous êtes impressionnante, Norra, déclare-t-il.

— Je ne sais pas, amiral.

La voix de Norra est encore un peu rauque.

Elle se sent à cran, les nerfs à fleur de peau. Depuis que le droïde l'a tirée du coma en lui inoculant une décoction chimique, elle se sent comme une batterie trop chargée. Elle a envie de se lever, de courir, de sauter, de danser. Mais son corps en est incapable : elle a mal partout et se sent aussi fatiguée qu'un chien musqué en fin de vie.

Ackbar et Wedge échangent un regard. Wedge hoche la tête. Ackbar tend à Norra une petite boîte.

— C'est pour vous.

Elle regarde l'objet d'un air intrigué et le prend. Elle hésite, mais Wedge l'encourage.

— Ouvrez, Norra.

À l'intérieur : une médaille.

— J'ai déjà la mienne, ça doit être une erreur.

— On peut recevoir plus d'une médaille, souligne Ackbar d'un ton un peu bourru.

Puis il esquisse un étrange sourire.

— Vous efforts sur Akiva ont eu un impact énorme.

— Je… ne vois pas…

— L'humilité est une vertu, mais les faits sont là, par-delà les impressions personnelles, déclare Ackbar. Vous avez sauvé le capitaine Antilles. Vous nous avez aidés à capturer deux cibles impériales de grande valeur : le général Jylia Shale et le conseiller de Palpatine, Yupe Tashu. Vous nous avez permis de confirmer la mort de deux autres : le Moff Valco Pandion et Arsin Crassus, un esclavagiste de haut rang.

Ackbar prononce le mot *esclavagiste* avec rage et mépris.

— Qu'est-il arrivé à l'amiral Sloane ? veut savoir Norra.

Wedge soupire.

— Nous détenons son attachée, Adea Rite. Mais l'amiral est parvenue à s'enfuir. C'est à cause d'elle que vous êtes restée un mois dans le coma. Elle a fait exploser la navette et s'est expulsée dans un module de survie.

Norra comprend. Évidemment. Le cockpit à l'avant de ces navettes de classe Lambda se transforme en capsule de survie. Elle achève le récit à la place de Wedge :

— Laissez-moi deviner. Elle a emporté ce module de survie dans le Destroyer Stellaire…

— Et ils sont partis en vitesse-lumière. Exactement.

Le visage de Norra se rembrunit. La déception lui noue le ventre.

Wedge pose une main sur les siennes.

— Nous la retrouverons. Et nous avons tout de même abattu deux Destroyers Stellaires. C'est une victoire pour la Nouvelle République.

Elle hoche la tête et se force à sourire.

— Merci, capitaine.

— J'ai autre chose à vous dire, ajoute Ackbar.

— Amiral ?

— J'ai une mission à vous confier, si vous l'acceptez.

— Je… je ne sais pas, amiral. Mon fils. Je…

— Écoutez ma proposition jusqu'au bout, si vous le voulez bien.

Elle acquiesce. Elle écoute.

Et à la fin, elle dit oui.

Akiva. Il y fait toujours chaud. Toujours étouffant. Un orage s'est déclaré la nuit précédente et la plate-forme d'atterrissage est jonchée de branches de palmiers, de larges feuilles grasses et de fleurs bleues fripées des asukas. Les pétales sont collés au sol, toujours jolis à leur façon, même s'ils ont l'air de se noyer.

Norra est là, un sac à l'épaule. Temmin est avec elle. Il porte un sac, lui aussi.

Un drapeau de la Nouvelle République flotte sur la plate-forme d'atterrissage et une corvette corellienne passe dans un grondement. Akiva : la première planète de la Bordure Extérieure à avoir officiellement prêté allégeance à la Nouvelle République. Les satrapes ont assisté à la trahison de l'Empire et… ont découvert la fureur des habitants de Myrra. Ils ont décidé que le seul moyen de sauver leur peau et leur règne était de céder le pouvoir, en partie, à la République. Et Norra remercie les étoiles que le premier point à l'ordre du jour ait été l'éradication de la corruption et de la criminalité. Surat s'est enfui, mais le reste de son gang est tombé. La plupart des membres sont derrière les barreaux. Les autres sont morts dans ce qu'ils considèrent sans doute comme un baroud d'honneur, mais ne sera jamais qu'une note en bas de page sanglante et brutale dans les livres d'histoire d'Akiva.

— Tu es sûr ? demande Norra.

— Ouais, je suis sûr.

— Tu peux rester ici. Je comprendrais.

— Je ne veux pas rester ici. Je croyais que j'y étais chez moi. Mais je me trompais.

Elle sourit.

— Ça pourrait à nouveau être chez toi.

— C'est toi, mon chez-moi. Je vivrai là où tu iras.

Elle l'attire vers elle.

— Tu crois qu'on retrouvera papa ? demande Temmin.

— C'est possible. Les datacubes que tu as volés à Surat contenaient une foule d'informations concernant les activités illégales de l'Empire.

C'est Jas qui a traduit leur contenu. Surat avait assemblé ces renseignements au cas où il aurait à marchander sa liberté avec la Nouvelle République. Une fois entre les mains de Temmin, ce butin a offert au gamin la possibilité de miser un gros coup. Les datacubes recèlent une mine d'informations permettant de relier l'Empire à plusieurs syndicats du crime à travers la galaxie.

— Les Hutts et d'autres syndicats géraient des prisons secrètes pour l'Empire. J'espère que nos voyages nous y emmèneront, maman.

Les holocrons détermineront en partie leur nouvelle mission.

— Je ne veux rien promettre, Temmin. Pas cette fois. Je ne sais pas ce qui va se passer là-bas. Tu dois être prévenu. Mais on essaiera, d'accord ? On essaiera.

— Je sais.

Il lève la tête vers le ciel.

— Voilà notre vaisseau.

Un appareil descend, ses moteurs jumeaux pivotent pour freiner la descente. C'est un vaisseau d'assaut SS-54. Sur son flanc, on distingue encore la peinture grattée d'une petite poupée tooka brandissant un couteau aiguisé.

Les mots affichés au-dessus sont effacés, à part deux : « JOUE RÉGLO ».

L'engin se pose et, immédiatement, trois personnes en sortent. Jas est la première, elle se détend la nuque et fait craquer ses doigts. Sinjir la suit. Il a toujours cet air mal dégrossi. Il est plus débraillé que jamais. Même s'il dégage encore la même prestance impériale, qui s'accroche à lui comme un parasite résistant.

Le dernier est un homme dont les épais favoris sont reliés à une moustache bien fournie. Un bras dans le plâtre, un blaster à la taille, le casque à la main.

Il se dirige droit vers Norra, la main tendue.

— Norra Wexley, j'imagine ?

— Jom Barrel, répond-elle en lui serrant la main. Ravie d'enfin vous rencontrer. Je voudrais vous dire encore une fois à quel point j'apprécie le combat que vous avez mené sur Myrra. Je pensais que tous les membres de la SpecForce étaient morts ce jour-là. Je suis heureuse de m'être trompée. Merci d'avoir pris l'initiative que vous avez prise.

Temmin passe en marmonnant :

— Même si vous avez failli nous tuer.

— C'est votre fils ?

— Mon fils, oui.

Temmin serre Jas contre lui. Puis donne un petit coup de poing sur l'épaule de Sinjir.

— Temmin, je crois que tu oublies quelque chose, lui lance Norra.

— Oh ! Oui.

Il enfonce deux doigts dans sa bouche et siffle.

— Hé, Os ! On y va.

Au loin, Monsieur Os relève la tête. Le droïde leur fait signe. Temmin et Norra ont passé une semaine à le reconstruire à partir de pièces récupérées dans la cave d'Esmelle et Shirene. Un « projet familial », a-t-elle dit. Monsieur Os serre une fleur dans une main. Dans l'autre, un blaster.

— REÇU REÇU !

Le droïde de combat passe en courant, laissant de petits cratères sur le terrain d'atterrissage. Norra constate qu'ils ont encore quelques réglages à faire sur ses pneumatiques. Jas et Sinjir s'approchent d'elle.

— Alors, on va vraiment traquer des criminels de guerre impériaux ? demande Jas.

— J'imagine, fait Sinjir avec une moue de dédain. J'aime bien imaginer qu'on va chasser des proies dangereuses, mais nous allons beaucoup plus probablement interpeller des comptables impériaux grassouillets sur des planètes paumées.

— L'appel du devoir, conclut Norra. Je suis contente que vous y ayez tous répondu à mes côtés. Je ne croyais pas que vous accepteriez. Quand Ackbar a suggéré que nous travaillions à nouveau ensemble… je me suis dit qu'il était fou.

— La paie n'est pas mauvaise, déclare Jas en haussant les épaules.

— Et il y a à boire, renchérit Sinjir.

Jom fronce les sourcils.

— Oh, je sens qu'on va s'amuser. Allez. Le boulot nous attend.

Norra sourit.

Temmin se tient sur la rampe d'accès du vaisseau de Jas. Il lui fait au revoir. Elle agite à son tour la main et monte à bord, prête à voir où les mènera la prochaine aventure.

INTERLUDE

CHANDRILA

— Quel est votre nom ? Votre rang ? demande Olia.

L'homme en tête du cortège de prisonniers semble abasourdi.

— Je suis le caporal Argell. Camerand Argell. M… madame. Vous êtes ?

Au lieu de répondre, elle demande d'un ton sans réplique :

— Qu'est-ce que c'est que ça ?

Elle indique d'un geste les prisonniers alignés. Des Impériaux encore en uniforme, en partie : des stormtroopers en combinaison, des officiers en tenues grises et noires. Ce n'est pas un grand groupe : ils sont une douzaine tout au plus.

— J'ai l'impression que… c'est évident. Des prisonniers, poursuit-il en jetant un regard nerveux en direction de Lug le Trandsohan, qui tient la caméra. Nous avons capturé une petite garnison sur Coruscant. Ils vont être stationnés ici dans un des camps et le commandant Rohr a eu l'idée de faire défiler un peu ceux-ci au vu du… heu, triomphe de la journée et tout ça.

Il cligne des yeux.

— Est-ce que je suis filmé ?

— Oui, répond-elle, et ce que vous faites n'est pas juste. Ramenez ces hommes là où ils doivent être. Ce n'est pas du bétail. Encore moins un trophée !

— Mais nous devrions être fiers de remporter cette guerre…

— Personne ne devrait être fier d'une guerre, caporal. *Personne.* Ce n'est pas quelque chose qu'on fait parce qu'on aime gagner, pour la gloire de soumettre des individus. On fait la guerre pour être dans le bon camp. Ceci…

Elle agite sa main, en essayant (sans y parvenir) de contenir sa colère.

— L'Empire se permettrait ce genre de démonstration. Faire défiler les prisonniers n'est qu'une mise en scène destinée à provoquer les fidèles. Nous ne faisons pas ça. Nous devons être meilleurs que notre ennemi. Hochez la tête si vous avez compris.

Il hoche la tête avec hésitation.

— Bien sûr, madame.

— Bien. Bien. Allez-y, maintenant. Dites à votre commandant qu'il y a eu un changement de programme.

Argell déglutit avec difficulté et agite gauchement la main pour la caméra.

Puis il repart d'où il est venu, emportant avec lui la file de prisonniers. Olia reste là, à fulminer.

Tracene s'approche. La caméra tourne toujours.

Elle pose une main sur l'épaule de la Pantoranne. Un petit geste, mais il suffit : Olia laisse échapper la respiration qu'elle retenait.

— C'était quelque chose. Vous êtes douée.

Olia a un sourire figé.

— Nous devons juste nous améliorer. Nous tous. Si nous voulons continuer, nous devons bien faire les choses.

— Êtes-vous inquiète à l'idée que la Nouvelle République s'y prenne mal ? Que ces éléments – les protestataires, les orphelins, les prisonniers qu'on exhibe – ne sont que les premiers signes ? Est-ce que la Nouvelle République survivra ?

Olia se tourne. Elle redresse le menton. S'exprime avec autorité.

— Une démocratie est une organisation étrange. Désordonnée. Bien s'y prendre n'est pas le principal. L'essentiel, c'est *d'essayer* de bien faire. Oui, c'est un peu chaotique. Et nous ferons sans doute certaines choses de travers. L'Empire ? Ils se moquaient de la démocratie. Ils faisaient passer l'ordre avant tout le reste. Ils voulaient tellement avoir raison que quiconque suggérait une erreur ou un changement possible était considéré comme l'ennemi et jeté au fond d'une cellule quelconque. Ils ont réduit les voix dissidentes au silence pour qu'on n'entende plus que la leur. Nous n'agissons pas comme ça. Nous ne nous y prendrons pas toujours bien. Nous n'agirons jamais de façon parfaite, mais nous écouterons. Nous tendons les oreilles et nous écouterons les innombrables voix qui s'élèvent dans toute la galaxie. C'est ainsi que la démocratie survit. C'est ainsi qu'elle prospère. Regardez. Là.

Elle montre du doigt.

Une nouvelle procession avance : des Sénateurs. Des centaines, peut-être plus. Originaires de systèmes partout dans la galaxie – il y en a même quelques-uns de la Bordure Extérieure désormais. Ils se dirigent avec ordre vers l'ancien Sénat de Chandrila. De petits groupes de citoyens se sont formés, ils applaudissent, ils sifflent. Ce n'est que le début. Un nouveau départ dans l'humilité. Mais il est là.

Olia sourit.

— Ça, c'est la démocratie. Ça, c'est la Nouvelle

République. Et, maintenant, si vous voulez bien m'excuser, nous avons beaucoup de travail. Que la Force soit avec vous, Tracene.

La présentatrice des nouvelles sourit.

— Vous allez assurer, Olia.

ÉPILOGUE

Rae est sur le pont du *Ravageur*. L'amiral de la flotte regarde par la baie vitrée la Nébuleuse Vulpinus, si lumineuse.

Les mains derrière le dos. Il fredonne un morceau classique. Elle écoute un instant : la *Sestina* de l'Imperator Vex, peut-être ?

— Amiral, dit-elle.

Il dresse un doigt. Pour lui réclamer de patienter un peu. Il continue à fredonner en agitant la tête, jusqu'à arriver à un petit crescendo. Puis, sans se tourner vers elle, il baisse le doigt et demande :

— Oui, amiral Sloane ?

— J'ai quelque chose à vous demander.

— Vous pouvez toujours vous exprimer franchement avec moi.

Il se tourne pour lui faire face. Son attitude est froide. Son regard scrutateur. Comme si elle était de la viande fraîche et qu'il la disséquait pour choisir les morceaux les plus savoureux.

— Allez-y.

— Le sommet. Sur Akiva.

— Épouvantable, commente-t-il.

— Il ne s'est pas déroulé comme prévu.

Elle hésite.

— Je n'en suis plus si sûre. Aviez-vous… prévu que ça se déroule ainsi ?

Il sourit.

— Expliquez-vous.

— Je… j'y ai réfléchi. Tout s'est passé si vite. Plus vite que ça n'aurait dû. Plus vite que n'importe quelles prévisions. Et je me suis demandé : y a-t-il quelqu'un parmi nous qui a fait venir les Rebelles ? J'ai cherché et j'ai trouvé… des communications. En provenance d'un canal crypté de ce vaisseau. Envoyé sur ce qui semble être une fréquence rebelle.

— Éclairez-moi. Quelles raisons aurais-je de faire une chose pareille ?

Elle hésite à nouveau.

— J'y ai réfléchi. Je dirais… pour éliminer la concurrence.

— C'est une théorie intéressante.

— Ce qui m'intéresse c'est de savoir si elle est juste, amiral.

Il lui prend la main et la serre.

— C'était un test.

— J'aurais pu mourir. Sur Akiva. Ou être capturée.

— Mais ça ne s'est pas passé. Vous n'avez pas été emprisonnée. Et vous êtes encore en vie. Vous êtes la meilleure et la plus brillante, et c'est pour cette raison que vous avez réussi cette épreuve. J'ai besoin de gens comme vous.

Elle pose une question qu'elle n'a pas du tout envie de poser :

— Et si je n'avais pas survécu ?

— Alors, j'aurais fait erreur à votre sujet. Vous n'auriez

pas été la meilleure et la plus brillante. C'est comme les autres. Pandion, Shale et compagnie. Ils étaient faibles. Des animaux malades qu'il fallait séparer du troupeau. Ils n'ont pas réussi l'épreuve. Ils ne sont plus un fardeau pour nous, désormais.

Elle tente de réprimer un frisson.

— Ici, poursuit-il en indiquant les bandes rouges rayonnantes de la Nébuleuse Vulpinus, les volutes de nuages carmin et les étoiles au-delà. Regardez là. Ce n'est plus notre galaxie.

— Amiral, nous n'avons pas encore perdu.

— Oh si. Je lis la consternation dans vos yeux, mais il n'y a pas de raison de désespérer, amiral Sloane. Les choses sont comme elles doivent l'être. L'Empire est devenu… une machine aveugle, sans aucune élégance. Brute et inefficace. Nous devions la briser en morceaux. Nous devions nous débarrasser de ceux qui veulent que cette vieille machine continue à avancer de manière poussive. Le moment est venu de mettre en place quelque chose de mieux. Quelque chose de nouveau. Un Empire digne de la galaxie qu'il dirigera.

Sloane ne sait que ressentir. Elle est en proie à un étrange mélange de terreur, de dégoût, mais aussi… d'espoir.

A-t-il tenté de la trahir ?

Ou s'agissait-il vraiment d'un test qu'il était persuadé de la voir réussir ?

Tout ce qu'elle arrive à dire pour le moment, c'est :

— Bien sûr, amiral.

— Maintenant, si vous permettez, je dois réfléchir.

Il lui touche légèrement l'épaule – un geste qui semble chaleureux, jusqu'à ce qu'il l'appuie pour la contraindre à tourner les talons et à quitter les lieux.

POCKET
12, avenue d'Italie
75627 Paris Cedex 13

Imprimé en Allemagne par GGP Media GmbH à Pößneck
Dépôt légal : février 2016
S25601/01